Denmark Police's Mystery

懸案密碼

Denmark Police's Mystery

懸案密碼

BEST 嚴選

奇幻基地出版

懸案密碼5：尋人啓事

Marco Effekten

猶希．阿德勒．歐爾森 著

管中琪 譯

Jussi Adler-Olsen

BEST 嚴選

緣起

在繁花似錦的奇幻文學花園裡，你或許還在門外徘徊，不知該如何抉擇進入的途徑；也或許你已經置身其中，卻因種類繁多，或曾經讀過不合口味的作品，而卻步、遲疑。

BEST嚴選，正如其名，我們期許能透過奇幻基地對奇幻文學的瞭解，以及對讀者的理解，站在出版者與讀者的雙重角度，為您精選好作家與好作品。

他們是名家，您不可不讀：幻想文學裡的巨擘，領域裡的耀眼新星。

它們最暢銷，您怎可錯過：銷售量驚人的大作，排行榜上的常勝軍。

這些是經典，您務必一讀：百聞不如一見的作品，極具代表的佳作。

奇幻嚴選，嚴選奇幻。請相信我們的眼光，跟隨我們的腳步，文學的盛宴、幻想世界的冒險，就要展開。

各集媒體及名人好評

粉絲們別惋惜「千禧三部曲」僅只曇花一現，一部規模宏大但架構縝密的北歐驚悚作品已經問世。

——《科克斯書評》

阿德勒・歐爾森完美地整合故事線，用巧妙沉著的筆法，毫不費力地結合歡笑與恐怖……這本懸疑推理力作的幽默度能讓腸胃炎的人都捧腹大笑。

——《出版人周刊》

在丹麥歷史上黑暗時期的齷齪故事……這本書的靈感來自真實事件，但比真實事件更加精采的故事，全都在這本令人著魔的懸疑推理小說裡。

——《紐約時報書評》

一系列的懸案故事要同時具有歷史價值和緊張刺激的情節並不是件容易的事，但阿德勒・歐爾森是箇中高手。

——《書單》

這個系列撲朔迷離的劇情吸引喜愛閱讀懸疑推理小說的現代讀者，而書中充實的內容與背景設定，更讓擁有歷史和文學品味的讀者感到滿意。

——《圖書館學刊》

在你拿起這本書之前，建議你先做完所有原先計畫要做的事。

——美國《奧勒岡新聞》

作者吊足了讀者胃口，總是差了那麼一腳就能破案，讓讀者不由自主一頁翻過一頁。這就是阿德勒．歐爾森高明之處。

——《漢堡晨間郵報》

邪惡得令人窒息。阿德勒．歐爾森提供了一場完美出色的閱讀體驗。

——《富爾達日報》

讓你神經緊繃到最後一刻——直到看到精彩絕倫的結局為止。

——《漢諾瓦城市報》

深入人心、緊扣心弦的一本書。警告：請小心上癮！

——Dr. Soul心靈集團負責人莊凱迪

丹麥不僅有童話，也有引人入勝的犯罪推理小說。

——推理小說作家藍霄

此案之「懸」不只是出自調查者先前的束手無策或此刻的重新展開，還包括了受害者同樣莫名所以的茫然疑惑，間接得靠警方的調查爬梳出雙重真相。

——推理評論人冬陽

謹以此書獻給我的岳母
安娜·拉森（Anna Larsen）

序幕

二〇〇八，秋天

馮路易（Louis Fon）生命中最後一個早晨的開始，宛如一陣輕柔的低喃。

他揉揉眼睛，睡眼惺忪在簡陋的床上坐直身子，輕輕拍著剛才摩挲著他臉頰的小女孩，擦掉她鼻子底下的鼻涕，然後把腳放入在嚴實黏土地上的人字拖鞋。

他眨眨眼，伸了個懶腰。室內被陽光照得暖暖的，母雞咯咯聲不絕於耳，遠方傳來正勤奮收割香蕉的少年喊叫聲。

多麼寧靜祥和呀，他心想。他深深吸入一口農村的芳香氣味。但真正能帶給他快樂的，唯有河對岸圍繞著篝火跳舞的巴卡矮黑人的歌聲。只要一回到德賈保護區，回到班圖斯的偏僻小村莊索莫羅莫，感覺始終是如此安祥美好。

小屋後面，孩童相互追逐逗著玩，紅褐色的塵土漫天飛揚，尖銳的喊叫聲驚飛棲息在樹冠上的一群雀鳥。

陽光穿透窗戶灑落屋內，馮路易走到窗邊，手肘支在窗台上，朝著正在對面小屋前砍雞脖子的女孩母親綻放笑容。

這是馮路易生命中最後的微笑。

兩百公尺外，一個肌肉強健的男人出現，沿著棕櫚樹旁的小路走來。一股大難臨頭的感覺鑽入馮路易心裡頭。他在雅溫德就識得辛波墨精瘦結實的身形，但是走在他身邊那個膚色蒼白、滿頭雪髮的男人，他卻從來沒有見過。

「波墨來這兒做什麼？他旁邊那個人是誰？」他大聲詢問對面的女孩母親。

但她只是聳了聳肩。德賈保護區附近沒有可吸引觀光客駐足瀏覽的風光，他們來此究竟有何目的？大部分來此的人，不外乎找巴卡人帶領他們進入諱莫如深的濃密熱帶雨林，度過四、五天冒險生活，不是嗎？至少皮包裡塞滿一大堆錢的歐洲人是如此。

馮路易隱隱感到事情不太對勁。兩位來者表情嚴峻，互動熟悉。不對，那個白人並非觀光客，而若沒有事先通知，波墨也不可以出現在附近。畢竟馮路易才是丹麥援助計畫的負責人，而波墨只不過幫雅溫德的商人跑跑腿。這是遊戲規則。

那兩人的腳步是否有點急促？會有這種想法也不足爲奇。最近這段時間，計畫接二連三遭遇重重困難，過程越拖越久，資訊流通停滯，經費撥放速度太慢，甚至不再提供支援。一切與當初他被聘用時接收到的承諾截然不同。

馮路易搖了搖頭。他是班圖人，來自喀麥隆，距此小村莊幾百公里遠的北方。他生長的地方，人民天性猜疑，不相信任何人、任何事，也許那正是馮路易能全心全意爲德賈保護區的巴卡矮黑人貢獻心血的原因。這些矮黑人溫柔敦厚，不識得「猜疑」二字。追本溯源，打從森林形成時，他們便已生存在此。對馮路易來說，他們是這該死的世界裡，眞實人性的最後一處綠洲。是的，與巴卡人和剛果大草原中這塊區域的親密連結，是他維繫生命的長生不老藥，是他的慰藉。然而，這一刻，猜疑悄悄地蔓延開來。

難道這世上找不到一塊和平之處嗎？

波墨的越野車停靠在第三列房舍後面。司機在方向盤後面沉沉入睡，身上的足球運動服被汗滲透。

「波墨是來找我的嗎，西魯？」馮路易看見壯碩的司機終於伸了伸懶腰，茫然思索著自己身在什麼鬼地方時，連忙開口問道。

但是對方搖搖頭，顯然不清楚馮路易在說什麼。

「波墨帶來的那個白人是誰？你認識他嗎？」

司機打了個哈欠。

「他是法國人嗎？」

「不是。」司機聳聳肩說：「他會說一點法語，但我覺得他應該來自更北的地方。」

「好。」他的神經逐漸緊繃。「會不會是丹麥人？」

司機的食指倏地指向他。

賓果！

果然是丹麥人。不，這不是什麼好兆頭。

馮路易就算不是爲了矮黑人的未來而戰，也會投身保護森林動物的活動。圍繞在矮黑人叢林四周的村莊，持續不斷有攜帶武器的年輕班圖人，日日獵捕十多隻山魈和羚羊。

雖然馮路易和獵人之間的關係始終有點緊張，但是他並不畏懼請他們騎摩托車載他穿越叢林。沿著三公里長的狹窄小徑騎到巴卡村，只要六分鐘。在時間緊迫的情況下，有誰會拒絕呢？

巴卡村第一棟黏土小屋一映入眼簾，馮路易便心知肚明發生了什麼事情，因爲朝他迎來的只有幼小的孩子和吠叫不停的狗。

馮路易在一張棕櫚葉疊成的床上找到爛醉如泥的酋長，空氣中瀰漫著污濁的酒味。穆倫苟意識矇朧不清，四周躺著從河對岸拿到的空威士忌袋子。酒宴可想而知持續了一整夜，根據四周安靜無聲的狀況研判，差不多全村的人都參加了。

他探頭朝其他人滿爲患的小屋一看，只有幾個大人還有點氣力向他點頭，但也是一副懶散虛弱的模樣。

人民就是這樣被馴服的，他心想。

他又走回散發腐朽霉味的酋長小屋，粗暴地搖晃穆倫苟。穆倫苟嚇了一跳，臉上堆起認罪的笑容，露出如針尖般銳利的牙齒。但是馮路易不會那麼輕易放過他。

他憤怒地指著散落四地的威士忌袋，責問道：「你們爲什麼有錢買這個，穆倫苟？」

巴卡酋長不解地抬起頭。「爲什麼」一詞在叢林裡並非是普遍的概念。

「一定是波墨給的錢。他私下塞了多少給你們？」

「一萬法朗。」答案一下子脫口而出。準確的數字——尤其金額這麼高——是巴卡人會感興趣的東西。

馮路易點點頭。波墨那個白癡爲什麼要幹這種事？

「原來是一萬。你們多久拿一次錢？」他說。

穆倫苟聳了一下肩膀。巴卡人的思想和生活裡沒有時間這種概念。

「我看見你們還沒有播種。爲什麼不做？我們不是說好了嗎？」

「你又不是不知道錢還沒來啊，路易。」

「什麼？我明明親眼看見匯款單的。錢在一個月前就匯了。」

究竟怎麼回事？匯款單又不符合實際的金流作業了嗎？這已經是第三次了。

馮路易抬起頭。蟬聲唧唧中，他忽然察覺到某種聲響。若沒聽錯，應該是摩托車的引擎聲。

也許是波墨離開了？或者是打算過來向他解釋這件齷齪事？吶，他迫不及待想知道來龍去脈了。

他打量四周，這兒顯而易見不對勁，不過他們很快就會恢復秩序。波墨雖然比馮路易至少高出一個頭，手臂長得像猿猴，但是馮路易一點也不怕他。若是巴卡人不回應他的問題，那麼波墨就得親自說明來此地的目的？錢又消失到哪兒去了？爲什麼他們還沒開始播種？一起來的那個男人又是誰？

不等波墨下摩托車，馮路易就要拿這些問題質問他，所以乾脆站到廣場中間等著。只見草原上揚起的灰塵雲霧逐漸往小屋移近。如果波墨眞的私吞了要撥給巴卡人使用、保障他們在叢林生活無虞的預算，那麼馮路易不會善罷甘休，絕對要他好看，或是將他送進康登吉監獄。

康登吉，光是聽到這個名字，就使人膽顫心寒。

引擎聲忽然蓋過了連綿蟬鳴，一輛川崎車鳴著喇叭，聲響震天出現在廣場。馮路易一眼就看見了摩托車後架上那個沉重的箱子。不到幾秒，四周小屋恢復了生氣。睡眼惺忪的臉龐紛紛出現在門口，有些男人還衝出門，顯然是被箱子裡搖晃的聲音給吸引過來。

波墨將威士忌袋塞進那些男人手中，同時不懷好意地瞪了馮路易一眼。他的背後閃現一把大砍刀。

就在這一刻，馮路易明白時間到了。他必須離開，而且立刻就走。依照矮黑人目前的狀況看來，他們一定不會出手幫忙。

「我可以弄來大量的補給品。」波墨卸下剩餘的袋子時大喊說，然後突兀地轉身面向馮路易。

馮路易拔腿就跑，身後傳來巴卡人興高采烈的鼓譟聲。他兩眼搜尋灌木叢中是否有缺口可逃，或者巴卡人有沒有擱著不用、可以讓他拿來防身的工具。

馮路易在原始森林中活動起來比波墨更加熟練。波墨一輩子住在杜阿拉和雅溫德，從未學過要留心腳底下的盤根錯節以及看不見的洞穴和蟻窩。馮路易感覺到後面的沉重腳步聲逐漸遠離，此時也跑到了通往河邊的小徑迷宮，幾乎能篤定自己脫離了危險。

他必須趕在波墨追來前登上獨木舟，擺舟過河，到達河對岸的索莫羅莫就安全了。那邊的人應該會保護他。

一股潮溼腐朽的氣味飄蕩在棕綠色的灌木叢上空。身為經驗豐富的叢林嚮導，馮路易非常清楚那味道所發送的訊息。只剩一百公尺就到河邊了，他心想。說時遲、那時快，他突然雙腳陷入沼澤，膝蓋以下全埋沒在泥裡。

他驚慌失措，想要抓住一旁能夠穩住身體的植物。時間所剩無幾，眼看泥漿就要淹沒頭部，雪上加霜的是，後頭的腳步聲竟瞬間近得令人怛然失色。

他雙眼大瞪，用力吸進一口氣，緊抿著嘴唇，然後拚命轉身，力道之大，連脊椎都發出了咔啦聲響。好不容易終於抓到東西，幾株小枝椏應聲折斷，樹葉打中他的臉，但是他兩手死命抓著攀緣植物不放，使盡全身氣力要爬出沼澤。一切不過發生在數秒鐘內，然而幾秒就能定生死。灌木叢簌簌作響，大砍刀忽地深深砍進他的肩膀，痛楚如火焚身燒灼著他。

馮路易費力穩住腳步，踉踉蹌蹌持續往前走，試圖突破沼澤。他聽見身後波墨的咒罵聲，他似乎也陷入沼澤裡了。波墨的咒罵聲越來越弱，最後散逸在樹梢之間。

馮路易終於抵達能救他一命的河岸，全身卻痛楚不堪。他感覺到襯衫緊黏後背，但黏住襯衫的東西並不只是污泥。

他的氣力頓失，腳一軟，明白自己大限已到。

他慢慢往前傾倒，河邊土壤沾到了頭髮。他絕望地拿出褲子口袋裡的手機，使盡最後一絲力氣，將消息發送出去。

他每鍵入一個字，心臟便劇烈抽動一下，身上的血也跟著噴射而出。寫完簡訊，按下傳送鍵，他才虛弱地察覺到無線電通訊早已中斷。

馮路易覺知到的最後一件事是身旁傳來沉重的腳步聲，以及握在手中的手機被人奪走。

波墨非常滿意。吉普車開在坑坑巴巴的暗紅色叢林泥巴路上，駛到通往雅溫德的主要幹道，終於要結束一路的顛簸疲累。幸好他身邊的男人沒有評論剛才發生的事。馮路易的屍體在河裡載浮載沉，鱷魚應該會清除掉殘骸。

一切按計畫進行。唯一能對他們造成威脅的人已被剷除，未來再度充滿光明。

完成任務，不是都這樣講嗎？

波墨看著從死掉的馮路易那兒拿來的手機。買張新的SIM卡得花上幾法朗，但不是什麼大錢，何況兒子的生日禮物終於有著落了。

他眼前浮現兒子散發光彩的雀躍臉龐，這時螢幕忽然亮了起來，顯示又恢復通訊。

幾秒後，熟悉的小鈴聲響起，簡訊被傳送了出去。

第一章

二〇〇八年，秋天

勒納．E．埃里克森（René E. Eriksen）從來不是個謹愼細心的傢伙，或因如此，失敗和成功在他的生命中出現的順序總是出人意料。然而，若從概觀的角度審視整個生命歷程，他對結果仍然相當滿意。畢竟幸運總是站在他身邊。

即使如此，埃里克森仍屬於深思熟慮之士。還是孩童時，每遇到大大小小的問題，他總是躲到母親的懷裡尋求保護，這種態度延續到長大成人仍始終如一。只要面對新的情況，他一定給自己留下退路。

有鑑於此，那天下午他的好朋友兼老同學，任職於卡勒拜克銀行的泰斯．施納普（Teis Snap）打電話到他的外交部辦公室，提出一個建議時，他可是徹底思索了一番。位於埃里克森這種高位的人，一般而言完全不會接受那個建議。

銀行危機剛暴露出醜陋的面貌，貪婪的證券投機交易和不負責任的經濟政策狼狽爲奸，導致嚴重不堪的結果。

這也正是施納普來電的原因。

「我們若不立刻取得額外的資本，卡勒拜克銀行兩個月後將缺乏償債能力。」當時他在電話中開門見山地說。

「我的證券怎麼辦？」埃里克森一想到自己徜徉在南方棕櫚樹下的高品質退休生活，便心跳加速，問題不由自主脫口而出。這個夢想現在像是一座紙牌屋，隨時面臨崩塌的危險。

「欸，該怎麼對你說呢？如果我們不盡快安排現金流，絕對會失去一切。目前情況就是如此。」施納普回道。

一陣唯有朋友之間才會出現的靜默當頭籠罩。在這種靜默時刻，沒有機會給人抗議或提出理論上的反對意見。

埃里克森低垂著頭，大口吸氣，吸得身體都痛了。看來這是現實，不是夢境。需要依此一現實為根據，深入思索，採取行動。他的胃又在抗議了，額頭流下斗大的汗珠。但是身為隸屬外交部之下的開發援助評估處主管，他學會了即使面對壓力也要保持冷靜。

「你說額外的資本？什麼意思？可以再詳細說明嗎？」

「我不想詳細敘述所需總額，我們已在許多方面都進行過徹底的調查。不過倒是可以告訴你大概的數字：四到五年間，需要二至二．五億克朗。」

勒納．埃里克森明顯感覺到汗水流入領口。「他媽的，泰斯，那可是一年五千萬啊！」

「沒錯。勒納，我們最近四個星期擬定許多拯救計畫，不排除任何可能性，但是我們的債務人就是沒有辦法繳交貸款。是的，沒錯，我們最近幾年的放款速度確實太快，沒有確保拿到足夠的抵押品。現在我們也都清楚不動產市場已一敗塗地，但是這種認知於事無補。」

「該死，我們難道不能賣掉自己的股份嗎？」

「恐怕已經太遲了。我們公司的證券行情急劇貶值，已經停止交易。」

「那麼你究竟想要我做什麼？」埃里克森察覺到自己的聲調忽然冷漠如冰。「我應該做什麼？你打電話來的目的不會只是要告訴我你把我的財產全敗光了吧。你這段期間究竟掙了多少錢？說吧，泰斯，我又不是不認識你。」

他的老友感覺受到傷害。「沒有，勒納，絕對沒有。我以名譽擔保。法定審計師插手干預了，可惜那些人面對緊急狀況，並非個個都能提出有創意的解決方案。不，我之所以打這個電話，是因爲我相信可以找到出口。一個對你而言同樣也有利可圖的出口。」

詐欺就是這麼開始的。幾個月過去，事情運作得完美無暇……直到一個月前，他經驗最豐富的同事威廉．史塔克（William Stark），站在他面前，手中揮動著一張紙。

「好的，威廉，所以你的意思是，你從馮路易那兒收到了一則不知所云的簡訊，但是多次嘗試和他聯絡未果？你和我一樣清楚，喀麥隆距離非常遙遠，而且電話連線常常不理想。你怎麼會認爲他發生了事情？」

史塔克憂心忡忡看著他。忽然之間，埃里克森心中油然升起一股不祥的預感，彷如大難將要臨頭。

史塔克高級行政專員緊抿著嘴唇，低下頭，望著地板，紅髮落在額前，遮住了眼睛。「我收到簡訊的時間，約莫是你從喀麥隆飛回來的那陣子，從此之後就沒有馮路易的下落了。沒有人再看過他。」

「嗯。但就像剛才所說，那裡收訊非常糟糕，尤其馮路易所在的德賈保護區。」埃里克森一隻手伸過桌面，「威廉，讓我看看簡訊寫些什麼。」

史塔克把記載著簡訊內容的紙張遞過去。埃里克森費了很大的勁兒，才把手穩住。

然後，他讀起內容：

Cfqquptiondae(s+1)la(i+1)ddddvdlogdmdntdja

他用手背抹了抹汗溼的額頭。

「你說得沒錯，史塔克，看起來確實很不尋常。但是光憑這點，我覺得還無需擔心。或許馮路易忘記鎖定鍵盤，直接將手機放進褲子後面口袋了。」他把紙張放在面前的桌上。「這張紙就放在這兒，我會親自處理。總之先找個人到那邊看一下。不過波墨和我到了雅溫德後，去索莫羅莫的那天還與馮路易有所接觸，一切都和平常一樣，沒有異狀。他正在準備下一次的探險活動。我想應該是帶德國團吧。」

史塔克搖搖頭，擔憂全寫在臉上。

「好，你說我不需要太操心。但是你再仔細看看內容，你眞的認爲那是錯傳嗎？最後的『ＤＪＡ』也只是個意外？不對，我認爲馮路易想要告訴我什麼，某種很嚴肅的事情。說實話，我擔心他可能遭遇不測了。」

勒納．埃里克森深呼吸。他非常清楚在這個位置面臨各種荒謬的情況時，和自己的同事站在同一邊是多麼重要的事。

「不是，你當然說得沒錯。事情確實很奇怪。」他冷靜回答，一邊拿起放在身後窗台上的索尼易利信手機。「你剛說『ＤＪＡ』。」他檢查著手機鍵盤，點了點頭。「哎，我覺得簡訊內容完全是意外。你看，Ｄ、Ｊ、Ａ都是各自按鍵上的第一個字，只要不小心按到３、５和２，就會出現『ＤＪＡ』了。所以我才認爲若未鎖定鍵盤，很可能就會發生這種事。或許再等個幾天，看看馮路易會不會出現。我會要波墨照應一下。」

埃里克森看著史塔克離開他的辦公室，關上門後，才拭去額頭上的汗珠。他媽的要命！原來當時開著吉普車回首都的路上，他旁邊的波墨拿在手中把玩的竟然是馮路易的手機。眞是操他媽的白癡！

他氣得雙手握拳，閉上眼睛好一會兒。怎麼會蠢到偷走死人的手機！他還問過那是哪兒來的手機。波墨爲什麼不承認是從馮路易身上拿來的？那個蠢蛋怎麼沒有立刻檢查手機裡是否還有尚未發送的訊息？爲何不馬上拔掉電池，徹底刪除儲存的資料？

埃里克森搖了搖頭。波墨是個沒大腦的傢伙。但是目前棘手的不是他，而是威廉·史塔克。不，基本上史塔克一直是個麻煩。我不是打從一開始就告訴泰斯·施納普了？他媽的什麼爛攤子！沒人比史塔克還要機伶聰明，比他還熟悉區域預算和協定，也沒有人在評估外交部的計畫時如此鉅細靡遺。若眞有誰能夠注意到這些事情，非他莫屬。

埃里克森深吸了口氣，思索著接下來的行動。選擇性並不多。

*如果你在這件事上遇到麻煩，就打電話給我，而且立刻打！*泰斯·施納普那時說。

於是埃里克森拿起手機，按下了按鍵。

第二章

二〇〇八年，秋天

史塔克高級行政專員可以請益專業問題的同事不多。在政府機關的灰色海域中，他就像個小島的管理者，沒有其他同事有太大興趣航向小島。若不考慮向直屬上司徵詢意見——就如這件事——他能找誰談？基本上只剩國務祕書了。可是沒有具體證據，純粹只是心存懷疑，再加上牽扯到這麼龐大的金額，誰敢去找國務祕書？至少他沒辦法。

部裡有幾個層級比較低的同事曾經因爲懷疑出現違法情事，甚至質疑有人濫用職權而提出警告，最後被冠上「告密者」之名。這名字聽起來比實際意思還要友善。至少這陣子在丹麥，想要鍥而不捨深入調查的同事處境都十分艱困。最近一位軍情局的同事被判入獄，因爲他證實國務卿對人民隱瞞基本資訊，允許國家參加伊拉克戰爭。但是，國家並不希望這類事情透明化。

何況史塔克自己也不是百分之百有把握，只是隱隱約約的感覺，雖然這種感覺始終揮之不去。

他通知上司埃里克森處長有關馮路易的簡訊之後，至少打了十通電話給他所知在喀麥隆會和馮路易聯繫的不同人士。事實上，他們全都非常訝異這位忠實可靠的班圖積極分子，竟然好幾天沒有任何音訊。

史塔克終於在上午聯絡到馮路易在沙其馬塔的妻子。在這之前，她始終都知道丈夫的下落。然而，她立刻證實了史塔克的猜疑，擔憂自己的丈夫恐怕已被獵人抓走。雨林龐雜深廣，危機重重，那兒的居民全都心知肚明，就連威廉·史塔克也知道。因此通完電話後，他反而更加憂心忡忡。

當然，馮路易音訊全無的原因可能有好幾種。喀麥隆充滿各種誘惑，誰知道一個正値壯年的男人，何況還算一表人才，會不會一時興起去做什麼？馮路易爲什麼不好好待在某個小屋裡，盡情打一砲，別亂跑到外面世界攪和呢？

他又想起發生在這件新狀況前不久的事，想起巴卡計畫的濫觴，以及透過緊急動議而每年由外交部批准五千萬的金額，用來保衛矮黑人立足於德賈保護區等偏遠地區的生活。事情確有蹊蹺：爲什麼是這個種族而非其他種族？爲什麼援助金額這麼高？

沒錯，威廉·史塔克打從一開始就心生疑惑。

當然，二·五億分成五年撥款，在每年高達一百五十億的對外預算中並不特別引人注意。然而，上次挹注高額經費給區域範圍如此狹小的計畫是什麼時候的事？如此龐大的資金，拿來保護整個剛果盆地的所有矮黑人種族也不爲過。

此金額拍板定案後，即使是摀著眼睛，連白癡也看得出來正規程序上省略了許多細節。史塔克頓時心生警覺，在此之前，費用始終是匯到雅溫德一位商人那兒，再由他將錢分配下去。而這樣的作業過程卻出現在全世界最貪腐的國家。

史塔克雖然職場履歷不盡完美，卻是位信念堅定的官員。最近幾天的發展，讓他睜大眼睛，密切觀察上司的一舉一動。

埃里克森曾經如此親力親爲投入一項計畫嗎？他上次踏上旅途、親自前往當地察看計畫進展是什麼時候的事？應該是好幾百年前了。

史塔克忽然靈光一閃。埃里克森如此積極，不正證明了一切運轉無誤，只是需要謹愼控管罷了？史塔克嘆了口氣。各種假設都合情合理，他也非常清楚這一切最後可能會挖出什麼……不行，為了自己的安全，不可以走到這一步。

「嗨，史塔克，你在那邊發什麼呆？」他身後意外傳來一個聲音。

上次主管到自己的辦公室來已經是好幾個月以前。史塔克目瞪口呆望著埃里克森，他臉上堆起難得的友善表情，讓人猜不透想法。

「我剛才和我們在雅溫德的聯絡人談過了，他們和你的感覺一樣。」埃里克森說：「他們說事情確實不太對勁，所以你的推測完全沒錯。那邊的人認為馮路易很有可能侵占了一筆費用，捲款潛逃。因此他們請我們部裡派個人過去當地，查核整個撥款狀況，而且從計畫最初開始匯款時查起。當然，他們也希望盡快洗刷貪污的指責。」

「我去嗎？」史塔克簡直不敢相信自己的耳朵。埃里克森真的打算將他送到非洲？這不是他想要的發展。「你知道那邊的人猜測馮路易私下吞了多少錢嗎？」

埃里克森搖搖頭。「這點目前沒有人清楚。但是根據現在的會計結算期，馮路易約莫經手兩百萬歐元。或許他只是出差採買去了，根本沒事。或許他發現一個比平時採購販賣的種子和植物更便宜，品質也較好的地方。不過，我們無論如何都必須釐清事實。」

「嗯。」史塔克點了一下頭。「可是我恐怕沒有辦法接下這趟任務。」

埃里克森臉上的笑容消失了。「是嗎？可以請教原因是什麼？」

「我女友的孩子住院了。」

「啊哈？然後呢？」

「你也知道她們和我一起生活，我照顧她們大大小小的事。」

埃里克森點點頭。「你第一個想到這件事，實在非常貼心，威廉。但是，我們談的不過是兩、三天的旅程，你應該可以找到解決方法，對吧？我們已經幫你訂了進出地不同的開放式機票。這是你份內的工作。你先飛到杜阿拉，因為飛到雅溫德的機位都滿了。因此，波墨會到機場接你，你們再開車到雅溫德，幾個小時的車程就到了。」

史塔克眼前浮現躺在醫院病榻上的繼女。這項安排根本不適合他。

「因為我收到了馮路易的簡訊，就必須承擔這趟任務嗎？」

「不是的，威廉。指派這項任務給你，是因為你是我們最優秀的工作人員。」

波墨果敢強硬的聲名遠播在外，他在杜阿拉國際機場外面立刻證明了這一點。當時有六、七個人纏著威廉．史塔克不放，扯著喉嚨喊自己是挑夫，一邊大叫：「計程車在等了，過來、來這兒！」一邊伸手爭奪他手中的行李。

波墨只消陰狠地瞪一眼，那些人不到幾秒就溜之大吉。他絕不讓人懷疑自己沒有辦法和人一較高下，幫他的老闆省下幾塊法朗。

史塔克雖然在照片上看過波墨，不過照片上的他總是和矮小的巴卡人一起合照，不管是誰，只要站在他們旁邊，看起來都像巨人。然而現實生活中，波墨體格壯碩高大，置身人群裡仍舊鶴立雞群。面對一群人為了掙幾塊小錢餬口而爭相搶奪行李的荒謬狀況，波墨全身上下散發出的可靠感，讓史塔克覺得安心。

「您將住進奧雷利亞宮旅館。」波墨說。計程車已將口裡咒罵不停的挑夫和兩個糾纏不休的飾品小販遠遠拋在後面。「明天一早，您將參加外交部會議。我九點來接您。和杜阿拉相比，雅溫德是個相對安全的城市。不過，世事難料。」他笑得開懷，上半身不停抖動，卻沒有發出一絲聲音。

炙熱的太陽落在樹梢上，當地人三兩成群走在人行道上，有些人疲累的雙手裡還拿著大砍刀。史塔克心裡頭惴惴不安。

迷你計程車裡擠滿了人，越野車呼嘯而過，平板車傷痕累累，大燈損毀的破爛貨車載滿了貨品，所有車輛全都橫衝直撞，拚命超車。若有人把左右兩旁放在路邊的破銅爛鐵當成車子，史塔克一點也不驚訝。

他感覺自己離家千萬里遠。

史塔克仔細選擇好餐點之後，在大廳角落坐了下來。單人沙發和長沙發邀人入座，布套的花樣讓人強烈想起七〇年代。茶几上已有兩杯啤酒，杯子外面浮上了一層水氣。

「嗯，我每次來這兒，總是一次點兩杯。」旁邊一個身材肥胖的人操著英語解釋：「這裡的啤酒太淡，還沒喝下肚就從毛細孔老早跑光了。」語畢，他哈哈大笑。

他指著掛在史塔克脖子上鑲著兩個黑色面具小墜飾的項鍊說：「我想你應該剛到非洲沒多久，而且一到機場，馬上就被飾品小販給誆了。」

「是也不是。」史塔克手摸向項鍊，「我的確剛到非洲，這點沒錯，不過項鍊卻不是在這兒買的。但是，你說得對，項鍊是非洲製的，我在坎帕拉買的。那裡也有由我負責考察的計畫。」

「啊，坎帕拉呀，嗯，它在烏干達算是相對有意思的城市。」他注視著史塔克，然後舉杯。從他的公事包判斷，這個陌生人同樣也是來出差。

史塔克從皮包中拿出檔案夾，放在桌子上。現在得集中精神處理任務了，畢竟事關巴卡計畫五千萬的經費，必須先研讀一些資料，準備好問題才行。他翻開檔案夾，將資料分成三份攤在桌上。一份是帳單，一份是計畫說明，另一份是各式各樣的信件往來、新聞和電子郵件。寫著馮路易簡訊的紙張也帶來了。

「希望我在這裡工作不會打擾你。」他用英文對坐在一旁的那位先生說：「我樓上的房間裡沒有辦公桌。」

男子友善地點了點頭。

「丹麥？」他指著印有外交部標誌的信頭問道。

「是的，你呢？」

「斯德哥爾摩。」他向史塔克伸出手，立刻改以瑞典語說道。他們彼此簡短介紹了自己。

「第一次到喀麥隆來嗎？」

史塔克點頭。

「吶，誠摯歡迎你大駕光臨。」斯德哥爾摩男子邊說邊把他的第二杯酒推過去給史塔克。「有件事情你一定要知道：沒人能夠習慣喀麥隆的局勢。乾杯！」

他們舉杯互敬，瑞典人一口氣灌光了他的酒，接著又立刻舉手，示意服務生再來一杯。史塔克心裡很清楚，在這些溫暖的國家裡，公職在身的酗酒者隨處可見。他看過不少被派遣出國的同事，回去後幾乎都一蹶不振。

「呃，你或許認爲我是個酒鬼，但我不是。」瑞典人彷彿能讀出史塔克的心思。「我只是假裝如此。」

他偷偷指向一個角落，那兒坐著兩位穿著淺色西裝的黑人。

「他們是我明天要談判的公司派來的，正在監視我。一個鐘頭後，他們會向老闆匯報我的狀況。」他露出微笑。「讓他們相信開會時我會微醺出席的話，情況有利於我。被人低估永遠是優勢。」

「你是商人嗎？」

「某種形式的商人。我幫瑞典締結合約，是查帳員，非常在行。」他朝又一次端酒來的服務生點頭，隨後舉起杯子。「所以囉，乾杯吧！」

史塔克想要跟上他的節奏，不過光看他喝酒的速度，完全是癡心妄想。幸好史塔克不需要依樣畫葫蘆耍這種手段，他的胃可消受不起。

「噢，你有一份加密的訊息。」瑞典人指著史塔克面前的紙條說。

「唉，我也不確定是否眞是加密後的訊息。這是我在此地的合作夥伴傳來的簡訊，他失去聯繫已經將近一個星期了。」

「簡訊？」另一個人笑說：「賭一杯啤酒吧，我不到十分鐘就能解讀訊息，如何？」

史塔克皺起眉頭。

瑞典人拿走紙條，取出一張空白紙備用，再從口袋掏出諾基亞手機，放在旁邊。

「這絕對不是如你所想的什麼密碼。」史塔克解釋說：「我們部裡不使用這種東西。不過說實話，我們其實也不清楚這則簡訊是怎麼回事。那眞的是簡訊嗎？爲什麼又是這樣的內容？」

「好。有沒有可能是在棘手的情況下傳的？」

「也許吧。我們沒有辦法詢問發送簡訊的人。正如剛才所言，他下落不明了。」

瑞典人拿起一支筆，寫下：

Cfqquptiondae(s+l)la(i+l)ddddvdlogdmdntdja

然後一邊望著手機鍵盤，一邊在每個字母底下寫上其他字母。

幾分鐘過去後，他抬起頭看著史塔克。

「好，我們可以推測簡訊是在惡劣的情況下完成的，例如在黑暗中。一旦無法清楚看見鍵盤，很可能會按出多個不同的字母。例如按3，就會出現D、E和F。按一下，會出現D，兩下出現E，三下就是F，若是多按幾下，則跳出大寫字母或是特殊符號。最後還有一個可能性，亦即疏忽按錯了鍵，通常會按到旁邊、上面或下面的鍵，若是如此，毫無疑問會出現一大堆可能的組合。不過我喜歡解謎團，所以請開始計時吧。」

史塔克眉頭又皺了起來，但是爲了避免冒犯對方，他依然點頭。他不在乎瑞典人需要多少時間。如果對方眞能貼近謎團的答案，他絕對會請喝啤酒。

然而，解謎似乎沒有那麼簡單。不過嘗試了幾種組合，反覆斟酌個別的按鍵之後發現，第二個字母「F」有可能是「O」，而緊接著的兩個「Q」，應該是兩個「R」——Q和R位於同一個按鍵上，和一開頭的「C」與接下來的「uption」結合起來，「Corruption」一字便躍然紙上。

史塔克眉頭皺得更緊了。

又過了十五分鐘——這期間史塔克不得不又點了兩杯啤酒——瑞典人似乎解開了謎團。

「唔，看起來很有說服力。」他最後瞥了一眼筆記後說道，把紙張遞給史塔克。「看見了嗎?上面是：『Corruption dans l'aide de development Dja』是法文，不過文法並非十分正確。直接簡單翻譯的話，意思是：『德賈發展援助計畫中有人貪污說謊。』」

史塔克背脊一陣發冷。

他四下張望。角落那兩個人究竟在監視誰?他或者鄰座這位先生?還有其他人嗎?

瑞典人招呼著服務生過來，史塔克的目光落到了紙條上。「德賈發展援助計畫中有人貪污說謊」應該是馮路易傳給自己的簡訊內容，傳送之後，他從此下落不明。

史塔克望向窗戶，他眞想逃離玻璃外絡繹不絕的黑人。在他體內蔓延開來的感受以前出差時也曾出現過，但是如今感覺更令人惶惶不安。現在的他離家眞的非常遙遠。太遠了。

「你說什麼，波墨？」勒納．埃里克森渾身冒汗，手緊緊抓著電話筒。

「我說今天上午去旅館接威廉．史塔克時，人不在那裡。我剛剛才得知他飛回去了。」

「怎麼會發生這種事？他媽的，看管他是你的工作！」

埃里克森試圖集中心神。按照約定，波墨或他的手下應該在上午從旅館接走史塔克，讓史塔克從此消失在地球上。至於消失到哪兒去，又是怎麼不見的，這些不過是次要問題，重點只在於必須無聲無息進行，不引人注意。但是史塔克卻忽然飛回丹麥了！發生什麼事？難道史塔克掌握了什麼線索，查回到他們身上嗎？

「該死，昨晚至今究竟發生了什麼事？波墨，你沒有善盡職責。史塔克一定發現了什麼。」

「我不知道。」波墨回答。他也不知道最近幾天埃里克森一想到要將另一個人送上死路，心裡便備受煎熬。好不容易說服自己別無選擇之後，夢魘卻又重新降臨。

然而，埃里克森非常清楚現在該採取何種行動。他必須將波墨排除在巴卡計畫外，並讓他徹底消失。這個廢物只會給大家招來不幸，更何況這人知道太多內幕了。

「我晚點再打電話給你，波墨。先暫時按兵不動，回家去別亂跑。我們會派人過去找你，他會告訴你接下來的流程。」

說完，埃里克森掛斷了電話。

卡勒拜克銀行裡，董事們開會的會議室完全稱不上樸素含蓄。從位置、家具擺設與辦公設備看來，只有一個結論：這兒確實是國家主要金融機構的總部。此處裝潢價值不菲，奢華誇張，董事長泰斯．施納普的外表形象更強化了這種印象。

「我已經請求我們的監事會主席顏斯．布萊格—史密特這位好朋友連線，加入我們小小的討論會。畢竟他和我們同在一艘船上。」

施納普在他雄偉的辦公桌後頭落座。

「顏斯，你聽得清楚我們說話嗎？」

橡木音響裡傳來確認的答覆。聲音雖然聽來有些高亢，卻不失威嚴。

「好的，我們開始吧。」施納普轉向埃里克森說：「勒納，抱歉，我就不拐彎抹角了。在你今天和波墨的談話之後，顏斯和我得出的結論是，問題的解決方法只有一個：不計一切阻止威廉．史塔克。用盡任何手段也在所不惜。你必須保證巴卡計畫未來不會再落入史塔克這種熱心盡責的同事手裡。」

「阻止威廉．史塔克？他很快就回丹麥了，你們究竟有沒有搞懂啊？」

「別無他法了。我們必須拆除時間炸彈正在滴答作響的引信。馮路易已無法造成傷害，接下來要處理波墨，然後是史塔克。未來一切又會按照計畫進行。雅溫德的官員全都非常『安全』，因爲他們已涉入太深。日後你也會定期收到那邊某個官員的報告，他已經準備良久，隨時能以馮路易的身分簽名，還會向你的外交部全面報告計畫進行得多麼順利。總之，一切又將恢復正常。就像這些非洲援助計畫該有的狀況，偶爾傳來一、兩則正面的消息，差不多就符合期待了。」

音響傳來一聲肯定的咕噥聲。埃里克森沒見過布萊格—史密特這個人，但是從他的聲調推測，這個人習慣下達命令，不容許他人異議。仔細聽他講話，腦海不由自主會浮現一個殖民地大農場主人或者船東的形象。布萊格—史密特非常熟悉非洲局勢，他長年在中非不同國家擔任領事，同時在這些國家經商買賣，不過卻臭名在外，惡名昭彰。據聞他總是以「男孩」稱呼自己的男僕——這還只是在他背後流傳的流言蜚語中最不具殺傷力的傳聞。

埃里克森毫不懷疑布萊格—史密特就是整件貪腐詐騙的幕後主使者。布萊格—史密特多年來從赤道非洲成功進口木材，根據施納普的說法，他將資產全部投入了卡勒拜克銀行，隨後幾年，更躋身爲最大股東。因此埃里克森毫不意外他會想盡辦法捍衛自己的財產。不過現在不單純只是貪腐罷了，還有兩個人眼看命在旦夕。埃里克森不明白怎麼沒人反對這種事？

埃里克森不禁搖了搖頭。事實上，他非常了解這位幕後藏鏡人的想法，無需矯揉粉飾。更何況，還有其他選擇嗎？

「是的。」布萊格—史密特說：「要做出這種決定並不容易。但是，我們若無法成功扭轉乾坤，請想想那些可能喪失的工作機會，以及一生存款將化爲烏有的小投資人。我們還必須對自己的客戶負責。當然，出現犧牲者的確令人遺憾。不過世事不就是如此嗎？爲了大眾，總是需要犧牲少數幾個人。幾年後，一切又將步入正軌，銀行會更加鞏固，再度進行投資計畫，也確保了工作機會，股東不再有所損失。埃里克森先生，你認爲這段時間誰會浪費精力去管控德賈矮黑人的農場經濟是否進步？計畫啓動後，誰又會勞神費力去審查他們的教育和健保系統是否徹底改善？負責進行計畫的人一旦喪命，究竟誰又有能力進行調查？埃里克森先生，請告訴我。」

可以，除了我誰都可以。這個念頭像把利刃劃過埃里克森的大腦。他望向上頭的氣窗。這是否表示連他也……？

不，他們應該不會襲擊我，這點百分之百確定。他知道如何使他們就範，他們想都別想要威脅他。他深吸口氣後說：「我只希望你們知道自己在做什麼，也希望你們自行保留就好，因爲我不想再知道這方面的事情了。」短暫的停頓後，他又繼續說：「我們只能希望史塔克尚未完整記錄下整起事件，將他的資料存放在某個銀行保險箱裡——就像我做的那樣。」

他注視著施納普，緗緊神經，傾聽音響傳來的沙沙聲。就算他們大受震驚，表面上也始終不動聲色。

「好吧。」他接著說：「或許馮路易的報告並非由他親筆撰寫這件事，尙未引人注意。但是，如果史塔克失蹤又會怎麼樣呢？絕對會成爲頭版標題！」

「那又如何？」監事會主席的聲音透露出一絲陰鬱，「只要史塔克的失蹤不牽扯到我們身上，什麼事也不會發生，不是嗎？就我看來，他隻身前往非洲，沒有出席既定會議，毫無解釋又擅自回國，最後失去行蹤。不正在在證明這個人陰晴不定嗎？難道別人不會認爲他之所以失蹤完全是自己的問題？我本身即抱持這種看法。」

施納普和埃里克森面面相覷。布萊格—史密特毫不買帳埃里克森將文件存放在銀行保險箱裡的說法。他和施納普心知肚明他們兩人唇齒相依，唇亡齒寒。說好聽一點，也可以說他們彼此是「相互信任」。

「聽著，勒納，」布萊格—史密特繼續說：「我保證未來將如我們談好的內容發展。請你持續關照，每年將五千萬預算匯到喀麥隆，並請以『馮路易報告』爲基礎，撰寫一份漂亮的摘要，說明當地將計畫執行得優秀卓越。」

施納普搶話說：「就如往常一樣，卡勒拜克銀行幾個星期後將會收到一筆款項，紓解我們目前的財務困境，這筆錢會循之前的管道進來。等其他股東同意董事會建議的增資案——這點他們可是執行得精準又有效率，畢竟他們也想保住銀行和自己的股份——雅溫德的線人就會透過庫拉索的『投資集團』，」他講到這裡時，兩隻手指在空中畫出引號，「把錢匯入銀行，多餘的金錢就轉成未上市的證券，存進我們庫拉索的投資組合中，以因應金融界突如其來的意外發展。透過這種方式，卡勒拜克銀行將穩若磐石。而我們一方面能確保手中既有證券安全無虞，另一方面還能取得正式屬於投資集團的其他優先股。同時，我們在庫拉索的證券也會逐年增加。因此，我們三個都有很好的理由該高興啊。」

但是埃里克森受不了如此粉飾太平。「是啊，眞的是應該高興的『好理由』。」他同樣也舉起兩手在空中畫引號，「或許除了馮路易，還有波墨和史塔克……」

施納普打斷他的話：「勒納，夠了，別爲了波墨和馮路易傷腦筋了。等過一段時間，我們會給他們的未亡人一點『養老金』。那邊的政府當局早已習慣有人失蹤，不會耗費太多精神尋找失蹤人口。至於史塔克，他尚未成家，不是嗎？」

「確實尚未結婚，但是有個女友和一個生病的繼女。」埃里克森直視著施納普。

但施納普只說：「很好。所以說他沒有家人，只有兩個和他關係沒那麼緊密的人。當然，這兩個女人會悲傷一段時間，但是生活總得過下去嘛。」

埃里克森緩緩吐著氣。任何回答都顯得多餘。

音響再度響起聲音。

「至於巴卡計畫的兩億五千萬，可以提出幾個合情合理的理由，說明事涉政府變相支持丹麥金融業。這難道不是國家支持包括卡勒拜克銀行在內等收益豐厚的丹麥民營經濟，既正當又價廉的方式嗎？一個社會要能運作，絕對無法排除提供工作機會的企業，因爲那牽動的將不僅是國際收支平衡以及我們的生活水平。不，無論直接或間接，像卡勒拜克這樣優良的銀行一旦破產，轉動的巨輪將會停止。而誰也不希望看見這種下場，對吧？」

埃里克森心思早已飄向遠方。若是捅出了漏子，這兩位先生保證瞬間消失無蹤，只留下他一個人收拾爛攤子，獨自面對刑責。不行，絕對不可以發生這種事。

「我再重申一次：你們要做什麼儘管請便，但是我什麼也不知道，清楚嗎？我不想再淌渾水。不過，你們若要進行下一步，就要先想辦法讓我立刻拿到史塔克的筆記型電腦。」

「非常清楚，勒納。嗯，我十分明白要你理解事情的來龍去脈，確實不容易。我又不是才剛認識你。你是位奉公守法的人。不過，也替家人考慮一下，好嗎？」短暫停頓了一會兒後，施納普又說：「這事就讓我和布萊格—史密特來解決，你別再擔心了。我們會派一位熟悉解決之道的中間人，他會找人到機場帶走史塔克。你只要開開心心地期待你的證劵每天都大漲就行了。」

第三章

二〇一〇年，秋天

傍晚五點，黃色貨車準時出現在市府廣場旁靠近蒂沃利樂園那頭，一如往常在安徒生城堡宏偉的鷹架旁停下。爲了安全起見，馬可（Marco）已經等了二十分鐘，否則車子一旦抵達，看見沒人馬上就會開走。若是搭電車或公車回去，免不了挨一頓毒打。他可不想冒這個險，何況這種天氣睡在地下室潮溼的地板上也太冷了。

他朝其他已被接上車的人點點頭，那些人靠在車壁上，沒有半個有所回應。他也習慣了，畢竟大家全都累得要死，因爲一天的工作疲累不堪，被生命折磨得不成人形。

馬可四下看了一圈，有兩個人全身溼透，微微發抖。大家毫無例外全都一臉病容，看來是如此削瘦、如此絕望。

「你今天收入多少？」塞穆爾背靠著駕駛廂問。

馬可思索著說：「我一共交了四次錢，第二次還超過五百克郎。如果把我口袋裡的三百塊也算進去的話，我想全部應該有一千三或一千四吧。」

「我大概有八百塊。」幾個孩子中年紀最大的米莉安說，她總是能拿到很多錢。不過，她的雙腿殘廢了。

「我只有六十塊。」塞穆爾輕聲說：「沒人要再給我錢了。」

十雙眼睛同情地望著塞穆爾。親眼目睹左拉處置這種狀況，並不是什麼有趣的事。「這些你拿去。」馬可給了塞穆爾兩張百元紙鈔。他是唯一會給塞穆爾錢的人，他也猜想得到有人會向左拉密告這種行爲。

馬可很清楚爲什麼塞穆爾拿不到錢。一旦外表不再看起來像個孩子，乞討就沒戲唱了。馬可已經十五歲，外表仍像個十三歲孩子，一雙大眼睛天眞又單純，而且就年紀來說，他的體型非常瘦小，小得不可思議。和塞穆爾、皮寇與羅密歐不同的是，他的皮膚始終柔嫩光滑，頭髮如絲般柔順。反觀他們，不但皮膚粗糙，還開始冒出鬍渣。雖然他們已經和女生有過經驗，卻還是十分羨慕馬可，因爲他成長的速度是如此緩慢。

馬可完全心知肚明。

就年紀而言，他的體型或許相當瘦小，然而智性卻如成人一般發展，而且他曉得善加利用。

「爸爸，我可以去上學嗎？」七歲時，他就提出這個請求。當年他們還住在義大利。馬可愛自己的爸爸，但是爸爸那時早已軟弱無助。因爲爸爸的弟弟，也就是馬可的叔叔左拉，要求孩子們上街行乞，爸爸卻無力反抗。左拉的意志就是法律，他是家族的領袖。

但是馬可渴望學習。翁布里亞的村莊裡幾乎都有一所小小的學校。一大清早，晨光微露，他就緊緊靠在敞開的教室窗戶外，飢渴地吸取聽到的一切知識，然後才甘心離開，去做所謂的「工作」。

偶爾有教師出來，邀請他到教室裡聽課，但是馬可往往立刻跑走，從此不再出現。如果他遵從了對方的要求，回到家後應該會被打得鼻青臉腫。從這方面來看，他們不斷遷徙，不斷變換學校和老師，也是一個優點。

即使如此，最後還是有位老師成功逮住了他。不過，並非勸他進去聽課，反而塞給他一個沉重的帆布袋。

「送給你，或許對你大有幫助。」他說完後就讓馬可離開。帆布袋裡擺了十五本教科書。不管他們停留在哪個城市，馬可總能找到地方，趁著大人忙碌時認眞研讀內容。

兩年後，他已經自行學會算術，懂得用義大利文和英文閱讀寫字，也認得一些丹麥文。他們來到丹麥已經三年，一伙人當中，只有馬可在這段期間學會以幾乎流利的丹麥語與人交談。

「說說看、說說看。」米莉安常常喊道。他們很喜歡這樣鬧著玩。

左拉和他的親信反而猜疑馬可的企圖心。他們不需要思想家，只需要工具。

這天夜晚，他們躺在上下舖的床上，被迫聽著塞穆爾被打得死去活來的聲音。毆打聲宛如左拉不公不義對待他們的回音，從左拉的房間傳到他們的臥房。馬可本身並不畏懼毆打，在他身上通常也較少發現惡劣情事，不像其他人那樣。他爸爸的影響力依舊不容小覷。不過他躺在床上，用力緊揉著被單，心中對塞穆爾有股罪惡感。四周終於安靜下來。馬可聽到開門聲，知道懲罰已經結束。一定是左拉身邊其中一個彪形大漢打開了門，觀察鄰居動靜，確定四下無人後，再把被痛扁得遍體鱗傷的塞穆爾搬到隔壁建築裡的房間。這幫人始終小心翼翼避免在這個典型中產階級區域落人話柄，並積極與丹麥鄰居家庭交好，左拉在外營造出的得體優雅形象絕對不可被破壞。左拉非常清楚自己是個白人，體面挺拔，魅力十足，加上來自美國，說得一口英語，所以很容易被當成「他們的一份子」。左拉很了解丹麥人對這樣的人不會有防範之心。

有鑑於此，他往往在夜色的掩飾和拉上窗簾的氣密窗隔絕之下，進行他的懲罰活動。他們總是特別注意不讓人看出毆打的痕跡，卻能讓塞穆爾隔天拖著腳步吃力地走過行人徒步區。鄰居絕對看不到這些。除此之外，懲罰有利於推展業務，同情總是能轉化成白花花的錢幣。

黑暗中，馬可站起身，悄悄溜過其他表兄弟的房間，敲了敲客廳的房門。若是馬上有人應答，事情就好辦；倘若猶豫一陣後才傳來回覆，就得留神了。

這次約莫過了一分鐘，馬可才被允許進入客廳，而他心裡已經做好準備。

左拉像個皇帝般端坐在茶几旁，四周圍站著他的臣子。巨大的螢幕上正在播放電視節目，聲音震天價響。

他看見來者是馬可，臉色似乎明亮了一點，不過雙手仍舊不住顫抖。家族中有人堅稱左拉嗜好觀賞別人遭受毆打折磨，但是馬可的爸爸卻保證並非如此，他認爲左拉喜愛自己的人，就如同耶穌愛護他的門徒一樣。

不過馬可沒有那麼篤定。

電視機大聲播放著夜間新聞：「卡爾．莫爾克副警官，隸屬於哥本哈根凶殺組、專門調查令人矚目案件的特殊懸案組，在嚴密封鎖的密室內和風乾的屍體待上了三天三夜，而且……」

「克利斯，關掉那個爛節目。」左拉的頭朝遙控器一點，命令他的手下。四周頓時一片安靜。

左拉輕撫著他的最新收藏，一隻腿兒細長的獵犬。除了他之外，沒人可以碰那隻狗。他直視馬可說：「馬可，你膽子可眞大呀，竟敢把錢給塞穆爾。你應該很清楚這是最後一次了。」

馬可點點頭。

左拉微微一笑。「你今天工作表現得很好，馬可。坐下吧。」他指著自己對面一張椅子。「年輕人，你找我做什麼？應該不是來告訴我，塞穆爾不該遭那種罪吧？」說完，他表情一變，簡單比了個姿勢，要克利斯給馬可倒茶。

「左拉，很抱歉來打擾你。不過，關於塞穆爾，我其實有話想說。」幾乎不見左拉有所動作，卻見克利斯猛然豎直身子，慢慢接近馬可。他比家族其他人還要高大，膚色更淺，一旦抬頭挺胸，能把大部分人嚇得退避三舍。但是馬可仍緊緊盯著自己的叔叔。

「馬可，你應該很清楚，塞穆爾的事和你無關。他今天的收入很不理想，因爲他不夠努力，和你不同。」左拉搖搖頭，深深地陷進披掛在椅背上的羊毛毯裡。「別插手，馬可。乖乖聽叔叔的話。」

馬可注視著他好一會兒。塞穆爾不像你那麼努力，左拉這麼說。難道塞穆爾眞的間接因爲他的關係而被毆打？若是如此，結果甚至更糟糕。

馬可低下頭，盡量輕聲說：「我知道。但是塞穆爾年紀不小了，不適合在街頭乞討。大部分路人看都不看他一眼，就算有人看他，也都怕得要死，趕快繞路走開。其實，他們只是……」

馬可察覺到左拉豎起一根手指，指向克利斯，才剛抬起頭，克利斯已經走過來，賞了他一個耳光，打得他耳朵隆隆作響。

「我說塞穆爾的事情和你無關，馬可，聽懂我的話了嗎？」

「是的，左拉，可是……」

克利斯轉眼又是一個巴掌，左拉的訊息終於進入馬可心裡。馬可臉上沒有任何表情。在這種環境長大，不會因爲這種事就哭天搶地。

他慢慢站起身，朝左拉點點頭，然後走向門口，一邊努力擠出笑容。吃了兩個耳光，謁見結束了。即使如此，他的手放在門把上時，仍鼓起了勇氣。

「你打了我，沒有關係。」他抬起頭說：「但是你懲罰塞穆爾就是不對。你若是再打一次，我就跑走。」

馬可看見克利斯詢問地瞥了左拉一眼，但是叔叔只是輕輕搖頭，匆匆擺了擺手，要侄子趕快滾出他的視線。

馬可躺回自己的床上，把沒有說出口的理由仔細想得通透，這是他的習慣。唯有找到正確的詞語，事情才能運作得好。在他內心的對話中，左拉有時候是很隨和的。

這是他能夠稍微喘口氣放鬆一下的訣竅。

他想告訴左拉，塞穆爾沒有問題，只需要讓他學點東西就可以了。若是你讓他上學，他或許可以當個技工，維修保養黃色貨車。既然他的技巧拙劣，無法像赫克特和我一樣成爲技藝高超的扒手，爲什麼不給他另外一個機會呢？

當他想像著自己清楚說出想法時，感覺會好過一點。但是夜色降臨，燈光熄滅後，他隨即又恢復了冷靜。

他們的生活不過是個夢魘。

雖然在外人看來，他們全都是善良親切的人，居住在體面的房子裡，但其實私底下全是寡廉鮮恥，持有僞造護照的罪犯。這還不是最糟糕的。糟糕透頂的是，幾乎沒有一個孩子知道自己的出身。連馬可也不太確定家族成員中，他稱之爲爸爸和媽媽的人是否眞爲他的親生父母。孩子們也不清楚他們到城裡乞討、爲左拉的帝國掙錢時，大人們究竟都在做什麼。馬可還記得少數幾件在他們尙未離開義大利前的美好回憶，如今也在左拉新的領導風格下瓦解，只有犯罪行爲僅存下來。生命沒有變得更加美好。他們當中很多人即將成年，但能讀能寫的人寥寥可數。每個人即使學會了各種能力與技術，他們的專門技能也集中在一件事情上，就是奪取他人的財產。只要出門偷盜竊搶，個個立刻變身專家。行乞、扒竊、爬過地下室窗戶闖空門、詐騙老婦人、攻擊自行車騎士，無一不精通，馬可在各方面更是箇中高手。他可以睜著無辜大眼，露出引人同情的微笑乞討；可以悄無聲息爬過小得不能再小的窗戶，入侵他人房子；也擅於在熙來攘往的匆忙人群中，迅雷不及掩耳地扒走受害者的手錶和皮夾，技巧純熟靈活。他絕不會做出錯誤的動作，也不會發出多餘的聲音，但在轉移受害者注意力時卻精準確實。而且，他擅長引起他人的憐憫之情。

但是馬可的同伴卻無人憎恨他的存在，他的所作所爲就如同他這個人一樣深不可測。

馬可躺在黑暗中，傾聽其他人的呼吸，一邊想像著自己不曾擁有過的生活。他眼前浮現普通孩子的身影，看見他們獲得的種種幸福。那些有父有母的孩子，那些父母努力工作而能上學念書的孩子，那些被人抱在懷裡或者獲贈精心小禮物的孩子，那些每天吃得好、睡得飽，有朋友和親戚會來拜訪的孩子，那些生活免於恐懼、毆打或者被逮到的孩子。

每當這些念頭折磨得椎心刺骨，他就會咒罵左拉。當年還住在義大利時，他們之間至少還有某種羈絆。他們下午遊玩，晚上歌唱。仲夏夜晚，大家圍坐在火堆旁，講述白天發生的英雄事蹟。女人爲男人把自己精心打扮得漂漂亮亮，男人自我吹捧，有時候他們也會拌嘴抬槓，笑得大吼大叫。那時他們都還是「吉普賽人」。

馬可不懂左拉是怎麼毫無爭議地當上了他們的領袖。大人們爲什麼能甘心容忍呢？他除了支配他們的生活，施加暴行，奪走他們辛苦詐騙得來的一切之外，究竟爲他們做了什麼？他們竟能無怨無悔吞忍他的行徑。一想到此，馬可就替大人感覺丟臉，尤其替爸爸感到羞愧。

他在床上坐起身，心裡清楚自己必須他媽的小心謹慎。雖然先前在客廳時左拉沒有眞正傷害他，眼睛卻透露出不祥的恐嚇目光。

我必須和爸爸談談塞穆爾的事。馬可心想，我一定要找人談談。

但是，他沒有把握這樣做是否會有幫助。好長一段時間，爸爸彷彿遭受了什麼特別的打擊，顯得非常遙不可及。

馬可第一次注意到爸爸有異，約莫是在兩年前。有天早晨，爸爸眉頭深鎖，無精打采直楞楞盯著食物。馬可以爲他生病了，但是隔天他又活力充沛，比前幾個月更加生氣勃勃。聽說他可能咀嚼了阿拉伯茶這種令人興奮的葉子，和其他多數人一樣。但是，他額頭上的皺紋卻從此深深烙印著。馬可獨自惴惴憂愁，最後忍不住向米莉安傾吐心事，詢問她是否知道些什麼。

「胡說八道，馬可，你在做夢啦。你爸爸和以前一樣啊。」她臉上擠出微笑說。之後他們就沒再提起這件事了，馬可也努力壓抑住不安的感覺。

但是半年前爸爸又出現了不尋常的神情，儘管感覺不同。那個夜晚，走廊起了一陣大騷動，可是孩子們十點過後不准離開房間，所以他們沒人知道事情發生的原因。

騷動將馬可從夢中驚醒。根據呻吟聲判斷，應該是有人被痛毆了一頓，而且一定打得非常慘烈，因爲隔天上午馬可向爸爸詢問發生了什麼事情時，他的臉上露出彷如烙下恥辱的表情。馬可完全一頭霧水，不清楚誰受害，又是爲了什麼，只知道不是家族裡的人。

那天起，爸爸就睡在蕾拉那裡。而馬可現在正躡手躡腳溜過走廊，要走到她位於客廳另一邊的房間。

就在他偷偷經過客廳時，忽然聽見爸爸的聲音。他正激烈高聲抗議，卻被左拉粗暴打斷。馬可突然聽見自己的名字，於是停下腳步，偷聽他們的談話。

「如果我們不阻止你兒子繼續反抗，損失的將不是我們一大部分的收入，還得冒著他會將毒素傳染給別人的風險。我們必須考慮到他總有一天會出賣大家。這點你要搞清楚！」

他又聽見爸爸的抗議聲，聲音更加絕望，甚至幾近哀求。

「左拉，馬可不會去找警察，也不會逃走，他不過是嘴巴說說而已，你又不是不認識這孩子。他的腦袋很聰明，有時候顯得太機伶，單純只是想太多罷了。他怎麼樣也不會傷害我們呀，左拉，放他一馬，好嗎？我會找他談談的。」

「我說：不行！」左拉回答得斬釘截鐵，不容許任何反駁。

馬可四下張望著走廊。克利斯隨時會端著左拉睡前要喝的苦艾酒走出來。喝了酒，左拉才能入睡。絕對不能讓克利斯發現他在這裡。

「塞穆爾告訴我，他觀察到馬可現在下手偷竊越來越猶豫不決。」左拉繼續說：「若是屬實，情勢將對我們十分不利，這點你很清楚。一旦猶豫不決，早晚會被逮到。而他這種人的嘴巴往往守不緊。若眞出了岔子，別以爲馬可會對家族忠貞不二。」

馬可把耳朵貼在門上，心裡祈禱那隻狗別開始吠叫。塞穆爾眞的這麼說他嗎？眞是一派胡言。他什麼時候下手偷竊時猶豫不決了？從來沒有！塞穆爾才是那個舉棋不定的人，而自己還幫他說話耶！

「馬可現在年紀夠大，可以換用殘疾人那一套了。我們都懂得這方法的好處。」

「左拉，米莉安是出了意外才會如此啊，這完全是兩碼子事。」爸爸哀求的聲音又響起。

「哈，你眞的這麼想嗎？」語畢，一陣無情的冷笑竄起。馬可渾身冰冷。左拉的話是什麼意思？難道米莉安的殘廢並非意外所致？她是過馬路的時候失足跌倒的啊。

裡頭靜默了好一陣子。馬可幾乎可以看見爸爸震驚的表情。可是，爸爸卻沉默不語。

「聽好了，」左拉又說：「我們必須確保這些孩子擁有美好的未來，不是嗎？所以我們負擔不起錯誤，也無法容許軟弱。我們很快就能籌到將大家帶到菲律賓的費用了。這不也是你自己一開始的夢想嗎？你不認爲應該想像一下？在這個夢想當中，也有你兒子的一席之地啊。」

馬可的爸爸回答之前安靜了一會兒，很難漏聽到他在開口前先跌落在地的聲音。他輸了這場戰役。「所以馬可必須要被弄成殘廢嗎？你眞的沒有其他解決方法了嗎，左拉？」

馬可兩手緊握成拳。爸爸，一拳打上他的嘴臉，快點動手，馬可心想。你可是左拉的大哥啊！快警告他別來碰我。

「我認爲對家族來說，這只不過是小小的犧牲。馬可會被注射少量鎮靜劑，腳步不穩走在路上失足跌倒，然後不小心被一輛車輾過一隻腳——結束。不過短短幾秒的事情。丹麥的醫院技術精良，多少可以醫治。只要他看起來『値得同情』就可以了。若是我再聽到你嘴裡對這件事吐出一個字，連你也有可能被車子輾過腳，懂嗎？」

馬可屏住呼吸，眼前浮現米莉安佝僂的身影，看見她一輩子得一拐一瘸走著路，不由得眼眶泛淚。他努力壓抑住淚水。所以這就是事實嗎？是他們故意把她弄成殘廢的？

說點話呀，爸爸。馬可心裡大聲嘶喊。可是門後只聽得見一個聲音，不是爸爸的。

「一樁荒謬愚蠢的意外，部分傷殘，還能拿到保險金。如此一來，我們朝目標又邁進了一步，就這麼決定了。」左拉無動於衷繼續說：「更何況還有不錯的附加效果：我們的團隊裡有了一位高效率的純種乞丐，而他哪裡也逃不了。」

馬可驀地感覺到一陣微風襲來，迅速轉過身。但是太遲了。廚房的門被打開來，踏出走廊的那個人發現了他。

「你在這裡做什麼？」克利斯的聲音穿破黑暗咆哮。

馬可猛地彈離牆邊，全力往大門口衝刺，但克利斯緊追而來。客廳的門這時一下子拉開。

馬可之前曾在腦子裡演練逃脫路線，盤算可以到鄰居家尋求保護。但是等他現在眞的逃出戶外，四周卻是一片死寂。隱落在樹木之間的房舍靜靜矗立在黑暗中，沒有一處透出燈光。唯有街道稍遠的地方隱約可見微弱的電視螢幕反光。

他跑向那棟房子。我做不到，我做不到——他腦子裡只有這個念頭。他赤腳狂奔，一邊小心不要絆倒在人行道的邊緣。天空下著雨，冷冽的雨滴打在他臉上。在他驚動那棟屋子裡的人從電視前的沙發上站起來之前，一定會先被逮到。不行，他必須想點別的辦法。

他邊跑邊轉頭向後看。兩個堂表兄弟緊跟在克利斯後面一起追過來，而他們的速度快得該死。馬可當機立斷，往前一撲，從樹籬間的洞鑽了出去。若是幸運的話，那幾個人應該沒有辦法從洞裡爬出來。

等他成功跑到屋舍後面的省道上，或許就有一線生機。

這個念頭還沒消失，花園裡倏地亮起耀眼的燈光：來自附設感應器的探照燈。他才看見客廳的窗簾後面出現人影，下一秒就從另一個樹籬爬了出去，滾到路邊凹溝裡。

馬可聽見追他的人在後面大聲叫嚷，但是他兩眼專注幾百公尺遠，坐落在通往小丘半路上的林地。

他必須趕緊跑過去，因爲他們隨時會奔出小巷，跑入省道那一頭。要是他沒有及時躲入林子裡就完蛋了。

兩道鹵素車燈投射出的藍色光圈，掃過圓形山丘頂，被雨打得溼漉漉的省道頓時變成通往自由的亮晃晃橋樑。如果他現在跑到車道、攔住汽車的話，或許有逃走的機會。還是乾脆一頭撞上去，結束這不幸的一生呢？

「停車！」他瘋狂擺動手臂，朝著車子大叫。下一秒，他便逕直朝兩道車燈跑去。

他飛快地回頭往後看了一眼，追他的人繞過了房子，已經站在車道旁。遠遠看不清楚追他的人有誰，但是一定少不了那些兄弟和其他幾個孩子。他必須說服司機帶他離開，否則他們隨時會抓走他。

車子激烈閃著大燈，但並未減緩車速。馬可將自己交給了命運。不一會兒，他聽見刺耳的嘎吱聲，那輛車在行車分向線上搖搖晃晃，最後直接朝他衝來。車子在距離馬可膝蓋不到幾公分前煞住。擋風玻璃後面的司機激動地比手畫腳，發了狂似地大聲怒罵，雨刷不停地來回刷動。

馬可趁著司機還沒來得及反應前，已經繞過車，打開了副駕駛座的車門。

「你這個混蛋，你究竟他媽的在幹什麼！」司機大聲咆哮，臉色慘白如灰。

「拜託，請您開車，拜託！前面那些人是追著我來的，請您開車，我求求您！」馬可哀求，絕望地指向那些人。

司機臉上的表情瞬間從驚嚇轉換成憤怒。

「可惡的巴基斯坦人，你們這些爛人的事情自己解決！」他揮動拳頭大聲吼叫。

雖然拳頭沒有完全打中馬可，卻足以令他跌回路上。司機仍舊朝著他大吼大嚷，然後啪一聲用力關上副駕駛座的門。

馬可穿著單薄的睡衣，感覺到路面上的柏油。但是比跌倒更讓他痛苦的是眼睜睜看著車子揚長而去，車燈直接照到了追他的人身上。

「攔住那輛車！」遠遠傳來克利斯的吼叫聲。隨之而來響起幾發沉悶的射擊聲，但是並沒有命中目標。司機加足油門全力衝向那群人。他們猛然跳向一旁，車子隨後消失在視線外。

馬可越過路邊凹溝的坡面爬進林子裡，耳邊傳來他們的叫聲。很好。他們應該認爲他搭上車子走了。

馬可將幾株枝椏撥到一旁。放眼望去，有兩個人走到了那群人旁邊。根據身形判斷，應該是左拉和爸爸。

有個男孩指向方才馬可攔車的地方，接著又指向車子消失的方向。但這些訊息只爲他換來一記耳光。

下一刻，那群人全朝馬可躺著的地方跑來。該死，他得趕快離開，深入森林，找一處更隱密的地方藏身。他小心翼翼站起來，黑暗中只看得見樹木大概的輪廓，寒冷和隨著劇烈心跳繞行全身的腎上腺素，讓他不停打哆嗦。他的睡衣早被雨打溼，凜冽的寒冷開始噬人刺骨。才走了幾步，他就發現自己光著腳無法走太遠。從吵嚷的聲音研判，眼看他們就要追上來了。

顯然所有人都來了，赫克特、皮寇、羅密歐、左拉、塞穆爾、他爸爸和其他人。他甚至還認出了幾個女人的聲音。

此時，恐懼才當頭籠罩。

「我沒看見他人在車子裡。」塞穆爾以義大利文說。

「那不能保證什麼，因爲他長得很矮小呀。」另一個以英語回道。

塞穆爾反唇相譏。

左拉的咆哮壓過了七嘴八舌的喧鬧聲。他們讓男孩順利逃脫，而且不清楚人是否在車子裡，加上剛才那幾發愚蠢的槍聲，在在讓他怒不可遏。如今不得不暫時中斷他們的行動了。那個司機十之八九會去報警，指認出他們其中一、兩個人。如果他們在附近展開調查，這些孩子就不能再出現在這區。接下來幾天，所有人都必須離開，直到風頭過去。

左拉氣得說話聲音顫抖：「剛才開槍的人等著付出代價。現在趕緊搜看看馬可是不是還在附近，動作快！」他吼道。「如果又看見他逃了，直接開槍。馬可已經是我們全體的威脅。」

馬可簡直不敢相信自己的耳朵。這麼多年來，他從來沒問過那些逃走的人最後怎麼了。難道左拉也解決了他們，只爲了「保護」家族嗎？

馬可全身不停顫抖。他光著腳，一步步謹慎地摸索著走進森林，樹枝、毬果、尖銳的石頭刺進腳底。走了百多公尺，感覺再也走不下去，腳底如被火燒般滾燙，但是他不能停下來。

若不趕快找到藏身處，我就完了，這句話不斷在他的腦子裡槌打著。話說回來，他也不能留在這裡，因爲地面寒冷如冰，堅硬如石。

他四肢並用爬過樹底，努力忽略膝蓋的疼痛。胡亂爬行一陣後，他霍然察覺地面有點下陷，這才想到有可能是爬到了泥濘地。但是，地面一點也不潮溼，摸起來和森林裡其他地方不一樣，好像有人翻掘過似的。

於是他急忙開始挖掘，不一會兒，洞越來越大，深得夠他蜷縮著身子藏起來。他伸手輕輕撥土蓋在身上，拿杉樹枝遮住自己的臉。現在他們必須要踩到我，才能發現我藏在哪裡，他心想。剎那間，他的腦海忽然閃過左拉那隻狗。

沒多久，他便聽到了枯枝斷裂的喀嚓聲以及雜遝腳步聲。地面在震動，他們已經非常接近了。馬可強迫自己冷靜下來，保持平穩呼吸。

他們散開在林子裡搜尋，慢慢靠近他躲藏的洞穴。手電筒閃耀的燈光像在樹幹間穿梭飛舞的螢火蟲。

「一個人留在路旁，以防他從那裡逃走，其他人徹底搜索這個區域。」左拉的聲音在黑暗中顯得特別響亮。「你們拿著樹枝，邊走邊戳地面。」

馬可聽見四周傳來折斷樹枝的聲音，腳步聲伴隨著戳地的嚓嚓聲逐漸靠近。一想到他們慢慢包圍過來，樹枝不停捅入地面，馬可不由得直冒冷汗。他不知道自己窩了多久——十秒？一分鐘？——他們的腳步聲才逐漸遠去。那群人全部擠到森林深處去了。

我最好還是躺著，他心想。左拉和他的搜索隊若是放棄尋找，應該會循著原路穿越森林離開。他們如果撤掉看守街道的人，馬可或許可以往回跑，從田野那兒逃掉。但是他不敢這麼做。

是恐懼。

除了按兵不動耐心等待之外，他還能做什麼？

這時，一股腐爛的霉味撲鼻而來。毫無疑問這附近有具死掉的動物屍體，或許是鳥、松鼠，也可能是隻兔子。他感覺自己彷彿在冰冷的地上躺了一輩子，雨滴沿著杉樹枝流聚在他身邊。過了很久，他們才走回來。他靜靜聽著他們的聲音，聽到他們忿忿怒罵，但是罵聲中特別突出的卻是恐懼。

「若是被我們逮住，一定要讓他後悔莫及。」一個女孩的聲音說道，聽起來像是莎夏，不過馬可不太有把握。因爲他和她其實處得很好。

最後走過他藏身處的是爸爸和左拉，他絕對不會聽錯他們的聲音。那隻狗竟然跟在他們身邊！馬可聽見狗兒噁心的喘息聲，脖子瞬間變得僵硬。

忽然間，那隻臭狗竟狺狺吠叫，發出嚎哮，聲音聽來正在馬可藏身處旁。如果牠開始刨土，一切就完了，馬可心想。雖然知道沒有意義，但他仍然大氣也不敢喘一下。

「我們差不多到之前挖洞的地點了。」是左拉低沉的聲音，距離不過幾公尺。「你聽聽這隻狗，激動得不知所以，洞穴一定就在附近。」他咒罵著狗，一邊用力拉走那隻憤怒的動物。「你很清楚我們目前面臨的問題比之前更加棘手吧？一切都是你兒子給我們找的麻煩。最近一陣子我們必須低調一點——誰知道馬可還會想起什麼。我們甚至應該考慮把屍體埋到別的地方。屍體目前離房子太近了。」

馬可像塊石頭般躺在地洞裡動也不動。一等到聲音遠去，他飛快拍掉身上的土。左拉和克利斯晚點一定會再帶著狗回來，他必須趕緊離開，越遠越好。他沒有條件冒險。

他費力活動一下凍得僵硬的手臂，緩緩挺直背脊，全身骨頭痛得要命。他尋找洞穴兩邊的支撐物，想要往上爬。他將樹幹和枝椏清到一旁時，忽然碰到一團有點柔軟的奇怪物質。再往下，又摸到比較堅硬的東西。死亡與腐朽的惡臭撲鼻而來。

他屏住氣息，雙手撐好後把整個身子向上一抬，出了洞穴。出來後，他想要看清楚自己剛剛碰到了什麼東西，於是往前一彎身……竟然看見了一隻手！皮膚已經脫落，露出了骨頭，指甲顏色棕黑如土。

馬可大吃一驚，嚇得退後半步，心跳頓時停止。他瞪著死人的手久久不放，細雨緩緩落在死者的臉和上半身。

「我們差不多到之前挖洞的地點了。」左拉對他爸爸說。馬可剛才就躺在這個洞裡，和一個死人在一起！他不是第一次看見屍體，但是從來沒有碰過。他不知道究竟哪一種更糟，是噁心還是伴隨著那個念頭而來的驚慌。

馬可挺直身子，思索著下一步該怎麼做。發現屍體，或許能成爲他擊敗左拉、贏得自由的機會。不過他很快又把這想法拋諸腦後，畢竟爸爸也參與了犯罪行爲，至少是幫忙掩埋屍體。

他就這麼站在那兒思索，幾乎習慣了惡臭。最後不得不面對無情的現實：他沒有辦法傷害左拉卻不把自己的爸爸拖下水。雖然爸爸衰弱無能，無力反抗，我還是愛他。是的，馬可愛他。這世上他也只有爸爸了。在這種情況下，怎麼能去尋求警方的幫忙？不行，無論是現在還是以後，全都行不通。

馬可又感覺到寒冷刺骨，感覺到世界龐然巨大。此刻，他驀然意識到自己沒有家人在側，只剩街道等著他。從今開始，他必須完全靠自己。一天工作結束後，沒有貨車會來接他，沒人張羅他的食物，世上也沒有人知道他是誰，打從哪裡來。連他自己也不知道。

他熱淚盈眶，但是很快克制住。他生活至今的那個地方，不懂得什麼是同情，也不懂得自憐自艾。

他往下看著自己。當務之急是先弄來合適的衣服。他當然可以闖入別人的房子，但是夜裡單獨闖空門，沒有人幫忙把風，他媽的風險太大。

馬可光腳戳著土。或許死者的衣服還在墓穴裡？他拿起一根枝椏，撥掉死者肩部的土，一個男人的軀幹最後暴露在外。他是赤裸的。

雖然夜色暗沉，又加上髒污，還是勉強能看出臉部的輪廓。頭髮還在，似乎略呈紅色。不過臉部皮膚已經腐爛，無法確定年紀。若非黑暗夜色的掩護，他的容貌一定和散發出來的惡臭一樣駭人。

我在這裡什麼也找不到，馬可心想，又看著那隻扭曲的手，心裡不住哀傷。那隻手似乎想要捉住什麼，或者想緊緊抓住生命。

馬可仍沉溺在思緒裡，忽然發現死者的大拇指底下，有個項鍊的鎖釦。很小的圓環，上頭還有一個必須推開的銷釘。他好幾次直接從女人的脖子上解開這種鎖釦。

他從死者手裡拉出項鍊，墜飾有點重，款式少見，有許多細線，兩個獸角和兩個小木頭面具，比較像個護身符。項鍊談不上好看，但是有點特別。沒錯，是很特別，可惜換不到什麼錢。只不過是有點非洲風味的東西。

第四章

二〇一一年，春天

「這裡究竟怎麼回事？」卡爾．莫爾克滿臉困惑，看著掌管哥本哈根警察總局小餐廳的前警察鑑識人員湯馬斯．勞森，慢吞吞將矮胖的身軀移出廚房。「幹嘛用桌上這些醜斃的紙做小旗子？打算歡迎我從鹿特丹回來嗎？我也不過去了一天而已。」

若非他想去拿要送給夢娜的戒指，而珠寶店就離警察總局不遠，加上他突然很想喝咖啡的話，也不會現身此地，而是直接從機場回家。如今從現場的狀況看來，回家才是明智之舉。

他邊搖頭，邊看了一下四周。怎麼搞的？難不成他跑到了兒童慶生會，或者某個神經錯亂以為人世間還有天堂等在前方的同事第幾百次的結婚典禮？

勞森嘴角一揚。「哈囉，卡爾。不是，看來我要讓你失望了。羅森．柏恩回來了，原因就是這個。半個小時後，馬庫斯．雅各布森會請凶殺組的同事上來喝咖啡，所以麗絲稍微布置了一下。」

卡爾蹙起眉頭。

羅森．柏恩，他離開過嗎？吶，看來他一點也不想念那位凶殺組的副組長，連他沒來總局也沒注意到。

「欸，你說他回來上班？從哪兒回來？樂高樂園嗎？」

勞森把一個裝了綠色東西的盤子啪一聲放在卡爾隔壁客人的桌上。那東西可疑又詭異，打賭那個人一定很後悔自己點了那個。

「你完全不知道嗎？眞奇怪。總之，他剛從喀布爾回來。」他哈哈一笑。「我想如果可以，你最好別大聲嚷嚷自己並不知情。羅森離開兩個月了，卡爾。」

卡爾眼角瞥見隔壁那人拿著叉子正要把食物送入口中，手卻又忽地停在半空中顫抖。是因爲菜葉吃多了變得虛弱嗎？還是那傢伙根本在取笑他？看來羅森在這裡是個笑話——顯然沒有半個人想念那位副組長。

兩個月。老天爺啊！

「喀布爾，原來如此。討厭的地方，他見鬼了去那兒幹嘛？」他很難想像那位寄宿學校學生身穿戰鬥服的樣子。「他們想檢察看看他是否能生龍活虎地活著回來嗎？像他那種乾枯得像木乃伊的人，很容易會搞混吧。」隔壁那個人叉子上的綠色東西掉了下來。

「羅森去那兒幫忙培訓當地警察。」

勞森圓滾滾的肚子上掛著條餐巾布，兩手在上面擦了擦。這男人若打算繼續在餐廳工作，顯然得給自己弄條更大的餐巾布。

「啊哈，爲什麼他不乾脆留在那兒算了？」

卡爾環顧餐廳。有些在場的人苦笑著，但是他完全不在乎。眞希望他們也同樣搬到阿富汗沙漠去。

「萬分感謝吶，卡爾。」背後響起一個聲音。「很高興聽見你也如此看重我在國外的工作。」

十五雙眼睛釘在卡爾身上，幸災樂禍的氣氛流淌在餐廳裡。卡爾鎮定地轉過身，心裡預期會看見一張曬得通紅的臉。

可是羅森卻他媽的完美得很，而他也十分清楚自己的狀況。原本瘦弱的身體被餵得壯壯的，好似覆上了一層棕色的水牛皮膚，太陽彷彿豎直了他的背脊，增寬了他的肩膀。至少現在的他比以前看起來更加高大，左胸口袋上的四排動章可能也強化了這種印象。

卡爾讚賞地點了個頭。「羅森，你可搜刮到大量動章啦，誠摯地恭喜你。再加把勁，連童子軍騎士十字動章也能得手了。」

卡爾看見勞森尷尬地拉扯衣服，不過他可是一點也不操心。羅森很久以前就拿他莫可奈何，如今還能動得了他嗎？

「卡爾．莫爾克，別人很可能以爲是『你』打到了自己的頭，而不是你重要的助手。阿薩德狀況如何？」

「老天，羅森，你眞是體貼呀。謝謝你，他很好，再過幾個星期又能回來工作了。謝天謝地，我還有蘿思。」

他注意到大部分的人聽到這個名字，不由得偷偷竊笑。這堆愚蠢的傢伙，卡爾心裡叨唸著。這些竊笑者要是有一半的人都能像蘿思一樣靈活能幹，這組織就會是另一番光景了。

「不過阿薩德的臉還是有點歪掉走樣，不是嗎？」勞森或許是餐廳裡唯一注意到這件事的人。

卡爾點頭。「是的。不過老天垂憐，幸好他不是這棟樓裡唯一歪脖子的人。」他直視正在櫃檯付飲料費的羅森雙眼。出人意料的是，羅森對此奚落竟置之不理。

「是啊，沒錯，勞森。」卡爾繼續說：「說眞的，阿薩德臉部肌肉的病因是腦出血——平衡感也因此失靈，所以他春季還需要時常回診，繼續吞些藥片。不過，我相信他會慢慢通過考驗，恢復健康，我們都非常樂觀。他目前說話還有點困難，不過這也不是什麼新鮮事了。」

除了他以外，沒人開懷大笑。他媽的。

羅森收好皮夾，轉過來看他，眼神露出平日那種令人厭惡的目光，多年來，那已經成了他的正字標記。

「卡爾，阿薩德病情有所進展，我衷心替他感到高興。我們只希望你在地下室的業務也一樣朝前邁進。或許我未來應該多關注你一點，才能適時發現你是否需要支援。」

他說完後又轉向勞森，「謝謝你幫我接風，勞森，布置非常隆重喜慶。回家的感覺眞的很棒。你說是不是，卡爾？對了，歡迎從荷蘭歸國。」

羅森經過卡爾走向樓梯間時，惡狠狠地瞪了他一眼。沙漠看來沒有完全渴死這隻眼鏡蛇。

「白癡。」背後響起一聲。卡爾看不到是誰說的。

但他看見勞森又扯了扯自己的衣服，顯然不希望自己的帝國裡出現不和睦的氣氛。「吶，說來聽聽，荷蘭那邊的報告怎麼說？」他試圖轉移注意力，「斯希丹的釘槍謀殺案和丹麥這兒的案件有關嗎？」

卡爾哼了一聲，「報告？什麼鬼也沒有，純粹浪費時間。」

「我覺得你似乎很沮喪，是嗎？」

卡爾久久端詳著勞森。總局裡沒幾個人像他這麼有膽量敢提問如此私人的問題。不過，有資格期待獲得回答的人也不多，尤其是這些坐在餐廳裡的豬頭。

「任何一件懸案都會讓一個好警察感到挫折，」他左右張望了一圈，希望他們好好咀嚼一番。

「特別是自己的同事因此受害的時候。」

「提到這個，哈迪的狀況怎麼樣了？」

「哈迪仍然躺在我家。除非我們兩個有人先掛點，否則情況不會改變。」

隔壁大啖沙拉的人忽然猛點頭，「卡爾，雖然你是個混球，不過你盡心盡力照顧哈迪，讓人敬佩。沒有幾個人能做得到。」

卡爾輕輕蹙眉，臉龐或許還掛上了一抹微笑。從同事口中聽到這種話，感覺很詭異。何況還是第一次聽見。

樓下凶殺組瀰漫著亢奮躁動的氣氛。樸素的接待室裡插滿了丹麥小國旗，布置得宛如女皇誕辰時的皇宮廣場或是丹麥夏日政黨議場。

「哈囉，麗絲，你們這兒可眞熱鬧，國旗正在跳樓大拍賣嗎？」

麗絲是兩位祕書中較年輕的那個，也是凶殺組的陽光開心果。她歪著頭說：「卡爾啊，別嫉妒。如果你從阿富汗回來，我一定也會插上滿滿的旗幟。」

「是、是。」他只說了這些，享受著麗絲微微揚起嘴角的模樣。卡爾愛死了這種冷淡低調的調情。夢娜絕不會露出這種讓男人下半身蠢蠢欲動的媚笑。「等我從阿富汗回來，妳的小旗子上都長滿青苔了。因爲我永遠不會去阿富汗。馬庫斯在辦公室嗎？」

她指了指門。

凶殺組組長坐在窗邊，半框眼鏡推到額頭上，直楞楞瞪著對面的天花板。從臉部表情判斷，他的心情正擺盪在前所未有的疲累感和深深的悲涼失望之間。情況不太妙。不過，考慮到他身邊滿坑滿谷簡直像造紙廠中央倉庫的文件檔案，他若沒有天天如此呆坐兀自瞪著眼，才是最令人吃驚的事。

馬庫斯把椅子轉過來，自暴自棄地望著卡爾，彷彿才離開哥本哈根往南開了不到十公里的車，而坐在後座的孩子已經問了不下二十五次：「快到義大利了沒啊？」

「噢，卡爾，什麼事？」問題聽起來他已經無法負荷任何答案了。

「這兒在開歡迎會啊，」卡爾頭往後一偏，指向接待室。「什麼時候放煙火？」

「唉，再說吧。荷蘭之行怎麼樣？有沒有線索能夠進一步解釋釘槍案？」

卡爾搖搖頭。「進一步？我只進一步明白，不單是警察總局會亂寫一通工作內容，如果照他們所言，提出給我看的是過去兩年發生在我們緯度裡的釘槍謀殺案詳盡報告，那麼我就是釘槍界的蒙兀兒帝國皇帝（注）。事實上，可能僅有泰耶．蒲羅針對索羅和亞瑪格島謀殺案撰寫的檔案稱得上內容嚴謹有序。反觀荷蘭卻是一塌糊塗，調查報告殘缺不完整，而且太晚展開調查，也沒有關於作案工具的科學分析。整個過程令人惱怒不耐。除非荷蘭人再次提出全新的線索，否則我們只能原地踏步。」

「哎呀，換句話說，我也拿不到你精闢睿智的報告了？」

諷刺的語氣讓卡爾愣了一下。有事不太對勁。

「我是爲了別的事情來的。」

「吶，我有什麼榮幸嗎？」

「我有個問題。阿薩德尚未完全恢復上班，我們這個小組無法投入全部人力辦案。我想乾脆趁機整頓一下業務內容。」他很愛這句話，有說跟沒說一樣。「反正目前沒有具體的案件需要我們調查。不過，蘿思若是老來打擾我，我沒有辦法全神貫注，容易失焦。所以我想出一個兩全其美的辦法，讓蘿思利用時間再接受點培訓。你可以讓她跟著你能幹的手下一起巡邏幾天嗎？她若

注　蒙兀兒帝國皇帝（Mogul）：是成吉思汗和帖木兒的後裔巴卑爾，自烏茲別克南下入侵印度所建立的帝國，國力鼎盛、武力強大。在此意指凡事無往不利。「蒙兀兒」意即「蒙古」。

是能學點簡單的地毯式搜查技巧，對我大有幫助。我想或許她可以跟著蒲羅或者是碧特·韓森的人，聽說他們抱怨人手長期不足。」

他覷起眼睛，滿懷期望。他不在的這段期間，蘿思翻出了一大堆陳年舊案，等不及想開始挖掘。若是他不趕緊轉移她宛如超大型遊輪的裝載能量，不到十秒，工作量就會立刻淹到他下巴來了。

「人力不足，沒錯。那也不是新鮮事了，卡爾。」馬庫斯悶哼一笑，手指反覆擺弄著桌上的菸盒。「不過，你必須自行搞定蘿思的培訓計畫。樓上的人對她可是敬謝不敏。她不是受過完備訓練的警察，在實際的街頭工作上派不上用場，卡爾，我想你忘了這點。」

「你說什麼？我什麼也沒有忘。沒忘記打從元旦以來，多虧了她我們才能破解兩件案子，也沒忘記阿薩德現在有一半時間還得請病假。說得彷彿蘿思他媽的實際辦案經驗不足似的！她欠缺的只是挨家挨戶調查的訓練。現在時機正好。目前我們懸案組不需要進行特殊調查。因此我準備以自己的速度複核案件，而我不希望蘿思這時來打擾我，那會讓人抓狂。」

馬庫斯挺直上身說：「好吧，有件案子或許她幫得上凶殺組的忙。不過，在你將她送上街頭把一切搞砸之前，拜託你花個兩、三天時間陪著她、指導她，可以嗎？」

馬庫斯從眼前半公尺高的檔案堆最底下約莫十公分高的地方抽出一份檔案夾。若他沒抽錯檔案夾，那麼他比外表看起來還要有組織。

「拿去。」他把檔案夾遞給卡爾，彷彿那是世上最自然的動作。「史韋爾·安威勒是南方港口一間船屋嚴重縱火致死案的主要嫌疑犯。我尚未仔細研讀過案件報告，但總之在保險方面有點蹊蹺。船主是安威勒，爆炸發生，船沉了之後，他便不見蹤影。呃，還有他的情人米娜·沃克侖，她也在船上，是這次事件中的遇難者。」

「你說那個人叫史韋爾．安威勒？外國人？」

「是的，瑞典人。搜查最後無疾而終，他彷彿從地球上憑空消失。」

「他會不會被炸成屍塊，躺在港口底？」

「不可能，已經徹底搜查過那兒了。」

「哎呀，他很可能好好躲在瑞典北博滕省一處偏僻獨立的農舍。」

「誰知道。事實上，意外發生一年半後，他又出現在丹麥。上個星期偶然在奧司特布洛街幾具監視錄影器上發現他的身影。準確來說，是五月三日。在那裡，你可以自己看。」

馬庫斯遞給卡爾一片光碟和一張男人的照片。看來想找到這張相對沒有特色的臉龐，勢必得花點時間。高聳的額頭、稀疏的金髮、淺藍色眼珠、眼皮上沒有睫毛，很童稚的一張臉。臉頰只要貼片美容膠帶，輕而易舉就能僞裝成他人，讓人認不出來。

「監視錄影器的影片？從哪兒弄來的？」

凶殺組的組長聳了聳肩。「不光只有一片，還有好幾片。」

「要找出他並不容易，馬庫斯。我比較好奇的是：這個蠟人究竟是怎麼被人認出來的？他的臉毫無特色呀！」

「你看一下影片內容，讀讀報告就知道了。」

卡爾搖頭，這眞是笑裡藏刀的騙術。「如果這是你拿得出手的最好東西，我也不好拒絕了。好吧，我和蘿思一起出任務，但是頂多一天，馬庫斯。這件案子看起來會耗費許多時間。」

「卡爾，你決定就好，隨便你想做什麼。」

自暴自棄的態度又出現了，完全不像平日的馬庫斯．雅各布森。

「羅森．柏恩又回來了，眞好呀。」卡爾努力擠出親切的口氣。

「是啊。對了，卡爾，明天要開預算會議，一切先暫且維持原狀，不過未來會有些改變。如今羅森提前被召回，我們必須重新安排任務，直到大家各得其所。」

卡爾聽得一頭霧水。「他是提早被叫回來的？」

「是的，按照原訂計畫，他原本還要再待一個半月。不過這樣也好。」

「我不懂。直到大家各得其所？這樣也好？什麼意思呀？你行行好，告訴我到底發生什麼事了？」

「啊，對了，你昨天人在荷蘭，錯過了領導小組的會議。我壓根兒忘了你根本毫不知情。我問過你鹿特丹那邊狀況如何嗎？」

卡爾翻了翻白眼。「平日的馬、庫、斯、到哪兒去了？」

「欸，其實沒什麼事，只是我太太和我決定在政府砍掉我們之前先退休。」

「退休？你還太年輕吧！」

「你搞錯了。星期五是我最後一天上班。」他笑得有點沮喪，「星期五、十三號，一定是個好預兆。」

卡爾瞇起眼睛。星期五！只剩三天，這不可能是眞的。

卡爾一邊下樓，一邊不斷咒罵。沒了馬庫斯的凶殺組實在令人無法想像。但由羅森接手組長位置結果更糟。簡直是莫名其妙，難以置信。還不如騎自行車到羅弗敦群島讓蚊子咬死算了。

「你整個人看起來就像條醃黃瓜。」樓梯底下有個聲音響起。柏格・巴克自以爲幽默地說。他正以慣有的龜速從證物室拿出贓物要送給某個警官。

「半斤八兩，彼此彼此。」卡爾繃著臉反唇相譏。爲了盡快遠離這個男人，他打算三步併兩步趕緊走開。

「我聽說荷蘭之行的結果不盡理想。話說回來，你自己眞的有興趣嗎？」

卡爾停下腳步。「去你的，你想講什麼？」

「哎呀呀，只是想說這案子越來越曲折，你應該會覺得很不舒服。」

「不舒服？」

「是啊。你也知道在這裡，流言傳播的速度比流感病毒還快。」

卡爾眉頭深鎖。這個渾身惡臭的白鬼筆若不立刻滾開，他絕對會毫不留情在這座樓梯上修理他一頓。

巴克似乎察覺到氣氛不對。

「哎呀，欸，我得走了，卡爾。保重呀。」

巴克在腳底頂多只剩三公分就踏到下一個階梯時，被卡爾一把抓住。

「什麼流言，巴克？」

「放開我。」巴克氣喘吁吁說：「否則你等著政風處調查你亞瑪格島一案的內情。」

政風處調查？這個白癡在胡扯什麼？卡爾抓得更緊了。「我告訴你，巴克，從今往後……」

他住口不語，樓梯響起腳步聲，有個新人一臉傻笑想悄悄從旁邊經過。卡爾放開了巴克。剛才從他們身邊擠過的，是警察總局最近招收的新人，鬼才知道他的父母爲什麼偏偏要幫他取名叫高登（Gordon）（注）。他身形瘦長，大腿細如滑雪杖，手臂如猩猩般晃個不停，經過設計的可笑髮型，還有一張從來不知道何時該閉上的嘴。總之，不太符合警察總局硬是要推銷的哥本哈根強

注 高登（Gordon）：原意指高大山丘。因高登身材高挑，在此帶有嘲諷的意思。

悍刑事警察的形象。

卡爾心不甘情不願朝這座緩緩移動的燈塔點了點頭，然後又轉向巴克。

「我一個字也沒聽懂。但是，如果你哪天有勇氣說出你在影射什麼，就到地下室來當面告訴我。在那之前，我認爲你最好在證物室四周裝上鋼牆，彈開未經證實的流言，否則只會讓你自己難看，巴克。」

說完，用力推開巴克，走下樓梯。除了他口袋裡那個漂亮的小絲袋之外（他迫不及待想看見夢娜的反應了），這一天過得爛透了：飛機才離開荷蘭史基浦機場五分鐘，他就吐了。整個飛行途中，他一直很不舒服，手裡死抓著塑膠袋。接著又得知馬庫斯決定要離開他們，而羅森準備登上寶座的消息。他媽的今天眞不應該過來總局。

然後又是巴克那個該死的蠢蛋。卡爾根本不在乎他人怎麼看待亞瑪格島那樁導致哈迪半身不遂的槍擊案，又是如何評斷他偵辦這件可惡的釘槍謀殺案。但即使如此，他們仍他媽的應該尊重一個人捍衛自己面對控訴時的權利，更何況是這樣一件毀謗案件。該死，他痛恨死這一堆爛事！

有個工匠在走廊底端製造地獄般的可怕噪音。濃密的漫天灰塵中，卡爾發現助手阿薩德在辦公室裡，站在用糖煮過的水果和線香後面捲起跪毯。

暫且不論阿薩德仍舊有點走樣的臉龐和原本的中東人膚色現在蒼白得嚇人，他的傷勢看似相當穩定。

「很高興你來上班了。」卡爾打著招呼，克制自己不要看時鐘。阿薩德的療程應該還要再持續幾個星期，目前沒辦法因爲遲到而教訓他一頓。「狀況如何？」卡爾問得很公式化。

「不錯，我感覺好得不得了。」

卡爾抬起頭。他有沒有聽錯？

「你說好得不得了？」

阿薩德用眼皮腫得厲害的雙眼看著他。「是的，沒錯，卡爾。你可以放心，我很快就會恢復健康了。」

阿薩德說完後，把捲好的跪毯放回架上，伸手去拿桌上的糖煮水果，不過，他還是得扶著桌緣，撐住身體。

卡爾拍拍阿薩德的背。去年十二月發生意外以來，他恢復得還算不錯。醫生們眾口一致地認爲：若非他那厚如盔甲的頭殼和鋼鐵般的體質，那一擊就算沒把他打成死屍，也會半身殘廢。他的腦袋裡若再多爆幾條血管，智力將大幅減退，現在一切就得從頭學起了。如果忽略這些令人沮喪的發展：頭痛、走路不穩和有點鬆垂的臉部肌肉，以及一些其他病狀的話，他只像個蹣跚老人，看不出受過嚴重的傷，簡直是奇蹟。

「卡爾，我想到了哈迪。他最近怎麼樣？」

卡爾深呼吸。這個問題錯綜複雜，不容易回答。自從卡爾的房客莫頓和一個有著深色頭髮的俊美物理治療師米卡有了親密關係，而且米卡還運用所學醫術密集地按摩哈迪癱瘓的四肢後，哈迪身上發生了不可思議的事情。

兩年前脊椎中心專門醫院的醫生直言不諱，預言哈迪將一輩子躺在床上。但是，卡爾在這段時間裡逐漸懷疑這個說法。

「他身上發生了奇特的事情。以前他會出現幻肢痛，可是現在狀況並非如此。我說不清楚是什麼。」

卡爾的助手搔搔脖子。「我說的不是他的身體，而是他的腦袋。」

阿薩德將牆上的海報全部換新，或許是因爲這陣子無需在外衝鋒陷陣，他有了更多休閒時間，也或許他想藉此展現某種新的世界觀。總之，他把之前充滿異國建築和彎彎曲曲阿拉伯文字的舊海報，換成了一張愛因斯坦吐舌頭的小海報，以及一張抱著搖滾吉他的瘦高男人海報，上面寫著：「馬哈茂德．拉代德與多重向度樂團於貝魯特演出」。他完全不知道怎麼解讀。

「新的辦公室布置？」卡爾指著海報評論。其實他還想問爲什麼要改放那些海報，卻發現阿薩德忽然變得心不在焉，平日活潑的表情瞬時凍結，格子襯衫底下的雙肩無精打采垂著，露出一副悲苦的模樣。卡爾經歷過好幾次這種突兀的轉變。

「我也有他們的CD，你要聽嗎？」阿薩德隨後問道，但是不等卡爾回答就立刻按下播放鍵。卡爾還來不及做出反應，爆炸般的巨響在阿薩德狹小的辦公室轟隆隆震撼著。

「哇喔。」卡爾喊了一聲，露出渴望的眼神看著門口。

「這是多重向度樂團，他們和來自阿拉伯世界所有可以同台演出的樂手一起表演。」阿薩德喊了回去。

卡爾點點頭，他絲毫不懷疑這一點。問題或許在於，多重向度樂團「同時」和他們一起演奏了。他小心翼翼按下停止鍵。

當頭籠罩的靜默仍似震耳欲聾。「你剛才問起了哈迪的腦袋。雖然米卡每天引他發笑好幾次，可惜我不認爲哈迪的精神狀況會因此好轉。他說自己的思緒遊走各處，想到失去的生活，想到一旦時機成熟他打算實現的各種計畫。阿薩德，我告訴你，他什麼也不能做。我夜裡好幾次聽見他暗自啜泣，你可以想像聽了有多心酸，但是他絕口不提自己傷心低泣的事。」

「一旦時機成熟他打算實現的各種計畫。」阿薩德若有所思點點頭。「我想我能夠體會。或許比大部分人還能理解他的心情。」

才一轉眼，他整個人似乎又縮了下去。

這是什麼隱晦曖昧的意見啊？卡爾心想，但是沒有繼續追問。畢竟經過剛才和馬庫斯的一席話，他已經無力再去傾聽其他私密的告白了。更何況，就算阿薩德打算坦誠相對，他也能毫不猶豫立刻丟出震撼彈：「阿薩德，我有個不好的消息，馬庫斯不幹了。」

阿薩德慢慢轉過來面對卡爾。「不幹了？」

「是的，到星期五。」

「星期五？星期五就要離開了嗎？」

卡爾點點頭。這人現在是陷入了慢動作的世界，還是大腦神經短路了？

醒醒啊，阿薩德老友！你在哪裡？卡爾邊想邊簡單報告他和凶殺組組長的對話。「很遺憾，之後就是羅森．柏恩來煩我們了。」

「這點很奇怪。」阿薩德瞪著眼兀自說著。

奇怪？這不是卡爾預期會出現的反應。

「『奇怪』什麼？若說可怕，或者糟糕，我都能理解。但是『奇怪』？你是什麼意思？」

阿薩德一直咬著唇，思緒顯然完全陷入另一個世界。阿薩德停頓了一段與他平日行徑完全不符的時間後說：「奇怪的地方是，他竟然沒提到這件事。」

卡爾眉頭皺了起來。「阿薩德，他爲什麼要提到這件事？」

「他和他太太出遠門時，我幫他看房子，照料一切。昨天晚上他回來時，我還待在他家。」

卡爾不由自主往後一退。他剛才說了什麼？

阿薩德頭一抬，大口吸著空氣，忽地吃驚抖了一下，彷彿剛才正阻止自己睡著似的。他雙眼圓瞪，表情難以捉摸，嘴巴半張，有點像驚嚇過度。

「你幫羅森看了兩個月的房子？爲什麼？我爲什麼不知道這件事？你何時和他變得那麼熟，他竟會請你幫忙看房子？還有，他太太爲什麼一起去了喀布爾，她不是護士嗎？」

阿薩德緊抿著嘴唇，目光在地板上游移不定，彷彿想在電光火石間努力找出深具說服力的答案。這一刻，阿薩德的一切在在令卡爾十分詫異。

最後，阿薩德深深吸進一口氣，挺直身子說：「我沒有房子住，羅森幫了我的忙。我們在中東認識的，就是這麼簡單，沒什麼特別。還有，他夫人是護士沒錯。」

沒什麼特別，他這麼說才怪。看在老天的份上，這根本很特別好嗎！

「你們在中東認識的？」

「是的，我來丹麥之前，在一個偶然機會下見過面。是他建議我到丹麥尋求庇護。」

卡爾點點頭。他早就知道自己的助手藏著祕密。面對眼前的狀況，阿薩德很可能不得不透露一點祕密。但是他用了「偶然」一詞，還眞以爲卡爾會買帳，簡直是侮辱人。

卡爾正要發飆罵人時，卻迎上了阿薩德憤怒的目光。

他難得看見阿薩德如此警醒的一面。阿薩德的棕色雙眼不常透露出如此迫切的強烈眼神。忽然之間，他們彷彿成了陌生人，彼此間橫亙著數個月來未說出口的事情和猜疑。在這一刻，一切的疑問和討論最後只會導致沉默。

可以別理我嗎，卡爾？我回來了，這樣還不夠嗎？阿薩德的棕色雙眼乞求著。

卡爾站起身，敲了敲阿薩德的肩膀。「哎呀，我們又開始拌嘴了，老契友。」

「老契友？」阿薩德低聲囁嚅。

「是的，阿薩德。但這次我就不清楚這種說法怎麼來的了。」

差不多應該給他點鼓勵了，卡爾心想，眼睛鎖定蘿思的方位。開點蘿思的玩笑，通常都會引得阿薩德開心大笑。

忽然間蘿思在自己的辦公室裡大叫。即使她的辦公室門關著，又有木工的鑽孔機震耳欲聾的噪音攻擊，仍舊蓋不掉她的聲音。

「走開，高登，我這兒不歡迎你，懂嗎？」

「我只想說……」

卡爾搖了搖頭。有人頭殼壞了。長得像細麵條的高登竟然有膽子來追求他另一個助手，而且還闖到他的地盤上！

卡爾把手放在門把上，打算過去狠狠訓他一頓，卻聽見裡頭那個笑柄說：「蘿思，我願意爲妳赴湯蹈火，在所不辭。告訴我妳需要什麼，我隨時都在妳身邊。」

「那就把自己折一半，到高速公路上去滾個一圈，或者變成的的喀喀湖上的浮橋。」

很好，看來蘿思不需要他幫忙。她受過特殊懸案組語言學校的訓練，對付他綽綽有餘。

滔滔不絕的高個子驀地停止說話，顯然終於聽懂了蘿思的意思。

卡爾接著聽到那小伙子清了清嗓子，「蘿思，不管妳說什麼，都無損妳的美麗。妳美若天仙，令人匪夷所思，不由得熱淚盈眶。」

卡爾的耳朵簡直要掉下來。這是什麼匪夷所思的油嘴滑舌啊？整個警察總局的人難不成都瘋了嗎？

第五章

二〇一〇年，秋天

馬可心裡明白若不想在寒冷的十一月凍死，就得趕快找地方睡覺，想辦法弄些衣服和鞋子穿上。追捕他的人已經回家去了，但是森林邊界有人看守的可能性仍舊非常高。

在省道另一邊，離森林一大段距離的地方，有幾棟矗立在夜色中的建築和農莊。問題是，如果仍有人監視這地方，該如何在不被發現的情況下橫越省道呢？

馬可很清楚接下來幾個鐘頭是關鍵時刻，如果不盡快離開這裡，被逮到是早晚的事。可是他沒辦法光著腳穿越森林，所以除了橫越省道之外，他沒有其他選擇。

他們小時候在義大利時很喜歡玩踢罐子的捉迷藏遊戲。只要從藏身處跑出來不被發現，並且成功踢掉罐子，那個人就贏了。玩這遊戲，沒人比馬可更厲害。所以他現在最好假裝自己躺在陽光普照的翁布里亞森林裡，等待錫罐沒人看守的時候衝出去。

他想像罐子放在田地後頭某個農莊裡，叮嚀自己要壓低身子想辦法跑到小丘上，再像隻鼬鼠般全力衝刺。他在心中不斷提醒自己，只要集中心思在罐子上，一定能夠完成任務。

爲了確定附近是否眞有人監視，他一直等到有車經過，大燈照亮四周的景致。他看到五十公尺外的下坡路上，清晰可見有個男人的側影。馬可認不出來對方是誰。但是那個人顯然也和馬可一樣被凍得要死，整個人縮成一團，兩手緊緊抱住身體。

該死！

即使如此，省道仍是他唯一的機會。他必須匍匐橫越馬路才行，希望黑暗能夠幫忙掩護他。但是，穿著像信號彈一樣顯眼的睡衣，該如何才能不引起注意呢？而且就算過了馬路，後面還有至少兩百公尺寬的田地等著他。他偷偷偵查了一下田地動靜。誰知道那些農莊裡面有什麼等著？而且也不能排除左拉已經派人過去了。

馬可耐著性子等到濃雲遮蔽月亮。運氣不錯，他花了十秒就衝到路邊凹溝。

他趴在地面，小心翼翼往前爬。馬路上狀況變化反覆無常，無法拿捏。一旦月光穿透雲縫，潮溼的瀝青路面將會反射月光，清楚顯露出萬物的輪廓。因此馬可一邊緩緩往車道上爬行，眼睛一邊緊緊盯著遠處那個人影，眨也不敢眨一下。他必須要做好隨時衝刺的準備。

這時，他聽見山丘另一邊逐漸傳來轟隆隆的車聲。左拉派來的哨兵一定也同時察覺了，只見他往路邊退了一步，同時轉過身來，面孔正好朝著馬可的方向。

馬可整個人僵住不敢動，停下的地點恰好就在車道正中央。地面冷凍如冰，他的心臟如打穀機的棒搥敲個不停。

車燈隨時會照亮車道，屆時一切就太遲了，只要十秒，車子就會從他身上輾過。從車子發出的轟隆聲聽來，應該是輛大卡車。而守在下坡路上的那個男人依舊直直盯著他這邊的方向。

馬可感覺到身體底下的路面震動得越來越厲害，最後乾脆閉上眼睛。或許大限已到。只要一秒，他心想，一切就會過去了。

就在路面震個不停，柴油引擎的噪音逐漸接近之際，他忽然覺得把自己交給命運實在是簡單不過的事情。他的媽媽如今在哪裡？若是當初能和她一起逃走，又會如何呢？再過幾秒，馬可將變成一團爛肉，明天烏鴉不需擔心沒東西吃了。他這輩子第一次痛心地發現世界上可能沒人在乎他，對任何人而言，他都不具意義。

車燈掃過山丘頂，持續靠近。就在此時，凹溝忽地傳來一聲狗吠，一定是左拉的那隻臭狗。

馬可睜開眼睛，車燈的光線穿透黑暗，將附近照得通亮。他看見看守的人轉向狗吠聲傳來的方向。

卡車司機一邊講著手機，一邊逐漸駛向馬可。馬可抓住機會，立刻彈起，使盡最後的力氣跳離瀝青路面。卡車呼嘯而過，產生的氣流將他拋向另一旁的路邊凹溝，跌得四腳朝天。

他全身疼痛不堪，呼吸急促，嘶嘶喘著氣，睡衣散發墳墓雨水的可怕惡臭。他因爲忍著大笑而全身顫動不已。不用幾分鐘，那隻狗就會開始追蹤他的蹤跡，到時候追捕的行動或許就結束了。但是眼下這一刻只屬於他。他成功橫越省道了。

他小心翼翼迅速離開這一區，一邊還大笑不已。遠方的呼喊聲越來越微弱。

木製簡易庫房坐落在農莊邊緣，只鎖上了簡單的掛鎖，很容易進入，發散出誘惑的氣味。黑夜降臨，氤氳著冬日的寒冷氣息，庫房不啻是個暗夜的禮物。

馬可牙齒打顫，站在庭院中望向主屋暗沉沉的窗戶。除了風聲，四下一片寂靜。他不費吹灰之力就敲開了鎖，鑽入幾張老舊的麻布袋裡，閉上眼立刻睡著，完全不在意貓的尿騷味和樹脂的味道，以及地上扎人的木頭碎片。

天光未亮，他就被屋主的聲音吵醒。那是眞正的居家生活，截然不同於左拉那邊的家族氣氛和聲響。他頓時又感覺自己孤零零一個人，心中驀然對這個家庭湧起一股嫉妒，甚至是仇恨。但是，他們與馬可坎坷多舛的人生有什麼關係呢？他又怎麼知道自己的爸爸，甚至左拉並不愛他？

他擦掉眼淚。總有一天，他也要擁有自己的家庭，希望能夠知道親人對他的感受與想法。

他感覺好像等了一輩子似的，這家人才終於出門。今天是星期日，他們可能去購物，或者送孩子參加休閒活動，總之是一些馬可只能夢想的事情。

他跑到主屋，四下勘查確定沒有人後，撿起一塊沉重的石頭，迅速往後門上的玻璃一敲，下一秒便已置身在丹麥人習以為常、舒適富足的居家氣氛中。好一會兒的時間他只是站著，深深吸入一大口空氣，懷念的氣味撲鼻而來，混合了早晨衛浴味、香水、隔夜食物、新木頭家具和清潔劑的刺鼻清香。

他先前透過庫房的門縫，觀察父親、母親、女兒和兒子坐進汽車裡，他們對於周遭一切十分熟悉自在。馬可不由得帶著某種陌生的敬意打量他們的所有物。不，他不希望動搖他們完整無損的世界，他自己很清楚安全感崩毀的速度有多快。所以他只偷拿絕對必要的物品。

另外，再加上放在餐桌上的一本書。

他在庫房旁邊發現了垃圾桶，拿起幾個垃圾袋，將破破爛爛的睡衣丟到底下。會令他想起過往的物品全都必須消失。

庫房裡一輛老舊的自行車誘惑著他，不過他心生猶豫。不行，太引人注意了。他十分清楚自己不可以上省道，不可以出現在公車站和電車站。一切能飛快將他帶離追獵者身邊的交通工具都不在考慮範圍內，連自行車也一樣。

他身上包裹著散發陌生香味的溫暖衣服，腳上穿著有點大的鞋子，拿了一本書，套頭毛衣下藏了個麵包，以及塞滿香腸、燻肉片的袋子後，悄悄離開了此地。

接下來四天逃亡的日子裡，馬可認識了幾個從來沒聽過的地名，史托、利斯托普和巴斯托普。他迂迴前進，在樹叢和林木的掩護下慢慢前往哥本哈根。存糧差不多用罄時，便從垃圾桶撿拾富裕社會丟棄的東西。應有盡有，實在是意外大豐收。

尋人啓事

Marco Effekten

他抵達市府廣場剛好是下午，時間拿捏得非常完美，左拉的人這時候通常正在回家的路上。市中心的大街小巷在他面前展開，他對這些路熟悉得有如自家庭院。但是，他明白即使再熟悉這地區，也純粹是虛幻不實的。稍不留心，左拉和他的手下就會逮到他。

市中心是個無與倫比的建築工地，架設在工業廠房四周的鷹架、皇宮飯店和《政治家報》報社的正牆，地下鐵建築工地外的鐵網等等，到處是被擴大、被美化或者被綴補的痕跡，隨處可見裂開的路面、工程車、鋼筋和風化過的成堆水泥。

這一天，馬可在奧司特布洛區開啓了新生活。他在特立昂林廣場吵雜紛亂的人群中站了好一陣子，觀察熙來攘往匆匆趕往四面八方的行人，心裡再次問自己晚上該找哪裡睡覺？

身處忙碌的喧囂中，馬可完全不會感到陌生。這不正是他熟悉的一切嗎？他雖然又餓又冷，身無分文，也不知道該往哪裡去，但是公車站旁等車的女人將皮包背在側肩，明顯邀請著他；男人在小攤前付錢時粗心將公事包放在腳邊，也露出破綻。

稍微施點扒竊的雕蟲小技，半個小時後，一天的工資就可輕鬆進袋。但是，他希望如此嗎？如果他不這樣做，還有其他選擇嗎？

思索片刻後，馬可在人行道上的柱子坐下，手才伸出去想要乞討，一朵厚實的雪花便飄落在手心。

先是一片，再一片，最後紛紛落下。街上行人忽然間全停下腳步，抬頭望著天空，有些人臉上露出微笑，有些人把衣領拉得更緊。雪勢變大後，女人連忙抱緊皮包，男人從地上拿起自己的公事包。

他沒有辦法繼續坐在這裡，但如果跑到公車亭裡行乞，會立刻被趕走。他十分清楚一般人不喜歡乞丐太靠近自己。

不過幾分鐘，街道已空無一人，大雪嚇走了行人，沒有一個人身上的服裝適合穿梭在雪中，遑論馬可。

現在怎麼辦？

他掃描四周環境。公車雨刷猛烈擺動著，騎自行車的人也下車牽著車走在人行道上。原本乾燥的地面已覆滿雪泥，櫥窗玻璃後面一下子擠滿了人，大家全躲進咖啡廳尋求溫暖。只有他始終站在外面。

他該去哪裡？

他緊抿著凍成紫色的嘴唇，望著一位從布雷達路走過來的婦女。她一定會走到這兒來穿越斑馬線，因爲她雙眼緊盯著奧司特布洛街另一邊的超商。

應該是位老師，他猜想著。這種人習慣主導一切，目光堅定。她的側肩包沉甸甸的，皮包口半開著，因爲使用多年而有點毀損。這個包並不便宜，應該是考量用途多又耐用才會被買下。馬可曾經把手伸進這種包裡好幾次，他知道皮夾通常放在側面。如果還有個小內袋的話，皮夾一定就放在那裡。

他經過停下來的公車旁邊，走到紅綠燈底下等著。

婦人終於站到他旁邊。馬可只花了一秒，就找到皮包裡放著皮夾的內袋。他靜靜站在一旁，等到她動了，才把手伸出去。皮夾掉出來時，那婦人頂多只是感覺大腿被輕輕撞了一下，她的注意力仍舊集中在對面的超商。

下一秒，皮夾已經滑入馬可袖子裡。但是他心頭湧上一種奇怪的感覺。換做平常時，他早已快速環顧四周，小心察看有沒有人注意他，然後一溜煙跑掉。

但是，羞恥感驀地湧現，阻止了他接下來的行動。

左拉一直警告他們不要有這種感覺。他說：「你們要知道，反正別人不期望你們能幹出什麼好事。『吉普賽人』聲名狼藉，被認爲不可信賴、虛僞、詐欺，所以完全不需要覺得丟臉。你們下手偷東西的對象才應該爲自己的偏見感到羞恥。他們因爲你們而丟失的東西，不過是小小補償了一下他們對我們所做的事情。」

即使如此，羞恥感仍舊會出現。左拉從來沒有上過街頭，根本不了解狀況。更何況，他又知道什麼是吉普賽人了？

馬可搖了搖頭，看著那個目前正站在超商櫃檯前的婦人。她拿了滿手想買的物品，等一下就輪到她結帳。

這大概是馬可第一次親眼看見受害者的眼神。平常這時候他早跑得不見人影，戰利品甚至交了出去，眼裡早已沒有受害者，也許還開始尋找下一個目標了。

如今塞在他毛衣底下的皮夾裡，會不會有什麼東西若是遺失便會讓婦人感到痛苦的呢？皮夾裡除了錢和信用卡之外，是否還有其他東西？該死，他不想思考這種問題，但是也不希望再出現羞恥感。馬可十分清楚，左拉掌控著自己人生的時間，在這一刻停止流動了。

馬可擦掉臉上的雪，一等綠亮起，急忙穿越馬路。這是他生命中最長的二十五公尺。

他走到超商的玻璃門前，婦人正著急地在皮包裡翻找著。櫃檯後面的店員雖然嘗試不動聲色，仍可明顯感受到他的不耐。

馬可深吸了一口氣，直接走向婦人。

「不好意思，」他把皮夾遞出去說：「您是不是丟了這個？」

她全身僵固不動，臉上表情變化萬千：先是震驚，再來轉變成猜疑與警覺，然後是不可置信，最後是鬆了口氣。馬可清楚讀出她的表情變化，不過仍舊做好準備面對她的反應。至少他不要被她抓住手。若眞如此，他準備皮夾一丟，掙脫後立刻溜之大吉。

她最後終於伸出手收過皮夾，過程中馬可一直看著她的眼睛。他微微鞠躬，轉向門口，拔腳就要離開。

「等等！」果然沒錯，她確實習慣發號施令，要人乖乖聽她說話。這點從她的聲調就聽得出來。

馬可小心翼翼轉頭看著她，一陣恐懼爬上心底，因爲有兩個剛進來的客人擋住了大門。他眞是個白癡！爲什麼要把皮夾交出去啊！他們一定早就看透一切，看清楚他是什麼樣的人了。

「這是給你的，」婦人聲音雖低，卻字字清晰，在場的人全聽得一清二楚。「沒有多少人能像你這般誠實。」

馬可遲疑不定，慢慢轉過身面對婦人，不可思議地盯著她遞過來的百元鈔。好一會兒過去，他才用顫抖的手指接下了錢。

半個小時後，他又重演了一次這種錢包把戲，但是毫無所獲，因爲這次的受害婦人被自己粗心大意丟了錢包嚇得手撫著胸口，眼淚撲簌簌落下。

這時，馬可認清一切永遠結束了。他不希望再重蹈覆轍。

一開始有一百克朗就夠用了。

第六章
二〇〇七年初至二〇一〇年末

那一天，左拉將大家集合起來，毫無預警說他們人生至今所相信的事情，並非是他們以爲的樣子，而且未來也是如此時，馬可的世界從那一刻起開始晃動。

那一天，馬可剛滿十一歲。就在同一天，他也不再尊敬這一位家族首領了。

他期待叔叔能給他一個解釋。可是那個人卻胡謅什麼夜晚浮現的不祥預感、崇高的熱情和劃時代的想法，再一路扯到新的生活方式有的沒的一堆。

馬可轉頭看著圍成一圈站在孩子後面的大人，他們臉上綻放微笑，但是那笑容卻顯得虛假且神經質，同時又鬆了一口氣。可以感覺到有什麼東西正在醞釀著。

「聽著，天意指出我正走在歧途上。」左拉把大家集合起來後，開場白總是千篇一律，他們都已經習慣了。

「從今天開始，我不僅要照料你們的物質生活，也是你們的精神導師，帶領你們邁向偉大的新目標。」

左拉熱切的目光緊緊抓住馬可的注意力，其他人則是一頭霧水看著左拉。

「現在，即使我們長久以來生活得像『吉普賽人』，實際上我們卻不是。你們沒有一個人是貨眞價實的『吉普賽人』。」他的聲調不容許任何人進一步詢問。

馬可眉頭深鎖，悶不吭聲坐著，但是內心抵抗外在世界的防護牆卻應聲倒塌。剎那間，他這個人不但輪廓模糊難辨，也毫無抵抗能力，內在一片空洞。

「雖然我們在家族中如親戚般緊密相依，卻並非所有人都有親戚關係。不過，對我們來說，那根本不重要。是的，這樣甚至還更好，因爲是上帝引導我們大家聚在一起。」

又在胡扯什麼了？其他人像被催眠似地圍坐在他四周，只有馬可瞪著地板。他叔叔剛才說我們並不是親戚。那麼又是什麼？

左拉張開雙手，彷彿想要將大家擁抱在懷裡。「聽我說，總有一天，一切都會停止。總有一天，天空不再有蒼蠅漫飛，戰爭不再將世界毀成斷垣殘壁，也沒有人會死亡，那將是値得紀念的一天。因爲上帝希望這一天休止時，是世間最純淨的一天。」他點點頭。「那麼，上帝爲什麼要費心準備這樣一天呢？我會告訴你們。祂這麼做，是爲了幫一件重要非凡的不尋常事件創造完美的背景。」他覷起眼睛。「孩子們，你們知道是什麼嗎？」

大部分的孩子都搖了搖頭，有幾個大人似乎也不知情。

「那就是我一九五四年四月十一日的生日。」他綻放燦爛的笑容，牙齒全露了出來。很久沒看過他這麼笑了。

在場大人幾乎全都鼓掌了，孩子卻呆頭呆腦盯著左拉，似乎沒聽懂有關於這個美妙聖潔日子的故事。

眞是愚蠢透頂，馬可心想，但表情盡可能不露聲色。他可是很清楚左拉暴躁易怒的脾氣。

左拉垂著頭，彷彿被自己的表演深深感動。最後，他抬起眼睛，做了個手勢要大家安靜，然後娓娓道來他的故事：年輕時在美國小岩城收到入伍令，被派到越南。後來在義大利達慢活生態村和志同道合的朋友一起經歷「花的力量」（注1）風起雲湧的浪潮，嬉皮的服飾最後還變成了他經常穿著的制服。他談到當初因為對北義大利充滿熱情，所以被接納，和其他「花的孩子」相處一起，從此之後，他們視彼此為自己的家人。左拉說，家族成員在繁星點點的夜空下承諾要在翁布里亞建立自己的社會，團結被虐待的羅姆人（注2），相互照顧，生活在一起。

左拉講了許多艱澀的句子，不過馬可都能理解意思。大人們欺騙了他和其他孩子。他們不是「吉普賽人」。不管左拉說了什麼，對馬可來說，未來要再當馬可這個人，可能不太容易了。

他感覺自己像被剝了皮，卻沒有換上新皮。

馬可的目光游移在孩子們身上，眼前所見，讓他心生厭惡。他們全都呆若木雞坐著不動，沒有人說半句話，看起來惶惶不安，毫無防備之力。大人的情況也好不到那裡去。

馬可後面坐了兩個男人，表情不變竊竊私語說，達慢活村因為左拉偷東西而把他趕了出去。

左拉舉起手臂。「就像猶太人一樣，上帝也判定羅姆人將永遠在地球上遷徙不定，直到他們有資格得到上帝的饒恕與慈悲。就如約伯（注3）一樣，他們也受到了詛咒，必須乞討和偷竊，以維持生活。然而，那僅是上帝的試煉其中一個例子，就像上帝要求亞伯拉罕（注4）必須奉獻出自己的兒子一樣。但是，朋友們，我告訴你們：我們不再需要背負羅姆人的十字架了，因為我從上帝那兒接收到了指令。我將向你們展示該如何以自己眞正的身分與面貌，名符其實過日子。」

這一刻起，馬可再也聽不進半個字了。他現在還能指望什麼？他們過的不是羅姆人的生活方式？他們毫無根據一再白白忍受村民的污辱？他們受到咒罵、被人驅趕到一邊時，究竟是做了什麼根本不是他們幹的事？

這一刻，左拉奪走了馬可至今維繫其人生的一切。如今再也沒有什麼是篤定的了。雖然他痛恨以前的生活，但是現在的他更失去了一切。

馬可站起來，環顧一周。他很清楚可以仰賴自己的頭腦，也明白自己比這兒大部分的人還聰明。但是他沒想到這種認知與了解竟是如此痛澈心扉。那麼他們究竟是誰？自稱是叔叔的左拉或許也不是他爸爸的弟弟？身邊這些兄弟姊妹或許只是某個路人甲？

事情若眞如此，那麼他眞正的家人在哪裡？他們又是誰？對馬可來說，報紙稱之爲世界上最無聊的那一天，在他身上發生悲慘經歷的那一天，就是左拉誕生的日子。左拉是披著人皮的魔鬼。他這個家族首領，強迫他們行乞、偷竊，毆打他們、侮辱他們，還禁止他們上學，不擇手段阻擋他們過正常的生活，僞稱在上帝的幫助下，將要掌控他們所有的一切。

左拉發表那番言論並在所謂上帝保佑下成爲家族首領，至今已經過了四年。四年間，暴力與恐懼更甚以往。

注1 花的力量（Flower-Power）：爲一九六〇年代末至一九七〇年代初美國反文化活動的口號，標誌著消極抵抗和非暴力思想，主張以和平方式來反對戰爭。愛好嬉皮人士信奉象徵主義，身穿繡花和色彩鮮明的衣服，頭上戴花，並且向市民發送鮮花，因而被稱爲「花的孩子」。

注2 羅姆人（Roma）：即吉普賽人，但說法較爲尊重。

注3 約伯（Hiob）：記錄於基督教《舊約聖經》，約伯爲人正直並敬畏上帝，但撒旦卻以約伯的忠誠向上帝挑戰，上帝因而降下刻苦的試煉來考驗約伯。

注4 亞伯拉罕（Abraham）：基督教信仰中，亞伯拉罕是信心的楷模，他願意服從上帝，並把自己的獨生子以撒殺掉獻祭，預表了上帝獻出耶穌。

發表言論的那個夜晚，他們離開了居留地，留下一切曾經屬於他們生存的物品：帳棚、瓦斯爐、鍋碗瓢盆，以及闖空門時所需的部分工具。

他們動身時，一共有二十個大人和同樣數目的孩子。所有人全都穿上從佩魯賈偷來的最好衣服。

接下來的日子裡，他們穿越北義大利、奧地利和德國，撬開十輛豪華房車，換上僞造的車牌。車隊浩浩蕩蕩開過德國和波蘭邊境的史耶茲柯，駛往波茲南。最後大人如何將車子脫手，又偷竊了什麼物品，一個字也沒提。某天晚上，所有人全搭上開往北方的火車，左拉把兩個男人叫到他的車廂，一起看守財物。想必是一大筆錢。

之後幾個月在在顯示左拉所宣稱的新時代絕對稱不上什麼好日子，家族中有更多成員不留痕跡莫名消失。馬可猜測他們受夠了毆打、威脅和每日沒完沒了的苦難。

大家都知道左拉有很多錢，而且非常愛錢。這點從來沒改變。眾人一致認爲他把錢全視爲自己的，只不過惺惺作態佯裝是在管理家族財產。反觀家族成員卻得日復一日想方設法增加財富，永遠不可能擺脫從很小就成爲馬可生活一部分的詐騙和偷竊。

他們冬天在丹麥落腳，在哥本哈根附近的安靜住宅區租了兩棟比鄰的獨棟房舍。家族成員包括大人小孩在內只剩二十五人。馬可的爸爸如果不要這麼軟弱，馬可和他早就跟其他脫逃者以及馬可稱之爲「媽媽」的女人一起離開。現在已無人再談起那個女人了。

左拉定期會召集所有成員，發給漂亮的衣服，他說這樣上街效果比較好。婦女和女孩拿到長裙和五顏六色的緊身上衣，男人和男孩則是深色衣裝和黑色鞋子。馬可覺得穿上時髦的衣服坐在街上行乞實在荒謬無比，不切實際。但是，在扒竊的時候又另當別論了。乾淨漂亮的服裝是種大有幫助的僞裝。

就這樣，三年半的時間過去了。

暴雪飄舞不斷，左拉和他哥哥以及克利斯費了一番功夫才在森林裡找到埋藏屍體的地點。他們帶來的那隻狗根本派不上用場。冰雪和寒風吹散了氣味，五官只感受到冰藍色和亮晃刺眼的雪花結晶。

「該死，冷得像地獄一樣，我們怎麼沒在天氣變化之前搞定這件事？現在地面硬得要命，必須用力鑿開，才能把屍體弄出來。」左拉的哥哥咒罵著，但是左拉沒那麼頹喪。在冰凍的狀態下，半腐爛的屍體顯然比較容易從土裡弄出來。無論如何最重要的是，他們終於又找到埋屍處。

但是克利斯才鏟開幾下雪，屍體就露了出來，紅色頭髮在銀色大地的襯托下幾乎閃閃發亮。一見此景，左拉不似先前一派輕鬆了。死人身上的土爲什麼那麼少？

「你覺得是動物幹的嗎？」他哥哥問。

這是什麼愚蠢的白癡問題！有哪種又大又強壯的動物能夠挖出屍體，還沒有一口吃掉？雖然屍體被凍得僵硬，但是他腳旁的那隻狗已經快要把持不住了。

「克利斯，我告訴過你要把狗綁好，最好把牠拴在樹幹上，之後再來挖屍體。」說完，左拉轉向哥哥：「不，不是動物，一定有人來過這裡，除非我們把這傢伙搬來的時候他還活著。」

「不可能，他已經死了。」他哥哥保證。

左拉點頭，這點他也十分確定。但是誰會把土撥開，卻又沒去報警呢？地面上清楚可見指甲的刮痕。

他仔細檢查泥土和洞穴，發現有根杉樹枝從洞口突出來。樹枝上覆滿雪，但是尖端掛著某種明顯不屬於此地的東西。

他用腳踢踢樹枝，白雪宛如亮晃晃的雲落到了屍體身上。左拉覷起了眼睛。

「你們認得出這東西嗎？」左拉指著勾在樹枝尖上的一塊布料問。

光是看見他哥哥臉上一陣青、一陣白，答案便已呼之欲出。

左拉思索著「大事不妙」用來形容眼前的狀況非常貼切。

「嗯，現在我們知道爲什麼昨夜找不到馬可了。他甚至還可能聽見我對你說的話。」

他哥哥注視著他，目光透露出絕望的神情。這正是兩人差異之處。左拉從來不會感到絕望，所以他即使排行老么，也能當上他們的首領。

「我想你很清楚我必然會有什麼樣的推論。」

他的哥哥渾身發抖，想要點頭，卻連這個動作也無法完成。

「我沒有其他選擇。馬可必須在世上消失，沒有商量的餘地。」

除了錢，左拉眞正在乎的只有兩件事，那就是周圍人對他的服從與尊敬。若沒有這兩項，他不會成爲這個家族的首領；他若未持續追求神聖光芒加身，就不會對手下需索無度，而是懂得分寸。

他們在丹麥曾經生意興隆，收入豐富。申根公約（注）、警察改革，導致坐辦公室的官僚變多，上街巡邏的人數變少，公共場所減少人員配置等等，都爲左拉的犯罪網絡提供了絕大的優勢。住在克雷姆，無需擔心糾纏不休的盤查或是遭到逮捕，除非有鄰居檢舉。從丹麥輕而易舉便能將贓物運送到別的國家，不會受到檢查。此外，還能利用希望從這個富裕社會獲得好處的波羅的海沿岸居民、俄國人和非洲人，達到自己的目標，左拉只要管好自己的家族手下和東歐人就萬事順利。不過，他也十分清楚，只要顯露出一絲絲脆弱，一定會有人肆無忌憚，毫不留情將他拉下王座。

因此，左拉費盡心力，定期展現自己的權威，實行目標明確的處罰，以保有控制權與支配權。家族裡人人都知道，爲求自保，最好閉緊嘴巴乖乖聽話。

然而目前情勢的發展超乎他的掌控。左拉不能讓人發現他脆弱的一面，即使是忠心耿耿的克利斯也一樣。所以他在約定好的時間將自己鎖在臥室，然後等待著。

「我們有個人叛逃了。」他一接起聯絡窗口的電話，毫不拐彎抹角劈頭就說。

一陣沉默，讓人感覺很不自在。

雖然對方每隔一段時間就會僱用左拉的人手解決一些髒活，但必要時，他也很樂意自己動手。越來越多的跡象向左拉證明了這一點。而且打從一開始，條件就講得一清二楚，事情一旦失敗，所有責任由左拉一肩扛起。左拉若未妥當承擔責任，後果自負。

「我們的關係建立在彼此互動上。」他們在商定條件時，那個男人說：「我們互爲一體，有義務爲對方保守祕密，忠心以待。你若是無法履行義務，恐有血光之災。我們雙方都同意這樣的條件，對吧？」

結果並非兒戲，非常嚴重。左拉心裡有數，這個男人什麼事都幹得出來。

「有人叛逃了。」電話那頭的人慢慢重複他的話。「可以請你解釋一下事發經過嗎？」

左拉沒有別的選擇，只能托盤而出：「有個少年跑走了。他逃跑的時候偏偏藏在史塔克的墓

注 申根公約（Schengener Abkommen）：爲歐洲國家間的協定，持有成員國有效身分證或申根簽證，即可在所有成員國內自由進出。

穴裡。」

「請注意遣詞用字。」對方警告說，「那男孩人在哪裡？」

「還不清楚，不過已經派人去找了。」

「他是誰？」

「我的侄子。」

「你會感到困擾嗎？」

「爲何會？」

「外表特徵和姓名？」

「他叫馬可，十五歲，身高約一百六十五公分，黑色卷髮，棕綠色眼珠，膚色相對比較黑。外表恐怕沒有明顯的特徵。他穿著睡衣逃跑，但我想他現在不可能還穿著。」左拉想要搞笑緩和氣氛，但是沒有效果。「我們知道他拿走屍體脖子上一條項鍊，非洲風格的護身符。只希望他會想到把它掛在脖子上。」

「什麼？你們竟然在屍體上留下項鍊？瘋了嗎？」

「屍體埋了幾天以後，我們才想起這件事，所以沒有去把項鍊拿走。」

「眞是個蠢蛋！」

左拉緊抿雙唇。已經好幾年沒有人這麼罵他了，膽敢如此的人，只是自討苦吃。

「那少年姓什麼？」

「耶墨森。」

「馬可．耶墨森，好的。他會講丹麥話嗎？」

「非常流利。他是個聰明的孩子。你若問我，我會說他聰明過頭了。」

「那麼最好盡快收拾掉他。他大概躲在哪一區？」

左拉揉揉額頭。他若是知道，事情早就搞定了。見鬼了，他該怎麼回答？地表上每一個小洞都有可能是他躲藏的地方？馬可聰明狡猾，適應力強，躲在哪裡都不會引人注意？還是回答說要找出馬可，就像在原始森林裡找變色龍一樣？

「請不用傷腦筋。」他盡可能說得語氣堅定，希望能取信對方。「我們的網絡涵蓋西蘭島所有地區，哥本哈根尤其在我們掌控之中。我們會一區區搜尋，不放過任何一條街道，直到找到他爲止。」

「派誰去找？」

「全部人手，家族成員、羅馬尼亞人、從馬爾默來的小伙子，還有我在烏克蘭的銷贓者，他的人脈特別多。」

「好的，我不需要知道那麼多。」一陣短暫的停頓。「但是我會密切關注這件事，聽清楚了嗎？」

對方說完，馬上掛斷了電話。左拉當然非常清楚。

馬可已是死路一條。

第七章

二〇一一年，春天

卡爾終於把車停進羅稜霍特公園的停車場，日暮西山，萬物的影子被拖得老長。換成平常的日子，霧氣蒸騰的鍋子上方的抽油煙機燈光，總會讓他感到安心，感覺終於回到了家。今天卻截然相反。倒楣的一天眞讓人受夠了。

他的房客從屋內向他打招呼，卡爾也回應了。但是今天他眞希望除了自己，家中沒有半個人。

「哈囉，卡爾，歡迎回家。要不要來一杯紅酒？」莫頓招呼他說。

卡爾將夾克丟到最近的椅子上。一杯？像今天這種穢氣的日子，他寧願來個一瓶。

「你前妻維嘉打過電話來，她說你沒有按時去看她母親。」莫頓轉達說。

卡爾又望向紅酒，可惜只剩下一半。

莫頓把紅酒杯遞給他，要幫他斟酒。「卡爾，你臉色很憔悴。鹿特丹之行沒有收穫嗎？還是又發生可怕的新案件了？」

卡爾搖了搖頭，一把抓住房客的手腕，小心拿走莫頓手中的紅酒。他想自己倒酒。

「好吧，好吧！」通常莫頓不太懂得分辨卡爾的情緒，不過這次他顯然明白自己最好閉嘴。他又回去攪動鍋子，「十分鐘後吃飯囉。」

「賈斯柏在哪裡？」卡爾邊問，邊給自己斟第一杯酒，完全沒去注意酒的香氣、橡木桶貯藏或者年份。

「天知道。」莫頓搖了搖頭，十指大張，一副敬謝不敏的模樣。「他認眞念書去了，和人約好的。」連珠炮似的笑聲透露出莫頓對此事的看法。

卡爾可不覺得好笑，畢竟離畢業考只剩下一個月。賈斯柏如果不及格，可就無法大學畢業了。而一個沒有大學文憑的二十一歲傢伙在丹麥能做什麼？啥也不行，前途一片黯淡，一點也不有趣。

「阿囉哈，卡爾。」客廳那張床上傳來聲音。啊哈，哈迪醒了。

卡爾關掉二十四小時開著的電視，坐到哈迪的床邊。

上次這麼直接注視著老友蒼白的臉已經是好幾天前的事了。半身不遂的老友眼中是不是閃現了一絲光芒？還是他看錯了？不，沒錯，哈迪的目光確實別有所指，那眼神讓人感覺像熱戀或是承諾兌現。

撇開這一點，哈迪簡直像內建了探針，能夠感應周遭氣氛和身邊人的情緒。應該是多年來詢問罪犯的經驗，養成了他這個特質。現在，他的探針對準了卡爾。

「怎麼回事，老傢伙，難道在鹿特丹不順利嗎？」

「嗯，沒什麼收穫。我很遺憾，對案情沒有進一步的幫助，哈迪。我們鄉土片裡的劇情還比荷蘭人的報告更有看頭，忘了這件事吧。」

哈迪點點頭。這當然不是哈迪期望的結果，不過奇怪的是，他竟然沒有生氣，而且還叫卡爾「老傢伙」。上次他這麼說是多久以前了？

「哈迪，我也正想問你怎麼回事？我看得出來你心裡有事。」

他的老同事微微一笑。「沒錯。不過，你何不先推理一下呢，副警官？或許不明顯，但可以猜看看發生了什麼事。」

卡爾喝了一口酒，目光遊走在哈迪瘦長的身體上。被單下二百零七公分的絕望，身下鋪著雪白的床單，露出四十七號半的腳，瘦骨嶙峋的雙腿和細如義大利麵的手臂。以前，那雙手臂在逮捕行動中曾經能緊緊箝制犯人，讓酩酊大醉的醉鬼無法近身。而今，哈迪成了自己過去的影子。憂慮與惶恐在臉上刻下的深深皺紋也證實了這點。

「你剪頭髮了嗎，哈迪？」問題蠢斃了，然而他實在看不出有何不尋常。

廚房傳來震耳欲聾的笑聲。莫頓的耳朵始終很靈光。

「米卡，」他大叫：「過來幫探長大人找一下線索。」

幾秒後，地下室樓梯響起咚咚咚的聲音。

米卡今晚穿得非常體面。這個肌肉發達的物理治療師平常只穿會在同志沙灘上看見的衣服，即使在凍死人的日子也一樣。與莫頓不同的是，至少米卡有條件穿緊身褲和T恤。即使如此，如果卡爾的同事或者未來的老闆羅森忽然不請自來，可以確定他們日後再見到卡爾時，應該會不好意思直視他的眼睛。

米卡向卡爾匆匆點了個頭。「好的，哈迪，就讓卡爾瞧瞧我們的進展吧。」

他稍微將卡爾推到旁邊，然後兩根手指壓入哈迪肩膀肌肉。「哈迪，現在請集中精神，專心感受肩膀上的壓力，將心思放在這裡。好，開始！」

卡爾看見哈迪嘴唇上皺紋微微變深，目光驀地收斂，鼻翼翕動。哈迪就這樣躺著好幾分鐘，忽然間，他竟然露出了微笑。

「是的，就是這個。」他說得很小聲，彷彿自己也不太理解。

卡爾兩眼在床上掃來掃去。媽的，他究竟漏看了什麼啊？

「你的兩隻眼睛眞是瞎了唷。」莫頓評論說。他不知道什麼時候走到客廳來了。

「我是嗎？」

然後，他看見了。

被子底下約莫在手的位置，輕輕動了一下。卡爾左右張望，陽台門和廚房窗戶全都關著，所以不可能有穿堂風。

他把手伸向被子，掀開來後，終於明白了。

卡爾的思緒一眨眼回到他們第三個同事安克爾在哈迪趕到之前遭槍擊的場景；回到哈迪趴倒在地，自己被他壓在底下的時刻；也想起哈迪哀求卡爾幫他從活生生的地獄解脫。而今眼前這個——哈迪左手拇指竟然動了！雖然只有幾公釐，但確實動了。度過了四年的絕望和羞恥，如今竟有如此驚人的變化。

若非卡爾今天過得像狗屎一樣，應該會高興得大叫。但現在他只能癱坐著，試圖理解眼前或許要拿顯微鏡才能辨識的細微動作。他不由得想起心電儀螢幕上的吱吱聲——一種區分生與死的聲響。正如同哈迪拇指的細微動作。

「卡爾，你看。」哈迪輕聲說。伴隨著拇指的每一次顫抖，他的嘴巴就會跟著發出聲音：「嘟、嘟、嘟、嘟嘟、嘟嘟、嘟嘟、嘟、嘟、嘟。」

瘋了、瘋了、瘋了！卡爾緊緊抿著嘴唇。他若再不說點話，眼淚就要潰堤，一發不可收拾，但今天他已經再無法承受這樣的情形。他嚥了好幾口唾液，喉頭好不容易才鬆開。

他和哈迪兩人久久相視。他們誰也不相信彼此竟能經歷這樣的時刻。

「哈迪，天啊，哈迪。你竟然用手指打SOS的摩斯密碼。你打密碼了。SOS。天啊，哈迪！」

哈迪猛點頭，宛如一個剛剛自己拔掉第一顆乳牙的小男孩。

「卡爾，那是我唯一會的摩斯密碼。若是可以的話……」他緊咬住嘴唇，注視著天花板。這是個激動人心的時刻。「……我寧願用摩斯密碼打出超大的——YES！」

卡爾輕輕撫摸老友的額頭。「這是今天最好的消息了。不，是今年度。」他說：「你找回你的拇指了，哈迪。」

米卡滿意地咕噥一聲。「卡爾，你儘管等著，會有更多手指能動的。哈迪是完美的病人，全心全力配合，我沒見過更優秀的病患了。」

然後他起立，在莫頓唇上吻了一下，走到廁所去。

「究竟怎麼回事？」卡爾問。

哈迪閉上眼睛說：「我只要努力使勁，就能有所感覺。米卡教我去感受自己的身體並非完全癱死不動，卡爾。我如果再加把勁，或許能學會打電腦，手指也許能移動遊戲桿，甚至哪天還能無需借助他人幫助，就能自己操控電動輪椅。」

卡爾笑得有點保留。這番話聽起來前途燦爛，可惜不可能發生。

「地上這是什麼東西？」莫頓的聲音顯得異常好奇，「哇喔，是個小絲袋耶！怪了，卡爾，你現在都帶著小絲袋跑來跑去嗎？」

莫頓轉向上完廁所回來剛拉好拉鍊的米卡。「你看到了嗎？浪漫主義竟然降臨在我們這棟屋子裡耶！」他們濃情蜜意地凝望著彼此，還因爲卡爾的品味故作興奮，誇張地互擁了一下。

「我們可以拿出來看嗎？」這兩人似乎等不及了。

卡爾站起來，拿回莫頓手中的袋子。

「夢娜打電話來的時候，最好閉上你們的嘴，懂嗎？」

「不會——吧，意外驚喜啊！不折不扣美妙浪漫的驚喜耶！她眞的沒有預料到嗎？」

莫頓簡直如癡如醉。他的腦袋裡想必開始忙著幫新娘設計禮服了。

「不，她什麼也不知道。」卡爾幸福地笑了。他們的胡鬧和興奮感染了他。

「噢，夢娜、夢娜、夢娜，何日才能……」兩人尖著嗓子雞貓子般唱了起來。

卡爾翻了翻白眼。

晚餐瀰漫著哈迪階段性勝利的歡樂氣氛，卡爾正想藉此緩和噁爛一整天的惡劣情緒時，莫頓卻又意外投下了炸彈。

他面帶微笑，一派理所當然講述他和米卡不需要再支出兩份家用開支，他們打算打包他的摩比人收藏，放上網路拍賣。如今已沒有任何事能夠阻擋這對愛人同居。卡爾左右張望，頓時明白木已成舟。這種事情如果能事先討論一下，譬如和他，應該會更完善一點。但是，現在反對又有什麼用呢？何況他也累得無力與人爭辯。撇開這段時間寧願住在女朋友家的賈斯柏不算，這棟屋子裡的住民總數增加了百分之二十五。米卡要去地下室檢查一下他和莫頓的東西，看需不需要捐給紅十字會，以解決有限的空間問題。

但是，他們死也別想拿走卡爾的淺紅色毛衣。

蘿思又到了每天把自己打扮得黑漆抹烏的時期，唯一的差別是脖子上那條金黃色領巾，否則她一般都是從頭黑到腳。及膝的黑色長筒靴、黑色緊身褲、挑高的烏黑眉毛，耳垂上耳針比一個中等大小的釘書機裡的釘書針還多。這身打扮若是參加上個世紀九〇年代的龐克演唱會絕對又帥又酷，但是穿來追捕兇手，進行挨家挨戶的訪查，可就不太理想了。

卡爾嘆了口氣看著她的耳朵和頭髮。髮膠產品廠商的成就在今天具體呈現爲令人屏息的驚險尖塔。「蘿思，妳有帽子嗎？我們得外出，會與人接觸，公事上的。」

她看著他，表情彷彿他才剛被人從西伯利亞空投過來似的。

「今天是五月十一日，室外溫度是二十度。拜託，我幹嘛戴帽子啊？你是不是應該調整一下自己的生理時鐘？」

卡爾又嘆了口氣。看來他得和這副模樣的她一起出門了，帶著她耳朵上的耳針四處查案。

走向公務車的途中，高登正從警衛室出來，好似恰巧碰上他們。但從許多跡象顯示，他根本早就坐在三樓的窗戶邊觀察動靜。

「哇拉拉，哈囉，兩位好！你們正要出門嗎？太好了！你們要去哪裡呢？」顯然這個竹竿沒察覺到蘿思渾身噴射而出的毒劑。打從卡爾剛才向她解釋他們的公務內容之後，她就這副模樣了。她的態度卡爾早就看在眼裡，是的、是的，他當然非常清楚蘿思寧願自己挑選任務內容。

蘿思的目光從高登那雙長得彷彿沒有盡頭似的腿往下移。「我反倒比較有興趣知道你要去哪裡？——去買長襪嗎？」

高登茫然不知所措，瞪著自己那雙幾乎要高聲哭喊需要清洗的四十六號襪子。他的頭像火雞似的前後晃動，臉也一樣漲得通紅。至於是因爲憤怒或羞恥，都無所謂了。

卡爾開車前往奧司特布洛的路上，寧可不去評論高登對蘿思大獻殷勤的行徑，而是將注意力集中在首要任務上，讓蘿思了解船屋爆炸案的最新情況。

「也就是說，這個史韋爾·安威勒從未被逮捕？」她審視著照片上的男人。

「不，並非如此。他曾經因爲各種犯行被逮過，不過都是些小事，僞造支票、賭博詐騙、非法承租房屋，諸如此類的不法行爲，還被逐出丹麥五年。」

「聽起來是個機敏的傢伙。這個小甜心如今犯下眞正可怕的案件了？」

「船屋爆炸案中喪生的受害者是個女人。死前幾個小時，留下了一封信給她丈夫，信裡頭寫到她愛上其他人。有個目擊者提供了這個消息。」

蘿思又看了一眼照片。這時他們到了目的地，卡爾將車開到路邊停下。

「你有什麼想法？這位大嬸失心瘋了嗎？爲了別的男人離開自己的丈夫？唷，還眞沒比這更性感的事了。」

卡爾差點脫口而出高登的名字，想藉機消遣一下，不過還是忍住了。

「就事情的發展來看，至少可以說，換掉伴侶在某種程度上會導致嚴重的後果。」

「你說他被人在監視器影片上逮到。怎麼被認出來的？」

「一共有三架監視器，每架監視器負責拍攝街道商店前一處人行道，涵蓋的範圍其實不是特別大，所以竟然能夠看見街道另一邊的景象，我想我們應該要感到高興。總之，第一架監視器的攝影範圍也包含了公園咖啡館前的區域。」

他的手指向斜前方奧司特布洛街另一邊的娛樂場所，那裡混合了夜店和咖啡廳的功能，是奧司特布洛最受歡迎的聚會地方。

「他就站在耐特超市附近，盯著進入咖啡館的女人瞧。」

「然後呢？」

「嗯，然後他就消失在我們這邊的街道。有人認爲他想去那個小攤子買香腸。另外一架監視器上的畫面顯示，幾個小時後他又出現在咖啡館前，站在一個女人旁邊。女人的身高比他還要高一點。我把照片列印出來了，妳找一下，大概放在檔案夾比較前面的地方。」

蘿思翻閱檔案夾，發出很大的噪音，然後拿出一張有點模糊的照片。

「沒錯，是那個男人。但是女人的面貌難以辨認。你認爲她大概多高？」

「根據史韋爾·安威勒的駕照資料，他穿上鞋子的話，身高有一百七十五，因此我推測她應該有一百九十公分。」

蘿思將列印紙拿近到眼前。「看不出來她穿的是不是高跟鞋。對有些女人來說，穿著高跟鞋到處走易如反掌。不，從照片上無法判定她眞正的身高。」

卡爾始終忍住不對蘿思眾多的細高跟鞋收藏發表評論，那些細高跟鞋不僅醜得要命，而且有害身體健康——並非擔憂韌帶拉傷，而是每次她穿上細高跟鞋，身高變高後，上方的空氣會變得稀薄。話說回來，說不定正是高聳入雲的鞋跟點燃了那個長得像細義大利麵、穿著長襪子的高登的熱情？

「鑑識人員仔細觀看過監視錄影帶，她穿的是平底鞋。他們願意拿項上人頭擔保。」

「那麼第三個監視錄影帶呢？」

「這正是我們今天來此的原因，蘿思。妳從錄影時間上可以看到，這畫面拍攝於兩人消失於建築物中的一分半後。」

他指著地圖。

「他們一定穿越了布倫勒比住宅區。」

「沒錯，他們走進那棟朗博大樓後面的住宅區，卻沒有穿越住宅區成排房子。從第四架監視器上的影片可以看得出來，監視器就設架在奧司特大道上。」

卡爾若有所思點點頭。布倫勒比是奧司特布洛的綠洲，曾經有一群參與社會運動的醫生爭取在此設立健全的勞工住宅。如今，這一區的兩百四十間連棟建築物公寓已奇貨可居。他媽的，調查工作已經沒完沒了，還要加上或許得搜索全部住宅的不可能任務。警方是第一次在這個區域挨家挨戶進行地毯式的查訪。

「調查人員沒有找到這位高大的女士嗎？」

「顯然沒有。不過，我不會執著在她的身高上。誰知道鑑識人員對平底鞋的判斷是否正確？」

「在這區發布搜索照片了嗎？大家一定彼此認識，應該很快能找到他們。」

「嗯，有個問題。上個星期日五月一日在菲勒公園舉行活動後，忘記拆掉監視器了。也就是說，星期四拍攝的影片，無法做爲官方使用，因爲根本就不應該拍攝。要是被人發現監視器在核准的時間之外仍繼續運轉，警方媒體室將會應接不暇，忙到爆炸。」

蘿思看著卡爾，彷彿他瘋了似的。「但是我們挨家挨戶訪查時，卻可以拿這張照片給他們看？」

卡爾點頭。她是對的，這件事情蠢透了。官僚制度和受警方監視的國家，簡直完美地融合成一體。

他們有條不紊地穿梭在兩層樓高的淺黃色建築物之間的小徑上。先是調查一邊的第一條A路，接著詢問另一邊的B路，依此類推。在平凡的星期三執行一項無聊透頂的例行任務。如果所有住戶都在家，只需要在清單上打勾就好，可惜事與願違。

查訪到第一百一十三家時，卡爾再也受不了了，於是擺出上級的架子，要蘿思獨自在蜀葵開得花團錦簇的田園中自行完成這件任務。

「這是我的最後一間房子。」卡爾說，一面看著門上格窗後頭晃動的人影。「二樓和下一條街就交給妳了。」

「好——的。」根據前後重音的不同，這兩個字表達出的意思不盡相同。就眼前的狀況而言，表示不贊同，而且要求進一步的解釋，但是卡爾現在眞的沒興趣多做說明。

「馬庫斯星期五要退休了。」他轉換話題，衷心希望這個消息能絆住蘿思的心思，但她幾乎不太認識馬庫斯。

「好極了，卡爾，你還眞給我充分的時間準備面對警方的任務了呢。」蘿思故意用甜死人的口氣說，然後手指堅決地按下門鈴。

卡爾凝神傾聽。門後的動靜聽起來彷彿格窗後面的人影是在聽到了鈴聲後，才躡手躡腳走過來開門似的。

「什麼事？」站在他們面前的婦女宛如卡爾濃妝豔抹後的丈母娘。她比剛才他們訪查的人至少老了二十歲。

「等一下。」她戴上塑膠手套，和阿薩德清潔地下室時戴的手套差不多。不過，阿薩德近來不常打掃。

「等一下。」她又說了一遍，一隻手伸進圍裙口袋，然後走出屋子，站在門前的陽光下。她從口袋拿出一包皺巴巴的香菸，點了起來，深深吸進第一口後，滿足得幾乎全身顫抖。

「嗯。」她說：「好了，你們有什麼事？」

卡爾拿出警徽。

「是、是。這種塑膠玩意兒可以收起來了。我們大家都知道你們是誰，知道你們上這兒來問東問西。你們以爲這兒的人不閒聊的嗎？」

當然，透過居民間的祕密途徑傳播。他們到此還沒超過三個小時。

「你們是來打擾居民，還是來幫助他們的呀？」

卡爾看著手中布倫勒比的居民名單。「根據名單，這個地址沒有像您這種年紀的女士，而是一位叫做碧兒特．安內沃森的女子，四十一歲。可以請教您是哪位嗎？」

「什麼叫做『我這種年紀』？」她哼哼不快地說：「你以爲我這年紀都能當你母親了嗎？」

卡爾禮貌地搖了搖頭。但是這擺明了是個謊言，因爲從她的皺紋數量和深度，以及下垂的眼皮來看，當他的祖母都綽綽有餘。

「我來打掃這裡。」她說：「否則你以爲是什麼？難不成我在屋內的桌旁裁製高級時裝嗎？戴著塑膠手套？」

卡爾客氣地笑了一笑。她的用字遣詞和尖酸嘲諷干擾了她給人的整體印象。

「我們在調查一樁縱火案。」蘿思犯下了第一個錯誤。「我們要找住在這裡的女士，您認識她嗎？」她繼續說，把從監視錄影帶上列印下來的照片拿近給老婦人看。這是第二個錯誤。她把手中所有的牌一次全亮出來。若是老婦人認識他們要找的女人，百分之百不會透露一絲口風。

「啥，什麼！妳說縱火案嗎？住在這裡的女士？你們找她做什麼？」

「很抱歉。」卡爾插話，「事情有點複雜。這位女士並不是嫌疑犯，我們找她是爲了……」

「你急著打岔的原因是不想讓同事搶盡風頭嗎？別膨脹自己了，大師。我寧可和這位龐克小姐談話。」她又貪婪地深吸了一口菸。

卡爾寧願不去看蘿思。若是在她臉上察覺到一抹賊笑，他應該會一整年只派她做影印。

「您認識她嗎？」蘿思無動於衷地重複她的問題，顯然沒有因爲老婦人認爲自己是個龐克女而有一絲困擾。哎呀，別忘了她喜歡變換自己的身分……

「認識她？不認識！」老婦人說：「但是我應該認得出來。若是我沒記錯，應該是在裡頭的書桌上。」

她沒有開口邀請他們進屋，不過動作毫無疑問透露出這意圖，於是他們兩個跟著她走進去。

「沒錯，在這裡。」他們來到客廳門口，老婦人將一張裱框起來的女生團體照拿給蘿思。

「她站在這裡，最右邊。沒錯，只要稍微提醒一下，我就記得清楚了。鐵定是碧兒特音樂學院的一個朋友。」

卡爾和蘿思湊向前，想要看得更加仔細。沒錯，很可能是她。

「不過照片上的她看起來不是特別高大。」蘿思提出異議。

「照片上哪一位是您爲她工作的碧兒特．安內沃森呢？」卡爾問道。

老婦人指著中間一位女子。

「安內沃森住在這棟屋子裡嗎？」卡爾又問。

清潔婦惡狠狠瞪了他一眼，然後又轉向蘿思。

「卡洛還在世時，我就爲她打掃了，應該已經有十年了。」

「卡洛是您的先生嗎？」卡爾問。

「老天，拜託呀，卡洛是我的狗，小明斯特蘭德犬，有一身漂亮的棕色毛髮。」

卡爾皺起眉頭。「您可以告訴我，碧兒特．安內沃森身高大約多少嗎？」

「拜託，老天爺呀。你接下來大概要問我你鞋子的尺寸了吧？」

「我爲我助手的無禮向您致歉，他有時候太激進了。」蘿思打岔說：「您可以告訴我，她有沒有比我高？」

老婦人手裡拿著菸蒂，從頭到腳打量著蘿思，然後一臉勝利地轉向不知所措瞪著兩個女人看的卡爾。蘿思剛才眞的說他是她的助手嗎？

「我想碧兒特和你主管的身高差不多。」老婦人對卡爾說。

卡爾故意忽視蘿思不懷好意的竊笑，兩個人這時坐在車子裡。「兩件事，蘿思。第一，不准再說我是妳的助手。我並非沒有幽默感，但是不准再發生，懂嗎？第二，在妳把話丟出來之前，必須養成過濾自己思緒的習慣。今天算妳運氣好，下一次若還是如此莽撞，別人很可能會閉緊嘴巴，像生蠔一樣緊。」

「好的、好的，卡爾，輕鬆一點。到目前爲止，我的調查成功率幾乎百分之百。此外，我喜歡吃生蠔，可以了吧。」

卡爾深深吸了口氣。「好，現在我們知道，警方上星期在找的這個女人身高並不是一百九十公分，如果以照片上其他女子的身高爲標準的話，約莫是一百七十五。因此，警方檔案中關於史韋爾·安威勒的身高錯得離譜。他第一次被逮捕時，若是踮著腳尖拍照，我也不會感到驚訝。仔細察看從監視錄影帶拷貝下來的照片，同時比較他身旁那位女性友人的身高，安威勒應該是一百六十五公分，而不是穿上鞋子後的一百七十五公分高。他是個相當矮小的傢伙。」

「整體而言，這個傢伙很特別。」蘿思闔上檔案夾。「清潔婦要是沒說錯，這個碧兒特只要出遠門，就會將自己的房子借給朋友和熟人。而這位特別的女性朋友若只是在這裡住個幾天，沒引起住宅區其他居民的注意，也不足爲奇。」

卡爾發動車子。「好，到目前爲止，一切都很順利。妳下車，在這裡等到碧兒特·安內沃森回來。我們不可以讓她溜走。堅強一點。肚子餓的話，就到聖雅各廣場的攤子上買香腸吃。還有，別擔心高登，我會處理的。」

他把車開出停車格，從後照鏡看見蘿思抹得慘白的臉龐。

她怒火中燒，氣得臉上那層粉都要冒泡了。

尋人啓事
Marco Effekten

第八章
二〇一〇年冬天到二〇一一年春天

「需要多久時間？」馬可指著自己的衣服問說。

快速洗衣店的老人雙手撐在櫃檯上，微微搖著頭，顯然聽不懂馬可的問題。

「這件衣服洗完到烘乾需要多久的時間？」馬可仔細說了一遍，然後把毛衣脫下來。

「嘖、嘖，朋友，等一下。」老人的頭誇張地猛然一縮，彷彿馬可在他鼻子前面打開一瓶氨水似的。「我們清洗衣物的時候，不會讓你這裡等。要是你赤裸身體坐在店裡，成何體統？你腦子裡到底在想什麼呀？」

「可是我沒有別的衣服穿了。」掛滿塑膠袋的架子後面傳來窸窸窣窣的聲音，一排外套被推了出來。

架子後面的男人沒有第一位那麼女性化，不過馬可一下子就認出他們是那對上街時小皮包不離身的老同性戀人。他們總是把皮包緊緊抱在身前，皮包的帶子俐落地纏在手腕上。對扒手而言，那是眞正的皮製品，而且內容物往往十分吸引人。不過，大部分的同性戀者通常都比其他人還要謹慎，這是缺點。很可能是因爲多年來被人瞧不起，因此學會了特別保持警覺。

「凱，他看起來沒有威脅性。」被包圍在一堆外套中間的男子對他的另一半說：「你看，他腋下還夾了本書呢，是個不折不扣的小書蟲。」他親切地對馬可露出微笑。「來吧，我們若是不出手幫忙，會被人笑掉大牙的。另外，少年，你有沒有錢呀？」

馬可把鈔票拿給他們看。他不知道這筆錢夠不夠。

「一百克朗呀。」男人又輕輕一笑。「我們到後面找找有沒有適合你的衣服。你知道有多少人忘了來拿他們送洗的東西嗎？所以我們會要求客人事先付款。」

他從店鋪深處拿了幾件衣服給馬可，而且還不收他的錢。兩天後，他可以回來取件，到時他們會把衣服清潔好。替代衣物就送給他了，這些衣服掛在店後面一年多，早就超過保存期限。

離開時，馬可透過櫥窗玻璃看見其中一個男子輕輕拍了另外一個人的屁股。他們顯然心情很好。幫助他或許給他們帶來很大的樂趣吧？

總之，他們的和藹友善讓馬可吃了一驚。

才展開沒有偷竊和乞討的新生活，馬可就餓得兩眼昏花，這才發現要在街上討生活竟是如此困難。但是他很快就學會四處打零工，支撐自己活下去，機會還不少。第一個工作是清晨五點時向麵包師父毛遂自薦擦窗戶，他的報酬是一大袋麵包。他拿著麵包晃到一家咖啡館，喝點熱飲，在咖啡館爭取到擦地的工作。他的收入又多了五十克朗。

漸漸地，他建構了一個會提供他零星工作的雇主網絡，同時盡可能避免靠近家族份子白天會出沒的地區。他會幫忙跑腿，幫超市的客人把沉重的貨物搬到車上，拆開紙箱，丟到垃圾桶去。就算氣候嚴寒，嘴唇凍成紫色，雙手冷得不住顫抖，他仍舊辛勤工作。

幾個星期以來，他就這樣穿梭在雪地和泥濘中，從一家商店到另一家商店，從一棟房子到另一棟房子。有次，他接下了一項困難的任務：有個顯然神智不清的女子一次訂購了一星期的食物和民生用品，裝在紙袋裡，要他搬到五樓。到了五樓後，女子卻沒有開門付錢，而是透過門上的信箱口把鈔票丟了出來，刺鼻的臭味同時從信箱口湧出。馬可躲在樓梯間，等到她開門把物品拿進去。女子衣不蔽體，渾身又髒又臭。最後，她還是發現了躲在角落的馬可。

「瞪著眼看什麼，你這隻臭魚！」她對他大吼，怒氣沖沖揮舞著手臂。

他從未看過丹麥的這個面向。

馬可從事各式各樣的工作，成果往往比預期還要好。他的收入如流水般湧進，所有錢都是他的，完完全全屬於他一個人。

他早上八點開始做事，到晚上十點才休息，只有星期天例外。在商店裡打工一個小時六十克朗，貼海報的話有九十克朗。他算過，一個月可攢到超過一萬五千多克朗，因爲他不需要付房租，也不需要花錢吃飯或買衣服。目前他身上穿的衣服是披薩店一個女子送他的。

「親愛的，你的衣服又舊又破的。」她說：「哎呀，你可是個眞正的拉丁美洲人耶，這點不需隱藏。來，把衣服拿走，那本來是馬力歐的，但他上個月回那不勒斯了。」

剛開始，他總是睡在以前早已熟悉的某個角落，但是無法長此以往。嚴寒雖然危險，不過就算只帶夠用的錢，光是身上揣著幾歐爾零錢，很可能也會遭人搶奪。所以他把大部分的錢藏在另一個地方。當然，也不排除在夜晚遇上家族成員的風險。

最後是快速洗衣店的老板凱和艾維伸出援手，讓他免於餐風露宿。他們也許曾經看到他躺在北港電車站的角落，也許聽說了他的處境。總之，一月底某天，他們在路上向他攀談，兩人一臉憂心忡忡。

「你偶爾能幫我們把衣服送給客戶嗎？」凱問道：「這樣的話，你可以住在我們那兒，直到我們幫你找到其他事情。」

馬可本能地往後退了一步。

「小心。我們相信你，你也可以相信我們，好嗎？天氣這麼寒冷，你不能待在外頭，你會凍死的。」艾維接著說。但日後他應該是最後悔提出這個建議的人。

湖泊交錯橫躺在城市中，住在優美精緻的湖畔，馬可學會以全新的角度看待之前在街上討生活的日子。若說以前他只把路人歸類爲可能的被竊受害者，現在則是將其視爲有血有肉的人類，觀察他們忙著日常事務，擔憂自己的家人，疲於奔命工作，或者純粹消磨白日時光。他認識了未曾知悉的各種生活面向，也很快發現哥本哈根的喧囂繁忙與其他大城市相去不遠。不過，他也注意到許多人臉上毫無表情，只有在路上遇到熟人時，才會綻放笑容。

馬可將路上匆匆一見的偶遇轉變成自娛的遊戲。到後來，他已能精確判斷這些不期而遇的人，臉上的笑容多久之後就會消失。多數人都只是快速講個話，大聲抬槓說自己有急事要趕——每次只要符合推測的時間，他就會開心得笑個不停。看透其他人的想法，成了他最大的樂趣。

行人最討厭某些街頭音樂家、遊民、醉鬼或瘋子擾亂他們的思緒，侵入他們的領域。他們關起心門，目不斜視，而非環顧周遭繽紛的世界。

丹麥人唯有置身在志同道合的朋友圈子裡，才會流露出眞正的喜悅，顯得生氣勃勃。這一點，馬可之前就注意到了，只不過如今這種非我族類的感受比以前更加讓他痛苦。

曾經，無端的侮辱謾罵深深傷害過他：「滾開！滾回你的狗屎國家去！你這隻猴子找不到自己的樹嗎？」

遇到這樣的日子，馬可會變得退卻沉默。是凱和艾維帶他走出麻木的狀態。他們教導他怎麼以完美的丹麥話加倍奉還：「嘿，你會這樣對自己的朋友說話嗎？爲什麼你能在公共場合說出這樣的言論？難道你沒有家教嗎？」

街頭教會了他每個人都有權獲得尊重。但是過程無比艱辛。

幾個星期、幾個月就這樣過去，馬可距離過去的日子越來越遙遠。有時候他甚至允許自己對未來抱有希望，許諾自己未來不要再毫無忌諱盲目過日。冬天已逝，春日降臨，馬可在凱和艾維坐落在奧司特布洛的住宅裡學會往前看，並爲未來的正常生活做好準備。他頑強不懈地修正自己的丹麥話，在凱和艾維的幫助下矯正發音，學習新的字彙和基本的文法。若是對某個字理解錯誤或者口音太重，他們兩個就會開玩笑叫他《窈窕淑女》電影裡口齒不清的女主角伊萊莎，並唱起主題曲中的歌詞：「西班牙的雨大多落在平原上」。馬可明白他們沒有惡意，也跟著一起哈哈大笑。

馬可不但從凱和艾維身上學會了信任人，還懂得欣賞規律和例行事務。與左拉掌控下不同的是，他認清這類慣性並不會消磨掉一個人，反而讓日常生活更加輕鬆。不過，他更喜歡置身在錦緞窗簾和陶瓷人偶間，和大家一起玩遊戲，一同歡笑，享受身爲「家庭」一份子的感覺。

然而馬可心知肚明這美好的生活不過是隨時會熄的風中燭，甚至早於艾維某個傍晚對他說出這番話之前：「聽著，馬可，你非法居住在這個國家，我們很擔心你的未來。沒有取得丹麥的合法身分，這種狀態早晚會突然結束的。」

他們以爲每晚熄燈後，馬可沒有思索過這個問題嗎？不過，這一夜馬可下定決心：他要盡快像這個國家的人一樣，接受教育、擁有工作，有機會的話甚至組個家庭。但是要達成目標，必須先拿到居留權才行。然而沒有相關文件，沒有能夠證明他出身的證件，不可能拿到居留權。他畢竟會讀報紙，沒有那麼愚蠢天眞。

不行，要擁有新的身分才有機會邁向未來。不過，他該上哪兒去找可以幫他弄份新文件的人呢？要取得相關文件，必須花費一大筆錢，目前的他根本不敢抱任何幻想。

馬可收入最豐厚的工作是貼海報。不過冬天裡要刮掉海報牆上的舊海報，還要提著黏稠的漿糊，實在非常辛苦。等到氣候稍微和暖，新綠抽芽，四處貼上活動廣告，反而讓馬可覺得很有意思。

由於他不論晴雨都能外出工作，而且認眞仔細，沒多久就包下了奧司特布洛全區和赫勒魯普一部分的貼海報工作。

有時候他會幻想自己參加那些活動，但是他也很清楚那樣做太危險，很可能被一定仍在追捕他的人逮到。不行，他可不能大搖大擺在戶外行動，必須時時保持警覺，一秒也不可鬆懈。即使如此，他也努力不讓自己喪失勇氣。他明白要有耐性，總有一天，他的外貌會轉變成誰也認不出來的模樣。或許到時候家族成員也將明白他對他們並不具威脅。

在這之前，他要設法取得文件，他也發誓這將是自己最後一次違法犯紀。由於他渴望以正當的方式賺錢，所以求學的意願越來越堅定。他想要學醫，然後找個收入豐厚的工作。他盡可能存下賺來的錢，利用空閒時間爲未來打好基礎。

馬可在國家圖書館裡感覺如魚得水，享受築夢的自由。尤其是知道左拉的人不會到這地方來，更加感到自在。凱和艾維告訴他，若只是待在閱讀大廳，他無需出示任何證件就能進去。

馬可每天翻閱報紙標題，每天瀏覽一本新書。他感覺得到圖書館的人觀察著自己。但是他除了專心看書，偶爾上網查點資料之外，沒有做其他的事，他們也就讓他靜靜待著。

再過兩年等他十八歲，打算申請菲特烈斯堡的中學夜校，取得上大學的資格。他讀到就業市場中的女性必須特別努力才能謀得恰當的職位時，不由得想笑掉大牙。這件事對於那些深膚色、沒有身分文件、未接受過正式教育的人來說更困難。

他十分清楚這種時候絕對不能觸犯法律，所以會特別遠離拿非法收入付錢給他，或是粗心大意導致東窗事發的人。接下新工作之前，他也會採取預防措施，誰知道哪天會不會有人去告發他呢？是的，馬可必須時時保持警覺，因爲他要對付的不只是以前的家族成員。

他沒在奧司特布洛這兒看過家族成員出沒，不過這並不令人意外。左拉手下的活動範圍主要在市中心，那邊可以弄到較多錢。即使如此，他也絕不可忘記左拉在城裡掌握無數的眼線，擁有密不透氣的人脈網絡，隨時有能力撒網，在狹小巷弄中、在城市最外圍爲某樁交易尋找共犯，甚至是找出可能的敵人，就如同馬可現在的身分。左拉的聯絡人大部分來自東歐，對馬可來說，幸好這些人不難分辨。波羅的海的犯罪份子、波蘭人和俄國人各有各的特色。

氣溫逐漸暖和，奧司特布洛處處生機盎然，短短的時間內，街頭景致已然是另一番風貌：女孩穿上短袖襯衫，孩子們淘氣追逐歡鬧。馬可不由得想起了當年在義大利短暫的歡樂日子。

馬可肩扛鋁梯，提著漿糊桶，向奧司特布洛街對面雜貨亭的小販打了聲招呼，小販靠在櫥窗前，像在家鄉喀拉蚩似地享受著陽光。馬可將工具放在那個有名的主持人古納·努·韓森的紀念雕像底下，這兒的廣場也是以此人命名的。把東西擺在這裡，不會干擾到別人。

廣場上的廣告柱是城裡頭最漂亮顯眼的，擺設的位置也最好，至少就馬可的路線而言是如此。有人告訴過他，以前城裡隨處可見這類廣告柱。不過，想來應該是很久以前的事了。

這兒的位置非常完美，有公園咖啡館、運動場、電影院，購買力旺盛的人經常光顧奧司特布洛街，來來往往經過廣告柱。他們正是各種廣告活動要吸引的目標族群。廣告海報早晚會因爲黏太多層而重得掉下來，馬可決定乾脆先採取行動。他爬上梯子，拿起刮刀開始動手，一層又一層刮掉海報。

刮到最底下一層時，馬可忽然看見一張失蹤告示。附近有許多相關傳單，他在各個燈柱和配電箱上看過。「灰白色小貓走失」或者「你看見我的狗嗎？」諸如此類的內容。

但是這張告示與眾不同，上面要找的是一個人。

在一張男子的照片上寫著：「**尋人啓事**！如果你看到我的繼父威廉．史塔克，請來電通知。」底下是電話號碼和日期。

馬可一看見告示上的紅髮男子，整個人頓時僵住，全身不聽使喚。眼前的告示是他恐怖駭人過去的一部分，過去的種種景象猛然攫獲住他。

馬可深深呼吸，感覺到體內湧起一股作嘔欲吐的感覺，身體不由自主顫抖。他的食指撫摸照片中人脖子上的項鍊。

非洲風格的護身符，現在正戴在馬可的脖子上。

他全身燥熱得受不了，解開襯衫扣子，把帽子丟在地上，瞪著告示上的日期。

這男人是兩年半前失蹤的，時間沒錯。他掉到地洞裡一開始還以爲那是隻腐爛的動物。但那隻腐爛的動物實際上是眼前這個男人。威廉．史塔克，被他爸爸和左拉掩埋在克雷姆一處林地。

馬可全身僵硬，重新又讀了一次告示上的文字：「如果你看到我的繼父威廉．史塔克……」

是的，他看到了。但這一看，卻成了他的災難。告示上那張臉吸引住他的目光不過短短幾秒，他便忘了應像平日那般保持警覺，注意周遭的人。短暫分心足以讓他忽略從旁邊逐漸靠近、最後衝過路磚撲過來的影子。

馬可終於意識到身後的動靜，猛然轉過身，正好迎面對上赫克特的臉龐。赫克特，他的一個表哥，搞不好還可能是他同母異父的兄弟。左拉對於自己的床伴不會雞蛋裡挑骨頭，統統來者不拒。馬可的母親也不是個挑剔的人。赫克特臉上的鬍子更多了，比馬可最後一次看見他時更加粗壯笨重。不過，顯而易見確實是他沒錯。

赫克特毫不遲疑，一把抓住馬可外套袖子，但是馬可迅速從梯子上滑下來，下滑之際同時撞開了赫克特。馬可一溜煙站起來，使出金蟬脫殼技巧，急速跑開，外套還抓在赫克特手裡。

馬可非常熟悉這一區的每個角落，所以直接衝向奧司特布洛街另一邊錯綜複雜的巷弄。他的腳步聲震耳欲聾，心臟快要跳出來。他頭也不回沿著艾爾博格街往前跑，經過波帕廣場，最後跑向克勞瑟斯路。這兒總會有扇門或者是一道後門開著，可以通到另外一處農莊。只要他繼續跑在前頭，赫克特在這一區別想有機會能對付他。馬可終於看到海水和史威納密勒港時，才敢回頭看一眼。這個沉靜的港口停放著夏天旺季用的帆船。

這兒是他的地盤，他隨時可以跳上一艘船，就此消失無蹤。數百支船桅已揚升向天，在一堆又一堆的貨櫃高塔勾勒出的港口天際線前，宣告著新的氣象。

馬可試著平復呼吸，釐清思緒。

剛才的危及程度簡直可媲美核災。他們拿走了他的外套和吃飯的傢伙，最麻煩的是手機也丟了，裡頭有他所有雇主以及凱和艾維的電話號碼。他們一定能循線找到他的新住所。怎麼會發生這種事？他爲什麼不在聯絡人寫上「洗衣店」和「家」就好了？他眞是蠢到極點了！

馬可咬著拳頭，腦子裡不停運轉。他知道左拉的人馬，毫不懷疑他們很快就會根據蹤跡找上門去。赫克特一定會報告左拉，一分一秒也不會浪費。

事情果然發生了。他們找到他了。

第九章
二〇一一年，春天

「吶，蘿思，妳找到我們的兇手了沒？布倫勒比的碧兒特．安內沃森知道些什麼嗎？」卡爾把手機緊貼在耳邊，眼前清楚浮現她那張塗得慘白的臉孔。他很清楚她大發雷霆是什麼可怕模樣。這時，阿薩德出現在門口。

卡爾比個手勢要他進來，然後按下手機的擴音功能。蘿思一定在那兒白白等了很久，滿肚子氣，卡爾可不希望阿薩德錯過期待多時的火山爆發。蘿思要是眞的發起火來，絕對是沒完沒了的大騷動。

卡爾沾沾自喜竊笑著。他絲毫不意外清潔婦那張大嘴巴糊弄了他們，而且她的女主人從未現身。

然而蘿思的聲音卻像乾土司一樣乾澀。「史韋爾．安威勒上個星期在這裡住了兩天，他自己那把安內沃森家的鑰匙弄丟了。和他一起出現在監視錄影帶上的那個女子叫做露易絲．克麗絲提昂森，那段時間也住在安內沃森家裡，而她手上有鑰匙。因此，安威勒和她約好碰面，一起回家。你還想知道更多資訊嗎，助手？」

卡爾臉上的笑容瞬間消逝，阿薩德看見他的模樣，臉上的酒渦反而更深了。「好的，蘿思。別再說了，好嗎？妳得到的訊息很有意思，不過行行好，再告訴老爹一次。妳是指安內沃森這女孩親自邀請這些笨蛋到家裡住嗎？」

「沒錯，而你所說的這個安內沃森女孩就坐在我旁邊。如果你願意，可以親自與她本人說話。」

天哪，蘿思也太冒失了！不過，眼前的狀況顯然讓一旁的阿薩德樂不可支。

「我想妳一個人可以辦到，不過還是謝謝妳。安威勒爲什麼住在她家？他們三個人那段時間都住在一起嗎？」

「沒有。安內沃森目前受邀擔任馬爾默交響樂團的長笛手，所以她到馬爾默參加排練時，和他們換了幾天房子。他們的演奏會顯然格調很高。」

「嘿，等等，等一下，妳講得太快了。妳告訴安內沃森，我們在找安威勒了嗎？」

「是啊，她之前根本不知道這件事。她說安威勒也不知道。」

「啊哈，如果她眞這麼想，實在太天眞了。」

「你要不要自己和她談？就像剛才說的，她就坐在……」

「不用了，可以的話還是免了，謝謝。轉告她，我們希望和那個男人聯繫。」

「我拿到他的電話號碼了。」

「回來後，進一步仔細向我報告，懂嗎？密切監視這個安內沃森，她必須知會我們接下來幾天會停留在哪裡。」

眞是令人想發狂。

「遵命。」

阿薩德那個方向傳來咯咯笑聲。卡爾眞是屋漏偏逢連夜雨。

「還有一件事，卡爾。」蘿思又說：「我們在廣場這兒的公園咖啡館，就在我們旁邊，有把梯子靠在廣告柱上，感覺很不尋常，貼海報的人好像突然丟下手邊的工作跑掉了，已經好一陣子不見人影，他的刮刀還插在舊海報堆裡。」

「離開工作崗位還眞是罕見，換做我就立刻通報監督單位。」卡爾深吸了口氣。蘿思究竟爲什麼會坐在咖啡館而不是待在安內沃森家裡？她若是以爲她喝的拿鐵可以報帳，可就大錯特錯了。

「卡爾，請仔細聽我說。那把刮刀還卡在一份尋人啓事上，失蹤的是個男人。我記得這是落到我們那兒的其中一件案子。總之，我把尋人啓事刮下來了，等下帶回去，你最好有心理準備。」

這肯定不是眞的！她沒案子可查還眞是安靜不下來。如果她以爲所有懸而未解的案子都得交給他調查的話，那就錯得離譜了。

他掛斷了電話，心想阿薩德定會嘲笑他一番，但出人意料的是，阿薩德卻心無旁騖沉浸在眼前的檔案堆裡。

「我仔細研究過安威勒的案情報告了，卡爾，很多地方還不是很懂。剛才聽到蘿思提到這男人後，更加糊塗了。」

天哪，卡爾眞想讓安威勒的案子沉入馬里亞納海溝。阿薩德爲什麼忽然變得這麼熱心了？他現在該不會是模仿蘿思吧？這眞是夢幻團隊呀。卡爾正想發出幾個信號彈警告他，心中陡然卻升起一股暖意：阿薩德又對某件事提起興趣了！光憑這點，就値得進一步檢視這件案子。

自從阿薩德昨天對羅森的事情說溜了嘴，轉換成睡眠待命模式之後，好像終於清醒過來。卡爾完全不想讓他再度陷入昏沉狀態。

「你什麼地方不懂，阿薩德？」

「那艘船屋沒有馬達。」

「喔。然後呢？」

「而且那艘船很大，有好幾個船艙，幾乎就像一棟小房子。有附設家具的客廳，一間廚房和兩間小臥室，使用便宜的壁毯和架子，牆上還掛著複製品。」

卡爾搖了搖頭。吶，眞是了不起。阿薩德再繼續講下去，到頭來或許就會顯露他以前的身分是個室內設計師。

「甚至還在船體殘骸中找到立體音響。」

啊哈，更多的細節。是不是還知道播放器裡面是哪片ＣＤ啊？

「音響裡放的是惠妮·休斯頓的ＣＤ。」

果然不出所料。然後呢，親愛的阿薩德？卡爾的目光詢問著他。

「船屋火災中有很多東西不對勁，卡爾，尤其是保險方面。」

卡爾鎖起眉頭。他認得忽然浮現在阿薩德眼中那抹難以理解的深邃。看來這事出乎意料要討論很久了。

「保險解約了，是的，這點我知道。你覺得很奇怪嗎？」

「嗯，不過一個星期以前，船屋還有賠償保險、船體保險和產物保險。你不覺得安威勒很想保住這艘船嗎？」

「或許如此。我一開始也相信案子涉及某種保險詐騙，不過後來仔細研讀了報告。阿薩德，你如果再查對一下，就會發現警方認爲保險之所以解約，責任在他。因爲如果他計畫殺掉女子，就不難理解他事先解除保險合約是爲了避免引起保險人員的疑竇。大家都知道保險公司對於支付保險金能免則免，派出包打聽的調查人員速度又有多快。若是沒有解約，那艘船的賠償金額一共是十五萬克朗，外加十萬的存貨保險金。這可是一大筆可觀的數目。由於他以前曾經因爲詐欺而被逮捕，如果那艘船仍有保險，自然而然會聯想到是一樁新的詐欺案。所以目前的假設是，他取消保險的用意在於給自己取得一件『乾淨的盔甲』，證明自己是無辜的，如此一來，別人就無法將金錢動機強加於他身上。」

阿薩德點頭。「是的，卡爾，這點我知道。只是，他有什麼動機要犯下這起謀殺案呢？播放器裡的ＣＤ又怎麼解釋？我不相信安威勒這種人會播放惠妮．休斯頓的歌。他住在船上時，那片ＣＤ根本不存在。」

「你從哪裡得出這個推論的？說眞的，爲什麼你覺得安威勒這種人不會聽惠妮．休斯頓的歌？因爲他外表像個硬式搖滾客？你以爲世界上沒有搖滾客會聽流行音樂嗎？」

阿薩德聳了聳肩。「你自己看看警方的檔案照片。」

他從檔案夾抽出照片，推到卡爾面前。無庸置疑，從外表看來是個無聊透頂的呆板傢伙，難以理解會有人想和這種蒼白無力的人扯上關係。

阿薩德的指尖敲著照片上男人的襯衫領口。「這裡有個刺青，可以看得很清楚。這個刺青也出現安威勒涉及的其他案件。那是他第一次坐牢時刺的。」

「我若是沒看走眼，上面刺的不是惠妮．休斯頓。」

「不是。「АРИЯ」是西里爾字母，A就是A；是P表示R；接著是顚倒的N，表示I；還有一個反向的R，在這裡代表著A，轉換成英文字母爲『ARIA』。」

「啊哈，你原來也看得懂西里爾文呀。你說那是Aria？所以他是歌劇迷囉？（注）」

阿薩德一邊嘴角抽動了一下。「不是字面上的意思。錯了，那是俄羅斯的一個重金屬樂團。」

注 Aria爲詠嘆調，義大利文原意爲「空氣」，現指任何抒情的音樂旋律，多爲獨唱曲。

非常有名。」

好的，一個重金屬樂團。他很可能聽過這個團體，想必是賈斯柏房間內那些震耳欲聾的恐怖高分貝音樂之一。

卡爾點了一下頭。看得出來阿薩德的考量自有幾分道理。硬底子的重金屬迷聽到惠妮・休斯頓的音樂會想吐，是亙古不變的事實。

「好，阿薩德，也就是說，你認爲是船上的罹難者米娜・沃克侖自己把CD放進去的？那又如何？在她抵達之後到發生爆炸把她炸死之前，時間綽綽有餘。爲什麼不應該是她的呢？不過，我有種感覺，你認爲她匆匆忙忙逃離她丈夫身邊，惠妮・休斯頓的CD不見得是她會帶的東西，對嗎？」

「你知道嗎，卡爾？我壓根兒不相信安威勒和她的事。就算眞是如此，安威勒有什麼理由要殺死她？報告上記錄這是一起『衝動殺人案』。但是，他們兩人之間有什麼關連？當時有人曾經聽見船上傳來叫喊聲，但不知道是誰發出的。或許米娜・沃克侖只是跟著惠妮・休斯頓一起哼歌，卻唱走了音。你有沒有在駱駝市場聽過牠們齊聲嘶鳴呀，卡爾？」

卡爾嘆了口氣。眞是他媽的爛案子！他可沒有要求把這件案子放到他桌上。至少不全然如此。爲什麼他們老是要因這種鳥事受氣呢？

阿薩德一手支著滿是鬍渣的扎人下巴，發呆了好一會兒。「要是仔細觀察安威勒幾年前被偵破的違法行爲，絕不會說他是個笨蛋，對吧？那都是相當複雜的罪行，不是嗎？」

「是的，至少最後一件網路交易詐騙案是如此。不過，他最後還是被抓去關了。」

「即使如此，卡爾，他可是一點也不笨。若是他一年半前以這種方式殺了人，現在又自願回到哥本哈根，不覺得有點蠢嗎？而且還把他在馬爾默的地址給一個朋友？不，卡爾。就像我們家鄉說的：待在飼料槽邊的駱駝不會生下小駱駝。」

卡爾高高抬起眉毛。他認識的那個阿薩德終於慢慢回來了。但究竟有沒有什麼事情是他該死的駱駝派不上用場的？

阿薩德耐心地看著他。「卡爾，我看得出來你聽不懂。總之，這句話用在某些事情不太對勁的時候。」

卡爾點點頭。「好的，所以你的結論就是安威勒是無辜的。我的理解正確嗎？」

「是的，除非突然之間半路又殺出一隻駱駝。」

蘿思的臉色讓人聯想到螯蝦，整個頭部就像一面在狂風中飄揚的德國國旗：最上面是飄動的黑色頭髮、黑色睫毛膏，然後紅得像螯蝦的臉，最底下是黃色領巾。

「妳身上的色彩還眞正點啊，蘿思。」卡爾說，然後指向阿薩德旁邊的椅子要她坐下。惡毒的五月太陽激烈地侵襲蘿思蒼白的皮膚。明天一定會很痛，我的老天爺喲。

「嗯。」她摸著滾燙的臉頰。「我們沒有辦法待在安內沃森家裡，那個清潔婦需要大一點空間，她以前可是在歌劇合唱團唱過歌。我的媽呀，那個顫音眞會把人的耳朵給抖下來。」她從外套口袋拿出一張皺巴巴的紙和兩張明信片，放在卡爾辦公桌上。

「根據安內沃森的說法，安威勒在火災發生前的上個月底就把船屋賣掉了。他告訴安內沃森賣了十五萬克朗，所有的裝潢和設備都包含在內。但是她不清楚誰買走了船屋，也不知道那艘船幾天後竟然燒毀了。她不像愛嚼舌根的人，比較像是個不知變通的呆子。」

阿薩德猛點頭。他的陳腔爛調盒子中又多收藏了一個詞：「呆子」。

「她說要拿自己的項上人頭打賭，那個女人死於火災時，安威勒根本不在丹麥，而是到加里寧格勒看他母親。我知道理由，你們自己看。」

她把第一張明信片推到他們面前，顯而易見是用噴墨印表機列印下來的，列印內容一點也不美。

「這件案子露出了新的曙光，對吧，卡爾？」

明信片的正面寫上了安內沃森的地址，還有面帶笑容的安威勒和一位穿著制服的女性，兩人並肩相擁，站在某個港口疊高起來的貨櫃前面。

在安威勒的嘴巴旁邊畫了一個橢圓形的說話框，裡頭寫著：「來自母親與我的問候。」

「不看性別的話，母親和兒子簡直像一個桶子弄出來的。」

「一個模子，阿薩德，像一個模子印出來的。」

他說得完全沒錯。除了安威勒的刺青和婦人壯碩的胸部之外，矮小的安威勒簡直就是她的翻版，而且是一比一的比例。同樣不健康的蒼白皮膚，薄唇和單眼皮，不理想的生活條件和同樣DNA鑄造出來的兩張臉。

卡爾翻過明信片。加里寧格勒的郵戳，投遞日期是船屋火災的前兩天。「你們看得懂這鬼畫符嗎？我看不懂。」

「鬼畫符，好好笑的字，卡爾，我聽得懂喲。」阿薩德又猛點著頭，那張部分麻痺的歪臉笑得幾乎要變正了。

蘿思拿過明信片唸了起來：「『從卡爾斯港到立陶宛的克萊佩達港口的航程耗時四個小時。到這兒來的車程也花了差不多的時間，公車還爆胎了三次。』上面寫的當然是瑞典文。」

卡爾瞇起眼睛。嗯，從哥本哈根很容易前往其他地方。哥本哈根和瑞典南部卡爾斯港之間的路段只要有火車票就能通行，而任何一個售票口都買得到票，無需出示證明文件。不消幾個鐘頭，渡輪就能輕而易舉把安威勒送到兩百五十公里遠的地方。

他拿回明信片，再一次仔細端詳。

「很好，蘿思，看起來可信度很高。不過，明信片也可能在這個日期之前就準備好了，妳自己看，明信片是手做的。難道不可能是安威勒請他母親在某個時間點再把明信片寄出來嗎？郵戳可以證明寄送的地點和時間，卻無法證明是誰寄的。」

蘿思拉扯著脖子上的領巾，顯然沒有把他的異議當一回事。

「不過，既然妳那麼看重這條線索，我們就徹底調查吧。」卡爾繼續說：「妳去查安威勒和他母親背後快桅集團那些貨櫃的登記號碼，可以嗎？調查後，若是發現火災前貨櫃就放在那裡，即使只有一個貨櫃也行，那麼我們就去找馬庫斯和聯合調查小組，告訴他們懷疑錯人了。」他點了個頭。「幹得好，蘿思。還有其他要告訴我的嗎？」

她鬆開手，不再扯著領巾。「安內沃森認識安威勒好幾年了。她告訴我，他經常提到要去看住在加里寧格勒的母親，之後買輛摩托車，從西到東，橫越俄羅斯。去程時，沿著冰洋騎到白令海峽，再往下到海參崴。從東邊到西邊的回程路上，要沿著南方國界騎回來。或許下一張明信片可以證明，他眞的付諸行動了。」

卡爾整個人靠在桌上。第二張明信片明顯是買來的，是張縮小版的俄羅斯地圖，上面用藍色細簽字筆畫了一條線，從聖彼得堡經過阿爾漢格爾斯克、馬加丹、哈巴羅夫斯克、海參崴和伊爾庫次克等城市。貝加爾湖被畫好了幾圈，還有一條虛線越過新西伯利亞、伏爾加格勒、諾夫哥羅德到莫斯科。

「他在明信片上註明他到貝加爾湖的路線，然後在貝加爾湖待了四個月。他花光了錢，所以繼續旅程之前，在那邊找了工作。虛線是他計畫要出發前往的路程。」

阿薩德拿起明信片，看了一眼背面。「這裡，卡爾，日期在這裡，是發生火災之後的半年。」

靜默籠罩，三個人誰也沒講話，都在猜測對方腦袋裡的想法，最後是阿薩德打破了沉默。

「所以安威勒有個俄羅斯母親和一定是瑞典人的父親。我想起來，瑞典和俄羅斯都允許擁有雙重國籍，對嗎？」

看在上帝的份上，卡爾怎麼會知道這種事？他又不是瑞典人，也不是俄羅斯人啊。

「所以安威勒才能毫無阻礙在瑞典和俄羅斯暢行無阻。」蘿思接著說：「我對立陶宛和俄羅斯的飛地（注）加里寧格勒之間的簽證義務沒有概念，不過他從加里寧格勒飛到聖彼得堡不會有問題。」

「那摩托車呢？」

「吶，你不覺得他可以在當地買到便宜的俄羅斯車嗎？」她不耐煩地白了他一眼。他是不是有點蠢，還是怎麼了？

卡爾故意視而不見，對著阿薩德說：「你們是不是認爲安威勒已經高速橫越了俄羅斯大草原，國際刑警的搜索令才發布下去？」

兩個人聳了聳肩。他們三個人全都心知肚明那不是不可能。

「蘿思，那麼他回到家之後呢？又是什麼情況？」

「他把馬爾默的房子租給別人，當然去當『匕首與劍』的道具人員。」

卡爾眉頭緊緊皺在一起，不過蘿思搶先一步說：「那是旬納的一個死亡金屬樂團，安威勒和他們一起待在哥本哈根。上個星期樂團在水泵房音樂酒吧表演，所以安威勒才會出現在這裡。」

他點頭。「好的，有些事情逐漸明朗了。因此，理論上他不久前應該還待在俄羅斯，火災發生前幾天可能就入境了。這段期間，國際刑警在找他，他大概也沒有和俄羅斯當局有所接觸，而松德海峽大橋的海關不過是個笑話。之後他出租了馬爾默的房子，瑞典警方也沒有理由上那兒去找他。即使如此，安威勒眞的壓根不知道火災一事，繼續過自己的日子，彷佛什麼事情都沒有發生？」卡爾咬著下唇，陷入沉思。即使一切聽來頭頭是道，合乎邏輯，他還是無法信服。「你們剛說，他停留在哥本哈根的時候，我們的安內沃森女孩住在他的房子裡？」

「是的，他在馬爾默的房子就在歌劇院旁邊，對她而言很方便。」

阿薩德往後靠，伸直了背部。「我覺得這交易有點奇怪。安威勒和安內沃森究竟是怎麼認識的？」

「透過露易絲．克麗絲提昂森，就是監視錄影帶上和他一起出現在公園咖啡館的人。她演奏打擊樂器，在這兒的音樂學院接受訓練，和安威勒幫忙搬運樂器的樂團一起表演了好幾年。上個星期，她在哥本哈根也有一場演奏會。」

卡爾看向時鐘。再過半個小時就是他和夢娜約會的時間，他們約在一條時尚大街上的時髦咖啡廳。咖啡廳不符合夢娜的風格，但在那裡求婚，總比在她家還要分心防範那個流著鼻水的討人厭外孫安全多了。

「好。」他壓低聲音說，表示談話差不多該結束了。「有些事實指出了另一個可能性，某種程度也減輕了安威勒的罪。但是，還有很多事情是別人想在可敬同事撰寫的報告中看見的，一些能夠澄清嫌犯嫌疑的調查，也許是查明他的收入來源或雙重國籍，以及他和加里寧格勒的關聯。我認爲，當初調查本案的同事在那段時間同時要偵查太多事情，也許有所疏漏了。」

注 飛地（Exklave）：指位於他國境內的本國領土。

尋人啓事
Marco Effekten

他是唯一對自己的笑話哈哈大笑的人。接著，他左手往桌上一拍。

「好，差不多了吧？我還有些事情要辦。蘿思，就像剛才講的，妳去調查貨櫃。阿薩德，你到樓上向凶殺組報告。馬庫斯在這兒的最後幾天，我們就不打擾他了。但是請告訴羅森，這件陳年舊案有新的發展，可能會在組裡引發一些批評。至於我，現在已經受夠這件案子。」

他正想起身，蘿思立刻把那張皺巴巴的紙遞到他眼前。紙張邊緣破破爛爛，中間還被撕開，但是上面的文字訊息仍清楚可辨。

尋人啓事。

在他一天中最重要的約會前十五分鐘，這關他什麼事？

他握緊外套口袋裡的小絲袋，一顆心都柔軟了起來，腦袋裡一直迴盪著旋律：

噢，夢娜、夢娜、夢娜，這一天終於來到……

第十章

馬可倉皇失措，完全沒有注意到船與船之間的木棧道上有許多愉快享受著明亮陽光的人。他被發現了！他安穩的日子突如其來結束，美好未來的希望也轉眼幻滅。而且，死者的目光燒灼著他。

基本上，他只有一條出路：盡快離開哥本哈根，而且必須離開很長一段時間。但是他知道左拉的手下很快會找上凱和艾維，腦袋不需太靈光，也能想像他們兩個會遭遇什麼樣的下場。不行，他不可以把他們交給命運處置。

馬可的目光飄過船桅，想讓自己冷靜下來。不管前方多危險，首要之務是打電話警告凱和艾維，再思索如何潛回住所，拿走他的東西，尤其是攢下來的錢。沒有這筆錢，他根本走不遠；沒有錢，他會倒退回好幾個月以前。

他還必須走訪雇主們，索取尚未給付的薪水，那些錢湊一湊也是一筆。

馬可觸摸自己的臉。紅髮男子的臉一直徘徊在他腦中。多麼可怕啊！但是他思考得越久，越發清楚，縱使荒謬冒險，仍必須返回貼著尋人啓事的廣告柱。若不仔細調查這件事，他永遠無法了解爲什麼爸爸會……

史威納密勒電車站裡還設有投幣式公用電話。馬可拿起話筒，閉上眼睛，試圖回想洗衣店的電話號碼。最後的數字是什麼？386還是368？可惡，號碼儲存在手機裡。要是赫克特……

試了第五次，終於確定了。電話的訊號音規律地像節拍器，一會兒後，跳到答錄機。

「這裡是凱維快速洗衣店。」他聽見艾維柔軟的聲音，「可惜現在非營業時間。請您……」

馬可惶惶不安掛斷了電話。爲什麼他們不在店裡？難道左拉的手下已經過去了嗎？不，他們不可能這麼早休息。老天啊，他現在無法靠近他們的房子，該怎麼做才能警告他們？

他忽然記起洗衣店爲什麼關門了。今天是星期三呀。凱的膀胱有問題，約了醫生，艾維答應陪他一起去看病。他現在也想起幾個小時前經過洗衣店時，看見玻璃門上掛了「今日休息」的牌子。

他憂傷地凝望著水面，沉浸在搖晃的帆船、微鹹的海風與海鷗沙啞的叫聲所營造的寧靜風光中，發楞了一會兒，然後心情沉重地邁開步伐。

從海灘大道與奧司特布洛街交叉口直接走到古納・努・韓森廣場，只有六百公尺的距離。雖然馬可在人行道或者街上沒發現不尋常的事情，還是決定繞道耶格路，穿越菲勒公園，公園裡的新綠樹木和灌木叢可以提供他保護。

短短幾百公尺，卻幾乎花了半個小時。林木間到處是享受日光浴的人，衣服披掛在樹枝上。誰知道左拉的走狗會不會混在這些人裡？和其他人一樣脫光衣服是最完美的掩護，他們身處其中也不會感覺扭捏尷尬，因爲在左拉的地盤上更加開放。

馬可目光敏銳地觀察著古納・努・韓森廣場，從一旁慢慢接近。廣場上人群熙來攘往，衣服顏色五花十色，目不暇給。隨時可能會有個顏色迅速奔來，將他撲倒在地；或者坐在咖啡桌旁背對著他的其中一個背部，最後發現是赫克特。他要注意的細節多得不可思議。廣場的咖啡桌全坐滿了人，即使是地上，也有年輕人三五成群坐著。

梯子竟然還留在原處，實在出乎他意料之外。就連漿糊桶和其他工具也在紀念碑後面。是赫克特故意把東西留在那邊嗎？當成用來擄獲他的誘餌？

不過，很有可能是行人對此沒有反應。根據多年的經驗，他知道發生事情的時候，丹麥人寧願保守一點。受害人在街上遭到扒竊而大聲呼救時，他有好幾次機會被攔下，事實上卻從來沒發生過。這種被動性格當時賦予了他安全感，如今卻讓他神經緊張。

馬可小心翼翼走近廣告柱，忽地停下腳步，彷如五雷轟頂——尋人啓事居然不見了！而刮刀竟躺在地上。

他的思緒飛快運轉。赫克特看見他盯著尋人啓事瞧了嗎？嗯，赫克特撕下啓示的可能性很大，好拿給左拉看，向他報告馬可對尋人啓事很有興趣。

但是馬可很快拋開這個想法。赫克特應該不知道死人的事情。何況他笨得要命。在他有限的腦容量裡，一定沒有注意到那張尋人海報。

馬可瞪著原本貼上海報的地方。他媽的該死！他很可能需要海報上的訊息啊。

「喂！」有人在背後叫他。

馬可嚇了一跳，正要拔腿就跑。

「嘿，就是你呀。我拿了一張你刮下來丟在地上的海報，希望這樣做沒有問題，否則我就放回去。只是我妹妹去聽過那場演唱會，我希望送她……」對方高高拿著一張海報，和他一起圍坐在地上的女孩子們咯咯笑個不停。

馬可鬆了一口氣。那是昨天在大會堂舉行的莎黛演唱會海報。他飛快點了一下頭，然後把梯子拿過來。地面燒灼著他的腳，他已經在這裡站太久了。他把工具背上身，心中湧起一種不好的感覺，但是也不敢就這樣把東西留在原地。

如果我動作快點，馬可心想，或許還可以走遍這段路，看看其他地方還有沒有尋人啓事。之後去分發中心領錢，再去找城裡找其他雇主。如果左拉的人找上門，要他們絕不能說自己認識他。他必須讓他們徹底明瞭事情的嚴重性。

然後，他要想辦法找出這個威廉·史塔克的背景。

晚上，他再想辦法溜回直到今早都還是他的家的住所。只希望左拉的手下沒有翻遍那裡。凱和艾維現在人在外面，實在是很幸運的事。

他迅速環顧一圈，深吸一口氣，閉上眼睛，張開雙手。親愛的主啊，他心想，如果他們真的出現了，請您別讓他們傷害凱和艾維，也希望他們不要發現我的錢。

他把話重複了一遍，以強化禱告的內容。媽媽曾經告訴過他，上帝非常看重這一點。他睜開眼睛，試圖冷靜下來，但是很難做到。光是想到放在壁腳板裡的錢可能被發現，他就全身冰冷。他的未來全繫在那筆錢上。

兩個鐘頭後，就在馬可幾乎要放棄時，終於在史坦路發現要找的東西。那裡貼了兩張尋人啓事。

他小心撕下啓事，折起來放在襯衫底下。說也奇怪，他既感到鬆了口氣，卻又不禁憂心忡忡。他弄到自己想要的訊息，同時感覺接下了一個沉重的責任。

他必須查出這個男人和他爸爸與左拉之間有何牽連。這個問題的答案牽動著許許多多的事。要是能向警察告發左拉，卻不會牽連到爸爸就好了。但是如果爸爸涉入太深，要怎麼才能讓他毫髮無傷、全身而退呢？

馬可兩手抱胸，一想到此，不由得傷心難過。畢竟還是很愛爸爸，不過也痛恨著他，因爲他懦弱、猶豫，寧願屈就在左拉的影子底下。馬可有多少次希望能夠擁有一位過著正常生活的爸爸，擁有真正的家庭生活，而不是現在那種大家族的日子。和媽媽一起，而不是和左拉。然而，馬可在很久以前就放棄這個期望了。

不，他必須冒險抓住機會。

馬可本想到圖書館搜尋資料，但是不敢去。所以他決定到卡辛位於北弗哈芬街最破舊區域的網咖。北港的公車站牌就在那附近，危急時，他可以穿越庭院跑過去。他坐在最後面角落的電腦前，上網搜尋威廉．史塔克的名字。

沒想到竟然跑出成千上萬的結果，即使侷限在丹麥語網頁，也還有好幾千條。

大部分網頁內容都一模一樣，不外乎是轉載或者轉貼來的。消息明確而清楚：威廉．史塔克不是什麼窮困潦倒的可憐蟲，不是忽然間受夠了廉價旅館、寧願跑到街上睡在破爛睡袋裡的遊民，也不是喝得醉醺醺神智不清的游手好閒者。威廉．史塔克顯然是個完全正常的一般人，有一份值得尊敬的工作。雖然馬可搞不太清楚他的工作內容，看起來好像是在政府部門任職。但總之，他從喀麥隆出差回來後，人就失蹤了。馬可就了解這麼多。

馬可從螢幕移開目光，望著網咖斑駁褪色的牆面，心裡忽然出現一股不尋常的感受。這個威廉．史塔克爲什麼突然之間就不見蹤影？背後究竟有什麼原因？網路上找不到任何相關的線索。不過，馬可至少知道史塔克的年紀和失蹤時的住家地址，另外也知道失蹤者在下落不明五年後會正式被宣告死亡，以及史塔克留下了女友和繼女。

馬可在www.krak.dk網站查詢尋人啓事上的電話號碼，但毫無所獲。他乾脆直接上Google查詢，但並未期待會有結果，畢竟大家經常更換手機號碼。沒想到竟出乎意料被他找到了：號碼出

尋人啓事
Marco Effekten

現在一個顯然已經病入膏肓的女孩網頁上，她希望能和有類似病症的人聯繫。

馬可昏昏沉沉地瞪著在他眼前螢幕上發光的名字：女孩叫做蒂爾達．克里斯多佛森，網頁上的尋人啓事提到她的繼父失蹤了。她的繼父，被馬可的爸爸……

這個念頭是如此可怕，馬可根本不敢繼續往下想。

網咖門口忽然閃入一道明亮的光，照進咖啡館內部。馬可嚇了一大跳，驚慌地左右張望。有個男人穿著及膝的印度庫塔長衫走了進來，直接走向卡辛，與他互相擁抱。沒有危險，謝天謝地。

馬可站起來，走向那兩個男人。「嘿，卡辛，可以跟你買手機嗎？」他問：「我的手機不見了。」

印度老人沒有講話，向他的朋友比了個手勢，請他等一下。

卡辛把馬可帶到後面一個並未布置成印度風的房間，牆面刷成淺色，擺設了各式各樣附帶抽屜的宜家家具，還有黃綠斑點的辦公椅和流洩出古典音樂的錄音機。

「這裡，拿一個去。」卡辛拉出一個抽屜。「我有一大堆舊手機，但是你得自己買SIM卡。你需要能夠打國際電話的卡嗎？你也可以在這裡買。」

「謝謝，不用了，一般的預付卡就行了。你有二百克朗的嗎？」馬可從口袋拿出皮夾。「可惜我目前只有五十克朗，但是你知道你可以信任我的。」

從卡辛的表情判斷，這句子他聽到太多次，已經懶得生氣了。

「沒問題。」他稍微猶豫了一下後說：「連同上網的費用，你一共欠我三百五十克朗。」

「謝謝。我可以再用一會兒電腦嗎？我有幾個電話要查。」

打了幾個電話，結果讓人沮喪透了。蔬菜行、雜貨店、自行車店的老闆和派他貼海報的人全都氣炸了。

左拉的手下已經找上他們，威脅他們若不立刻吐出馬可的消息，就要砸了他們的店，所以他們全都乖乖吐實。即使如此，雜貨店的櫃檯還是給砸了，老闆免不了被揍了一頓。他們的怒氣中蘊含著猜疑：馬可究竟和什麼三教九流的人來往，得這樣急急忙忙忽然躲起來？他真的是罪犯嗎？甚至是個黑道份子？

突然之間，馬可感覺寂寞又籠罩了他。

最後他自暴自棄撥打那個生病女孩的電話，也就是尋人啓事和她網頁上的號碼。電話訊號音響了幾秒之後，出現一個女人的聲音說：「您撥的電話號碼是空號。」

他沒有撥錯號碼，看來電話沒人使用了。

一整個白費力氣。

凱和艾維家斜對面那扇大拱門，平常總聚集了一些青少年抽菸或調情撫摸，地上有一大堆菸蒂，牆上靠著各式各樣的無主自行車。馬可正挨著牆，費力地張大眼睛，瞪著對面樓上暗沉的窗戶。

他感覺自己像是站了一個世紀，至少沒有少於一個鐘頭。但若有需要，他會持續多等幾個小時。只要樓上屋裡的燈沒有亮起，或者他沒看到凱或艾維的人影，絕對不敢現身走到街上。

好幾對年輕情侶走到他的藏身處，等他們察覺他沒有打算讓開時，紛紛開口辱罵。

但是馬可幾乎沒有意識到他們，心思全放在凱和艾維身上，以及他藏在屋裡的存款，同時還思索著沒能用的電話號碼，該如何和那個蒂爾達取得聯繫。要是他不弄清楚整件事情的來龍去脈，還有史塔克、左拉和他爸爸之間的關聯，根本別想先拿著尋人啓事到警察局去。

幸好他手裡有地址。搞不好還有人住在史塔克的房子裡，也許能和他談談。

馬可還沒看見浮現在西下落日前的人影，就已聽見艾維沉重的腳步聲逐漸接近。艾維走路有點一瘸一拐。他提著兩個塑膠袋，可能是從洗衣店拿回來的，只要有東西需要分類或得查核帳單，他就會帶回家做。看來從醫院回來後，他還去了店裡。但是凱沒和他在一起，去哪裡了呢？真的生病了嗎？所以艾維的腳步才如此沉重？還是純粹只是太累了？

馬可眉頭深鎖。有些事情不太對勁，他不喜歡這種感覺。要是左拉的人躲在黑暗的屋子裡怎麼辦？馬可沒有多加猶豫，就從拱門底下走了出來。

艾維認出是他後，臉上漾起溫暖的微笑，一個多愁善感老爺爺的笑容。不過他顯然很快就感覺到不太一樣，窗戶漆黑一片，以及默不作聲的馬可。

「馬可，你怎麼站在這裡？」他不安地望向樓上的家。「沒人在家嗎？」

「凱怎麼沒和你在一起？」

「他眞的不在家嗎？」艾維臉上的笑容轉眼消失。

「我不知道，我還沒有上去。我以爲你們一直在一起。」

「哦，天哪。」不難猜出他腦子裡在想什麼。他忽然被莫名的恐懼攫獲，急著要奔上樓去。

「等等，艾維！」馬可喊道：「你現在不能進去！裡面可能有人！某個其實衝著我來的人。」

艾維注視著馬可，目光裡反射出無法形容的失望。接著，他不顧警告，丟下塑膠袋就往前跑，兩、三步即越過街道，跑進房子裡。幾秒後，二樓的燈亮了。

馬可整個人靠在牆上，打算一聽到屋裡傳來聲音，或看見大門猛地打開，即刻拔腿狂奔，不管他這種行為有多懦弱。他心臟咚咚跳動如波浪鼓，一想到體現在左拉身上的一切邪惡如今透過他散播開來，不由得全身猛打顫。然後又想到了壁腳板後面的錢。想到這個，他尤其覺得羞愧。

「馬可！」艾維的喊叫響徹整條街道，然而那並非求救的呼聲，而是切切實實的怒吼。馬可非常熟悉左拉發出這樣憤怒的叫喊，但從未在艾維身上聽過。

他的雙眼飛快搜索著四周。四下一片寧靜。

他橫過街，跑上樓去。家門敞開著，裡頭傳出艾維的聲音，還有聽不太清楚的聲響。

玄關某種程度就像通往其他房間的序曲，預告了房子的內涵和氣氛。從小小的幾平方公尺便能得知屋主喜歡什麼，或者醉心何事。凱和艾維的玄關有許多已逝演員的照片，尤其是裱在高級桃花心木和銀製相框中的女演員照片。掛在牆面的照片擺設得像北義大利教堂裡莊嚴的畫作，馬可每每都能在此獲得慰藉。如今這些偶像的照片全部被丟在地上，相框毀損破裂，玻璃碎成一地。馬可一看見這團混亂走廊底端，有雙拖鞋露出客廳門口，心臟簡直要停止了。

他注意著腳下的混亂，一邊走過去，一邊迅速看了其他房間一眼，裡頭全部遭到蹂躪破壞。客廳裡，艾維蹲在凱旁邊，抱著他的頭。謝天謝地，他還活著，眼睛是睜開的。但是，情況也可能並非如此。他的臉上和周遭地面全沾滿了血。

「你做了什麼，馬可？」艾維的聲音非常刺耳。「那些人是誰？你絕對不可以再牽連我們了，聽見了嗎？你知道對方是誰。快說，趕快說！」

但是馬可只是不住搖頭。不是因為他不想回答，或者無法回答，實在是羞於開口。

「叫救護車，動作快！然後離開這裡，滾！別再讓我看見你，懂嗎？快滾！」

馬可打電話叫救護車，艾維在一旁啜泣，想要安慰他的另一半。馬可無聲地溜進自己房間，想打包行李，發現壁腳板沒被動過，鬆了一口氣。艾維這時跟著衝了進來。

他的臉蒼白如死灰，因爲憤怒而扭曲不堪。他一面毆打馬可，一面大叫：「把你的鑰匙交出來，你這個吉普賽壞胚子。立刻拿來！」

馬可請求至少讓他把東西拿走，但是艾維氣紅了眼，猛打個不停，根本聽不進他的話，還奪走馬可的錢包，尋找鑰匙。

然後他把馬可的東西從窗戶丟了出去，除了床罩和藏在壁腳板裡的東西。

躲在對面拱門底下耳鬢廝磨的情侶幸災樂禍地欣賞著這一場騷動。

第十一章

這一晚，卡爾站在自家前等到廚房的燈熄滅。現在他最不需要的就是莫頓那一張刻滿憐憫的僧侶臉孔和米卡的完形治療法，除了上床，他什麼也不想要，他要永遠賴在床上，靜靜地一個人治療他的傷痛。

夢娜甩了他，他再也不能理解這個世界了。他不懂夢娜爲什麼這樣做？爲何偏偏是現在？他也不懂爲什麼他沒有使出渾身解數，在她用短短幾句話毀掉他的希望之前，改變她的想法？以前從來沒有女人這樣對他。還是說，他太久沒有經驗，忘記了女人即使身體柔軟滑順，實際上卻執拗得要命？

卡爾躡手躡腳走上往二樓的階梯，心情降到了零下好幾度C，彷彿置身在與外太空類似的溫度中。他沒換衣服，把自己拋到床上，躺在那兒試圖理解整件事，概覽可能會產生的影響。通常遇到這種狀況，他會快刀斬亂麻，打電話諮詢夢娜。但是，他現在該怎麼辦？他到底應該要怎麼辦？

「波西米亞人」本來不是他的選擇。不過當他坐在這家高級餐廳環顧四周環境，眺望窗外海濱步道時，發現此處其實是個不錯的求婚地點。這個機會他已經等待很久了。幾天前在百貨公司後面一條小巷，偶然碰見飾品巧奪天工的俄羅斯藝術家時，他明白時機到了。

他坐在餐廳裡，心裡小鹿跳個不停，神經質地捏著口袋裡包裝著戒指的小絲袋。夢娜深深凝望著他的雙眼。

「卡爾，我今天想和你談談。我們在一起很久了，差不多也該問問我們對彼此的意義。」

卡爾心裡偷笑著。簡直太完美了，這個開場白比他自己計畫得還要恰當，無可挑剔。

他拿好了小絲袋，準備在她說到兩人的關係應該固定下來的最佳時機拋出來。擁有共同的房子，登記戶籍——不管她想做什麼，他願意全力配合。當然，這事可能會在家裡引起小小的騷動，不過應該能找到兩全其美的解決之道。只要哈迪能支付莫頓的看護費用，米卡也幫點忙，讓家庭收入穩定的話，木藍街七十三號便無需易主。

「卡爾，我們該怎麼面對我們的關係？你思考過這個問題嗎？」

他露出笑容。「嗯，我想過……」

忽然，她的眼神變得溫和，卡爾情緒激動地中斷了要說的話。他多想輕輕捧起她的臉，感受她柔嫩的肌膚，親吻她溫柔的雙唇。然而，他卻察覺到她堅決地深吸了口氣，那是她平常打算進行深入討論，做出重大決定時的反射動作。沒有問題。關鍵時刻，小心才能駛得萬年船。

「卡爾，我很喜歡你。」她說：「你是個很棒的人。但是那能有什麼結果？這個問題我思考再三。我們若是打算進一步穩定下來，會有什麼改變？例如早晨一起醒來時？」她出乎意料緊緊握住他的手，似乎難以說下去，心裡或許希望由他開口，但卡爾只是笑而不語。不，她應該自己回答她的問題，到時候他再把小絲袋拿出來。

然而她的答案卻出人意表，而且說得波瀾不興、毫不激動。「恐怕改變不多。我想我們已經難以為繼了。雖然我們性生活很契合，但頻率不多，而且應該很快會變得更少，對吧？卡爾，最近你對我們，還有對自己都很疏離。誰知道呢，或許這個時間點出現這種狀況不啻是件好事。你忘記我們的約會，和我女兒跟外孫在一起時也經常心不在焉。你不再像以前那麼在乎我，也沒有眞實面對自己的狀態。你還違反我們的約定，中斷治療。卡爾，我無法再繼續下去了。冰凍三尺非一日之寒，是的，我必須承認這狀況持續很久了，因此我覺得現在必須做個結束。」

卡爾頓時全身冰冷。他想要做點什麼，卻失去行爲能力。她對他的感覺眞是如此嗎？他搖了搖頭。他的思緒原地打轉，說不出半個字。夢娜看起來反而不受此事影響，既冷靜又果決，而這正是他愛她的原因。

「我不知道爲什麼拖了這麼久才談論這個話題，畢竟主導這類話題是我的職業，不是嗎？」她繼續說：「但是我們必須面對現實，我們兩個都不年輕了，對吧，卡爾？」

他比了個手勢，請她暫時別說話，試圖集中心思。接著，他忐忑不安，緊張地說出自己的想法：即使如此，他們仍然進展順利，他當然也想過自己的部分。他字斟句酌，注意抑揚頓挫，注意語氣停頓，以免顯得冒失或急躁。

最後，她有點放軟身段不再堅持，彷彿整個瓶頸不過只是某種中場危機，彷彿對她而言最重要的事情是親自從他口中聽到這段話。於是卡爾擠出一絲笑容，最後說了一句在這種情況下所有立場相同的人必然會說的話：「我願意洗耳恭聽妳的建議，夢娜。」想要積極參與對談的想法，剎那間使他感覺恢復了生氣。她很快會後悔自己講的話，放下她的擔憂。最後，一切答案就擺在一個很小卻裝滿眞心的精緻小絲袋裡。

她笑得有點壓抑，對卡爾點點頭。不過，她沒有如人人都會回應的那樣，承諾他會盡力維繫這段感情，發展彼此的共同點，給對方自主的空間，而是用他的話堵他。

「好的，卡爾，謝謝。那麼，我建議我們未來各自過自己的生活吧。」

這句話像打樁機般重重擊中了卡爾，徹底將他擊倒。一眨眼間他神消氣餒，喪失了自我感和現實感。這一刻，他根本不認識坐在眼前的女人。

小絲袋完全沒有機會派上用場。

又是一個痛苦的清晨，他花了很長的時間，才稍微回過神。他怎麼找到路開車進城的，完全是個謎。別輛車的紅色車尾燈和夢娜把他逐出她生活時的眼神，是他唯一意識到的事。

他把辦公桌上的檔案夾層層疊在一起，想要騰出空間舒服地放腳，稍微補眠一下。但屁股還沒坐下，蘿思忽地出現，爲了前一天給他看的尋人啓事破口大罵。

昨天？彷彿他多希望他媽這該死的一天曾經到來似的。

不過他克制了自己，畢竟正在上班。他費了番勁兒專注精神，因爲思緒始終圍繞著夢娜打轉，不肯輕易離開。

「拿去，卡爾。」一隻黑手推了兩個小杯子給他和蘿思。黏土色的東西聞起來有各種可能性，就是不像咖啡。

「呃，我不確定。」卡爾懷疑地打量著杯子。但是阿薩德向他保證，就他所知，還沒有人因爲喝了菊苣咖啡而命喪黃泉，何況這咖啡的效用驚人。他祖母打從以前就一直這麼說。

菊苣咖啡？那是二戰時候拿來折磨無辜者的東西啊。爲什麼在承平時期還有這玩意兒？

「哎，我說啊，藥草和蟑螂是人類文明結束時唯一會留下來的東西。」卡爾聲音虛弱地評論。

阿薩德和蘿思看著他的眼神彷彿他得了失心瘋，他這才發現自己思緒太過跳躍，省略了幾個環節。

他冷靜下來，乾脆審視起蘿思曬紅的鼻頭，她這樣子還比較人模人樣。「爲什麼這張尋人啓事對妳如此重要？我們還有安威勒案還沒調查完畢，難道說我搞錯了嗎？」

「安威勒案已經不叫安威勒案了，不是嗎？因爲我們不是一致同意——希望如此——這男人是無辜的嗎？總之我寫了份報告給羅森．柏恩，報告中嚴正譴責凶殺組對於此案的調查結果。阿薩德和我都堅信值得進一步觀察那個被拋棄的已婚男子。除此之外，還應該調查那位女死者是不是一位科技文盲。」

「科技文盲？那又是什麼？」

「科技文盲除了會按鈕和拉握柄之外，對機器一竅不通，對一切科技和電子產品等問題出現功能失調的狀況；遇到使用說明書，或是從轉盤變換到按鍵、從洗碗槽變成洗碗機，便是完全智障。你覺得這種人聽起來熟悉嗎？」

阿薩德凝神傾聽。這一點想必是他提出來的。

「了解。也就是說，你們認爲船屋發生火災的原因可能單純只是操作不當？由於草率和膚淺，所以調查人員一開始沒有追根究柢，調查這個可能性？」

阿薩德豎起一根手指。卡爾入迷地盯著他的手。短短幾公釐的皮膚上怎麼能長出這麼多毛？是因爲菊苣咖啡的關係嗎？

「說得眞好，卡爾，膚『淺』和追根究『柢』用得眞好。因爲那艘船最後從海『平面』消失到海『底』了，對吧？」

卡爾翻了翻白眼。哎，老天爺啊。他這兩位熟人兼同事昨晚是喝了太多檸檬汁嗎？眞希望他們能讓他一個人靜一靜。

他悶悶不樂轉看著阿薩德。「火災鑑識人員對這場不幸有何看法？」

「唔，他們無法肯定引起巨大爆炸的原因是什麼，既不是瓦斯罐，也不是……」

蘿思打斷他的話：「哎呀，科技白癡什麼都能搞砸啦。只要餐桌上有瓶髮膠，再加上漏氣的瓦斯爐，一旦劑量正確混合就行啦；或者暖爐裡的燈油與架上的去光水兩相作用也會爆炸。還有，我們可別忘了安威勒是做哪行的，他是舞台樂器搬運工或者燈光師之類的。他們這種人身邊不乏非常高溫的器材，例如他在船上放了探照燈，那個女人沒有注意就開了燈，燈一不小心翻倒在沙發上，那兒又放了幾瓶乙醇之類的。可能性有千百種，我們不知道是哪個。話說回來，我也他媽的不在乎，因爲那不是我們的案子。所有問題的答案應該由三樓的人去找出來。」

卡爾深呼吸了好幾次。他從來都不知道蘿思竟然有如此豐富的想像力，簡直像第二個阿嘉莎．克莉絲蒂（注）。

「卡爾，最重要的是：昨天又是怎麼回事？你不是下班前才說受夠了船屋案嗎？」

卡爾直起身子，在腦海中拉好工作服，準備上工。他必須熄滅腦海裡該死的情緒妄念，還要讓這個聒噪的女人記住這裡誰才是老大，誰又是聽命行事的下屬。

「什麼，我受夠了？蘿思，我十分清楚妳想說什麼。答案是：『不。』我今天壓根兒不想聽見任何關於尋人啓事的事情。一件案子尚未正式結案前，絕對不開始調查另外一件案子，明白嗎？而尚未結束的案子，我們眼前就有一堆。」

阿薩德眼睛散發出幸災樂禍的喜悅，期待著蘿思的反應。

「除此之外，蘿思，妳可以告訴我，我們該怎麼著手新案件？妳忘了外頭走廊軟木塞板上那些案子了嗎？阿薩德用紅白塑膠繩連接起來的案子？阿薩德，目前數量有多少？」

「紅白繩嗎？」

「不是，是案件。」

蘿思塗滿睫毛膏的眼睛惡狠狠地盯著卡爾不放。「六十二件，卡爾。你以爲我數不出來嗎？

但是尋人啓事這案子……」

「聽好了，蘿思。樓上同事調查安威勒案時或許膚淺草率，但是我們知道了這件案子中存在許多潦草的環節，卻沒有興趣將之串連起來，那和他們有什麼兩樣？」

阿薩德點頭，支持他的說法，不過對於後半部似乎聽而不聞。

「我們心裡必須有底，別指望火災鑑識人員能拿出豐碩的調查結果，畢竟船屋全部燒毀，還沉到了水裡，而且事件發生時天象險惡，還有港口水流洶湧劇烈。面對如此惡劣的變數，火災鑑識人員已經是訓練有素的專家了。」

一聽到「專家」兩字，蘿思的臉輕蔑地抽動了一下。

「蘿思，省省妳那不屑的表情，我知道他們確實如此。畢竟妳還在包尿布的時候，我已經在執勤了。」

阿薩德摸摸剛長出來的鬍渣。通常這時候蘿思免不了反唇相譏一頓，現在卻只聽到她的嘆息聲。

「好。」最後阿薩德說：「我們必須找安威勒談一談，了解船屋的狀況，看看以前是否受到良好維護。還應該多了解死者的背景，建立人物側寫。」

「說得十分精確，阿薩德。我建議你們可以去請教夢娜．易卜生，她一定會需要找點事情讓自己開始忙碌。」他兀自笑了起來。夢娜如果想要完全逃脫他的人際圈，只能到東北格陵蘭的天

注 阿嘉莎．克莉絲蒂（Agatha Christie）：為英國偵探小說作家。據金氏世界紀錄統計，她是人類史上最暢銷的作家，僅次於聖經與威廉．莎士比亞著作的總銷售量。至今其著作曾翻譯成超過一〇三種語言，總銷突破二十億本。

狼星巡邏隊去報到了。「阿薩德說得完全正確。把案子交出去之前，我們必須先徹底調查清楚才行，蘿思。這點妳應該也明白。」

她沒有回答，只是乾杵著在內心裡數到十。不過就算她這麼做，也沒人知道她會不會再爆發？又會是什麼時候？

我們馬上測試一下，卡爾心想。於是他不懷好意地笑問說：「妳爲什麼死抓著失蹤者的事情不放？」他指著尋人啓事海報。「那頭紅髮燃起妳的熱情嗎？還是他靦腆的笑容？或者那雙沒有光采的眼睛喚起妳的母性本能？我對這傢伙可沒有特別的興趣。」

她點點頭。冷彈的保險裝置就此拉開，不到幾秒即將引爆，足以冷死在場所有人。「很好，卡爾。看來你和你父親的關係不似發出尋人啓事的女孩與她繼父那般親密，對吧？」

「妳呢，蘿思，妳與妳父親的關係親近嗎？」

阿薩德的眉毛倏地抬高，目瞪口呆。

噢，他眞是哪壺不開提哪壺，顯然不該這麼說。但等到卡爾意識到自己的小疏失，蘿思早已掉頭走人，放在地上的大衣和袋子也沒拿，只丟下一句像個冰柱般刺入人心的「再見」，而後拂袖而去。

「哎呀，卡爾啊。」阿薩德低聲說。

卡爾知道他的同事在想什麼。寧願身體上長瘤，也別向蘿思叫戰。哎，王八蛋！他媽的安威勒案，他媽的打算開溜、棄他們於不顧的馬庫斯，他媽的羅森，他媽的維嘉和夢娜，他媽的遲鈍智障。只要他們別來煩他，他全都他媽的都無所謂了。

他的肚子忽然一陣顫抖，延伸到腰側。不太像身體不舒服，卻相對讓人毛骨悚然，彷彿所有的血管同時收縮又擴張，持續不斷，完全沒有停止的跡象。

就在卡爾以爲自己習慣了這種顫動時，肩膀忽然又起一陣冷顫，直竄到腋窩，皮膚不同表面同時冒出冷汗和熱汗。

他若從來沒得過恐慌症，難道這是前兆？或許他根本已經得了恐慌症。還是說，夢娜又在他心中作祟了？

他手指顫抖，拿起蘿思的咖啡杯，一口氣灌下無味難喝的溫熱液體。他的臉宛如咬了一口沒熟的檸檬般揪成一團。他大口喘著氣，體內那股感覺終於不見了。茫然瞪著天花板，卡爾深深嘆了口氣。

阿薩德打破沉默說：「我剛才照你說的到樓上去找羅森，他回答說安威勒案全在他們的掌控中，蘿思的評論完全是蠢話。」

卡爾清了清喉嚨，他的聲音非常沙啞：「眞是意外驚喜啊。羅森眞的這麼說？」

「是的。他說他們還在調查這件案子，也找到了安威勒，一切都在他們掌握中，卡爾。」

他們面面相覷好一會兒，然後阿薩德忍不住嗤呼說：「全是胡說八道，卡爾。他根本是丈二猩猩摸不著頭緒。」

卡爾笑了，「是丈二金剛，阿薩德，丈二金剛摸不著頭腦。但是沒關係，我會去騷擾馬庫斯。這段時間能麻煩你打電話給死者的丈夫，請他盡快過來一趟？你可以讓他選擇要搭警車還是計程車。」

第十二章

凶殺組組長辦公室裡瀰漫著一股不尋常的氣氛。前陣子此地還像個狂歡後滿地五彩紙屑的無害地獄，如今卻混亂得如同命案現場：有些紙張分類堆放，有的被撕毀，抽屜裡的東西也全翻了出來。馬庫斯應該是在整理打包，實際上卻儼然像百年戰爭的衝突現場。

「誰在這裡丟了手榴彈？」卡爾開了個玩笑，一邊努力尋找可以坐下來的地方。

「麗絲等下就拿垃圾袋來了。卡爾，你就不能再等半個小時嗎？」

「我只是要告訴你，懸案組決定接手安威勒的案子。」

馬庫斯的手正在抽屜裡一堆舊橡皮擦、斷掉的鉛筆、無水原子筆和累積了幾十年的碎屑裡翻撈著，這時忽然突兀地停下動作。「不行，卡爾，懸案組不可以這麼做。這案子屬於樓上。你難道忘了那可不是送給蘿思的禮物，而是讓她練習的案例？你必須釐清，你們要處理的是我們送到樓下去的案件。也就是說，你們沒有自由挑選案子的權利，只能決定查案的優先順序。」

「馬庫斯，我已經知會你了。這是我送給你的餞別禮物。我們馬上就能破案，你的胸膛上又可以再別上一個榮譽勳章了。這是你在最後職業生涯中應得的榮耀。除此之外，其他的事情還順利嗎，馬庫斯？」

從馬庫斯臉上的表情判斷，他顯然神經耗弱，情緒煩躁。如果退休一事現在就已如此折磨著他，一個星期或者是一年後，他又該被啃蝕成什麼模樣？眞他媽的該死，爲什麼他不能留在這裡就好？他到底幾歲了？六十？

「卡爾，我知道你對羅森的看法。但他是個好人，你實在沒有理由和他對著幹。」

「如果他受不了我的態度，儘管放馬過來，隨時奉陪。到時候他得好好考慮該拿懸案組怎麼辦。他應該不想冒險損失透過懸案組流到你們凶殺組的幾百萬預算，是吧？更何況他根本對這件案子的進度毫無概念，相信我。」

凶殺組組長垂著頭，閉上雙眼。他頭痛嗎？卡爾從沒感覺過他如此冷淡遙遠。

「或許是，或許也不是。」他乏力地說：「卡爾，羅森也可能直接考慮找別人接手你的懸案組啊。你雖成立了懸案組，但當初的構想卻是來自於他，不是我。等下出去關門的時候，不要甩得太大力。」

「死者的丈夫已經在警衛室了，卡爾。他是海上鑽井平台上的鑽孔技工，我們運氣很好，這段時間他人正好在陸地上。」

卡爾點點頭。「鑽孔技工？」聽起來不賴，這種人遇到困難習慣咬緊牙關，接受發生在自己身上的一切。換句話說，要挖出他們的祕密不會難如登天。

卡爾期待自己會看見一位雙手如鉗，肩膀魁梧得像橄欖球四分衛的男人，但是他完全失算了。基本上，這個人長相甚至與安威勒十分雷同。這場火災的罹難者顯然喜歡這一型的人。

他站在阿薩德旁邊顯得矮小，整個人好似從內被真空壓縮，胸膛彷彿被吸了進去，肩膀和青少年沒兩樣。在他身上看不見強壯的體魄，只有眼神透出採取必要行動的鋼鐵般意志。一位值得信賴的誠實男子。

「你把我帶到什麼該死的地洞來了？看起來像個凌虐室似的。」他的笑聲低沉，「我希望你清楚在丹麥不允許這種事。」他伸出手。那雙手或許沒有想像中大，但是力道不容小覷。「雷夫．沃克侖，米娜的丈夫。你想和我談談？」

卡爾請他坐下。「導致您夫人不幸葬生的船屋火災一案，現在由我和我的助手接手調查。我們深入研究後，發現還有幾處疑點。」

雷夫．沃克侖點點頭，似乎準備好與警方合作。如果他有任何緊張不安，那麼還隱藏得眞好。

「根據檔案，您夫人在發生不幸事件前離開了您。她寫信告訴您，她愛上了別人。可以請您對這件事多說一些嗎？」

他點頭同意，卻沒有直視著他們，似乎有點尷尬。「不能責怪她。若是你和一年當中只有幾個月在家的人同床共枕，會覺得滿足嗎？」

一針見血！老天，卡爾該怎麼回答？一年和夢娜在一起幾個月，對他已經是世界紀錄了？噢，混蛋，他幹嘛現在想起這件事。

「哦，很遺憾，這種問題目前其實很普遍。」阿薩德貿然開口說，臉上燦爛的笑容顯得誇張。啊哈，所以他們在扮演黑臉與白臉警察囉，而卡爾當然是那個黑臉。這角色現在非常適合他，他馬上就能發揮得淋漓盡致。

他靠向前，身子傾過桌面。「雷夫．沃克侖，知道嗎？你他媽的可以省省了，懂嗎？你以爲你老婆給自己找了一個同樣不常在家的情人，這一點很有說服力嗎？」

雷夫．沃克侖一臉不解看著他。「我已經告訴你們警方很多次了，米娜根本不認識那個男人！她買下他的船屋，僅止於此，結束！就這樣！」

卡爾望向阿薩德。他鎭定地坐在那兒，一副萬事萬物了然於心似地點著頭，但是又有點心不在焉，宛如被人請教尋找遮蔽沙漠烈陽之處的遊牧民族。他究竟怎麼回事啊？

「聽仔細了，沃克侖。你剛說的話從未出現在報告裡頭。」卡爾又說下去：「就算這番話被記錄了下來，說實話，我也不認爲是你說的。」

「當然是我。我也說過了，你們條子上門通知我之前，我根本不知道船屋發生了火災，也不清楚米娜喪生其中。該死的報告當中記載了我有多麼震驚。而米娜除了買船之外，和那個男人一點關係也沒有。若你打算否認，我希望看一下筆錄，我有權利要求吧？」

卡爾又看向阿薩德。開口啊，搭擋，現在該你了。卡爾的目光如是說。畢竟阿薩德才是那個會仔細研究報告的人。但是這男人卻在幹嘛？啥也沒做！仍舊悠哉地坐著，一臉愜意笑容。

卡爾火冒三丈。

「由於你老婆離你而去，所以你殺害了她。是的，我認爲是你放的……」

「是否可以告訴我，沃克侖先生，」阿薩德忽地插嘴：「在最好的情況下，鑽油平台一天大概能收穫多少公升的原油呢？」

沃克侖不解地注視著阿薩德，但困惑的人不只是他。

「哎呀，我只是問問，因爲這樣就能知道同時會浮出多少瓦斯、髒污和垃圾了。您知道的，沒有用的東西——和您剛才說的話一樣，了解我的意思嗎？」

沃克侖驚訝得額頭皺出一條深深的紋路。

「我打過電話給您的主管們了。」阿薩德仍是一臉深不可測的微笑，「他們對您非常滿意，令我印象深刻。」

他點點頭，長長哼了一聲，臉上浮現認同卻又疑惑的表情。

「很遺憾的是，由於我窮追緊問，所以他們不得不告訴我，您應該是個脾氣非常暴躁的人，是嗎？而且您也不吝於展現自己無所畏懼，沒錯吧？」

沃克侖微微聳了聳肩。阿薩德話鋒一轉，不難察覺沃克侖顯得不太自在。「好吧。確實如此。但是我從來沒有打過米娜，如果你影射的是這個的話。哎，有次在夜店也許起了點衝突，不過我可從未因此遭到控訴。該死，這點你也清楚，是吧？」

「我在想，莫爾克副警官和我應該過去您和米娜租的房子，和鄰居稍微聊聊。您覺得呢？」

他悶哼了一聲，「悉聽尊便，我不在乎鄰居對我的看法，那些穆斯林和猶太人還有他媽的混蛋。」

哎呀呀，他剛才說了猶太人是吧？卡爾心想。這是小小的挑釁還是什麼？他皮癢討打嗎？還眞是十分獨特的方式。

只見阿薩德站起來，臉上始終掛著燦爛的笑容，右手卻一個直拳啪的打在沃克侖臉上。事情發生得如此突然，非但沃克侖錯愕意外，連卡爾也不明所以。

阿薩德此舉明顯違反規定，卡爾正想出聲喝止，卻見阿薩德對他點了點頭，阻止他說話。阿薩德兩手撐在膝蓋上，文風不動俯身直視沃克侖的臉龐，兩人雙眼的距離不到十公分。

見鬼了，阿薩德打算幹嘛？鑽井技工隨時會彈起來大發雷霆，誰都看得出他青筋暴凸啊。難道阿薩德是故意的？打算引他攻擊警察，將他扣押？他們應該隱瞞先出手攻擊的人是誰嗎？

這時，兩個怒目對視的男人忽然爆出如雷笑聲，阿薩德直起身子，拍了拍沃克侖的肩膀，然後從褲子口袋拿出一條手帕，遞過去給他。

「他很有幽默感唷，卡爾，你看見了嗎？」阿薩德笑聲不絕於耳。

鑽井技工也點頭附和，似乎很滿意自己這個性格特色終於被人發覺了。

「重點是，你不可以再動手了。」技工只說了這句。

「您也不准再說我是猶太人。」阿薩德反駁道。

說完，兩個人又笑得無法抑止。

卡爾看得一頭霧水，也拿捏不定阿薩德究竟怎麼回事。但是阿薩德的果斷舉動，竟怪異地感染了他，他頓時感覺體內湧現活力。阿薩德顯然逐漸回復到以前的他。另一方面，卡爾也不禁自問，阿薩德的本性為何？或者說，在過去的生活中，是什麼教導了他竟能自如使用暴力？這可不是尋常生活中隨處可見的動作。

「我們把您扔出去前，還有一個問題。」阿薩德又說。

這話什麼意思？他們可不能輕易放走這個人呀。問訊才剛開始耶。

「您的夫人是個手腳笨拙的人嗎？」

沃克侖猛然一縮，儼然阿薩德又要揮出一擊似的。

「你怎麼知道這件事？」沃克侖訝然反問道。

「她是嗎？」

只見沃克侖臉上漾開了笑容。

「她的手腳超級不靈光！所以即使付錢給我母親，她也不願意我們去看她。米娜第一次去拜訪她，就打破了客廳裡許多瓷器。」他點點頭。「是的，米娜當時嚇得花容失色。」

阿薩德詢問地看著卡爾。

「花容失色就是嚇得不知所措的意思。」卡爾解釋說，但是顯然沒有幫上阿薩德的忙。

「所以您的意思是，她對於工具、電子用品之類的東西沒那麼拿手？」

沃克侖捧腹大笑。「她使用烤麵包機時，即使麵包機都冒出了陣陣白煙，麵包卻依然又白又軟。不過，你的意思是……？」

話聲戛然而止。

三個人面面相覷。

「阿薩德，有些話我得說清楚。我不准你在我的辦公室使用暴力。」沃克侖離開後，卡爾對阿薩德說：「請你解釋剛才的行爲。你應該清楚下次不可以再開這種玩笑了吧？」

「哎呀，卡爾，行了、行了。你又不是沒看見之後還是化解了緊張氣氛呀。你知道嗎，駱駝之所以會放屁，原因可能有兩種？」

拜託，別又來了。

「要不是牠吃東西時吞下了太多氣體，就是單純需要在無趣的沙漠日光下來點輕快的劈啪聲。」

「好好，你說得都對，阿薩德。說吧，剛才是怎麼回事？」

「我只是想表達長時間窩在鑽油平台上應該會有點無聊而已。」

「當然。也就是說，你想藉此說明打架對沃克侖而言不過是生活調劑？」

「是的，卡爾，他純粹是找樂子罷了。你剛才也親眼看見了。他知道自己冒犯了我們，所以我讓他明白我們會有什麼反應，而且即使我們如此回應，大家之後還是可以當朋友。我給了他一拳，他也立刻警覺備戰，所以我們平分秋色。」

「所以你的意思是，他出手鬥毆的理由就和肆無忌憚放響屁的駱駝一樣，純粹想給自己的存在裝飾點輕快的劈啪聲？但是他爲什麼不打自己的老婆？」

「因爲打老婆早就沒有樂趣了，這就是爲什麼。」

「但是憑這點就將他排除於嫌犯名單之外，理由也太薄弱了。」

「我沒有排除他啊，卡爾。從駱駝的屁股刺下，就要有心理準備頭殼會被駱駝的蹄踢到，就是這樣。」

老天爺啊。

「你這次說的難不成是隻雌駱駝？總之，不再痛毆人的關鍵在於因為沒樂趣了？」

阿薩德微微一笑。「看來你都懂了，卡爾。非常好。」

卡爾還是個年輕警察時，辦案報告都是利用兩手的一指神功在球型打字機上花二十分鐘打出來。但在現代丹麥，雖然十根手指頭全用上，並使用第十五代的文字處理程式，卻至少要花掉兩個半小時。這還算運氣好的了。如今報告不再是成果，比較像是成果的成果的成果。

卡爾平常痛恨死官僚作業，但今天的狀態卻非常適合將自己隔離在電腦螢幕前面。只不過他始終無法集中心思。

他聽見走廊上蘿思正在和高登講話，她顯然正在吹噓自己怎麼替懸案組破解了安威勒的案子。若說高登眞想到地下室來研究個什麼，他的策略結果最後一定是導向蘿思的內衣。

卡爾費心想關閉耳朵。才剛被最心愛的人給甩了，誰會想聽見高登那些調情曖昧的話？

他一看見他們兩人走過他辦公室門口，立刻喊道：「嘿，高登，你很快就會將馬車靈活停進車棚裡去了吧？」

蘿思冷冰冰地朝他辦公室瞥了一眼，下一秒立刻用力將門甩上。

卡爾眉頭深皺。難不成這個乳臭未乾的乾癟鬼最後在蘿思心中被加了分？

他盯著電腦螢幕，開始撰寫鹿特丹的出差報告。這差事一點也不簡單。因為斯希丹參與釘槍謀殺案調查的警員英文能力爛得驚人，和他平日了解的荷蘭人的語言能力相去甚遠。

報告寫了兩頁，可是遠遠不夠。他媽的，爲什麼寫個報告竟如此困難？或許請對方將會面文件寄來會有點幫助？總局裡應該有人可以翻譯這種拗口的語言吧。

他搖了搖頭。

那樣做當然不會有幫助。想尋求內心的平靜，只有一條路可行。那就是爲夢娜這齣戲拉開第二幕的序幕，而且比起第一幕，布局必須更加嚴謹精巧。

他打到電話到夢娜的工作室，但是她當然沒有接聽。幾個月前，夢娜突然衝動想要引進策略合作，於是加入一個醫療協會。愚蠢的是，從此以後來電都得先由櫃檯大嬸接聽，可惜這位大嬸也以爲自己和協會裡其他專業人士一樣是個心理學家。

「很抱歉，夢娜·易卜生目前無法接聽電話，她有病人。哎呀，說是病人或許也不對，總之事實是她現在沒有空。」

事實、事實，下次他過去時，會到櫃檯那兒好好教導這隻母牛什麼才是事實。

事實！他一掛斷電話，心中頓時湧出不舒服的感受。搞不好夢娜是因爲別的理由而提出分手。

夢娜眞有可能在他忙著大街小巷尋找夢幻婚戒時和別人約會嗎？或許是他自己沒有察覺種種徵兆？

不可能，夢娜不是這種人。她若是認識了新的對象，一定坦承不諱。

然而，卡爾仍舊揮不走被欺騙的醜陋感受。活到這把歲數，這種感受只出現過一次。十二歲那年，一個炎熱的夏日，他在泳池畔偷偷觀察領口開很低的莉瑟裝模作樣的姿態。他們從幼稚園就是最好的死黨，甚至儼然像對害羞的小情侶。可是，她在泳池邊忽然對別人露出燦爛的笑容。一發現他，笑容隨即變了。不過短短幾秒，她變成了一個女人，而他卻仍卡在十二歲男孩的身體裡，感覺被羞辱，又非常孤單。

他至少花了十年才擺脫孤單的感覺。如今這股感覺又出現了。沒有存在感，孤立無援。這不是嫉妒，而是某種更深沉、更痛苦的感受。

他媽的，卡爾罵著自己，你也太依賴夢娜了。究竟是怎麼走到這種地步的？

第十三章

蘿思堅定的腳步聲很難充耳不聞，卡爾已經有迎接最壞局面的心理準備。他馬上要爲昨天的事情付出代價了。他問了自己不下無數次，幹嘛非把她父親扯進來不可？他分明知道自己是在傷口上灑鹽。

「別擔心，卡爾。我早上向阿拉祈禱了很久，今天會安然無事的。」眞是了不起，這男人竟能同時與神以及一般凡人接觸。

「你們兩個，過來一下！」蘿思似乎心情愉快，眼睛晶亮閃爍。「有個小驚喜要送給你們。」

她顯然知道會聽到拒絕，所以一講完話，立刻轉身就走。他們兩個除了跟上，別無選擇。除了正在脫皮的鼻頭有點突兀之外，這個女人明顯狀態極佳，步伐大開，體態矯健。卡爾卻仍一身睡袍，被菸薰黑的肺部功效不彰，阿薩德則是拖著依然搖晃不穩的步伐。兩人跟著蘿思的腳步吃力走上樓，經過警衛室，走到總局外頭的廣場上已經上氣不接下氣大口喘息，卻見蘿思早穿越漢布絡街，目標明確走在通往法爾克大樓停車場。

死亡金屬樂的樂迷若是親眼得見朝他們駛來的車子，一定會紅了眼眶。從冷卻器到後車燈，皆如火般豔紅耀眼，周身噴了上許多水牛頭畫像，牛角尖刺如針。設計成鐵絲刺網效果的字體寫成的團名橫跨在車身，非常適合這輛巡迴車。這個來自旬納的樂團眞的花了許多心思。

蘿思猛力拉開廂型車的車門，比了個手勢，要卡爾和阿薩德進車裡去。瞧瞧，眼前這不正是面孔蒼白的安威勒嘛。他一臉不高興地點了個頭，默不作聲要他們坐到他對面，拿出三瓶啤酒，打開拉環，每人遞過去一瓶。

「我長話短說。」蘿思立刻開啓話題：「安威勒最多只能待十分鐘就得離開，前往奧胡斯。他不能錯過渡輪的時間。」

卡爾在車斗上坐下，將一個吉他盒子推到旁邊，把阿薩德拉到身旁就座。他們面前正坐著遭國際刑警通緝一年的人。短短一百公尺之外，就是他們盤踞的破爛建築，丹麥國家警察總部就設在裡頭，旁邊還有包括羅森·柏恩大隊在內的警察總局。這個人怎麼會眞心以爲他們會輕而易舉放他前往奧胡斯？

「我本來推斷安威勒應該在馬爾默，所以打算今天上午搭火車過去找他。但是我又查了一次『匕首與劍』的演出表，發現他們昨天就在霍斯霍姆市表演。」誰都看得出來蘿思很滿意自己的表現。「因此，我打了電話給主辦單位，詢問對方是否知道樂團目前人在哪裡，結果他們就在巴勒魯普的茲利普旅館吃早餐。」

「是的，她打電話來的時候，我還以爲她是個瘋狂樂迷。」安威勒這個瑞典人大費周章努力說著丹麥話。

「是啊，我可是費盡一切氣力唷。」她哈哈笑說。

卡爾眉頭深鎖。這次聚會後，看來有必要好好談一談——要約定好不准洩漏只憑一通短短的電話，就把國際刑警通緝一年的殺人嫌疑犯給找來。不，而是出其不意現身逮他個措手不及。就是這樣，結束。

「蘿思向我說明整個狀況，聽完後，整個人嚇得魂飛魄散。我根本什麼事也不知道。」這個矮小的男人接著說：「我向你們發誓，我和這件不幸的意外一點關係都沒有。」

這瑞典人口齒真流利啊，卡爾心想。

「你當然這麼說。」他反譏道。

「我整段時間都出門在外，完全沒聽過說這些事情。我賣掉船屋後，人就離開了南港。不過，我有打算找個時間拜訪新船主，看看她使用的狀況。」

「事實上，我承認我們手中有間接證據顯示你出遠門了。但是，要怎麼樣才能確實證明呢？」

「怎麼證明？呃，我把所有可能的東西都帶來了，收據和照片之類的，全都放在馬爾默，你只要開口問一聲就行了。」

卡爾點點頭。「如果你所言屬實，調查重心必然不再聚焦在你身上，這點我們自然清楚。可否告訴我們，船艙裡是否放置了可能造成巨大爆炸的物品？我理解這問題不太容易回答。」

安威勒手裡把玩著老舊錄音機真空管之類的物品，也可能是放在車後面的揚聲器的某個零件。昨夜的宴會在他晶亮的淺色眼睛底部留下了暗沉痕跡。他的嘴角忽然悲傷地抽了一下，和滿耳耳環、渾身刺青和光禿頭頂等強硬外表不由得顯得怪異突兀。

「沒有，我想不起來有什麼東西。」他的語氣微弱。巡迴車裡堆滿黑皮衣、鉚釘和閃亮的靴子組成的大雜燴，反而瀰漫著一股幾近溫和淡泊的氣氛。

「哎，雖然如此，我在賣掉船屋之前特別發動過馬達，地板刷了好幾次漆，木板也全上了油，所以在引擎艙裡還剩下一些油漆和油。我告訴過她還需要一天清理掉那些東西，不過她向我保證她自己可以處理，確保船屋好好通風，要我安心離開。說真的，這樣的安排很適合我。」

「你的意思是買家很可能忘記丟掉油漆和油？那些東西自行引燃，隨後炸掉了一切？若是如此，鑑識人員一定會在船屋地板上發現錫桶的殘餘部分。」

「不會的，因爲這些東西裝在塑膠製的彩色盤裡，你了解我說的是什麼嗎？」安威勒現在整個人簡直是意志消沉。「也可能和其他東西混合在一起。啊，我向她介紹船屋的時候，應該早點想到的。她那時完全心不在焉。無論我解釋什麼，她全都說好，其實她根本沒有專心聽我說話。」

「瓦斯爐呢？」

「沒有。」他沮喪地看著蘿思。「我覺得比較可能是發電機。」

「放在引擎艙裡？」

他緩緩點頭。

「安威勒，我們何不過街去，向我的主管說明你剛才告訴我們的話？」

安威勒聳聳肩。他已經解釋過他趕時間，必須趕上渡輪才行。

不過，卡爾早就摸透了這種人。他們之所以不願意合作，通常源自於前罪犯根深蒂固的不信任感，深深懷疑他人是否眞能不懷偏見，願意眞心傾聽。人們總容易拖著過去的經驗不放。

卡爾覺得通往樓上的階梯似乎永無止境。他手裡拿著一瓶要送給馬庫斯的起瓦士威士忌，顯得有點寒磣。

餐廳門上掛著「送別會」三個字。把這場活動命名爲「凶殺組喪禮」或者「刁難統治的開幕慶典」，其實也都非常貼切。

馬庫斯一走，所有事情都會跟著改變。他媽的，他爲什麼偏偏要在這種時候離開？就不能至少等到卡爾離職那天再退休嗎？

麗絲那個愁眉苦臉的乾癟同事索倫森小姐，爲了這天悲傷的慶祝活動烤了一大盤沉重如鉛的蛋糕，看起來不像食物，反倒像體操墊。麗絲在烤得坑坑巴巴的巧克力塗層上多事地裝飾了小旗子。離下班還有一大段時間，很多塑膠杯卻已經被喝空了。有人在杯底下的餐巾紙寫上秀氣的大寫字母：「老大，好好享受您的退休時光！謝謝您，珍重再見——凶殺組敬上。」天啊，眞可悲。

警察總局局長的談話非常簡短，不知所云。局長這女人多年來每當和凶殺組組長有所爭論時，總能天馬行空轉換話題。羅森則多少免不了大談他將承襲馬庫斯哪些領導方式，但是表達更多的卻是他不打算延續的風格。

羅森一講完，只有高登一個人走過去，而且竟還和那個白癡握手！羅森笑了一笑，拍拍高登的肩膀，兩人交頭接耳聊了起來。學生和未來的凶殺組組長究竟聊什麼能聊得如此親密？高登不過是個討人厭的法律系大學生，有機會一窺體制的一部分，而且是有待檢驗的法律系統。此外，他還是個貪婪的傢伙，而且對女人的品味拙劣得很。

或者，他是羅森的新手下？

瘦竹竿，我會好好注意你的，卡爾心想，然後看了多年的老長官一眼。如果馬庫斯後悔自己的決定，他一定能夠很快再把羅森派到阿富汗。

「眞遺憾啊，馬庫斯，你値得聽到更好的演說內容。」卡爾一面說，一面有點不好意思地把裝了威士忌的盒子遞給他。「不可能再出現比你更優秀、更有能力的長官了。」他故意大聲補了一句，在場所有人包括羅森和局長在內，全都聽得一清二楚。

馬庫斯注視著卡爾，無力地笑了笑，將盒子放在桌上，給了他一個不尋常的誠摯擁抱。

馬庫斯在總局裡二十年的職場生涯就此畫下句點，之後將會像其他脫離這個體制的同事一樣，逐漸悄無聲息。

輪到卡爾離開時，絕不要他人大張旗鼓送別。

他意氣消沉，指示了蘿思和阿薩德一些事情後，就坐在自己的辦公桌前，打算寫份例行報告，將安威勒的事件結案。

總而言之，火災最後將斷定爲意外，然後歸入檔案。安威勒最糟糕也只不過是因爲未按照規定，在船屋交給新船主之前先清走易燃物，而被處以低額的罰款罷了。

這是件悲哀的案子，不是特別有意思，也不值得羅森大費周章向媒體報告。不過對馬庫斯來說，卻是卡爾衷心獻給他的美好結局。在馬庫斯長年的職場生涯中，一定有爲數不少的調查工作沒有得出明確的結果，一回想起某些案子他就不開心，因爲它們終究失去了破案的機會。有些案子日後仍舊會啃蝕著他，揮之不去。

卡爾打完了報告，列印出來後，在第一頁上面用大寫字母寫上「結案」兩字。

他瞪著這兩個字，不由自主想起了夢娜。希望這種狀況很快就會結束。

卡爾和阿薩德站在釘著未決懸案的板子前面，案件來自全國各地。雖然最近幾個月破解了幾件案子，但是速度永遠趕不上進來的案件數量。馬庫斯任職的最後幾個月，凶殺組的破案率高達百分之九十，只可惜並非全國的凶殺組都能端出如此耀眼的成績。他們眼前的板子就是活生生的證明。就算釘在此處的案子有些可能無涉謀殺，而是死者自行了斷生命——最近十年對許多人來說很難熬——也無濟於事，因爲破案花費的精力與成本始終一樣。

藍色塑膠繩如蛛網般連結，顯示案情彼此相似；紅白塑膠繩的密集程度不亞於藍繩，案件之間存在著經過證明的關連性。

板子上另外還釘著各自獨立的案件。

「阿薩德，若是要著手調查，我們的選擇太多了。」

「你說得對，卡爾。我們眞是謀而不合喲。」

「說反了，阿薩德，是不謀而合。沒錯，我們想法一致，都認爲再找一件疑點重重、調查程序有問題的陳年懸案是否有意義，對吧？」

「沒錯，卡爾。我覺得接下來應該讓蘿思決定，因爲她解決了一件案子。」

「但是她窮追不捨的那件案子根本沒釘在這板子上呀。」

「就算如此，她還是有資格決定，卡爾。我們自己把案子釘上去吧。」阿薩德一臉疲倦，但笑容仍不失狡黠，以前那個阿薩德幾乎回來了。只要再來點薄荷茶的刺鼻味、黏呼呼的甜點，再多幾聲中東悲痛的音樂、多拋幾次媚眼，每日來幾個用錯的句子，就是原汁原味的阿薩德了。

「好吧，隨你便。」卡爾深深嘆了口氣。他今天沒有心情和人抬槓，夢娜占據了他太多思緒。「不過，你自己把這消息告訴她，一言爲定？」蘿思聽到消息後一定亢奮無比，那種反應目前也會耗損卡爾的氣力。他現在眞的不想和人有太親密的接觸。

卡爾深深沉進辦公椅裡，試圖振作精神。他點燃今天的第一支菸，呑雲吐霧了幾口，思緒縈繞著夢娜打轉，香菸轉眼成了灰燼。

卡爾連續抽了好幾根，渾然不覺時間流逝。忽然間，蘿思出現在他眼前，誇張地咳了好幾聲，拿手中的那張失蹤人口的紙張揮了揮菸霧。

「卡爾，謝謝。」她指了指尋人啓事，只說了這麼句話。沒有「ＹＥＳ！」也不見波濤洶湧的亢奮情緒，只是簡單的謝謝。不過對蘿思來說，已是了不起的行爲了。

她視而不見他苦澀的表情，拿了一把她當初親自買來給卡爾當辦公椅的鋼椅坐下。

「我稍微調查了失蹤者的背景，」她敲了敲尋人啓事上那個紅髮威廉·史塔克的照片。「這事應該在你意料之中。電話號碼當然已經沒人使用，不過我找到了新號碼，可以與發布啓事的女孩取得聯繫。」

「好，妳如此執著這件案子的原因是什麼？」

「阿薩德，可以過來一下嗎？」她朝外頭喊道。

走廊響起曳踵而行的腳步聲，下一秒只見他端著金屬雕花托盤現身，做好了戰鬥準備。「要不要來點土耳其的開心小甜點啊？」他朝著托盤上的彩色餅乾點了點頭，彷彿手裡端的是聖杯。

「阿薩德查了這個史塔克的背景，我則是從最新現況著手。」她說得一副理所當然。

卡爾不禁搖了搖頭。非洲稀樹大草原上，牛羚一定是一大群集體移動，筆直向前。若是不想跟著前行，唯一的選擇只有跳到一邊。

阿薩德將甜點放在桌上，在蘿思旁邊坐下，打開他的記事本。

「這個威廉·史塔克有相當優秀的頭腦，法學院第一名畢業。奇怪的是，他失蹤時擔任的職務並不高。」阿薩德在卡爾面前擺了一張紙。「四十二歲，十五年來一直是外交部官員。曾經在不同的利益團體擔任過代理人和法律顧問。未婚，不過和瑪蓮娜·克里斯多佛森與她女兒蒂爾達一起生活了六年。瑪蓮娜現在四十七歲，蒂爾達十六歲。她們現在住在法爾比。」

「史塔克的經濟狀況呢？有沒有什麼問題？」

阿薩德點點頭。「二十年來，他都謹慎把錢存了起來，也付清了房屋貸款，持有的有價證券超過八百萬克朗，大部分都是從他母親那兒繼承來的。母親在他失蹤前不久才過世。他是獨子，也沒有其他比較親近的親戚。」

「八百萬，哇喔！」卡爾輕輕吹了一聲口哨。他若擁有這樣一筆錢，一定立刻訂兩張飛往古巴的機票，硬把夢娜帶走，在棕櫚樹下悠閒度過一個月，扭腰擺臀大跳倫巴舞——當然還有床上翻雲覆雨之舞。夢娜一定會回心轉意。

他搖了搖頭，勉強拋開這個念頭。「好。我們拿到史塔克身邊人的筆錄了嗎？有沒有什麼能指引我們找到他失蹤的原因？」

蘿思接著說話：「沒有。同事說他是個安靜的人，以和爲貴。報告上記錄著，不管是工作還是私人生活，都沒有會導致他罹患憂鬱症之類問題的原因。」

幸運兒。

「我再問妳一次，蘿思，爲什麼妳對這件案子這麼有興趣？我看得出來妳很同情那位女孩，但是除此之外，還有什麼理由嗎？」

「因爲事態不合理，卡爾。你知道，我完全能夠想像人飛到非洲後非自願失蹤的情況，畢竟非洲處處潛伏危險，所以失蹤並不罕見。就算是自願消失不見，我也可以理解。例如史塔克可能因爲受夠了家鄉每日惱人的生活，忽然冒險欲望作祟而溜掉了，離開同事和工作，離開丹麥的黑暗與寒冷，以及政治氣氛。或者他渴望更多的性愛，也可能他偏好黑皮膚的年輕少女……任何可能性都有。」她停了一下，特意強化下一句話的份量，「或者，他也可能喜歡黑皮膚的年輕男人？和所有人一樣，他十之八九也有祕密。」

卡爾點頭。她很清楚自己在講什麼。

卡爾看向阿薩德。他也點著頭，但是似乎有點猶豫。就像一個擅長思考的狡猾罪犯，很清楚自己的說詞何時該盡量貼近事實，何時又該自我克制少說一點。

這個頭點得很不尋常。

「如果史塔克藏有祕密，妳認爲是什麼？」

她聳了聳肩。「誰知道呢？不過，事實上他並不是在非洲失去蹤跡的。他回到了丹麥，卡爾。他在喀麥隆只待了短短幾個鐘頭，就取消了原本的回程班機，自己另外買了一張機票提前回國。飛機如常降落在卡斯特魯普機場，史塔克人在機上。我們拿到旅客名單和兩份監視錄影帶，顯示他確實領取行李後拉著行李離開。之後他就不見了，宛如被地球吞進去似的。」

卡爾試著在腦中扼要重述整個過程。「這個人應該特別聰明機敏。由於他在丹麥境內消失，所以調查重心全放在此處，不過他很可能也和安威勒一樣，降落後即刻搭車越過松德海峽大橋離開。史塔克有沒有可能隱匿在廣博無垠的瑞典森林某處？要不然就是使用僞造護照，立刻又飛回非洲或其他地方。」

「卡爾，蘿思和我還推測過史塔克會不會有敵人？」阿薩德插嘴說：「他是個花花公子嗎？是否陷入某種大型的詐欺事件？他有什麼東西落在丹麥忘了拿，所以才回國？他必須設法在哥本哈根弄到錢才行嗎？有沒有其他女人和他同行？我們把所有可能性都討論過了，但是機率都不大。」

卡爾抿著嘴。他們兩人對這件案子確實投注了很多精力，必須放手讓他們進行調查。

「我們可以著力的重點不多，對嗎？報告上怎麼說？是否可能指出至今尙未調查過的方向？」

兩人不約而同搖頭。

「好，那麼我們現在究竟掌握了什麼？有嗎？」依照他的看法，偵查這件案子應該無需花太多時間。

「史塔克並未正式被宣告死亡。」蘿思垂著頭說。

「不，當然不會宣告死亡，因爲還沒超過五年。」

「他的房子還在，幾乎沒有變動。房子之前被封鎖了，我已請貝拉霍伊區的派出所寄鑰匙過來。」

卡爾高高抬起眉毛。獵犬一察覺到獵物，就會興奮地搖尾巴，蘿思這句話引發了卡爾心中猛烈的好奇本能。

哎呀，眞該死。

「好。」他邊說邊拿起放在後面的夾克。「我們過去看看吧。」

第十四章

馬可有如驚弓之鳥，一道陰影，一個輕微的聲響，就能嚇得他高高彈起。他又回到了奧司特布洛。左拉曾經再三耳提面命告誡他們，千萬不能回到被發現的地方，因此他們應該不會再到奧司特布洛這個區域來找他。

夜深月黑，恐懼侵蝕著馬可，他摸黑爬入一個大型垃圾箱，希望能休息幾個小時。要是被他們逮到，絕對不是毆打幾拳就能了事，畢竟他逃離那兒前，左拉已經對他開槍了。

馬可被垃圾箱開啓的聲音驚醒，一個流浪漢探頭想找點東西。馬可急忙從他身邊跳走，著著實實把流浪漢嚇掉了半條命。

時間頂多六點半，第一道曙光柔柔射進街上，隱約傳來清晨交通低沉的聲響。這座城市才剛甦醒。

他將自己的東西全塞在一個黑色塑膠袋，雖然時間還太早，他還是緩緩走向達格・哈馬舍爾德大道上的圖書館。圖書館裡有他需要的一切，有廁所可供漱洗，電腦可以列印他等下要找的地方的地圖，更別說還可以把自己的塑膠袋藏在電錶上一個小櫃子裡。

圖書館開門前，他像張偽鈔在使館區的便衣人員之間飄蕩。每個角落都可見便衣的影子：俄羅斯人監視美國人，美國人也同樣防範著俄羅斯人。

圖書館終於開館，他只用了很短的時間就完成先前的計畫，接著毫不耽擱，立刻出發。他先沿著黑潭湖畔走，再轉進萊斯街，接著往北前進。他雙眼不停來回警戒，再細微的風吹草動也不放過。

他抵達史塔克房子所在的郊區，四周仍舊一片死寂。在這種維護良好的寧靜獨棟住宅區，中午時分是闖空門的最佳時機。想在丹麥享有一定的生活水準，需要有兩份薪水的收入，所以雙薪家庭在這兒司空見慣。也因此在這種時間，大部分的房子裡都沒人。只要留心狗、退休老人和少數僅有的家庭主婦就好。但是對於馬可這種從小就闖空門的人來說，那都不是問題。他一臉漠不在意的表情，神態自若走在街上，儼然像是此地的居民。巴爾幹或者是俄羅斯來的半弔子沒辦法採取這種策略，他們總是穿著老式的運動服、變形的破舊牛仔褲，背著磨損的袋子，拿著裝得爆滿的塑膠袋，而且總是兩人一組出現，遠遠幾百公尺外就能認出他們。「闖空門」三個字簡直就刺在他們額頭上。

反觀馬可，輕鬆愜意，一副懶散的模樣，目光若有所思直視遠方，事實上任何細節都沒有逃過他的雙眼。

他希望自己以後也能住在這樣的住宅區，漂亮的大房子，湖岸旁高聳入天的古樹，垂枝輕撫湖面，花園裡有鞦韆、蹺蹺板和附設陽台的遊戲屋。

馬可的目光掃過眼前富裕的世外桃源，威廉·史塔克的屍體忽然浮現在他眼前。一想到史塔克生前也像他現在這樣走在同一條路上，感覺就很詭異。

他距離史塔克住過的房子大約只剩百來公尺，看見鄰居有個婦人跪在花盆前面，正全神貫注在自己手邊的工作。馬可數了數那些植物，天啊，還有十五株。按照她溫吞繁冗的工作方式，等她做完離開花園，還得花上好久的時間。她若待在花園，馬可沒辦法在不讓她察覺之下，踱步到史塔克那棟平房的入口。所以他除了晚點再過來，別無其他選擇。

他正要走過史塔克的房子，忽然察覺門口停了一輛深藍色的標緻六〇七。他的計畫完全被破壞了。

他經過房子時，若是有人從窗戶看見他怎麼辦？搞不好是那個女孩？若真是這樣，我就直接按電鈴，不去管隔壁那個婦人怎麼想，馬可心裡暗自決定。

事實上，臨街的一個房間裡似乎有人走動，由於距離窗戶太遠，馬可看不清影子和輪廓。雖然輕微，他仍舊聽到房間傳出了聲音。會不會房子已經賣給別人了？但是，在網路輸入這個地址，屋主名稱仍舊是威廉．史塔克啊。當然，房子也有可能租給了他人。若是如此，他只能繼續往下走。

馬可發現了玻璃窗後面的男人，對方尚未看見他。男人靠近窗戶，頭部緩緩環顧四周，似乎非常專心。表情嚴肅，動作節制，好似在檢驗著什麼，簡直像個正在進行評估的工匠。但這個男人不是工匠，不，這人是個警察。馬可一眼就看出來了。他遠遠就能從走路方式、眼神和外表認出對方是不是警察。還在行人徒步區行乞時，他和塞穆爾有時候會玩「發現警察」的遊戲。那些左顧右盼，密集現身徒步區、仔細觀察四周的怪異之人，往往就是警察。

馬可從眼角打量那輛標緻六〇七，放在擋風玻璃後面儀表板上的警示燈立即躍入眼簾。他果然沒猜錯，並且知道自己必須馬上離開。

可是他還來不及移動，窗戶後面的警察猛然轉過身來，直接和他正眼對視。兩人只不過對看了一會兒，馬可卻從未感覺在這麼短的時間內被人如此看透。

馬可拔腿跑開之前，腦中唯一的念頭是：我有許多事情被他知道了。

他上氣不接下氣全力奔到胡蘇廣場後才停下腳步，腦中思索著史塔克的房子裡出現警察，只有一個可能，表示案子還沒有結束。如此一來，他一定要進行下一步才行。

他必須再回去，看看該如何才能潛入房子裡。

這棟建於三〇年代的平房佇立在斜坡上，烏特斯利沼澤公園美麗的湖景風光盡收眼底，後面矗立著雄偉醜陋的高格拉薩克斯建築。卡爾搖了搖頭，如此優美的自然美景中竟橫亙著龐大的水泥建築，若是拋開人工的痕跡不看，哥本哈根這一區實在美不勝收。

「好長的東西啊！」阿薩德指著突出於樹木之間的格拉薩克斯電視塔說。

最好和那堆狗屎水泥一起炸掉，卡爾忿忿想道。

「你們說這房子曾被人闖入，是什麼時候的事？」

蘿思從袋子裡拿出鑰匙，打開門鎖。

「就在史塔克失蹤後沒多久，那時候他的女友和她女兒還沒有搬出去，所以警方能夠清楚掌握物品損失。」

「一般的闖空門？」

「不是，這個地方被徹底翻遍了，破壞得非常嚴重，床墊被割開，牆上的畫也被撕毀。並不是故意為了破壞而破壞，有人在尋找特定的東西。」

卡爾點了個頭。所以他們面對的不是一般的失蹤案件，也不是尋常的闖空門。他逐漸能理解蘿思為什麼如此好奇了。

屋內散著陳腐霉味，無人居住的房子典型會有的味道。史塔克以前就住在這裡。不過，十之八九再也沒回來了。

卡爾佇立在整理得井然有序的客廳中，透過大型窗戶望向花園，眺望布朗斯霍伊區。草坪不久前才除過，醋栗樹已經修過枝了。

「房子和花園是誰在照顧？」

「我想他女友仍會定期過來。阿薩德，報告裡是不是有寫？」

阿薩德點點頭。

卡爾環顧四周。室內裝潢顯然相當簡樸，不像史塔克這種身分的人會有的風格。從便宜天花板和壁板看來，他對千篇一律的時尚住家風格不感興趣。由客廳隔出去的側房，也是採用最簡單的材質。即使如此，側房卻非常舒適。不，住在這種地方的人不可能會產生自殺的念頭，也不可能自我隔絕不與任何人聯繫。

松木架上放著少少幾張照片，史塔克、女友和她女兒三人並肩而立。照片並非拍得能贏得攝影大賞，卻散發出快樂與和諧的氣氛。從照片中人的笑容看來，史塔克很可能按下自拍功能，再匆匆忙忙及時衝進畫面中。

瑪蓮娜秀氣漂亮，稍微豐滿，臉上有酒渦。女兒卻是弱不禁風，和她有天壤之別，像隻體弱多病的雛鳥，將被母鳥推出巢訓練飛行。

照片上的史塔克洋溢著幸福，一派愜意。他站在兩位摯愛中間，摟著她們的肩膀。若要說這男人有什麼誇張之處，大概僅侷限於拿淡紫色領帶搭配西裝或綠色格紋的短袖襯衫。外表已足以說明爲什麼他即使學習成績如此出色，卻無法繼續高升的原因。毫無疑問他生性害羞退縮，在許多方面也一定中規中矩過頭。照片清楚顯現出他的特質，引起了卡爾的好奇心。這類正派耿直的人如果生活突然發生不尋常的變化，通常都會留下蛛絲馬跡。

「阿薩德，多敘述一點闖空門案。」卡爾要求。

阿薩德打開檔案夾，拿出報告影本。

「那些都是行家，沒有留下指紋，也沒有ＤＮＡ痕跡。有幾個鄰居說他們看見一輛黃色貨車，裡面有幾個穿著藍色工作服、頭戴黑色棒球帽的男人。在那個季節，他們的膚色顯得有點黑，除此之外，看起來就像一般人。」阿薩德露出賊笑，顯然找到了毫不猶豫能用在自己身上的說法。

「對於膚色的看法現在已經不太適用了，不是嗎？許多人一整年都出門旅行，滑雪度假、做日光浴等等，很容易看起來和我一樣，只差沒那麼俊俏罷了。」他挑釁地高高抬起眉毛，然後聳了聳肩，又接著說：「他們從大門進入，應該使用了開鎖槍，總之門上沒有留下強行撬開的痕跡，所以沒有人察覺到不對勁。一個當時在隔壁花園勞動的婦人說，她特地注意了一下他們出來時是否搬走很多東西，但是什麼也沒有。至少她沒有看見他們拿了東西。對方在屋裡大概待了一個小時就離開，走的時候還對她揮手。」

「報案的是瑪蓮娜？」

「沒錯，她們也是因爲這個原因才搬家。她和女兒覺得這裡不安全了。」

「房子完全沒有改變嗎？」

「是的。」

「怎會可能？誰付貸款？」

「房子的貸款都付清了，其他的費用全由史塔克的資產收益支付。」

「嗯。」卡爾左右張望。「如果他們沒有搬走音響和揚聲器，那麼有可能在找什麼？金錢、有價證券、首飾？確定史塔克的財產全是合法取得嗎？你確認過眞有遺產繼承這件事？他是合法繼承嗎？你向遺產法庭調閱過文件了嗎？」

阿薩德眼中難掩深深的失望。他當然都調查過了。

卡爾再一次察看屋子。「屋內井然有序，但是眾所皆知那並無法說明什麼，很多人不是第一次被表象騙了，很可能底下就藏著毒品，或者在國外擁有透過非法管道購買的不動產，而未向丹麥當局申報。他之所以倉卒從喀麥隆回國，也許是那兒有事出了差錯，他趕回來見某個人，結果被幹掉了。有沒有從機場的監視錄影帶上看見他搭何種交通工具離開卡斯特魯普？」

「有，搭捷運離開的。」

「然後呢？」

「看見他出現在月台上，然後就沒了。」

「還有錄影帶嗎？」

阿薩德聳聳肩。看來這傢伙還沒有察看。

「過來看一下。」蘿思的聲音驀地從雙開門那兒冒出來。

她指著走廊另一邊一間小書房，牆上嵌著保險箱，箱門打開著。那是個中型的保險箱，門中央有個旋轉把手。

「這在闖空門之前就開著了？」她問阿薩德。

他點點頭。「瑪蓮娜作證說史塔克不使用保險箱，所以從不上鎖。他在丹麥銀行租了保險箱，不過在消失前幾個月，就退租了。」

「她知道箱子裡放了什麼嗎？」卡爾插話說：「一定是某種極有價值的東西，否則不會租箱子。」

「沒錯。瑪蓮娜說他應該將幾片磁碟片、光碟和一些首飾保存在那裡，還有他父母的結婚戒指。但是，他把所有東西都帶回家了。在電腦上察看了磁碟片的內容，然後全部刪掉。」

「是嗎？我們知道裡頭的內容嗎？」

「他的博士論文。」

「他想攻讀博士學位？」

「顯然是的，但是沒有完成。他沒把論文交出去。」

「聽起來不太正常。他爲什麼要銷毀自己的論文？」

「或許和你不想把副警官的頭銜換成警官的理由一樣。」

卡爾審視著阿薩德。媽的，這什麼意思？

「爲什麼我不想呢，阿薩德？」

「因爲你就得從事另外一種工作形式，卡爾」他笑道：「你沒有興趣當某個落後省分的警察局長，對吧？」

好吧，阿薩德當然說得沒錯。他還寧願去撒哈拉沙漠養駱駝。

「所以你的意思是，史塔克因爲害怕有關當局，所以特意和某個計畫保持距離？這是瑪蓮娜說的嗎？」

「她說他很滿意目前的情況，覺得這樣很好。他不是那種愛賣相自己的人。」

「阿薩德，是賣弄自己。你認爲他不愛自我吹噓，對吧？那麼他後來爲什麼又進行研究，開始寫論文呢？」

「根據瑪蓮娜的說法，那是他母親的願望，因爲他父親也是個博士。但是等她一死，他很快就放棄攻讀學位了。」

卡爾點點頭。史塔克的輪廓越來越清楚、越一致，而且他越來越喜歡這個人。

「你知道他的論文主題是什麼嗎？」

阿薩德翻閱著檔案。「瑪蓮娜記不太清楚，不過應該和某種國際基金的設立有關。」

「天啊，聽起來眞有意思。」

卡爾走過去蹲在保險箱前面，往裡頭看。空空如也。

他們接下來還繞到地下室檢查，沒有發現可疑之處。

巡視完一圈後，卡爾再次謹慎檢查牆面和房間角落，尋找異常的跡象。結果一樣微乎其微。事事似乎有條有理，沒有特別顯眼刺目。以他的品味而言，太不顯眼了。

時間已經過了這麼久，要再爬梳物證材料並不容易。或許瑪蓮娜整理得太徹底，把關鍵性紙張丟到了垃圾桶，或者落入了小偷的口袋裡。當時也許還有線索可循，但隨著時間流逝，早就被抹滅殆盡。

「嗯，我們搜查得差不多了。雖然收穫不多，不過既然到了這裡，可以再詢問鄰居關於闖空門一案。從剛才到現在，我看見她一直在花園裡忙碌著。」

他看著隔壁那個蹲在花盆前面的婦女，這才注意到對街人行道的少年。但是讓卡爾愕然的不是對方的凝視，而是兩人對視瞬間所產生的共鳴，就如同被告與法官之間的眼神交流。彷彿少年剎那間明白，站在眼前的是位敵人。

下一刻，男孩垂下目光，轉身拔腿就跑。

眞奇怪，他好像做壞事被人逮到似的，卡爾心想。

「你們看見那個少年了嗎？」他問，蘿思和阿薩德都搖了頭。

「他看見我們在屋內，似乎不太高興。」

第十五章

馬可整整一個小時後再度回到威廉．史塔克的房子，隔壁婦人已經不在花園忙活，警車也已離開，他不由得鬆了口氣。

他目光鎖定大門，踏上史塔克的花園小徑時，態度十分冷靜。一發現房子沒有裝設警報器，他立刻溜到後院，找到了沒裝鐵窗的地下室窗戶。窗高不到三十公分，窗框結實地嵌進磚牆裡。

他臉上閃過一絲微笑，接下來要發揮他的專長了。他照例把手握拳，用手肘敲敲窗戶中央後，再稍微用力壓，繃緊玻璃，接著另一手朝拳頭快速又精準擊下，手肘便宛如鑿子般敲進玻璃，瞬間布滿放射狀裂痕，卻幾乎沒有發出破裂聲。馬可再一片片將玻璃碎片拔下來。

他把碎玻璃疊在牆邊後，躺在地上，雙腳先穿過窗戶開口，整個人再滑了進去。窗戶雖小，對他卻不成問題。

地下室只有一個房間，寬度約莫房子的三分之一，牆壁塗上石灰，空氣混濁，非常潮溼。這裡兼作洗衣室、工具間以及罐頭和酸黃瓜之類食物的儲藏室。室內充斥著洗衣粉的刺鼻味，洗衣機上確實放著一盒洗衣粉。馬可將盒子倒過來，發現粉末早就結成團。果然沒錯。這裡已經很久沒人居住。

他快速仔細檢查了幾個油漆桶和工具，再走向通往花園的門，打開鎖後將門推開。這是通往戶外的第一個緊急出口。

然後他爬上樓梯，走到一樓，同樣打開陽台的門。這是第二條逃生路。現在他才開始尋找是否有感應器或是會啓動警鈴，透過電話系統聯繫鄰居的相關設備。他側耳凝神，看看會不會聽見微弱的鳴笛聲。

四下一片安靜。他開始循序察看各個房間。以前闖空門時，他習慣盡量不去想住在裡頭的人。左拉總是再三叮嚀，行竊時不可以對受害者產生惻隱之心，否則後果不堪設想。「只要想那些東西全部都屬於你就對了。別去看照片，他們不過是陌生人，也別去看兒童房裡的玩具。想想你們自己年幼的兄弟姊妹吧。」

後者尤其讓馬可感到困難。

不過馬可今天不是來偷東西，而是想了解生活在這屋子裡的人的故事，小地方尤其能說明他們是什麼樣的人。

他先從抽屜和紙堆開始動手。

看一眼櫥櫃和抽屜就可明白史塔克明顯喜愛整潔有序，其他人家的抽屜裡通常凌亂不堪。馬可至少看過幾百個抽屜，全都與此不同。史塔克不是會囤積東西的人，

牆面或者架子上也沒有能夠透露史塔克的過去、童年或青春期的物品。沒有史塔克年幼時受堅信禮（注）的照片或與父母合拍的畢業照，沒有裝滿聖誕卡片的盒子，只有釘在檔案夾裡的手寫的稅務文件、保險合約、一碟根據國家分門別類裝在小塑膠袋裡的外國硬幣，以及旅遊證件影本、一疊登機證和各地旅館的筆記，全都按照字母排序，再用橡皮筋束起，橡皮筋已乾燥易脆了。

注 堅信禮（Confirmation）：一種基督教儀式。根據基督教教義，孩子在出生一個月時受洗禮，十三歲時受堅信禮。孩子只有被施以堅信禮後，才能正式成爲教會教徒。

馬可從來沒遇過這種人。

隔壁兩個房間放著女孩和婦人的物品，氣味截然不同。女孩房間的牆壁漆成淡黃色，現在的她應該對放在房間裡的東西已不感興趣。水族箱和鳥籠裡不見動物蹤跡，彩色筆排得整整齊齊，牆壁上的少年團體海報保證她現在一定早就換成別的。母親的房間恍如失去時間感，滿櫃子的書，櫥櫃上方成排擺放著皮包和夏帽，好幾雙靴子擺在角落裡，鏡子旁邊的釣鉤上掛著五顏六色的絲巾。

馬可心裡打了個突。眞奇怪，感覺母親好像還住在這裡似的。但是爲什麼空氣凝滯，腐朽難聞？爲什麼洗衣粉都乾掉了？爲什麼冰箱的插頭拔掉，裡頭沒有東西？

若是母親與女兒不可能再住在這裡，爲什麼沒把東西帶走？她們還有搬回來的打算嗎？馬可搖了搖頭。他怎麼可能了解女人的心思呢？他從未親近過女性，連自己的媽媽也沒有。

或許這位婦人期望史塔克仍舊活著，總有一天會再出現？所有的東西也許全等待著哪天能再被利用？

馬可無法動彈。身處這個房間，知道史塔克已經死去，所有的期望都不可能實現，讓他心如刀割。他又回到客廳，凝視著私人照片。他一下子就認出了尋人啓事所使用的那張照片。照片上的史塔克站在婦人和女孩之間，臉上洋溢著笑容。嗯，女孩將這張照片加以放大使用。

三人沒機會再像這樣站在一起了。

馬可轉過身，這才看見躺在沙發背墊上的抱枕被人割得稀巴爛。靠近一看，頓時感受到充斥在空間裡的粗暴與殘忍。婦人與女孩是匆忙逃走的嗎？入侵者把她們從夢中驚醒？或者施暴者根本就是威廉．史塔克？馬可全身一陣哆嗦。若是如此，女孩還會希望他回來嗎？不，沒有道理。

馬可小心撥開抱枕上的裂縫，裡頭積了一層灰，事故應該很久以前就發生。割痕邊緣光滑平整，顯然是拿特別銳利的刀割的。馬可搖搖頭。難以想像像史塔克如此注重細節、喜歡秩序的人會幹這種事。除非他失心瘋了。

也許是因爲嫉妒？他的女友欺騙了他？所以暴怒之下破壞了一切？是逃脫環境的無助嘗試？還是背後另有隱情？

馬可又打量著女孩使用的那張照片：史塔克站在女友和繼女中間，脖子上戴著的非洲項鍊如今在馬可身上，他們背後是百花爭妍的花園。三個人笑得淘氣歡鬧，無憂無慮。即使是雙頰凹陷，眼圈黑重，明顯有病在身的女孩也一樣。

史塔克失蹤，家具被割毀，還有房間裡的婦人衣服……一切的一切讓馬可怎麼也想不透。他極度渴望能在房子裡找到答案，解開史塔克和左拉相遇之後非死不可的謎團。

左拉！馬可整個人僵住。被破壞的抱枕會不會該算在他的帳上？史塔克的屋子裡有左拉要找的東西嗎？他找到了嗎？

馬可走向最大的五斗櫃，摸索著所有的內板和櫃子背部，檢查是否有某個地方用膠帶黏著東西。然後，他察看了牆上所有的照片背後，翻起地毯和被割得破破爛爛的床墊。他很有系統地仔細尋找，彷彿正在搜尋捆得厚厚的紙鈔或價值不菲的珠寶。他一間找過一間，一個空房間找過另一個空房間，卻什麼也沒發現。

大門旁邊一間擺放著柚木架子的小書房裡有個被打開的保險箱，裡頭是空的。但由於先前搜尋毫無所獲，馬可乾脆蹲在保險箱前，食指往箱子角落摳，並搖晃沉重的箱門。不行，這裡同樣什麼也沒有，不過他也沒抱什麼期待。保險箱款式老舊，非常普通，和桌子一樣高，箱裡沒有格層，只有一個空間，旋轉裝置設在門上，沒有隱藏的暗格，也沒有隱密的暗鎖。

保險起見，他最後想再確認一下，便把頭伸進箱子裡，尋找箱底是否有縫隙。一樣徒勞。他轉過頭，同樣檢查箱頂，整個人簡直快要躺在地上。這時，他看見箱門上紅色邊框用黑色簽字筆寫著字母和數字。

A4C4C6F67

「A4C4C6F67。」他大聲唸了四、五遍，牢牢記在心底。不會有人因爲好玩而把這樣的密碼寫下來，遑論用的還是簽字筆。

馬可把頭伸出保險箱，從五斗櫃抽屜拿出稅務檔案夾，打開之後，尋找手寫的四和七，想要比對字跡。他不費吹灰之力就找到了。沒錯，檔案裡的四和七與保險箱邊框上的花體字一模一樣，不會認錯。若是檔案裡的數字出自史塔克之手，那麼保險箱上的數字和字母顯然也是他寫的。

馬可在單人沙發上坐下，臉埋在手裡。A4C4C6F67，那是什麼意思？字母和數字依序排列，沒有跳來跳去，ACCF和44667，只不過數字和字母交錯在一起。但是，最後面的6與7之間爲什麼沒有字母呢？難道最後的符號就是6 7？或者事實上應該是F 6或F 7？這組密碼的邏輯是什麼？

馬可想起了網路上的智力測驗，至今爲止，他總是輕而易舉就能解出益智題目。可是這個？這組密碼很可能適用於一切，而且有無數種排列組合，是記憶某種東西的系統，任何可能性都有。麻煩的地方是，順序可能不完整，也可能只是隨意排列或必須從後面往前看。

不過馬可認爲可能性最大的應該是電腦密碼，或者是另一個保險箱的密碼。是哪一種呢？這組數字和密碼現在還有效嗎？

他站起來，走到屋角一台老舊的惠普電腦前，打開電源，電腦發出嗡嗡聲開始運轉。但是彷彿等了一個世紀，龐大粗重的螢幕才出現灰綠色的畫面。但是並不需要輸入密碼。硬碟裡除了老掉牙的遊戲之外，什麼也沒有。於是他又關掉電腦。

由於在屋內沒有找到其他電腦，馬可再度回到地下室，也希望能藉此刺激出其他的想法。他站在樓梯最底下一階，目光又一次掃描著地下室，忽然之間，他聽到花園有動靜。

馬可僵住了。

是皮寇和羅密歐。絕對錯不了。除了他們兩個，沒人能隨口夾雜著英語和義大利語。

「有人來過了。」皮寇低聲說。

他們發現了地下室的窗戶。

「喂，來看一下，有玻璃碎片，竟然整齊地一塊塊排在牆邊。還有那裡，地下室的門只是虛掩著。那邊的陽台門甚至完全打開了。」

「狗屎，媽的，你說得沒錯。」

的確是羅密歐沒錯。馬可和他們兩個闖入的房子不計其數，他們的任務分配非常嚴格，必須無條件信任彼此，也相當清楚對方的手法。所以馬可對接下來會發生的事情了然於心。

「馬可來過了！」

馬可悄悄踩著樓梯往上走。首要之務是趕緊脫身，他的腦筋飛快轉著。以他對皮寇和羅密歐的了解，其中一個等下就會從地下室的門溜進來，另一個則去盯著陽台門。他同樣確定的是，還會有第三個人守在街道那邊，他可能好整以暇靠在柳樹上，假裝欣賞湖光山色。一旦在街上察覺到危險，就會響起鳥叫聲，比當地平常的鳥鳴還響亮刺耳。皮寇和羅密歐一聽到警告聲，會立刻閃人，動作迅速又敏捷。他們應該是家族裡唯一有能力逮住馬可的人。

他緊緊抱胸，試圖冷靜下來。眼前唯一的逃脫路線只剩下大門，他必須從那兒出去，然後拚了命拔腿狂奔。

他躡手躡腳爬上最後幾階，心裡有數外面那兩人知道他喜歡從大門跑進花園逃走。這棟房子若是還有二樓，他會立刻躲到上面。根據他的經驗，屋頂始終是逃走的絕佳路線。然而這裡沒有二樓，屋頂就像煎餅一樣平坦，根本沒辦法躲在那兒。

要是呼救會怎麼樣？打開面向鄰棟的窗戶，扯開喉嚨放聲大叫？希望鄰居聽到騷動後出來察看，只要他們一現身，就可以嚇退皮寇、羅密歐和把風的那個人？

馬可猶豫了好一會兒，千頭萬緒。

不行，沒有用。皮寇和羅密歐還是會抓住他，把他揍得不省人事。他很清楚皮寇毫不吝嗇使用暴力。

他果然猜對了，劃亂的抱枕確實是左拉的手下幹的好事。而現在他們又來了。爲什麼？媽的，他們究竟在找什麼？

馬可強迫自己冷靜思考：自己不可能是皮寇和羅密歐出現在此的原因。不，他們怎麼可能知道他人在這裡？何況發現玻璃碎片時，他們的聲音非常驚訝。他們只知道他曾經來過。所以他們來此一定是有別的理由。但是，會是什麼理由？

他腦筋動個不停，同時四下張望。這裡可以藏身的機會和地下室一樣渺茫，沒有側室，沒有大型壁櫃，只在臥室看見一座拉上簾子的大書櫃。

若是他們眞的曾經來過這裡，現在很可能是來拿上次沒帶走或是沒找到的東西。馬可的反叛或許讓他們心裡著急，比以前更迫切要把東西拿到手。

地下室傳來一個聲響。馬可屏息不動，側耳傾聽。已經有個人進屋了。聽不清楚地下室的狀況，只聽見羅密歐大聲命令把風的那個人要緊緊看住大門。

看來沒有逃生的出路了。

馬可跪下來，四肢並用爬過客廳和餐廳尋找藏身之處，免得外頭的羅密歐從窗戶看見他。可惜沒找到。只剩下那幾間臥室了。馬可溜到走廊，向各個臥室看了一眼。然而同樣沒有希望。床、架子和架上的小擺飾，沒有一處可讓人躲藏。

最後，他的目光落在小書房的保險箱上。

這是個可能性。左拉的人肯定知道保險箱是空的，當初他們一定先從保險箱動手。

嗯，他們不會再察看保險箱了。馬可試圖鎮靜心緒，然後爬進箱子裡，把門拉上，只留下一道細縫。

現在要找其他的藏身處已經來不及了，一陣驚慌攫獲住他。最後只有三種可能：他們找不到他——他衷心期望結果是如此；或者發現了他，把他打得半死；要不然就是他們找到了他，最後把保險箱鎖上。一想到此，他的心臟簡直要跳出口來。

他們若是鎖上保險箱的鋼門，他應該會痛苦窒息至死。要等到新屋主接手房子後，他的屍體才有可能被人發現。一個沒人會想念的少年，一個沒有特徵和證件的少年。

馬可緊抿著嘴唇，像個胎兒蜷縮著身體，心臟劇烈跳動，一口氣差點上不來，全身大汗淋漓。不一會兒，手指也潮溼滑溜，很難抓穩保險箱細窄的邊框。

羅密歐的聲音已經來到客廳，所以他也從陽台門進屋來了，守著門口的那個傢伙肯定也已就位。只有皮寇不在，很有可能還在察看地下室。

皮寇終於走上樓，木地板嘎啦嘎啦響。各個房間之間彷彿以神經束相連，一旦有人隨便踏上某處木頭地板，電子脈衝就會傳動到屋子最遠處的角落，就連馬可藏身的保險箱也不例外。馬可思緒如麻，心臟劇烈跳動，打結的四肢疼痛不堪，還得努力不發出一絲聲響，體內每一絲纖維都在嘶聲求救。皮寇輕如鴻毛的腳步引發屋子震動，馬可緊張得全身汗流如柱。他特別留意扶住保險箱門的食指，若是手滑，一切就完了。

他聽見抽屜被打開又關上的聲音，家具也被移動。皮寇是個非常細心的人。

「有人嗎？」羅密歐從他站著的陽台門那兒低聲問道。

「沒有，不在這裡。」皮寇以平常音量說道：「餐廳裡也沒看見。」

他越來越近了，只聽見他推開婦人和女孩的房門，踢開她們的床，跪下去察看，然後又猛地用力拉開窗簾。

「這裡沒有，廚房也一樣。」皮寇叫道。

「看一下浴室，還有淋浴間。」羅密歐回喊。

馬可感覺到身體下的地板在震動。皮寇站在走廊的浴室門口，離他只有三公尺，銳利的目光似乎能穿透敞開的書房門和保險箱的鋼門，直接落到自己身上。

他知道我在這裡！馬可的腦袋轟隆作響，恐懼加速排汗，食指變得更加溼滑。忽然間，他扶不住保險箱的門了。門慢慢滑開，刺眼的光線從縫隙銳利地劃了進來。

他透過通往外頭現實世界的細微縫隙，看見皮寇的腳消失在浴室裡。愛迪達的慢跑鞋，全新的，走起路來不會發出聲音。典型的皮寇風格。

馬可匆匆忙忙一把推開門。他必須趕緊出去，躲到皮寇先前已經找過的地方。但是，他還來不及起身，就聽見皮寇在浴室裡叫說那兒也沒有人，於是手猛地疾速往身上衣服一擦，再度抓住了保險箱門，趕緊把門拉上。

千鈞一髮間，他看見了慢跑鞋的前緣出現在浴室門口，保險箱門也順利掩好。

皮寇現在很可能站在走廊左右張望。馬可感覺自己被壓迫的呼吸就像漏氣的風箱，身體簡直就要爆炸。渴望自由和獨立生活的一切夢想，像炙熱的金屬塊劈哩啪啦打在他身上。現實迫在眼前。

他聽見腳步聲又往前走了幾步，又感覺到銳利的透視目光。皮寇走進了書房，人就站在保險箱前面，從縫隙可以看到他摺起來的褲腳。根據聲音判斷，他正翻找著保險箱上方的架子。

皮寇自言自語，一邊把架上的書推來推去，有一本掉了下來，啪一聲就落在保險箱前面。馬可大氣也不敢喘一下。如果皮寇沒聽見他的心跳聲，耳朵一定是聾了。

馬可看著皮寇伸向書本的手臂，看著他危險地靠近保險箱，接著眼前一黑，什麼也看不見，只剩下感覺。感覺皮寇靠著保險箱，手要去撿起書本，感覺自己再也無法穩住保險箱的門。忽然之間，光縫又出現，面臨危機。皮寇屈膝彎腰。他馬上就會蹲在保險箱前面，打開箱子了。

在這個決定生死的瘋狂關鍵時刻，馬可已經在衡量是否乾脆投降算了，或許他們會施捨一絲慈悲。十萬火急之際，忽然響起急切的鳥叫聲，皮寇的動作因此僵住。

「皮寇，快點！拿了照片就走！」羅密歐在外面喊著。

皮寇沒有回話，只是埋頭全力衝過走廊和客廳。馬可聽見玻璃破碎的聲音，陽台門用力撞到了牆上。

四下一片沉寂。前面花園那個人的鳥叫聲結束了這次的行動。顯然有人朝著這棟房子過來。

馬可像一團被壓扁的廢金屬滾到書房的地板，全身疼痛，四肢麻痺僵硬。他不禁自問這副模樣該怎麼站起來跑出房子？但是他不能待在這裡，必須盡快想點辦法才行，因爲把風的人不會隨便發出警告。很可能下一秒就會有人打開大門。

馬可趕緊揉揉雙腳，拖著腳盡量走向陽台門，那是他唯一逃脫的機會。他暗自祈禱皮寇和羅

尋人啓事
Marco Effekten

密歐已經溜掉，而非躲在房子後面的灌木叢裡。

他穿過客廳，看見有個相框掉在地板，玻璃散了一地，柚木架上的照片列出現了一個缺口。那兒原先擺放的是蒂爾達拿來用在尋人啓事上的威廉・史塔克照片。

第十六章

左拉默不作聲坐著好一陣子，陷入沉思。和他接頭的人隨時會打電話來，這是例行聯絡。雖然時機還不恰當，但這次他必須報告馬可一事的發展了。

他把其他人全趕出房間。該發生的事情就會發生，結果一定有點難看，不過他的手下不需要知道。不，講電話時絕不准有其他人在場，否則只會有損他的權威，破壞形象。

電話一響起，他立刻接聽，聲音故作威武，劈頭就解釋一切麻煩都是那個該死少年的責任，一如往常，局勢全在他掌控之中。

但是來電者的聲音卻異常冰冷。

「我們真不該把這件任務交給你。你應該非常清楚那會給我們帶來什麼後果。」

「就像剛才說的，局勢都在我的掌控中。」

「這句話我聽見了。告訴我，那少年逃跑至今過了多久？」

「聽我說，有人看見馬可出現在奧司特布洛，我已經警告在那邊活動的人睜大眼睛注意。」

「哎呀，夠了吧。他可能會出現在任何地方。」

左拉咬緊牙關。對方說得沒錯，這正是問題所在。

「我所有的人手目前都在布朗斯霍伊區，從那兒撒下搜索網，一路搜查到市中心。此外，還有三輛車在附近不斷巡邏，範圍涵蓋格拉薩克斯和胡蘇。」

電話那頭的聲音聽起來沒那麼信服。「眞希望這樣的安排確實足夠。我們掌握了他的背景和特徵，也知道他身上帶著史塔克的非洲項鍊。你已經拿到項鍊照片，請廣泛發給參與找人的手下。還有，下次若是再看見那個少年，行行好，千萬要把他拿下。」

左拉勉強說出「當然」，語氣有點不太自然。接下這項工作，付出的代價太多了。當時他哥哥便力阻他接下工作，但是三十萬克朗的誘惑實在太迷人，何況他們只需要收拾掉威廉·史塔克。然而自從十一月底馬可逃掉之後，所有人不得不保持低調，家族有一半的人只能隨便亂晃。換句話說，每日至少損失兩萬五千克朗的收入。

馬可眞是個王八蛋！第一天發現那孩子有個機伶的小腦袋時，就應該給他下馬威，限制他的發展。

「我們會留意的。」左拉向接頭的人保證說：「他不會在外頭囂張太久。」

「他爲什麼跑到史塔克的家？」

「這點我們不清楚，也不知道他怎麼找到的，但是交給我們處理，好嗎？」

「那個少年會不會去報警？」

左拉謹愼選擇遣詞用字，否則每個答案聽來都像是胡謅捏造。馬可當然可能出賣他們。但是那時他若眞的躺在地洞裡，聽見自己父親和左拉談到埋屍體一事，一定心裡有數父親也牽涉在內，所以想必不會那麼衝動。話說回來，他也確實出現在史塔克的房子裡，難道是想藉機勒索我嗎？這個寄生蟲想拿自己從基礎學起的技術來攻擊養育他長大的人嗎？左拉思索越久，越覺得可能性很大。

「報警嗎？不排除他會這麼做。所以我們不計任何手段也必須盡快阻止他。」

「嗯，能這樣做最好，一切就沒問題了。」他的委託人嘲諷說：「左拉，你必須了解，我也被迫要出動自己的人馬。噢，對了，請別期待我們下次還會再委託任務給你。」

銀行家泰斯．施納普震驚萬分，不得不靠在桌緣穩住身子。幾秒之前，監事會主席顏斯．布萊格—史密特通知，他的人承認他們在找的那個少年闖入了史塔克的房子。那句話還在他的腦子裡迴盪發酵，布萊格—史密特又要求五十萬克朗，希望做爲「擺平少年」的共同預算。

「在丹麥境內謀殺少年，」施納普低聲反對，「你們眞以爲卡勒拜克銀行的主要股東會贊助這件事嗎？謀殺的刑責是無期徒刑，若是東窗事發，誰該負責？」

「沒人。」回答非常簡短。

「沒人？」

「事情不會發展到這個地步，不是嗎？若是眞出了差錯，我建議找埃里克森承擔責任。」

施納普目光落在辦公桌上的照片，那是他和埃里克森大學時期的合照，兩人臉上掛著燦爛的笑容。希望破滅所造成的汪洋大海，將兩人與年輕的自己遙遙隔開。

「你簡直喪心病狂，想法太不成熟了。」他極力控制自己，想辦法保持冷靜。「請問埃里克森爲什麼要接受這種事情？」

「我們當然不會問他，他會自己認罪。」

「怎麼說？」

「哎，寫在遺書裡啊。」

施納普重重摔在史坦德與魏斯牌的辦公椅上。「遺書」兩個字久久迴盪在耳際，他覺得頭昏腦脹，無法也不願繼續思考。

「未免日後迫於時間壓力，爲了安全起見，我們應該現在先草擬好遺書的內容。」布萊格—

史密特無動於衷接著說：「此外，我們必須盡快切斷埃里克森和我們在喀麥隆官方聯絡人之間的聯繫管道。你必須請他自己處理，他很擅長這種事。我們在庫拉索的證券你都保管妥當吧？」

「是的，都放在馬杜羅暨庫列爾銀行，也就是ＭＣＢ銀行的保險箱裡。」

「我們手中有鑰匙嗎？」

「有的，埃里克森和我各有一把。不過若要開啓保險箱，我需要他的授權。」

「好的。你今天下午想辦法拿到授權，然後飛到庫拉索拿走所有的證券，再重新設定保險箱。重點是，只要他還活著，我們就得趕快取走證券。若是出了岔子或者需要快速撤退，我們便擁有那些證券以及自己手上的持股，清楚嗎？」

「嗯，是的。」施納普汗流浹背，像匹剛比完賽的馬。他斟酌著可能會出現的後果。「如果眞發生不可預期的事情，該怎麼架構他的自殺呢？」他問道。講到「自殺」兩個字的時候，聲音近乎低喃。

「很簡單：對男妓性虐待。更加能說服人的論點是：埃里克森和他的同事史塔克固定和馬可發生性關係，而史塔克因爲羞愧，很久以前就採用了強烈的解決方式。」

施納普震驚得說不出話，但是他發現自己的脈搏似乎稍微緩和了一些。這個主意有點意思，而且拿來解釋史塔克的失蹤也很有道理。

「了解。」他低聲說：「因此我們必須抓到少年，讓他沒有機會反駁我們的說法。但是，如果把他解決掉的話，誰來舉發埃里克森和史塔克的性虐待呢？」

「一切都會寫在埃里克森的遺書裡。遺書會說明他如何在了斷自己的生命之前，處理掉少年屍體。」

施納普眉頭深鎖。他的這個腦袋做過數千種決定，但是現在……他和埃里克森打從學生時期就認識，自己孩子的年紀也比他們正在尋找的少年還要大。

「我必須承認，要做這些事情，我心裡有障礙。不過我也明白事情有堅不可摧的邏輯。無論如何，首要之務是先找到少年。」

「沒錯，正因如此，你必須盡快交出五十萬克朗，資助搜索行動。我的人底下有好幾個少年，馬上就能掌握訊息，任何蛛絲馬跡都無所遁形。錢一旦匯過去，行動立刻展開。」

施納普雙手撐在桌上，依然不住顫抖。無論如何都要想盡辦法讓五十萬克朗入帳，事情越快解決越好。

「好的，我會去籌錢。但是有件事情我得說在前頭：你們絕對不可留下任何蹤跡，讓人找到我們頭上來。」他特別強調了「你們」兩個字。「我不想知道你們解決麻煩的時間和方法，懂嗎？埃里克森畢竟是我的老朋友。」

「你可以放心，他們會盡一切努力。」

「你們要把錢給誰呢？」

「施納普，我想這點你不需要操心，好嗎？」

勒納．埃里克森在自己的辦公室裡審閱首相今早議會討論的講稿，例行工作。多年的職場生涯，不管在上位的主管是誰，他都學會了幫助他們度過暴風，弭平批評的聲浪。埃里克森與眾不同之處在於他擅長使用空泛的語言，不會把話說死。因此在外交部中，他極爲受到賞識。只要埃里克森投入工作，首相就可以安心處理其他議題和任務。

今天又是個平靜祥和的尋常日子，埃里克森感覺精力充沛，信心十足。然而抽屜那支使用預付卡的手機不尋常地嗡嗡響起時，良好的感覺頓時煙消雲散。

泰斯·施納普打來說明最新狀況。

這次的報告鉅細靡遺，不是埃里克斯平常熟悉的施納普，感覺這個學生時代的老朋友事先把內容一字一句演練過一遍似的。然而，他脫口而出的卻是可怕的消息。

他說有個少年很可能會揭發史塔克被人謀殺一事。爲了防止糾纏惱人的偵查和醜聞，必須剷除少年，目前已經展開搜索行動了。

一個少年！

「有鑑於此，我們不得不擦掉所有的痕跡。你必須盡快銷毀有關文件，以免洩漏你和雅溫德官方傀儡間的聯繫。我們這邊也會處理掉相關的撥款資料。你同時打電話給喀麥隆的官員，通知他們必須暫緩計畫。告訴你的人，你需要審查雅溫德活動中的違規之處。不過記得還是要給叢林裡那些矮黑人應得的金錢，直到風頭過去，可以嗎？聯絡接替馮路易的人，要他大量購買栽種所需的香蕉和棕櫚樹。勒納，事情務必盡快辦妥，現在就動手，別等到明天才做，懂嗎？你是我們當中唯一能解決事情而不會引起注意的人。」

「等等，停一停，泰斯。我之前不是表明過不希望知道你們背地裡在做什麼嗎？」

「沒錯，但是現在你不跳下來幫忙都不行了，而且必須清除系統中的電子郵件和報告。若非情勢危急，我不會請你做這些事。就像你當初保管了史塔克的筆電，避免難看的訊息外流出去一樣，當務之急是必須抓到那個少年，否則到頭來一切都毀了——尤其若不先未雨綢繆的話。但是我們做好準備了，不是嗎，勒納？」

埃里克森嘟噥了幾聲，將其解讀爲同意也不爲過。他能理解種種考量，但是同時又有東西梗在心頭，阻止了他。他若是銷毀文件，對施納普和布萊格—史密特而言只有好處，但是對他自己呢？事情一旦爆發，他難道沒有被流彈波及的危險嗎？或者，在他不舒服的感受底下還有其他東西在作祟？

「勒納，還有一點。庫拉索的證券讓我們坐立不安。根據布萊格—史密特的評估，如果丹麥這裡捅了漏子，別人可能從證券追溯到我們身上，到時候證券也會充公。我們已經找到了人，願意以低於當日行情百分之十的價格收購。所以我需要你的簽名，以便出示給庫拉索的銀行看。準確地說，我需要一份授權書，才能去保險箱把證券拿出來。」

「如果我想保留自己的證券怎麼辦？如果我能自己在股市裡以當日交易價格拋售，爲什麼非得把一千五百萬的百分之十轉讓給一個陌生人不可？請你好好解釋一下。」

「勒納，你應該知道我們必須同舟共濟，支持共同的決定，而現在你屬於少數的一方。」

埃里克森感覺到脖子肌肉繃緊起來，似乎有把斧頭懸吊在他的頭上方。所有的信號燈全部轉成紅色，不單是因爲施納普提出的請求，還包括他提出請求的時空背景。在這麼棘手的情況下，他怎能只是打個電話過來呢？事先也沒有任何警告？至少他們應該見個面，在和諧的氣氛下共同做出必要的決定。

難不成施納普和布萊格—史密特打算捲款潛逃嗎？他怎麼有辦法確定他們在面對種種的困難下仍舊會保留他的利益？他的股份不會忽然之間轉眼成空？

在這件事上，埃里克森必須相信自己的直覺和對人性的了解。不行，這團混亂並非因他而起，他絕不能爲此付出代價。這點無庸置疑。

「泰斯，我需要你的保證，白紙黑字，我才能知道自己的立場與處境。我還進一步希望你以市場行情收購我的卡勒拜克銀行證券，等你將同額款項匯到丹麥銀行後，就能拿到我的授權。你賣掉證券後，請快遞將所有單據送到我外交部的辦公室來。我還要你的書面聲明——這是給我的保障——也一起送來。泰斯，所有的東西沒拿到之前，我一根手指也不會動。」

電話另一端沉默了好一會兒，埃里克森清楚那代表什麼意思：施納普正處於盛怒當中。施納普終於開口說話後，聲音顯得有點沙啞。

「行不通的，勒納，你很清楚原因。我們沒有必要措施可根據市場行情收購你的丹麥證券。如果你執意將證券賣掉，結果就是體制外不受我們約束的大股東將有機會參與營運。他們會要求監事會的職位，在業務上涉入太深。不行，就是不行，我沒辦法同意這麼做。現在不是時候！」

「好。在這種情況下，如果我不同意你們殺掉少年，結果會怎麼樣？」

埃里克森在心裡數數兒。求學時期，施納普本來就不是動作最快的人，到現在始終沒改變。他雖然對於財經問題相當敏感，卻沒有創見，拿不出高竿的主意。埃里克森從經驗得知，施納普在談話時停頓越久，就表示他的處境越艱鉅。

不過這次停頓得相當短暫，連答案也很簡短。

「你說的是『如果』你不同意，但是，你一定會同意。」

語畢，他掛斷了電話。

接下來半個小時，埃里克森不讓任何人打擾他。

自從開始進行這件事後，埃里克森的卡勒拜克銀行A股價格上漲了百分之兩百五十。換句話說，他目前擁有一千四百七十萬克朗，這筆錢可供他在地球另一邊享受二十五年相對奢華富裕的生活。他不考慮帶上妻子，因爲她甘於市井小民心目中的理想生活：在巴勒魯普擁有一棟透天厝，一年到南方度假兩次。要讓她移居到其他地方比登天還難。對她而言，照顧因爲感冒而不能上幼稚園的孫子們，比什麼都重要。

不過他的妻子有沒有一起離開，反正也不重要。在這種時候，埃里克森身處被木嵌板和一大堆檔案限制了視野、積塵濃密的辦公室，清清楚楚明白自己沒有其他選擇了。如今噩耗接二連三劈頭襲來，艱難的決定大排長龍狺狺威嚇要求裁定，他顯然無法奢望施納普會出手援助。因此，他從辦公桌抽屜拿出一張名片，那是兩年前一個熱心急切的傢伙硬塞給他的。他們這種人以爲連在孩子慶生會上都能招攬到銀行客戶。

埃里克森打電話給這個從事暗盤交易的暴發戶，不到兩分鐘，對方便同意幫忙賣掉埃里克森的卡勒拜克銀行證券，佣金只要一般行情百分之六的一半，聽得出來他欣喜若狂。爲了四十四萬一千克朗，他很樂意親自走一趟卡勒拜克銀行總局，拿走保險箱裡的記名證券。

埃里克森心滿意足，雖然他據理力爭，仍可能無法避免失去庫拉索保險箱裡尚未掛牌上市的證券的風險。但是若不做好犧牲的準備，他將無法與其他人劃清界線。而他必須如此。

他從架上拿出一個透明資料袋，裡頭放了十五張紙，其重要性可比擬人壽保險。前幾頁是史塔克的人事檔案，包括聘用條件、履歷等一切的資料。其他還有從史塔克的筆電裡找到的資料影本，他把資料裡的內容加以美化過了。除此之外，還有一張史塔克繼女最後一次診療的費用清單，這張單子就放在史塔克辦公桌的抽屜裡。

之所以動手美化資料，是從史塔克失蹤後，警方前來詢問同事幾個問題而得到的靈感。詢問的過程短暫，沒有引起難過。警方的問題空泛膚淺，所以他故意給了可有可無的答案。不過，他們現在若是忽然又來詢問其他的問題怎麼辦？施納普和布萊格—史密特會不會將他推向火坑？

他若想毫髮無傷全身而退，就得羅織一個滴水不漏的故事。因此，經過愼重考慮後，他才會明智地拿掉史塔克筆電裡專門供應時鐘的微小鋰電池，稍微「修正」存在電腦裡的巴卡計畫資訊。

那是某天晚上他趁著妻子莉莉熟睡時在家進行的。就著書桌的燈光，他開啓了史塔克的虛擬世界。他遭遇了兩個使用者帳戶，一個署名「外交部」不需要密碼，另一個以密碼保護，名稱叫做「私人」。

不過幾分鐘，埃里克森隨即明白他們把史塔克解決掉是對的。史塔克的筆電中記載了巴卡計畫有違常態之處以及不合理的程序。雖然他的紀錄內容並未直接揭發違法情事，卻撒下了懷疑的種子，可能引起進一步的偵查。

史塔克無需接受這類考核實在是運氣好。

埃里克森花了整個晚上想要解開「私人」的使用者帳戶，卻沒有成功，他最後把筆電收到地下室，放在設置了地板暖氣的暖氣管門後。他若沒拿出來，可能也不會有人察覺筆電放在那兒。

兩年半後，史塔克的筆電又放到他眼前。電腦裡的資料清楚顯示可疑的巴卡計畫原本由埃里克森主導，但現在轉眼之間，幕後黑手變成了史塔克和……施納普。

所以，合理的做法是，他從檔案最後抽出一張紙，模仿史塔克饒富特色的字跡，在紙張角落寫上：「匯款給馬杜羅暨庫列爾銀行。」最後還留下施納普的手機號碼。

第十七章

馬可今夜又得露宿街頭。街道的灰色調逐漸感染了馬可，使他的心情也跟著低落。

網咖的老闆卡辛事先警告了馬可。有天他開著光澤耀眼的ＢＭＷ在藍德街上，發現馬可正在垃圾桶翻箱倒櫃找尋可吃的東西。在小舖找到食物的機會比大型連鎖超市來得多，因爲居住在合租屋的丹麥年輕人常常出沒在超市，他們阮囊羞澀，而且不太和人分享自己的收穫。社會最底層的經濟競爭既嚴峻又激烈。

「馬可，一堆無賴在找你。」卡辛從車窗喊道：「你在附近要記得睜大眼睛，最好是趕緊離開這裡。」

看來他們還沒有放棄。馬可眞不敢相信，他們竟然也埋伏在奧司特布洛等著逮他。但是他該怎麼辦？他還有好幾千克朗藏在艾維和凱的房子裡，沒有那筆錢，他哪裡也去不了。

他多次經過他們家和洗衣店，家裡的窗戶透出明亮的燈光，但是洗衣店的門上仍舊掛著「因病休店」的牌子。

凱顯然尚未痊癒。不過等他一康復、重新工作之後，馬可就能想辦法偷進屋子去。在那之前，他可能還得餐風露宿一陣子。他預估只要再一個星期，左拉的人應該就會放棄找他，以爲他已經離開哥本哈根了。

他遠離人群，留意突如其來的動靜，注意掛著外國車牌、暗色窗玻璃的車子，以及獨自或者兩人一組在城裡走動的外國長相男人。

星期六上午，一如往常般平凡尋常。奧司特布洛的居民準備迎接輕鬆的春日週末。

馬可依然每天經過洗衣店，卻是在對街緊挨著牆壁小心移動。店門始終關著。

他在威廉莫街街角一家歇業的店的地下室入口站哨。事情經過在他腦中反覆想了無數次。如果凱和艾維能幫助他，而不是將他逐出家門，那麼他對凱一定心懷愧疚，可是他們卻沒有伸出援手。他十分理解事情發生之後，他們心裡會充滿恐懼，所以沒辦法讓他再住下去。但是闖入他們家的人是誰？攻擊他們的又是誰？不是他啊！何況難道是他自願成爲左拉的奴隸嗎？是他挑中一個爲了避免和自己兄弟發生衝突而寧願犧牲兒子的爸爸嗎？

馬可抬起頭，繃緊了肩膀。不，他不需要有罪惡感，也毫無理由感到羞恥。雖然口袋裡沒有錢，身上發出惡臭，但是他無拘無束、自由自在。他不再偷竊，心裡清楚自己是誰，未來又想成爲什麼樣的人。眼下他或許還是個「吉普賽人」，可是等他克服了一切後，他就是他自己了。

他望著對街的房子，發現最底層那間公寓出現一張蒼白的臉龐，迅速消失在窗簾後面。不太對勁，這個念頭在他腦中一閃而過。這時，有一輛再熟悉不過的黃色貨車從菲司克丹街轉進來，朝他疾駛而來。

電光火石之間，他察覺到另外一輛車從奧司特布洛街的方向往這兒接近。他落入陷阱了。

他認出貨車駕駛座上的赫克特，頓時從震驚中清醒過來，拔腿沿著立普克街全力狂奔。

跑向哪裡？跑向哪裡？他發狂似地不停動腦，兩輛車也轉過街角，發出刺耳的嘎吱聲。克雷森街能遮蔽的地方不多，而且街道太寬，他必須先小心的跑到卡斯特路，找個地方躲起來。

他們在最不利的地方找到他，而且偏偏是在交通稀少、他自以爲安全的地方。他怎麼沒料到他們在那棟建築物裡安插了密探呢？

他聽見他們從搖下的車窗大聲吼叫要他站住，說不會對他怎麼樣。

他眼前出現卡斯特路上被圍欄、安全偵測門和安全柱層層防護的英國大使館。有輛轎車停在大使館前面，吸引了眾人的注意力。安全人員封鎖了通往駐軍公墓的小路，不准通行。一個安全人員就站在馬可面前，正和一臉老大不高興的司機交涉。若是在這一區違反交通規則，可不是鬧著玩的。另一位安全人員帶著一副不容妥協的神情，走向兩輛疾駛進入此街的車子，使得赫克特他們兩輛車子現在不得不趕緊煞車。

馬可往奧司特布洛街看了一眼。那兒距離他多次藏身的駐軍公墓太遠了。

兩位穿著防彈背心的警衛向他走來，要他立刻離開此地。

我也不期望他們能幫我，馬可心想，然後跑過他們身邊。他們可能不用幾秒就會指揮追補他的人通過那輛停著的轎車旁邊。他除了轉進狹窄的亞斯格·赫姆斯路沒命奔跑之外，別無其他選擇。他跑過井然有序的漂亮房舍，裡頭的居民大概只在電視上看過這樣的追逐。

後面傳來黃色貨車的煞車聲，車門飛快地打開。看來他們決心要達成任務了。

馬可邁開大步，繞過一條死巷底，有條小徑蜿蜒在房舍之間，直通一個圍著籬笆、鋪上柏油的足球場。一群外來移民的青少年正大聲吆喝追著球跑，幾個朋友在場邊吞雲吐霧，批評他們亂踢球。

「喂，幫我一下，快點，那些人在追我。」馬可氣喘吁吁說，腳下沒停繼續跑。

他的南歐面孔終於爲他帶來優勢。青少年們把菸一丟，踢球的人也突然中斷動作，整群人立刻準備面對追捕者。

馬可往碼頭區全力衝刺，一邊回頭看，赫克特和其他人正白費力氣和一大堆人纏鬥。

他不敢想像這場勢力懸殊的鬥毆最後會有什麼下場。赫克特和他同黨身上吃的拳頭，保證下次遇見馬可時，絕不可能輕易放過他。

根本不可以讓他們有機會再遇見馬可。

馬可在藍德街等待卡辛那輛藍色的ＢＭＷ，終於看見他駛過停在路邊的轎車旁。

卡辛一臉倦容，一看見馬可跳出來在路邊招手，猛然嚇了一跳。

「你怎麼還在啊？我不是告訴過你要趕緊離開嗎？」

「我沒有錢。」他垂下頭。「我知道自己向你借了錢，我並沒有忘記。」

「你不能去找警察嗎？」

他搖了搖頭。「我知道自己可以在哪兒過夜，這個不是問題。只是，你可以載我一程嗎？你是不是住在郊區？」

「我住在格拉薩克斯。」

「可以載我到烏特斯利沼澤嗎？」

卡辛傾身靠向副駕駛座，將座椅上一堆塑膠袋掃到底下。「開車經過城裡時，記得躲好。」

這是趟沉默的路程，兩個人話都不多。卡辛不想涉入太深，以免日後有人問起。

「附近商店的老闆都嚇死了，不希望你再出現在他們眼前。」他讓馬可上車後，只說了這句話。

馬可應該說什麼？他很清楚自己給這些人帶來的麻煩，那不是什麼值得驕傲的事。

行駛在快速道路，沿著湖畔開往史塔克房子的這段路程，馬可的良心反覆煎熬著。他不想再偷竊，可是史塔克的衣櫥裡有他能善用的物品，地下室還有洗衣機和一大堆裝了食物的玻璃罐，更遑論那鋪著整套寢具的床。對他這種處境的人來說，那裡簡直是天堂。

因此，星期天早晨起床時，他有種錯覺，感覺自己的生命開啓了新的樂章。光是華美的窗簾和灑進房間內的日光，便足以讓他誤以為展開了新生活。臥室裝潢漂亮精緻，對他而言簡直豪華至極。對於他未來想過的日子，又是多麼大的誘惑呀。

他伸伸懶腰，甩掉模糊黑暗的念頭。他很清楚自己不可以留在這裡，風險太大了。他們昨天在奧司特布洛差一點就逮到他，星期五在這棟屋子裡也險些被抓。若想防止事情再度發生，他就得暗中觀察他們，而不是敵暗我明。他必須搶先一步才行。

不久後，他坐在廚房裡吃著醃黃瓜，心裡一邊詫異這兒幾乎看不出有兩個女人曾經生活在此的跡象：沒有洗衣機、沒有品質優良的索林根、正廣、羅德凡或雙人牌刀具。以前他在其他類似的房子裡都看過，那些刀可以換得不錯的價錢。此外，這兒也看不出女性的氣息，沒有圍裙，沒有小擺飾。或許婦人和女兒搬家的時候把所有東西都帶走了。

不過，有個東西特別礙眼，那是一本躺在陶瓷磚上的畫刊。一本尋常的週刊，封面上是位慣常的美女，配上常見的健康與時尚標題。雜誌沒什麼特別，但是在屋子裡卻相當引人注意。

馬可站起來，走近看個仔細，正面印著二〇一一年四月七日星期四，所以大概出刊了一個月左右。

他蹙起眉頭。刊物哪裡來的？誰來過這房子？房子確實整理得一塵不染。蒂爾達和她母親還會定期過來看看嗎？她們會不會不久前才來過，在這裡泡茶喝，翻閱雜誌，最後離開的時候忘記帶走了？

他翻看了好幾頁，才把雜誌丟回桌上。這時，地上有個捲成一小團的透明塑膠套，吸引住他的目光。

他用腳尖碰碰那小團東西，薄膜翻開了一點，有個白色東西印入眼簾。他蹲下去，仔細把那東西攤平，原來是塑膠套上貼著的印刷標籤：「瑪蓮娜．克里斯多佛森」，底下還有地址：法爾比區史特林貝街。

克里斯多佛森？蒂爾達也叫這個姓氏。所以應該是她母親的名字，而史特林貝街正是她們的新地址。

房子比想像中大，黃色調，屋頂構造特殊，在一般的斜屋頂下連接著一個幾近垂直的平面，同樣覆蓋著屋瓦。這樣的結構根本不會給馬可家族那樣的人闖空門的機會。這一區的房屋雖然也有花園，不僅可藏身，必要時還能藉地形脫逃，但是房子與房子緊密相鄰，近到鄰居可以直接從窗戶望進另一戶屋裡。闖入者要不讓人發現也難。因此，馬可從樹籬缺口溜進去時，格外警醒留意。他迅速衝到深紅色大門，旁邊有兩個郵箱，看來這棟房子裡住著兩戶人家。上面的郵箱貼著風化的貼紙：「蒂爾達和瑪蓮娜．克里斯多佛森」。

馬可深呼吸了好幾回，往上望向漆成紅色的窗戶。上面就住在史塔克的繼女，她甚至很可能在家，畢竟今天是星期日。

要按電鈴嗎？可是他要講什麼？

他終於下定決心，手指顫抖地放在電鈴上，忽然間人行道傳來聲音，響起嘎嚓一聲。他本能倏地蹲在灌木叢後面。笑聲盈耳，兩個人影騎著自行車過來。可是從他躲藏的地方看不見對方的臉，只見他們下一刻即消失在屋角，似乎正在停放自行車。

第一個出現的是個黑髮女子，豔光照人，手裡拿著沉重的大購物袋。

「蒂爾達，妳拿出鑰匙了嗎？我的掉在那堆從跳蚤市場挖來的寶物底下了。」

隨之而來的笑聲聽得馬可的心都暖了起來。

終於看見蒂爾達時，除了微笑，他什麼也不能做。她是如此溫柔，有點削瘦而高挑，腳板不小，但是她伸直手把鑰匙遞出去時的姿態，宛如一位芭蕾女伶。

「妳眞是貼心。」蒂爾達打開門時，她母親說。

「謝謝，妳也是。」又是一陣咯咯笑聲，接著兩人走進了屋裡。

蒂爾達的臉龐深深印在馬可心裡，他想要細細回味她的五官。她的聲音觸動他的心弦，光是聽見她的銀鈴笑聲，心底瞬間洋溢溫暖，讓他想要好好記住她。

別忘了你爸爸殺了她的繼父！馬可警告著自己。他怎麼可以接近她？尤其是現在看過她的長相之後？尤其是看過尋人啓事上的她、莫名升起的情愫如今獲得證實的時候？

在他即使知道一切卻沒有採取行動之後，怎麼能接近她？

馬可慢慢從灌木叢後走出來，來到街上。眼前繽紛的房舍，襯托得他的心情更顯低落。不，這樣下去不行。他必須採取行動。雖然現實痛人心扉，她仍舊應該知情。這是他欠她的。因此，即使得舉發自己的爸爸，他最終也仍該去報警。

在史塔克家又過了一夜後，馬可在蒂爾達母親的衣櫥裡找到一件格子襯衫。他很喜歡這件衣服，也比身上的行頭更適合他。他又從走廊的衣帽間拿了風衣，在地下室的烘乾機找到了乾淨的內衣褲、襪子和長褲。

他審視著浴室鏡中的自己，頻頻點頭。看起來還不錯，至少與他打算要做的事情相匹配。現在欠缺的只剩錢了，這是最困難的事情。

他可以賣掉史塔克的東西，反正他已經不需要。但是這個年代還有誰會買舊衣服？用過的餐具和老舊家具一樣沒什麼賺頭，老電視和音響也算了。

但是，這樣也好，他才不會受到偷竊的誘惑。除了身上的衣服和半瓶的醃黃瓜——那算偷吃罪——他已經好幾個月沒偷東西。

他花了五分鐘光腳在屋子裡走動，感受柔軟的地毯，將這種觸感牢記在心中。擁有自己的家，被喜歡的物品圍繞其中，一切都屬於自己，應該就是這種感覺。

最後，他再次站在保險箱前面，心裡又湧現無法解釋的騷動。他跪在地上，聚精會神檢查門內側邊框的上方，忽然注意到數字和字母看起來不盡相同。在明亮的晨光下，他得以清楚辨識不同的灰階。A４是全黑色調，C４的邊緣有點模糊，好似是拿快沒水的簽字筆寫的。定睛一看，C６和F６與７同樣是在不同時間寫成。這組密碼顯然是逐漸增長的。他驚愕萬分，坐在地上，陷入苦思。這組字母和數字序列保護的可能不只一個東西，而是好幾個。

最後，他吃力地站起來，從後門離開房子。他在露台上站了好一會兒，若有所思觀察著石板的紋路。接下來的路，他想必得徒步行走了。幸好他運氣不錯，倉庫裡有輛自行車，可以先借用一下，他上次騎自行車已經是很久以前的事了。

馬可先在最近的圖書館停了下來，就在布朗斯霍伊區。他在借閱櫃檯附近坐了一陣子，一邊觀察來圖書館的人，一邊閱讀。有些人直接走向成人借書區，有些到童書部，又有些人則是先歸還之前借閱的書籍。他等待的就是這些人，因爲他們必須先出示健保卡掃描後，才能註銷借閱記錄。

他相中了一個同齡少年。少年大剌剌把健保卡放進皮夾，再隨意塞入書包前側，最後把書包粗心放在腳邊地板上，開始上網搜尋資料。有些人對自己的東西就是如此漫不經心，他心想。等到少年旁邊的電腦空出來後，馬可立即占上，隨便瀏覽某個網頁。

一個鐘頭之後，他把自行車放在距離目的地幾條街之外。博祿斯大道上的貝拉霍伊派出所比想像中還大一點，恐怖嚇人、醜陋不堪，水泥建築灰撲撲的，裡裡外外還擠滿了人。

馬可一輩子都在為非作歹、觸犯法律，所以第一次上派出所和警方接觸，感覺很怪異，何況還是自願上門的。他左顧右盼，過程出乎意料平靜，毫不戲劇化。眼前所見，盡是熨燙得整整齊齊的藍色襯衫配上黑色領帶，大部分的警察仍然相當年輕，他穿越自動門時，沒人抬眼看一眼。他進門時特意把頭偏向一側，免得被監視錄影器拍到臉。

除了馬可，還有兩個女人坐在長凳上等待。她們兩人騎著自行車，其中一個被搶了皮包，看她一臉倉皇失措，裡頭一定有很重要的東西。

馬可的心情受到影響。他坐在長凳最外面，拚命思考等下輪到他時應該講什麼。

他終於被叫到諮詢櫃檯，隨即逕自把史塔克的非洲項鍊和尋人啓事放在櫃檯上。

值班警察不解地看著項鍊和尋人啓事。

「我是受朋友之托來的。呃，這條項鍊是照片上這個男人的。」馬可解釋說，但是眼睛也沒有放過值班警員後面兩個正在敲鍵盤的警察。

他計畫告訴警察：有個朋友把項鍊交給了他，對方知道這個人已經死了，屍體埋在何處。朋友也指出誰埋了屍體，而且很可能就是兇手，可是他害怕到警察局。這時，馬可會出示從圖書館少年那兒偷來的健保卡。就算警方真找上了那個少年也無濟於事，但至少了解了一些狀況。接著從此以後，他們不會再見到馬可。

「你有什麼證明嗎，年輕人？」警察態度和藹親切。

要命！他事先沒想到這個，應該偷兩張健保卡才對！一張假裝是朋友的，一張是自己的。

「你知道我要看什麼，對吧？」對方繼續說。

馬可點點頭，拿出健保卡。

警察看了卡片一眼。

「謝謝，索倫。不過你應該知道我們必須先和你父母談談，因爲你尚未成年。把他們的手機號碼給我，我馬上打電話。他們必須在場，我們才能接著談。」

馬可的大腦高速運轉著。「噢，很抱歉，我想……不行，我背不起來，我爸媽老是換號碼。我手機裡有他們的號碼，可是放在朋友那邊了。」

警察微微一笑。「噢，沒有問題，我了解。你知道哪裡可以找到他們嗎？你有沒有室內電話號碼可以給我呢？公司的或者家裡的？」他看著馬可，露出詢問的目光。

馬可不知該如何是好，只能一言不發決定逃之夭夭。

「嘿，年輕人，你去哪裡？」值班警衛在他身後叫著。

馬可聽見諮詢櫃檯後面響起腳步聲。這時，有個便衣警察走了進來，向櫃檯後面一個警員打招呼。馬可背部立刻一陣冷顫，那正是他三天前在史塔克家見到的警察。他們兩個目光相遇了。

「哈囉，卡爾。」櫃檯後面的警員也打了聲招呼。

馬可迅速衝過自動門，拔腿狂奔。他還聽得到他們在背後呼喊，同時發覺停車場有兩個警察往他這邊看。但是等到他們明白發生什麼事情，他已經跳過建築物底端的籬笆，橫越草坪，再躍過另外一個籬笆。距離最近的街道大約一百公尺，史塔克的自行車就擺放在那兒的幼稚園旁邊。幾秒後，他踩上了踏板，騎向市中心，進入他熟悉的巷弄小路。

可惡，事情全搞砸了！他什麼都還來不及講！沒有說明史塔克的屍體埋在哪裡，也沒有說出是誰殺的。雪上加霜的是，那個在史塔克家裡發現他的警察如今也看見他了。

他對警方的估計若沒錯，他們絕不會輕易善罷甘休，這下麻煩大了。現在只希望監視器沒有拍攝到他。

目前最重要的是找到安全的藏身之地，一個能夠眼觀八方的地方，讓左拉的鷹爪、警方還有凱和艾維全都逃不出他的眼睛。藏在壁腳板後面的錢他一定得拿回來。

他騎到耶格路和波大道的交叉口，斟酌著該往哪個方向，要選擇瘟疫還是霍亂？眼下最安全且最適合守備的地方會是哪裡？奧司特布洛還是市中心？

他兩腿夾緊自行車，短暫停了一會兒，然後做出了決定。五點時，貨車將開到市府廣場接米莉安和其他人。倘若他能夠保持充裕的安全距離，就可以觀察到乞討的人有誰，哪些人又是被派來追捕他。

他在市府廣場找尋安全的地方停放自行車，因爲車子沒有鎖，他不希望被偷走。可是在丹麥交通最繁忙的區域，要找到這樣的地方並不容易。

就在安徒生城堡靠近蒂沃利那邊，他忽然注意到一棟龐大的建築物正在整修，外頭架滿了鷹架，建築物整個被遮蔽住。有個牌子上寫著：「工業局」。這是個大型的建築項目，他多次站在一旁等待貨車，卻從來沒正眼瞧過。

這不正解決了他的落腳處。

第十八章

卡爾整個週末過得很不好，精準地說，簡直是爛透了。星期六晚上米卡和莫頓辦了個派對，一方面是請朋友來慶祝他們的正式同居，大肆痛飲一番，另一方面是想要奢侈一下，花點在拍賣網站賣掉莫頓摩比模型收藏所賺來的錢。

「他賣了六萬兩千克朗耶！」他們拿小紙傘裝飾雞尾酒杯時，賈斯柏至少講了十幾遍。他看起來迫不及待想衝到閣樓，翻出他的機動人拿去拍賣。

六萬兩千克朗，這世道眞是瘋得可以了。

因此，昨晚大量供應葡萄酒、啤酒、各種裝著五顏六色液體的瓶子，羅稜霍特公園旁這個地點從未出現這麼多酒精飲料。還不到十點，肯和住在五十六號的鄰居已不支倒地。卡爾、莫頓、米卡和他們幾個爛醉如泥，興致高昂哼著歌並手舞足蹈的同志朋友則是撐到午夜。

卡爾多次拒絕一個穿著緊身褲、皮帽瀟灑斜戴著的四十歲男人後，搖搖晃晃經過輕柔入睡的哈迪身邊，打算走上樓。樓梯前，米卡和莫頓緊緊交纏，相擁而舞。

「夢娜的事情，我很遺憾。」米卡咕噥說，拍拍卡爾的肩膀打氣。

「沒錯。」莫頓接著說：「我們會想念她的。」

他見到他們的頻率有多少？一個星期兩次？

他們該不會以爲他會感謝這番鼓勵的言論吧？

卡爾星期天醒來，整個人宿醉得難受，嘴巴味道像隻死老鼠，心情懊悔又悲愁，感覺惶恐不安。

「嘿，卡爾，別像個懦弱的膽小鬼哀天哭地的。」他嘀咕著，但是無濟於事。他頭痛得越劇烈，腦袋就越清醒，羅森．柏恩和夢娜．易卜生一定是天文學家帝谷．布拉赫（注）的後代，尤其是夢娜，這些人行囊裡只裝了災禍和不幸。

他就這樣躺在床上好幾個小時，一下熱，一下冷，一會兒垂頭喪氣，聽天由命，一會兒又充滿仇恨。

卡爾，你還沒有和她談之前，絕對不可以又病了。他對自己說了不下十幾次，卻始終無力拿起電話。樓下的客人逐漸從酩酊大醉中醒來，慢慢離開，走進明亮的五月天。

卡爾又睡著了，一直睡到隔天星期一都沒有下床。

「阿薩德，可以過來一下嗎？」他喊道。

沒有回應。

難道他又跪在跪毯上，面朝麥加的方向？卡爾看向時鐘。不，時間不對。

「阿薩德！」這次口氣更重了。

「他還沒有回來啦。你是不是什麼都不記得了？腦袋空白得這麼糟糕嗎？」

注 帝谷．布拉赫（Tycho Brahe）：生於一五四六年至一六〇一年，爲丹麥貴族，也是天文學家，一五八三年曾出版《論彗星》一書，提出一種介於地心說與日心說之間的理論。

卡爾抬起眼。蘿思站在門邊挖鼻孔，很不雅觀。「回來？從哪裡？」

「他去史塔克的銀行。」

「看在老天的份上，爲什麼？」

「他與遺產法庭和幾個國稅局的人談過。」

他媽的眞該死，她爲什麼無法給他簡單又清楚的答案？爲什麼和她講個話總是如此累人？

「蘿思，你們又探聽出什麼了？我從妳臉上看得出來。」

她聳了聳肩。「我打了電話給瑪蓮娜．克里斯多佛森。我們運氣好，她和女兒兩天前才從土耳其回來。」

「很好。可以說服她過來一趟嗎？」

「嗯，我想沒問題。應該是明天。」

卡爾搖了搖頭。「哈利路亞，她顯然眞的很關切這件事情。」

「是的。若不是她一整天要陪女兒在醫院檢查，可能兩個小時後就會過來。應該讓她們稍微喘口氣。」

「好吧。不過，阿薩德的行動和這有什麼關係？」

「他回來後你就知道了。」

五分鐘後，阿薩德上氣不接下氣出現，黑色卷髮橫七豎八亂翹，顯示他剛才確實風塵僕僕在外辦事。

「卡爾，蘿思和史塔克的女友聊過之後，我們兩個都認爲事情不對勁。」

噢，是嗎？爲什麼他絲毫不驚訝？

「她說史塔克爲她女兒蒂爾達支付過好幾次昂貴的治療，時間長達五年，一直到他失蹤才中斷。他付出的金額明顯比收入還多。」

「史塔克繼承了財產，不是嗎？」

「是的，卡爾。不過那是在二〇〇八年他失蹤那年才繼承的。但是治療八百年前就開始了，早在二〇〇三年。他為此投入的金額比他銀行戶頭裡的錢多了快兩百萬克朗，我們向銀行確認過了。我一開始以為他去貸款，等他繼承遺產後就會還錢。但是事實並非如此。」

阿薩德覷起眼睛，滿懷期待。每次他只要掌握大有希望的案件，就會出現這副神情。卡爾嘆了口氣。這個星期的開始眞是令人難以忍受。

「好吧。蘿思，請解釋一下蒂爾達的治療和金錢狀況。」

蘿思雙手抱胸。啊哈，看來免不了一番冗長的說明了。

「蒂爾達罹患一種慢性疾病，克隆氏症，腸道會不斷發炎。瑪蓮娜說史塔克非常關心病情發展，並積極介入治療，投注的心血令人難以置信。若是外科手術切除生病的腸道或者服用腎上腺素藥物等現行治療方式成效不彰，他絲毫不厭煩投入更多的費用和精力，讓她接受另外的治療。」

「謝謝，但是妳沒有回答我的問題，蘿思。怎麼會出現兩百萬？何時出現的？那可是一大筆錢吶。」

「克隆氏症無法治癒，但是瑪蓮娜暗示說史塔克企圖要找到唯一眞正的治療方法。蒂爾達住過哥本哈根和加州傑克森威爾的私人醫院，也去德國接受同類療法、到中國針灸。史塔克還付錢讓人從豬腸裡取出活生生的寄生蟲幫她進行治療。總之，用盡一切想得到的方法了。瑪蓮娜估計，他們在一起的五、六年間，大概花了兩百萬克朗。」

「兩百萬克朗，一定是搞錯了。」

「沒有錯，卡爾。」阿薩德將一疊匯款單推到他面前。「款項是從史塔克的帳戶轉出的。」

「好。所以結論是？」

蘿思一笑。「史塔克要不是世界上最佳的撲克牌手，就是亞瑪格島的賭場遇到了手氣超順的客人，否則還能有什麼呢？」

「蘿思，妳話說得眞曖昧。」卡爾蹙著眉反駁，「不過，妳能證明他的錢眞的不是靠這種方法賺來的嗎？」

「何不說史塔克弄來一大筆錢，然後轉匯了出去，卻沒向任何人說明呢？」蘿思說。

卡爾轉向阿薩德。「國稅局的狀況如何？蘿思說你找相關人員談過，他們應該收到了所得證明。」

阿薩德搖頭否定。「沒有。在那段可疑的時間裡，他們的紀錄沒顯示史塔克曾經調過薪，也沒有人調查過他的財務狀況。他們應該不知道轉匯一事，因爲持續存入戶頭的金錢往往只放了幾天，就分毫不差支付出去。」

「而且像他這種一般的受薪階級也很少受到例行抽查，對吧？」

阿薩德點點頭。「還有，他退掉的那個銀行保險箱也讓我心生疑惑。瑪蓮娜提到他從保險箱拿了首飾回家，裡頭有他父母的結婚戒指。蘿思當然立即追問是什麼材質的首飾。」

「是的，瑪蓮娜向我保證她沒有親眼見過戒指，我相信她沒有說謊。所以發生闖空門事件時，沒有申報首飾失竊。她沒有辦法描述首飾的樣子，基本上甚至無法證實首飾眞的存在。」

「史塔克也可能在另外一家銀行承租保險箱，把東西放在那兒，或者是賣掉了。」

阿薩德緩緩搖著頭。「我不這麼想。瑪蓮娜認爲首飾確實存在，也沒有被偷走。史塔克一定把它藏在屋裡某個地方。她說，她依舊希望他有天會回來，自己把東西拿出來。」

卡爾注意到阿薩德眉間深深的皺紋，顯然認爲她的想法太天眞。

「卡爾，你現在終於發現了吧？」蘿思問道：「這是前所未有的醜聞吶！」她塗得粉白的臉龐像顆省電燈泡一樣發亮。卡爾還學不懂怎麼判別那是因爲滿足或者單純只是因爲激動。

「盤根錯節的案子。」蘿思又說：「瑪蓮娜深愛威廉．史塔克，她的愛也得到了回報，而且擴及她的女兒。史塔克爲了她女兒，簡直付出一切。但忽然之間，他竟毫無理由就消失無蹤了。」

「爲什麼瑪蓮娜相信他還會回來？他若是毫無理由失蹤的話，很可能已經死了。那樣一來，絕對不可能回來。她會不會頭腦不太清楚啊？或者，導致他失蹤的人其實是她？嚴格說來，我們畢竟不清楚他從非洲回來那天有沒有回家。徹底調查過瑪蓮娜在史塔克失蹤前後的行蹤了嗎？你們知道嗎？」

阿薩德來回撫弄著桌緣，顯然神遊在外、心不在焉。因此回答的人是蘿思。

「房子被徹底搜查過，警方甚至帶了狗去，但是沒發現花園裡有新翻土的掩埋跡象，房屋近期也沒有整修。如果他的屍體埋在外頭，而且如今可能還在原地的話，警方兩年半前可能眞的疏忽了關鍵。」

「呃，」阿薩德再度打開話匣子，「我認爲瑪蓮娜寧願史塔克活著回來，也不願意他死掉。除非他在鞋盒裡藏了一千萬，瑪蓮娜可以因此獲利。不，我認爲這案子另有隱情。這個人原本應該在非洲停留好幾天，卻反而提前飛回丹麥。理由是什麼？難道他有東西必須賣掉嗎？陷入非法鑽石交易，需要回國見某個人，而那個人最後把他給幹掉了？還是從頭到尾不過是樁意外？他因爲身體不舒服，不小心跌落在家門前的湖裡？我不認爲是這樣，因爲湖也徹底被搜尋過了。」他搖了搖頭。「可能性太多了。不過，最關鍵的問題在於：他離開機場後，到底發生了什麼事。這點我們必須查清楚。」

卡爾點頭。「蘿思，妳下次和瑪蓮娜談話時，我要在場，清楚嗎？在這之前，妳去調查她的背景，找她的同事問話，還有史塔克失蹤時蒂爾達住的那家醫院的醫護人員，詢問他們對瑪蓮娜的看法，對史塔克又有何觀感？」

接著他又面向阿薩德。「而你，阿薩德，仔細檢查匯款明細，查清在丹麥銀行於史塔克授權下轉出大筆款項的日期之前，是否發生某種犯罪情事？誰又曾經和他聯繫過？我想到所有的可能：毒品、搶劫、走私。」

「其他還有對我們可能有所幫助的小事嗎？」蘿思問：「我們要不要也立刻著手查證甘迺迪謀殺案，或者『化圓爲方』這道數學難題啊？」

阿薩德不住竊笑，用手肘戳了一下蘿思的腰際。卡爾嘆了口氣。

「沒錯，在我前往貝拉霍伊，找當年調查史塔克家入侵案的同僚談談之前，還有一些話想說。」

蘿思認命地注視著他。

「親愛的朋友們，我百分之百確定你們抓出眞正有問題的案子，幹得很好。」

四下安靜得地上掉根針都聽得見。

他們總是稱呼韓森副警官叫「響尾蛇」。他也確實不違其名，眼神帶刺瞪著卡爾，不見再次相會的喜悅，嘴裡也迫不及待竄出特有的嘶嘶聲。他們兩個很久以前曾經一起在街上巡邏兩個星期，那段時間很不好過。

如今附近別墅區若有無賴刮破昂貴汽車的烤漆，或是闖空門的人滿載而歸，韓森會親自派出巡邏車。雖然不能說史塔克家的入侵案損失慘重，不過因爲這棟房子牽扯到其他的調查，因此他得到指示必須徹底偵辦。假設證據顯示入侵案和史塔克失蹤有關，就必須確實查證清楚。

「你爲什麼不能打個電話過來就好？」韓森問道，眼睛沒有從正在閱讀的報告上移開。

「我要是知道你和這件案子有關，會直接送電報過來。」

韓森的嘴角掠過一抹不易察覺的微笑。「你沒有看過報告嗎？那是我親筆寫的，還簽了名！」

「有那麼多叫韓森的好人，我怎麼可能馬上就懷疑撰寫人會是你？」

響尾蛇往上一看，開口說：「你還是那個愛拍馬屁的人，是吧？」

「不說笑了，韓森。我是爲了史塔克失蹤後第一次的搜查報告來的。我把報告和你的一比較之下，立刻發現屋子被人闖空門後沒有遺失任何東西。很奇怪，不是嗎？說實話，你們在入侵案發生後的調查工作做得多徹底？沒有東西遺失嗎？鞋盒？記事板上的紙條或者倉庫裡的籃子？」

「如你所見，當初我允許自己帶上總局一位同事，他第一次調查的時候就在場了。我們和瑪蓮娜·克里斯多佛森從頭到尾一起把房子走了一遍，我告訴你，我們察看得相當周密。我們上到閣樓，仔細翻找所有的抽屜，也檢查了花園、地下室，但什麼東西也沒丟。入侵者應該要把昂貴的音響設備、銀製餐具和電動割草機帶走，但是沒有，所有物品都在。」

「指紋呢？」

「沒有。」

「行家幹的？」

「是的，我們也是如此推測。這點也寫在報告裡。」最後一句話聽在耳裡有點刺耳。「可惜鄰居婦人對犯人的描述派不上用場，太過籠統了。她說其中一個犯人膚色比其他人還黑，卻不是非洲人或巴基斯坦人那種黝黑，也不像土耳其或中東地區來的人。她的證詞說了等於白搭。」

好，這就是鄰居給韓森的說法。問題是，卡爾是否有辦法挖出更多細節。

「你們的結論是什麼？入侵的方式和動機呢？我好像找不到相關紀錄。」

「卡爾，我只記錄事實，我們不像你是個說故事高手。」

「現在你又不是在做筆錄，而是在敘述過程。所以，你有何結論，韓森？我需要一位闖空門專家的看法。」

韓森微微坐直身子，將淺藍色襯衫塞進褲子裡。他顯然不太習慣接受奉承。

「其一，有人從報紙得知史塔克失蹤，誤以為沒人在家——這類闖空門形式司空見慣。想想訃聞就好了，上頭清清楚楚註明家屬不在家的時間；或者是那些在臉書上到處炫耀自己外出旅行的地點、出發時間以及要出門多久的白癡。他們前腳才出門，房子馬上就被搬空。」

「其二呢？」

「要不然就是在尋找特定東西的人。說實話，我認為後者的可能性比較大。」

「為什麼？」

「因為入侵者在屋內待了整整一個小時，卻只集中找尋屋子特定的地方。感覺他們像是以前就到過那兒似的。」

「為什麼你會這麼想？」

「親愛的卡爾老友，否則那些人應該會把抽屜都翻過來，也不會放過其他可能藏東西的地方。但是，他們卻目標明確，割破床墊，把家具推離牆邊，檢查後面有沒有塞東西，或者安裝了什麼。你不由自主就會感覺那些人一定知道房子的某些事。」

這正是卡爾想聽的話。他道過謝後，離開韓森的辦公室。接下來要去拜訪史塔克那位鄰居，他想親口聽她描述犯人的樣貌。

但是，人算不如天算。

他走到警衛室，想和櫃檯後面以前一位同事打聲招呼，目光卻落到門旁邊的少年身上。

卡爾立刻知道自己看過那雙眼睛。

怎麼可能？卡爾還在思考，少年卻像被毒蜘蛛螫到似的奪門而出，轉眼逃走，完全不理會值班警員的呼喊。

卡爾跟著衝出去，眼看少年跑到建築物盡頭，跳過籬笆，消失在胡果街的方向。

「站住！」卡爾對著他喊，當然徒勞無功。

「那是誰？」他問值班警員。

對方聳聳肩，把健保卡拿給他看。

「上面寫著索倫．史密斯。」

卡爾歪著頭。「嗯，他看起來不像叫索倫這個丹麥名字的人。」

「沒錯，他講話也不像叫索倫的人，有點難以辨認的口音。不過也有可能是長大後才被收養的。我打個電話給他父母，到時候就知道這孩子有什麼事。他把健保卡拿給我們，我有印象他說是替朋友來報案的，還有這個東西是他朋友的。」

他指著櫃檯上那張尋人啓事和非洲風格的項鍊。

卡爾目瞪口呆，萬分震驚。

「我眞是不敢相信。」他低聲說。

他把手放在值班警員肩上。「你不用打電話，我現在就過去他們家。這些我帶走，可以嗎？」

尋人啓事
Marco Effekten

這棟房子和西北區參差不齊、緊密相鄰的住宅區相較之下，簡直漂亮得不可思議。誰會相信在這個城市規畫得亂七八糟的地方，竟有一棟衍架屋構造的田園農舍隱身在玫瑰叢後面？

出來應門的婦人沒那麼恬適放鬆，顯然不習慣接待不速之客。

「有事嗎？」她狐疑地上下打量卡爾，讓卡爾感覺自己像鼠疫。

他從褲子口袋拿出警徽，但婦人的表情沒有因此鬆懈下來。

「我找索倫，他在家嗎？」雖然知道少年才剛離開派出所，現在不可能已經回到家，卡爾還是開口問道。

「是的。」她的聲音透露著不安。「什麼事？」

簡直是魔法呀!或者少年的自行車就放在派出所附近，否則他不可能人在這裡。「請別擔心，我只想找他問幾句話。」

她不情不願領他進入客廳，叫了少年好幾聲，最後甚至還親自上樓，顯然得費心將他從電腦前拉開才行。過了好一會兒，他才不高興地嘟噥著跟她下樓。或許她可以設法讓賈斯柏離開他心愛的玩具，卡爾心想。

門邊出現一位尋常的丹麥少年，淡黃色頭髮，絕對卡爾不是要找的那個人。

「你丟了東西，對嗎？」他把健保卡拿給少年。

少年猶豫不決，最後才接下。「欸，嗯，您在哪裡找到的？」

「我比較想聽你說爲什麼健保卡沒在你身上。你借給別人了嗎？」

少年搖頭否認。

「你確定嗎?半個小時前在貝拉霍伊派出所，有個少年幫朋友報案時出示了這張健保卡。那個朋友是你嗎？」

「不，不是我，眞的不是啦。卡片放在皮夾中，皮夾在布朗斯霍伊圖書館裡被人從袋子裡偷走了。我想我甚至知道是誰幹的。您也找到了我的皮夾嗎？裡面有一千一百二十克朗。」

「可惜沒有。你到那兒去做什麼？這個時間不是應該上學嗎？」

年輕人一臉受辱的注視著他。「我們要寫專案論文，您聽過嗎？」

卡爾不解地看了索倫母親一眼，她的肩膀已經不像先前繃得那麼緊了。

「小偷長什麼樣子，索倫？可以描述一下嗎？」

「他穿了件格子襯衫，不像是丹麥人。皮膚沒有很黑，但顏色也不淺，比較像是南歐人。我去過葡萄牙，那裡有很多這種長相的人。」

卡爾肯定那就是剛才在派出所和星期五在史塔克家看到的男孩。

「你評估他大概幾歲？」

「沒有概念耶，我沒有正眼看過他。他的身子有一半幾乎被電腦擋住。大概是十四或十五歲吧。」

卡爾不是第一次來到位於布朗斯霍伊廣場的圖書館。早期他們的巡邏車曾被派來逮捕一位喝醉鬧事的人，他在圖書館的唱片區玩擲飛盤的遊戲。雖然已經是多年前的事情，圖書館也經過整修美化，不過這兒還存有貝拉電影院的影子，和其他許多藝術電影院一樣，這兒也不得不消失在時代的潮流裡，讓位給超市或者如眼前這般的銀行和市立圖書館。

「我想您應該詢問莉絲貝，她有時候會擔任我們部門的代理人。」借閱處的小姐說：「現在她人就在館內。」

約莫過了十分鐘，才出現一位滿臉困惑的女士。不過等待是値得的。

莉絲貝女士神采奕奕，渾身閃耀光采，讓人一見也立刻蓄滿能量。成熟、自信，目光坦誠直率。如果夢娜是認眞提出那個可笑的建議——他仍舊不希望如此，即使她可能還會拒絕他——可以確定的是，他將不會是最後一次來這間圖書館。

「剛開始，這裡請假的人特別多，所以我們會來替補支援。我來此協助才一個月，自然很想向同事證明我們不吝全力以赴。」

是的，根據卡爾的觀察，她當然沒問題。

「我知道您說的那位少年是誰，因爲我比您想像中還要認識他。然而，我很意外竟然也在布拉霍伊這裡見到他。」

「所以您以前經常看見他，只不過是在別的地方？」

「是的。我實際上是奧司特布洛區達格·哈馬舍爾德大道上圖書館的副館長，他每天都來，連續好幾個月。」

卡爾露出微笑，很高興能夠同時得知這個訊息和莉絲貝的個人資料。「太好了。或許您還記得他的名字？」

她搖了搖頭。「他雖然每天到圖書館，但來的時間不一定，而且總是馬上就坐下來看書或在電腦上查資料。他從來沒有借過書，所以我們沒有要求他出示證件。」

卡爾仔細聆聽，同時探測她那雙坦率的藍眸底下隱藏了何種訊息。她在和他調情嗎？或者只是想強調這次美好的相遇讓她心情激動？

「我覺得他是個很棒的孩子。我和同事一致認爲，從來沒看過他那個年紀的人有如此旺盛的求知欲。有個同事甚至在他把閱讀過的書籍放回架上後，還不辭辛苦去找他究竟看了哪些書。」

眞是個有趣的轉折點！看來她喜歡那個少年。

「他在布拉霍伊這裡做了什麼呢？」

「他只是過來坐在那邊，讀了一會兒科技雜誌，就走到電腦區。我不知道他在那兒待了多久，因爲我去替換另一個同事的班。」

「在您另外那個圖書館，有人抱怨過遭扒竊嗎？」

她一臉驚訝。「您爲什麼這樣問？您懷疑他嗎？我無論如何也無法想像他會做出這種事。」

這個回答就夠了。她若是無法想像這種事，他最好不要破壞少年在她心目中的形象。

他搖搖頭。「您提到奧司特布洛有個同事很好奇少年讀了哪些書，我希望能和她談一談。您知道該如何找到她嗎？她現在會不會在上班？」

「黎瑟洛特正在休產假，不過我可以找出她的聯絡方式。請稍候一會兒。」

卡爾望著她裹著緊身裙的臀部和搖曳生姿的步伐。老天啊，他眞希望夢娜今晚會打電話過來和解。

黎瑟洛特·布利克絲眞的懷孕了。應該這麼說，卡爾沒辦法不像個糟糕的沙文主義者去描述她的驚人腰圍。

她聽到他說明來意後，大大吃了一驚。她的家已布置完成，隨時可迎接新生命的降臨，幫寶適尿布擺好在架上，角落裡放著附有頂蓬的搖籃和電動嬰兒玩具，萬事具備。

「希望少年沒做什麼不好事。他眞的很可愛。」她拍拍隆起的肚子說：「我若知道他的名字，會拿來爲兒子命名。」

卡爾微笑說：「別擔心，我們之所以要找少年，是因爲我們相信他或許能提供我們一樁失蹤案的重要訊息。」

「天啊，好刺激。」

「您的同事莉絲貝說您經常察看少年看的書。」

「沒錯！書種豐富多樣，令人難以置信。而且他從未察覺我們多麼著迷於他。那是種莫名的魅力。」

「他看了哪些書？」

「啊，各式各樣的書。有一陣子看的都是教學形式與進程方面的，接著閱讀所有『未來我要做什麼？』的書籍，還有大學錄取準則與高中畢業考相關手冊。其他日子讀的是有關丹麥與丹麥人的書，社會學、內政、丹麥現代史等等。不過，他也看《正字法字典》、歌劇導覽、丹麥名人錄，或者與吉普賽人有關的辛提人和羅姆人資料，另外還從架上拿下司法制度、生物學和數學等書。他的好奇心沒有盡頭，就他這種年齡的男孩來說，相當罕見。他也讀小說，以前的丹麥作家。而他從來沒有把書借出館外過，很奇怪，對吧？」

「您知道他爲什麼不外借嗎？」

「我不清楚。不過他很特別，與眾不同。他雖然看起來不像『典型的』移民，不過多少應該有關，也許是辛提人或羅姆人。我們推測他家裡應該不贊成他培養閱讀嗜好。」

「辛提人或羅姆人？」

「是的，因爲那身漂亮的肌膚和深色卷髮。不過也可能是西班牙人或希臘人，只是口音不太一樣，或許比較接近美國腔調。」

「啊哈。」

「引人注意的是，他的口音越來越不明顯，丹麥話越說越好，詞彙量也逐漸增加。他吸收知識的方式感覺有點像自閉症患者。」

「如果我沒猜錯的話，他身邊沒有大人作陪？有沒有其他事物能顯示他的交友狀況？或者他屬於哪裡？」

「沒有，至少我不知道。」她的眉頭不由自主高高抬起。她肚子裡的胎兒可能正手舞足蹈著。「不過，他就是很可愛。」

「您知道他是否還去達格．哈馬舍爾德大道的圖書館嗎？」

「知道，我每天都會打電話給那兒的一個朋友。不過，我想他最近幾個星期應該沒再出現了。但是您最好親自詢問那邊的同事。」

第十九章

「沒錯，羅森，確實如此。我從貝拉霍伊把證物拿回來了。我們現正著手進行調查威廉·史塔克案。」

馬庫斯的暫時繼任者雖然點了點頭，看起來卻反而寧願搖頭似的。典型的羅森。他打死也不願意顯現自己內心的起伏，但別想躲過卡爾的眼睛。

「好。」羅森回答，其實另有所指。「貝拉霍伊的韓森說你沒有和那邊的同事談妥，就從櫃檯拿走東西。你應該很清楚這個流程有爭議，因爲那些東西與發生在那區的入侵案有關。不是嗎，卡爾？」

「是的、是的，這個韓森眞是大嘴巴。案子牽涉到一個兩年半前失蹤的男子，而那應該不屬於響尾蛇的專業領域。他若是想將自己爬蟲類的目光投射在非洲項鍊和尋人啓事上，只要過來一趟，我很樂意給他看。長話短說：我要接收這件案子。」

「接收？你嘴裡難得吐出象牙，卡爾。」羅森咧嘴一笑，露出自以爲迷人的潔白牙齒。「你說見過那個少年兩次，第一次是在史塔克家，第二次是在貝拉霍伊派出所，兩次都被他跑掉了？是的，卡爾，大家都看得出來你確實是接收了。」

「你夠了。我會和少年聯繫上的，只是時間早晚。你現在可不是和你組裡的呆子講話。」

羅森在馬庫斯的辦公桌後面挺直上身。錯誤的人坐在錯誤的位置上——沒有比這個錯得更離譜了。

「你倒是想想自己在和誰說話，卡爾。不過，好，這次我就不追究。我們繼續吧。我思考過應該重新安排懸案組的工作內容了。當然，你仍然繼續當組長，這點無庸置疑。只不過最近兩年你們的業務內容和我們組內有諸多重疊，馬庫斯和我覺得很干擾。」

坐在椅子上的卡爾猛然往前一靠。

什麼？再說一遍，現在是怎麼回事？

卡爾接過阿薩德那杯散發潮溼大麻味的雕花杯子時，雙手仍因氣憤而不住顫抖。他束手無策地盯著看起來像毒藥的黏稠飲料，和味道比起來，外觀算是沒有傷害性了。

「別擔心，卡爾。」阿薩德說：「我們繼續查下去，而且也不會搬到三樓。我不會爲羅森工作，這點我會處理。」

卡爾抬起頭。「噢，是嗎？你該不會眞以爲自己有這份能耐吧？何況我若可以接受提議的話，你憑什麼插手？難不成這是你幫他看房子談定的一部分協議？」

阿薩德眼睛閃避了一會兒，就像在最後一刻後悔萬分的罪犯，差點坦承自己的犯行；或者像是個不願意承認正陷入熱戀的少年。

「我不知道你說接受提議是怎麼意思，不過我會處理的，卡爾。羅森會聽我的話。」他靦腆笑了一笑，打算蒙混過去，但其實心知肚明這個問題尚未結束。

阿薩德臉上忽然閃過一絲調皮的笑容。看來他又要講駱駝的故事了，卡爾早已摸熟他的脾性。

「重點是，你應該記得那個以爲自己是鴕鳥的駱駝故事，牠受到驚嚇時，會把頭埋進沙子裡不聞不看，蒙蔽自己。」

卡爾無奈地搖搖頭。撒哈拉沙漠早已容納不下阿薩德一直拿來煩他的眾多雙峰駱駝和單峰駱駝了。

「要命，阿薩德，你究竟想說什麼？」

「很簡單吶，卡爾，只要持續堅持自我以及應該做的事情，就不用冒險蒙蔽自己。」

「謝謝你的提醒。但事實上別忘了我不是駱駝，阿薩德，我也不了解這種動物的智力。不過我想告訴你，我覺得你才是那個把頭埋在沙裡的人。你不認爲差不多應該說明一下，爲什麼羅森忽然憑空將顯然缺乏基礎知識的你安插到這兒來嗎？爲什麼你能瞬間展現一般人要花上好幾年功夫才擁有的能力？我如果想要得到答案，必須問你，還是羅森呢？」

阿薩德眉頭深鎖。卡爾察覺到他伸進褲子口袋裡的手正握緊了拳頭。

「怎麼回事啊？」蘿思刺耳的聲音響起。「這裡感覺像電流中心似的滋滋作響。」

卡爾不耐煩地看了她一眼。「羅森那個混蛋宣布說阿薩德今後將爲他工作，我們兩個則要搬到三樓去，而現在阿薩德聲稱他可以說服羅森。我正在問他爲什麼以爲自己有這樣的權力。」

蘿思點了點頭。「那你回答了什麼，阿薩德？」

阿薩德褲子口袋的隆起逐漸弭平，顯然逃出剛才的質問了。他媽的該死。

「羅森和我以前有段共同的經驗，所以他欠我一個人情。我們是在中東一項任務中認識的，細節我無法告訴你們。我沒有辦法。」

「你是沒有辦法，還是不願意？」

「嗯。」他只說了這麼一句。

十五分鐘後，麗絲打電話給卡爾，說明阿薩德在羅森的辦公室裡，可敬的卡爾副警官若是方便的話，請上來一趟，蘿思也一起。

「我不喜歡阿薩德和蘿森之間的關係，卡爾。」走上樓的時候蘿思說道。「你對此有何感受?他們兩個究竟怎麼回事?」

卡爾眼睛倏地大睜眼睛。她竟然關心他的感受?哇喔，他一定要在日曆上特別將今天標註起來。

「我……」他才要開口，她又搶話說。太陽底下沒有新鮮事。

「我感覺很不好。」

然後她就陷入沉默。

剛才兩個小時裡，羅森的辦公室裡出現了許多變動。麗絲和其他同事顯然對櫥櫃和架子發動意外攻擊，所有的東西幾乎清空，還有位工匠正把一塊大白板固定在馬庫斯本來貼案發現場照片的牆面上。

阿薩德坐的那張椅子鐵定是從警察總局局長身邊搬來的。但願是未經他同意擅自取來，這樣就有意思了。

「阿薩德和我稍微聊了一下所有的事情。」羅森開啓話題。「他似乎不願意接受我給他的提議。」

阿薩德立刻點頭，心情顯然不錯。看來那項提議不是特別吸引人，卡爾心想。卡爾現在對任何事、任何人都沒有興趣，週末宿醉的惡果還在他腦中隆隆作怪。

「我不願意破壞阿薩德的生涯規畫，以及你們的例行工作，只希望你們三位能夠記住懸案組歸我管理，因此我有必要監督你們底下的行動。」

卡爾看著蘿思，她已經開始渾身冒刺了。

「從私人經濟活動可以得知，大型企業都會聘用所謂的控管員，監督各部門的效率。在我們這裡，測量效率的原則有二：一個是各個組別的破案率，謝天謝地，你們表現得還可以。」

這個白癡眞應該上刀山下油鍋，卡爾心想。還可以！他媽的這傢伙貶低我們，用意爲何？

但是卡爾還來不及開口，又被蘿思搶先一步。「所謂的凶殺組偉大的組長，我可以想像您絕對能成爲懸案組了不起的主管，您一定能搞得超好。」然後她倏地轉向阿薩德，用力一吼：「而你，阿薩德！你怎麼回事啊？你難道已經認爲自己不需要讓座給站在一旁的女士了嗎？」

阿薩德嚇得眉毛不由自主往上彈了幾下。

「好。」她坐下來時又吼了一聲。「我們平等了，羅森。您總有一天會習慣的。」

「另外一方面，」羅森不爲所動繼續說：「你們的人事成本不符合規定。我發覺你們的工時預算比我們樓上這裡高出兩倍，這種情況必須改變。因此，我找了人來稍微管理一下。你們已經認識他了，就是高登．泰勒。」

卡爾腦子開始打轉。高登．泰勒？控管員？監督他們？

「見鬼啦，我不要那個瘦子在地下室亂晃。他還乳臭未乾吧，羅森。他究竟畢業了沒？」

「他即將完成法律系的學業，而且成績名列前茅，局裡毫無問題會聘用他。」

「不行，我說眞的，不可以。」卡爾揮動雙手反對，已準備要離開辦公室。「請你把他叫回去，我們眞的沒有時間理會他。」

但是卡爾即使事先想破頭也絕對想不到竟會出現這樣的轉折。

「我們還是可以試試看，卡爾。」阿薩德說。

「他也沒有那麼糟啦。」蘿思補了一句。

他被將了一軍！還能說什麼？

卡爾盯著杯子裡的泡沫，試圖回憶結束和羅森的談話之後，自己丟了多少片頭痛藥進去。服用頭痛發泡錠超過一定量之後雖然會引起胃痛，但是非常有效。現在他感覺精力十足，生氣勃勃，有力量捍衛自己的立場，讓阿薩德和蘿思兩人清楚了解他的主張。

「一個字也不准提到羅森．柏恩和高登．泰勒，聽清楚了嗎？我已經瀕臨爆發邊緣，但是我們目前有事要處理。好，蘿思，說吧。請長話短說，簡潔清楚。」

她點頭，忙著操作液晶螢幕，對剛才整個混亂狀況似乎毫不在意，一點也不覺得沮喪。

「好，卡爾，你現在看見的是貝拉霍伊的監視錄影帶。少年走了進來，但是他把臉轉開了，所以看不太清楚。」蘿思暫停影片，灰色的畫面停住不動：畫面上是一道玻璃門和一個人形的俯瞰圖。

卡爾和阿薩德靠近螢幕。

「不像阿拉伯人，卡爾，也確定不是巴爾幹來的，因爲他的耳朵長得很高。」

莫名其妙的觀察角度。難道巴爾幹人民的耳朵位置比其他地方的人還低嗎？

蘿思擠到他們身邊。「深色卷髮，很像是拉丁人。年紀不大，卡爾，你覺得大概幾歲？」

「我聽說大概十四、十五左右。不過很可能更小，南方的人通常比較早熟。你們對他的衣著有什麼看法？」

阿薩德笑了。「像是我叔叔會穿的衣服。」

卡爾點頭。「沒錯，這種襯衫在十年或十五年前是一般上班族的服飾。他去哪兒弄來這衣服的？」

「二手商店？」阿薩德猜測。

「若是二手商店，我想他會挑別件衣服。」

「或許從舊衣回收箱撿來的？襯衫就躺在最上面？」

「嗯，有可能。」卡爾指著銀幕。「你們覺得他爲什麼要藏住自己的臉？爲什麼偷了健保卡拿來當成自己的證件？」

「很簡單。」阿薩德說：「因爲他自己沒有證件。」

卡爾點點頭。阿薩德的推測八九不離十，他也曾考慮過這個可能。「是的，或者有案底在身。」

阿薩德皺起眉頭，一臉不解。「哪有案底在身，卡爾？他身上不是只有尋人啓事和項鍊而已嗎？你自己看！」

卡爾嘆了口氣。「只是種慣用說法啦，阿薩德。算了。我不過是認爲他或許捲入某類不正當的事件罷了。」

蘿思拿出她的筆記本，潦草寫著：「所以說，如果他沒有自己的健保卡，不是沒在丹麥登記戶口，就是父母幫他保留了證件。我想後者不太可能，少年感覺太獨立，孑然一人。所以我投前者一票。」

「你們覺得他像辛提人或羅姆人嗎？」

三顆頭全湊近電腦仔細瞧，但是很快發現少年的服裝和外表不容易歸類，辛提人、羅姆人、法國人、南歐人，全都有可能。

蘿思將畫面快轉。「這裡，他打算要撤退了，這時候你正好走進來，卡爾。明眼人都看得出來他認出你了。」

阿薩德臉上的笑紋變深了。「這小毛頭顯然無法忍受你出現，卡爾，看看他跑開的樣子。」

「是的，我們認出彼此了，之前我們在史塔克的房子見過。」

「他跑到派出所交出尋人啓事和非洲項鍊，在在表明他對失蹤者有興趣，對嗎？或許他知道失蹤者的事情？也可能是個男妓？」

卡爾和阿薩德訝然看著蘿思，不知所措。

「你們幹嘛這樣看著我？他又不是第一個過著雙重生活、結果招來不幸的人。如果史塔克眞對孩子有興趣，非洲行背後的目的可能是這個，這點我以前就講過了。偏偏是個男孩對這件事興趣濃厚，你們不得不承認實在很詭異。」

「眞是難以置信啊，蘿思，妳總是能注意到奇特又怪異的地方。」阿薩德說。

「喂喂，哈囉。」他們背後忽然響起聲音。正是竹竿高登親自登門。他像潛入敵軍水域的潛望鏡探頭進門，低下頭不懷好意地盯著他們。

「高登，我們現在很忙。」蘿思說明了一下。

「噢，我很樂意在一旁觀看。」

在旁觀看！這男人難道沒有一點敏感度，絲毫未察覺到眼前狀況？

「有什麼事嗎？」卡爾問。

「事實上，沒錯。我研究了安威勒的案子，發現應該繼續緊盯著被害者丈夫這條線索查下去。此外，報告中……」

「高登，你何不現在離開呢？」蘿思說：「我們早就在進行其他案子了。」

只見他豎起食指，露出燦爛的笑容。「甜美的蘿思，大部分的人都是先解決掉一件案子，再繼續進行其他……」

「高登，你看看四周好嗎？我們正在調查別的案子，安威勒案已經結束了。破案了，你懂嗎？已、經、破、案、了。現在聽清楚了嗎？」

「噢，蘿思，妳生起氣來眞漂亮，彷彿所有的特色全展現在妳美麗的臉龐上。」天啊，他若再繼續胡謅，免不了要吃上一記耳光。

阿薩德咯咯竊笑，挽救了情勢。卡爾注視著蘿思，等待她火山爆發，意外的是她反而一臉侷促不安。

於是他起身，身子站得筆直，雖然沒比眼前不知天高地厚的花花公子來得高大，卻更顯威重有份量。

「請給個方便，高登。」他邊說邊用夢娜稱呼爲「超大肚腩」的肚子將高個兒粗暴地頂出門外。

他們才聽見高登啪一聲撞到卡爾辦公室門口對牆上的聲音，門就砰的被大力關上。聲音大到另一邊正在鑽洞的工匠還暫停了一會兒鑽孔機。

阿薩德眼睛閃著狡黠的光芒。「欸，這傢伙眞是爲妳神魂顚倒，蘿思。或許妳對他也有相同感覺？」

蘿思眼睛快速往旁邊瞥了一眼，此外沒有其他反應。這個動作可以有不同的解讀，而卡爾有他自己的詮釋。

「我們可以繼續了吧？」他無動於衷說：「我還記下了『史塔克沒有其他家人』。他母親過世後，他是百萬遺產唯一繼承者。雖然他之前支出的金額大於收入，但是就我們目前的判斷，他失蹤時並未負債累累，戶頭之後也沒有動靜。總而言之，沒有欠稅、沒有值得提出來討論的人壽保險，房貸也全部付清。他沒有觸犯法律，大學還以優異的成績畢業，布朗斯霍伊的鄰居對他讚譽有加。」他抬起眼睛。「那麼，這個人爲什麼會失蹤？是自己性偏好的受害者嗎？他有敵人嗎？還是欠某人賭債？」

「沒有欠人賭債。」阿薩德打斷他的話：「爲什麼他一定得是因爲金錢問題而遭人殺害呢？他的錢多的是啊，只要付錢就行了。天上不起風，沒人會去放風箏。」

卡爾搖搖頭。有時候他眞希望這男人身上能加個副標題解釋他的話。

「聽著，」卡爾繼續說：「我認爲得先找出他非洲之旅的答案。蘿思，明天之前弄一份史塔克帳戶明細給我，還有其他特別引起妳興趣的東西。阿薩德和我去外交部和史塔克的同事與主管談談，我們很可能之後不會再回局裡。至於高登，蘿思，我認爲妳最好把工作和玩樂清楚分開來。」

果不其然，她塗得漆黑的眼眶激射出幾道閃光，但是一點用也沒有。她就是得遵守卡爾提出的要求。

坐在他們對面的男人與風流倜儻相去甚遠，膚色蒼白，頭髮銀白稀疏，一口糟糕的牙齒。在魅力光譜上，位置差不多在零附近。令人錯愕的是，他手上竟戴了婚戒，或許他老婆的要求並不太高。

「是的，史塔克突然間消失無蹤，實在很可怕。」話雖這麼說，他的語氣卻無關痛癢得古怪。「我想我們的同事依舊非常訝異。哎，說訝異太輕描淡寫了。我們十分震驚他竟然下落不明。史塔克能力出色，受人喜愛，而且值得信賴。這件事實在出乎我的意料。」

「您是他的主管，你們兩人也是朋友嗎？」阿薩德問。

愚蠢的問題。和勒納·E·埃里克森這種人交朋友？難以想像。

「算不上朋友，不過可以說我們彼此欣賞，他是我遇過最有默契的同事。」

「請您談談他的非洲任務。」卡爾要求：「我們從檔案中得知他前往喀麥隆的原因和一項矮黑人村落的援助發展計畫有關，但裡頭沒有註明他這趟旅程的確切理由。」

「他必須到當地審核計畫的進行。聘請非洲人當中間聯絡人，偶爾要過去看看進度。」

「這趟旅行純粹是例行事務，或者出現特殊狀況需要檢核？」

「例行事務。」

「就我們所知，他將回程班機改早了一天。這正常嗎？」

主管笑了一笑。「不，不是。我也沒有辦法確實回答兩位，只能自我推測。我猜想他應該受不了那邊炎熱的天氣。史塔克工作效率高，很快就能完成任務。既然如此，何必在那兒流得滿身大汗？不過，就像剛才所言，純粹只是推測。如您所知，他也沒有完成出差報告。」

「提到報告，我們希望能夠取得史塔克的檔案，還有其他可能留下來的東西，例如他之前使用過的電腦？」

「很遺憾，沒有了。我們的檔案全都集中在一個伺服器，而史塔克的辦公空間早就分配給其他同事使用。」

「他的筆記型電腦和出差的行李始終沒有出現嗎？」

「若是有的話，我一定第一個知道。」

「史塔克曾經暗示過什麼問題嗎？情緒波動大嗎？」

史塔克的主管將躺在辦公桌墊上的鋼筆挪動了幾公分。十之八九是二十五年盡忠職守的標本之一。

「波動？嗯，是的。自從我問過他幾次是不是感到沮喪之後。」

「您想到了什麼嗎?他經常請假?」

埃里克森露出微笑。「史塔克?沒有。我沒見過比他責任感更重的人了。我想在我們合作的這幾年,他一天也沒缺席過。不過,是的,他特別顯得抑鬱消沉。我想他繼女的病讓他傷透腦筋,印象中他與女友的關係已有摩擦。有一次他甚至眼睛瘀青來上班。我不是要影射什麼,不過,現在的女人也是非常大膽的。」

卡爾點了點頭。埃里克森看起來也屬於那種偶爾會挨擀麵棍打的人。

「其實我覺得他最後幾個月逐漸喪失活力。」他又說:「因此,是的,我會聯想到憂鬱症。」

「最後水落石出發現是威廉·史塔克自行了斷生命,您也不會感到驚訝嗎?」

他聳了聳肩。「我們對其他人又了解多少呢?」

埃里克森內心波濤洶湧。坐在面前的兩位警察出現得太早了。他駭然震驚,無法掌握自己應該丟出什麼訊息,哪些又該保留。眞該死,現在他還暗示史塔克的女朋友會打他,警方無疑能輕易核對眼睛瘀青一事。他必須克制自己再憑空杜撰這類的毀謗。

他越少加油添醋,能查證的事就越少,東窗事發的危機也越小。但是話說回來,端出這類虛構的故事,就能僞稱史塔克是官方倡議者與代表,進而將注意力從自己身上轉開。這方法精心巧妙、徹底又全面,就如同他修飾能做爲有利的呈堂證供的文件紀錄一樣。

他在卡勒拜克銀行的同夥應該也會被捲入混亂中,屆時一定回過頭來怪罪他。更別說他到時還需要向警方解釋爲什麼遲至今日才交出文件。他媽的眞該死。爲什麼他沒有提早做好準備?怎麼沒有編造好理由說明新文件從哪裡冒出來的?他可以堅稱自己現在才找到嗎?但是爲什麼沒有通知警方?是的,爲什麼?

他打量著兩位男士。並非是眼前的兩個人使他惴惴不安，而是整體局勢。當年在丹麥國際開發署以及出差到各地偏僻村落時，他便體驗到這種感受：被多雙正在尋找你罩門的眼睛團團瞧著。眼前和當初坐在火光閃耀的沙地草蓆上，身邊圍著武裝的索馬利人的感覺一模一樣。一個人負責轉移他的注意力，另一個伺機而動。不斷出現新條件的協商談判，不，這從來就不是他的強項。

目前談話由丹麥警察主導，他顯然是領頭的，而且隨時能結束會談，因此埃里克森必須緊盯著他。外表看似阿拉伯人的小個子則是來幫腔的。他眼神和善，面帶笑容，處在別的情境中，或許讓人覺得安心，但是在表象之下，卻隱藏著曖昧難辨的冷酷無情。埃里克森曾經見過一群憑空出現的獅子瞬間攻擊悠閒吃著草的黑斑羚。現在他感覺自己就像隻黑斑羚。

「史塔克除了自己的房子、女友和繼女之外，還與某地或是某人有特殊關係嗎？」丹麥籍的警察問他。「所謂的某個地方，我指的是他可能用來做爲喘息之用的場所？或者結束自己生命的地方？」

看在老天的份上，我該怎麼回答這個問題？埃里克森心想。要杜撰嗎？編造一些讓他們無法再繼續追問的內容？

他看著那個阿拉伯人，但對方彷彿會看透人心的目光，窒息了他腦子裡的念頭。

「可惜沒有。他這個人非常封閉。」

「您說你們私下沒有交情，但是您或許仍有機會曾拜訪他家？」阿拉伯人突然問道。

埃里克森搖了搖頭。「沒有，我認爲私人生活和職場最好不要混在一起。」

「所以您也無法說明那位同事有什麼特點囉？」

「特點？」他擠出一抹淡淡的微笑。「我們每個人不都有些特別之處嗎？身爲丹麥官員，甚至更應如此。」

但是這種轉移話題的伎倆卻完全被兩位警察彈了回來。

「我指的主要是他的性關係。」阿拉伯人接著說。

埃里克森暗地倒抽一口氣，腎上腺素急竄到所有細胞。他沒料到會聽見這種問題。他面前會不會開啓了一個出口？滑稽的阿拉伯人提供了他一把通往自由的鑰匙？

希望他們沒有看出他對這個問題反應有多劇烈！

他故意沉默了一會兒，捻著八字鬍，又把鼻梁上的眼鏡推好，再深吸口氣，雙掌平放在桌上，準備回答問題。一切流程就像預算協商前的例行準備動作。

「細節我不是很清楚。」他最後說，對阿拉伯人歉然一笑，然後目光定在丹麥刑警身上。「若是將您帶入死胡同，且對史塔克有失公允的話，請您務必見諒。正如我剛才所言，我們之間沒有私人情誼。」

兩位警察點著頭，宛如鴿子正在啄食丟在面前的麵包屑，非常開心飼料終於掉在他們的活動範圍。

「我想，在這方面他應該有點缺乏。我的意思是……」他清了清喉嚨，「我覺得他和女友其實擁有正常的生活。不過，有幾次我們一起出差，我感覺他的眼神有點惱人。」

刑警困惑地歪垂著頭。「有點惱人？」

「是的，很不恰當，主要是看年輕男孩的眼光。在孟加拉時，我發現尤其明顯。」

兩個警察面面相覷。他們眼神嚴肅，是不是上鉤了？他眞的成功轉移焦點了嗎？

「您曾經見過他接近過少年嗎？」

小心一點，埃里克森，別得意忘形！他警告自己。

「嗯，也許吧。我沒辦法說得準確。」

「您的意思是？」

「呃，我們不是一天到晚都待在一起。不過我記得曾經有次進入一家商店，史塔克在外面等我……嗯，是的，確實出現熾熱的眼神接觸。」

阿拉伯人搔了搔耳腮，摸摸鬍渣。「但是您沒親眼看過他帶少年進房？」

「沒有。不過，他經常一個人出差。」

「換句話說，您的意思是，威廉·史塔克可能有戀童癖，喜歡小男孩。部門裡有沒有其他同事和史塔克出差過，可以佐證這項臆測嗎？」提問的是卡爾·莫爾克副警官。

埃里克森防衛地舉起雙手。這個姿勢有時候即足以認證一切，卻同時又沒有說太多什麼。

「我想沒有。史塔克若是沒和我一起出差，通常就是一個人成行。不過，也請您問問其他部門的同事，免得我可能誤導兩位。」

卡爾和阿薩德走向地下室。「臨時到外交部走一趟，非常值得。不過你回程時話似乎不太多，或者只是我的感覺？」

「嗯，我得沉澱一下。埃里克森的談話很奇怪。」

「你說得沒錯，埃里克森那張嘴的確很奇怪。」

阿薩德露出會心一笑。「哈，幸好他的假牙沒掉出來。你看見他有顆門牙老是晃來晃去嗎？」

卡爾點點頭。

這時阿薩德舉起一隻手，兩個人立刻停下腳步。噪音是地下室走廊底的蘿思辦公室發出來的。沒人預期大白天在一大堆警察出沒的崇高公家機關會聽到這種聲音。

「我想蘿思應該完成帳戶調查工作了。」阿薩德翻了翻白眼說。

媽的，眞希望他沒說對。

他們躡手躡腳靠近蘿思辦公室門口。眞是不可思議！

「卡爾，不是錄影帶的聲音，他們眞的在做。」阿薩德低聲說。

卡爾望著走廊另一邊的樓梯。要是有其他同事過來怎麼辦？一開始先是爆出醜聞，接著是長達數個月的有色眼光，蘿思之前在市警局聖誕晚會那件醜事也會被炒得沸沸揚揚。她必須忍受各式各樣的問題，好不容易掙得的尊敬將瞬間灰飛湮滅。

「上班時間不可以這樣。」他搖搖頭，低聲說。

「你也聽見他們做了。」

卡爾注視著阿薩德，深深嘆了口氣。遇到這種情況，就會知道誰曾經上過警察學校，誰又沒有。

「**蘿思**！」他咆哮大叫，猛烈搥門，敲門的聲音大到把自己也嚇了一跳。

霎時四周一片寂靜。沒多久，裡面傳來嘈雜聲，不難想像正發生什麼事。

「高登，你可以安心出來，我們不會揍你。」他吼道，期待會看見一個臉上帶著些許罪惡感或羞愧的人。但是事與願違。高登那個竹竿衣冠不整，心滿意足走出來，毫無悔意，反而一臉得意洋洋。他短短幾天就捕獲了獵物，凱旋而歸，還十分清楚自己可以全身而退。可惜他是對的。卡爾根本不可能向羅森告發這種事，給同事找麻煩，最後只會波及自己。

等著瞧，臭小子！卡爾瞪著腳步輕盈的高登從旁走過，眼神射出激光。短時間內，他絕對忘不了那白癡輕浮散漫繫好皮帶的模樣。他們多等了一分鐘，才踏進春色盎然的現場。

「啊，你們回來了啊？」蘿思一派冷靜坐在辦公桌後面，鞋子仍放在牆邊，桌上有一瓶紅酒和兩個玻璃杯。

「蘿思，妳在上班時間喝酒？」

她難得輕鬆地聳了聳肩。「是呀，只喝一小口。」

「高登那傢伙現在已經成了這裡的一員嗎？我可不容許這種事。」

「一員？看在老天份上，他只是過來幫我點忙。」

阿薩德站在卡爾背後捧腹大笑，把蘿思也惹得咯咯笑。

這幾天眞是詭異。

「聽著，我們回來取我的車。我要送阿薩德到醫院做例行檢查，還要告訴妳明天一大早到外交部去詢問史塔克的同事是否注意到他出現不尋常的行爲。妳應該知道我在說什麼。」

「好的。」她出奇地馴服，沒有吵吵鬧鬧，沒有潑婦罵街。性行爲有時候還眞能發揮神奇的效果。

「眞是好消息，阿薩德，恭喜你！」

卡爾的手在阿薩德肩上按了按。

「很快就檢查完了。」

「是的，而你現在自由了，完全恢復健康，阿薩德，太好了！」

卡爾左顧右盼，好想擁抱王國醫院忙碌走廊裡每一個穿白衣的工作人員，護士、醫生、擔架人員和看護。幾個月前，阿薩德頭部裡面的積水仍舊威脅著生命，但現在幾乎消失了。

醫生說，等瘀青全部退掉，連結臉部肌肉、語言中樞和雙腿的神經線路要恢復以前的功能，只是時間問題。最好做點運動復健，不過阿薩德的工作模式也包括走路，所以刺激應該夠了。簡而言之，他不再需要回診。

卡爾陪阿薩德到露天咖啡廳，面前放著咖啡和哥本哈根糕餅，兩個人喜不自勝，心情好得不得了。

「你和達格·哈馬舍爾德大道那兒的圖書館員談了什麼？」阿薩德問道。

「下次少年若再露面，他們會打電話通知。」

「那應該不會太久了，卡爾……」

阿薩德忽然不說話，一隻手放在卡爾手臂上，悄悄比向角落的方向。

在擺滿髒盤子和餐具的餐車後面，只見馬庫斯落寞地坐著，如此渺小不起眼。他雙手握著杯子，兀自發楞。

上個星期他還是他們的長官，才剛隆重卸任，告別過去的生涯。

而今，他卻露出一副看不見未來新生命的頹態。

卡爾回到家，心想沒有比這一天更糟糕的惡劣日子了。

「幹得好。」他走進玄關，讚賞地對莫頓說。光靠洗刷和擦拭，幾個鐘頭就創造了真正的奇蹟。木藍街七十三號閃亮如新，散發光澤，之前杯觥交錯、開懷暢飲的狂歡派對宛如沒有舉行過。

「我們床上的萬人迷過得好嗎？」他問雙手沾滿油正在哈迪裸背上按摩的米卡，那景象看似有益健康，味道卻令人不敢恭維。

「哈迪配合度很高，願意遵照指示跟著做，所以我們開始使用輔助器材和相關物品進行療程。我們今天討論了預定目標，一致同意讓哈迪坐上輪椅。你覺得如何，哈迪？」他的手在哈迪赤裸的臀部上拍彈著，生氣勃勃，韻律生姿。

「我會說被打屁股眞不錯，但若是能有點感覺會更好。」

卡爾蹲下來，與哈迪對視。哈迪雙眼溼潤，對他而言這是讓人感動的一天。

「恭喜你，老友。」他激動地說，敲敲哈迪的額頭。

「是的，實在太了不起了。」哈迪說完，沉默了一會兒，穩定自己的情緒。「米卡盡心盡力幫助我。」他聲音顫抖又補了一句。

卡爾望著不露聲色持續按摩哈迪背部的肌肉壯漢，緊抿著嘴，不知道該說什麼。罪惡感深深糾纏著他，久到已成爲他的一部分。如今忽然間眼看就能減輕——但是，他也可以嗎？他必須先好好消化一下。

他嘆了口氣，擁抱赤裸著上身，在哈迪身上忙得大汗淋漓的米卡。

「謝謝，米卡。我不知道還能說什麼。謝謝，萬分感激。」

「嘿，搞什麼啊，卡爾。」樓梯頂端傳來聲音。「你現在也投靠敵方了嗎？那我就是這屋子裡唯一沒有陷入同志浪潮的人了。」

賈斯柏一如往常伺機潛伏著，像病毒一樣。

「你要打電話給媽媽。」卡爾的繼子說：「她說如果你不去看外婆，就欠她幾十萬克朗。你是把自己扯入什麼頭殼壞去的協議啊，卡爾？喝醉了還是怎樣？」

他一副幸災樂禍，等著看好戲。

「你最好聽她的話。古咖瑪的事情搞得她緊張兮兮。」

「啊哈？她怎麼了？」

「哎呀，她一天到晚老是在說婚禮，不停提到在印度舉行婚禮有多棒，有的沒的。現在婚禮又延期了。如果你問我，我覺得婚禮不會舉行了。」

「爲什麼不會？」

「鬼才知道。媽媽說古咖瑪自從在店裡被攻擊後就有些問題，不過整件事她還不是很清楚。你以爲他會和她分享那家小店嗎？門都沒有。」

卡爾深吸口氣。最重要的是，她最好不會忽然提著一堆行李、帶著十五箱紙箱出現在他們家門前。

「你聽說哈迪的進步了嗎？」他轉移話題。

「聽到啦，該死。村裡或者不知道哪裡冒出來的大嬸湧進房子來時，我人就在這裡。她們在這裡待了三個小時。總之，別忘了外婆的事情啦。」

「你不能代替我去看她嗎，賈斯柏？」

「媽的，不行。她腦袋越來越不靈光，早就不記得我是誰了啦。」

「我想也是如此。不過，我希望能麻煩你去看一下。」

「嗯哼，我還是不幹。」

「好吧，如果你不願意幫我的忙，我只好強迫你了。」

「欸欸欸，你在威脅我嗎？卡爾，我眞怕死了咧。你該不會想找你的年輕部屬過來吧？同時大張旗鼓告訴媒體？請便，卡爾。放馬過來吧！」

賈斯柏說完就立刻離開，把頭探進冰箱裡。「還有，卡爾，」他頭在冰箱裡喊，「我從閣樓找出了我的機動人收藏。你放在上面那個可疑的箱子是什麼？幹嘛把它鎖在上面啊？」

卡爾搖了搖頭。這傢伙胡扯什麼啊？

「你在講什麼，我聽得一頭霧水。」他喊了回去。「我不知道什麼箱子，一定是你媽的。」

第二十章

手機鈴聲響起時，施納普手裡正拿著一杯威士忌蘇打，浸淫在暮色中，欣賞棕櫚樹迎風搖曳，身後是穿著一襲薄紗睡衣的妻子。緊張一天過後，快速做個愛總讓兩人心曠神怡。他感覺腦袋放空，全身肌肉柔軟，輕鬆舒適。因此，手機鈴聲這時響起，無疑像在下半身澆了一桶冰水。

施納普將杯子放在桌上。「你做了那些事情之後，竟敢還打電話給我，埃里克森？」他抱怨說：「我們不是談好若你要脫手A股，無論如何都要通知我們嗎？更重要的是，不可以賣給我們圈子以外的人？」

「談好？我們的約定多到不可能全部遵守，不是嗎？回到你身上，我聽你祕書說你和莉莎目前人在庫拉索，於是我不由得問自己：你在那邊做什麼？你打算拿僞造我簽名的授權書說服MCB銀行嗎？我思索再三，也許你已經做了。當然我又問自己：等銀行一營業，親自打個電話過去詢問，看看你葫蘆裡賣什麼藥，或許是個好主意。我想，庫拉索省府威廉市的官員一定會很有興趣。就我所知，市立監獄並不是什麼一流飯店，不過你應該不在乎吧？」

施納普放在桌緣的腳趾陡然豎起。「你不准打電話到任何地方，懂嗎，埃里克森？在這件事上，我是你唯一的朋友，你不會希望改變這種狀況的。」

「很好，施納普，這就是我想聽到的話。既然你把我當成朋友，我建議你別聲張，安靜地把我的證券放進棕色袋子裡，透過UPS國際快遞，日出前寄到我這裡。我希望你掃描寄送單，拍照或者其他方式也可以，然後寄電子郵件給我，寄出包裹後最慢十分鐘內傳送過來。若是當地時間上午十點十五分前我沒收到你的消息，會立刻打電話給MCB銀行，聽清楚了嗎？」語畢，電話立刻掛斷。

施納普六神無主。他知道埃里克森管理部屬十分權威，卻沒料到他竟也有勇氣反抗他們。他拿著手機呆坐著，故意忽略妻子輕柔的哼唱，黑暗中傳來唧唧蟬聲。他抓起杯子，一飲而盡。丹麥現在是半夜，但是他顧慮不了那麼多。布萊格—史密特必須放棄他的美夢。

電話另一端出現的不是預期的虛弱聲音，明明白白是中氣十足的年輕聲音。施納普吞了口唾液。布萊格—史密特已經開始讓那個無所不包的該死助理接聽私人電話了嗎？布萊格—史密特始終堅持殖民地傳統，堅持叫這個非洲人「男孩」。他都這麼叫自己的傭人。但是，如今連這骯髒的交易也得透過「男孩」轉達了嗎？

「好，所以埃里克森打算脫身了。」布萊格—史密的助理說：「雖然這在意料之中，不過沒想到竟來得這麼快、這麼挑釁。幸好我們已經對他的『脫身』做好準備。就目前狀況看來，幾天後就能解決了。」

這一刻，周遭景物驀地消失，施納普的五官感受失去功能。棕櫚樹埋入漆黑之中，浪濤也沉寂無聲，剛才坐在樓下陽台數蝙蝠的兩個蒼白荷蘭人也似乎被黑暗吞沒。「你們抓到少年了嗎？」他屏住呼吸。

「沒有，但有人已經發現他。」

「所以看來很快就能抓到他了。誰看見他？在哪裡？」

「左拉的手下，星期六見到的，差點就逮住他。總而言之，他們現在知道他一直都在。」

「爲什麼他還在那裡？」

「您也知道他是個狡猾的小傢伙，而且冥頑不靈。他們家族的人已全數動員。」

「若是沒找到他呢？」

「別擔心。我會派出我的人手，他們都是專業高手。」

「什麼專業？」

「簡單說就是軍人。打從他們會走路開始，就被教育如何追蹤和清掃。」

清掃？在這個語意脈絡中，這是個什麼樣的字？如此簡單拿另外一個字來替代，就能習慣殺戮嗎？

「東歐人？」

電話另一端響起豪爽的笑聲。「不是，在街上立刻就能認出他們。嗯，對也不對，看得見但也看不見。」

「究竟是什麼人？聽清楚了，我要馬上知道。」

「當然是以前的童兵，從賴比瑞亞和剛果來的專家。他們能融入各地，不像東歐人那般引人注意，而且殺人不眨眼。冷酷、身邊無需配備必要的武器。」

「這些人在丹麥了嗎？」

「沒有，但已經上路了，和他們稱爲媽咪的年長女伴一起過來。」他笑道。「媽咪，聽起來是不是很可愛？這名字最容易誤導別人了。但和其他人一樣，她也在內戰期間學會了一身手藝，座右銘是不容許出現誤會的空間，毫無慈悲可言。絕不是你可以撒嬌依偎的那種母親。」

施納普背脊一陣發冷。童兵，那是他能想像得到的最糟狀況，而他已深陷泥沼。人類究竟能沉淪到什麼地步？

「好。」他沒有再多說什麼，找不到適當的言語。「要怎麼對付埃里克森？」

「嗯，我必須另外解決。感謝天，至少我們知道他置身何處。不過，當務之急是解決少年。順序非常重要，尤其涉及謀殺時，更應如此。」

「是的，我明白。」他說，其實心中抗拒一切，對於整件事情的了解也只是片面。「可以請布萊格—史密特聽電話嗎？庫拉索證券這件事很急，接下來幾個小時我必須弄清楚。」

「他已經睡了。」

「這點我也想到，若非事態緊急，我不會這麼晚從地球另一端打電話過來，不是嗎？我必須知道自己該怎麼做。」

「等一下。」

幾分鐘後，他終於聽見布萊格—史密特沙啞的嗓音，一如往常悶悶不樂，但非常清楚。

「不寄任何證券給埃里克森。」他說得簡潔有力，說服力十足。如果那個白癡真打電話到庫拉索舉發謊言，施納普就得親自打電話說服當局一切正確性無庸置疑，而且埃里克森授權給他的文件也是眞的。他還必須告訴對方，如果埃里克森後悔授權，也於事無補。

「當地時間十點十分的時候打電話給埃里克森，告訴他會把證券的UPS快遞收據寄給他。你可以在信封裡另外放進會被海關攔下的東西，拖延寄送的時間。例如裝進小塑膠袋裡的小麥粉之類的。最後，你要清清楚楚向他說明，他若是扭扭捏捏推托再三，將會付出最昂貴的代價。你會讓他沒有辦法在外交部混下去。」

埃里克森和施納普談完話後，思緒不停轉動，徹夜輾轉難眠。他明白自己逐漸被排除在決策過程之外。認知到這點，他倍感折磨，感覺被排擠，失去掌控命運和未來的權力。若他們眞的侵占他在庫拉索的證券，結果可想而知。他們既然能痛下毒手殺害馮路易、辛波墨、威廉·史塔克，現在再加上一個十五歲少年，對他也不會手軟。唯有他們的證券詭計失敗，他才能夠高枕無憂。

一切全取決於威廉市銀行開門後所發生的事。想到事情突然急轉直下，他頓時了無睡意。

他惶惶不安，來回踱步，最後走到地下室，拿出藏在某處的史塔克筆電，坐在昏暗中瞪著螢幕看。

兩個使用者帳戶，一個不需要密碼，裡頭的資料他早就看過；另一個需要密碼才能進入，他怎麼樣就是無法破解。

他檢查了無數次自己的筆記本：與史塔克和他女友及其女兒有關的所有資料都記在上面。任何想像得到的密碼組合他都嘗試過了，包括縮寫或截長補短，如今他已腸枯思竭。

史塔克是部門裡最厲害的系統專家。埃里克森很難想像史塔克會選擇一個和個人沒有邏輯關係的密碼。但會是什麼呢？

最後他又跳回第一個使用者頁面，仔細研究史塔克如何分類他的電子郵件通訊錄。邏輯顯而易見：第一層根據主題分類，第二層是姓名，接著是日期。

史塔克是個勤奮不懈的人，他將存在外交部伺服器中重要的文件和資料全部拷貝到自己的筆電，以便能在家繼續工作。他的電子郵件寄送時間可資佐證：大部分信件都是在午夜或是凌晨時分寄出的。這個人顯然不需要太多睡眠。

埃里克森伸了伸懶腰。瞌睡蟲開始發揮力量，但是時間已經不夠了，再過三個小時，他就得到外交部上班，接著就能知道是否需要打電話到庫拉索，或者可以省了這件事。他衷心希望是後者，因爲他希望由自己主導與施納普與布萊格─史密特公開對質的時機。

埃里克森揉揉疲憊的雙眼，再次瀏覽筆電裡的資料夾後，針對史塔克的母親、繼女的治療和史塔克參加多年的西洋棋競賽等，補充了筆記。

他之前覺得有必要看過大部分的檔案。不過，誰說答案一定在這裡呢？有些人純粹根據過往的生命痕跡挑選密碼，例如某座他們攀爬過的山。電影《大國民》中，報業大王臨終前在病榻上講的最後一個字是「玫瑰花蕾」，但無人能解其意。只有片尾死者所有遺物付之一炬時，觀眾才看見一個老舊的童年雪橇上浮現了「玫瑰花蕾」這個詞。

就史塔克來說，可能會是什麼樣的字呢？

他催眠似地盯著空白的輸入欄位，彷彿它自有生命，密碼會自然而然顯現。

別老是這樣了！他察覺自己壓力很大。若是現在找不到密碼，就得放棄了，因爲不可能找人幫忙。官方上不存在的筆電，無法名正言順拿給電腦中心處理。

不過，這個私人的帳戶裡眞藏著他必須知道的內容嗎？儲存著會對他造成威脅的資訊？或者裡面不過是存了裸女的照片，還有只和史塔克自己有關的電子郵件？

埃里克森精疲力盡，轉了轉脖子，深呼吸了幾口，最後再一次有系統地嘗試解開密碼。他先鍵入史塔克母親的名字，接著是身分證字號，最後是名字第一個字母外加身分證字號。透過這種方式，他往前又往後試了所有想到的可能組合。最後他刪掉清單上史塔克母親的名字。

他接著又嘗試幾個西洋棋大師的名字：魯伊．洛佩茲、伊曼紐．拉斯克、鮑比．費雪、厄菲姆．波戈柳博夫、班特．拉爾森、阿納托里．卡爾波夫，以及其他從網路上搜尋到的西洋棋相關結果——競賽場地、著名棋法與開局的名稱，也沒有漏掉所有的專有名詞，甚至丹麥文和英文都試過了。

毫無所獲。所有嘗試全以失敗告終，尋找過程宛如大海撈針。

他精神緊繃，搖了搖頭，望向時鐘，側耳傾聽妻子是否起床了，察看了一下天氣後，又再回到空白的輸入欄位。

除了工作之外，什麼對史塔克最重要？據他所知，這男人的生命中只有西洋棋、女友和她的女兒。但是與此有關的一切，他全都試過了。

接下來還有什麼可能比較接近？暱稱？特殊的日期？第一次約會？初吻？對這男人而言，最重要的事物是什麼？他拿起瑪蓮娜．克里斯多佛森和蒂爾達的名字再試一次。組合的可能性太多了。最重要的是什麼？最最重要的？或許是女孩的疾病和幫助她治療的嘗試？史塔克最後幾年全心全意關注繼女的健康狀況，那是埃里克森少數幾次從他描述微不足道的治療進展時所得知的。史塔克的執拗堅定，不由得讓他心生佩服，不過只有少許。

他看著筆記，不懷期待鍵入「克隆氏症」。

事情就這麼發生了。開啓了使用者頁面，一張虛擬書桌宛如朝陽從地平線上升起，桌面上擺著無憂無慮拍下的蒂爾達照片。「克隆氏症」，就是這麼簡單，沒有破折號，沒有特殊符號，輕而易舉就進入了應許之地。

他睜大眼睛坐在螢幕前面，耳邊傳來樓上拖鞋走到浴室的聲音，妻子因爲起床氣而不耐煩地將門關上。好，他只剩下十到十五分鐘就得關上筆電，假裝自己才剛起床，否則將會面臨沒完沒了的疲勞詢問。

他快速瀏覽螢幕桌面上的資料夾，全部建立於二〇〇三年到二〇〇八年間，分門別類，歸納仔細。他打開幾個資料夾，大部分是科學研究、和醫生與世界各地患者家屬的信件往來、抗議信、乞求信，蒂爾達的部分病歷和檢查結果也在裡面，內容不是特別有意思。一切的資料在在展現出史塔克迫切想要了解繼女疾病、採取行動的絕望努力。了無新意。

然後埃里克森進入「文件」，想看看是否藏有見不得人的資料。有沒有資料夾的內容能說明史塔克清楚巴卡援助資金的貪污盜用。大部分的人對於史塔克失蹤都感到手足無措，而埃里克森的惶恐則僅來自於爲何史塔克未依原訂計畫消失在喀麥隆那個遙遠國度？爲什麼他提早回國？在喀麥隆一定發生了事情。埃里克森非常清楚史塔克的性格。他很可能預先知道了某些事情，導致他不假思索做出如此反應。妻子的關門聲輕柔了許多，也不再穿著拖鞋，而是光腳走路。他很清楚這表示該停下手邊的事情了。

他關掉幾個視窗，迅速看了「文件」分類中剩下的資料夾，這時一個沒有命名的資料夾吸引了他的目光。

他還有五分鐘。於是他點開資料夾，裡頭至少又跳出二十個資料夾，其中幾個根據非洲國家命名，包括坦尚尼亞、莫三比克、肯亞、迦納。其他資料夾的名稱卻神祕難解：「連人單」、「合錄」、「pol1」、「pol2」和「pol3」。

埃里克森愣在原地。他們已經很久不再援助其中好幾個國家了，另外有些國家最近幾年則完全沒有提交像樣的正式回覆。

埃里克森點擊名爲「連人單」的資料夾，史塔克在裡頭儲存了他的聯絡人。埃里克森迅速看了一眼清單，許多名字用紅色劃掉，取代成其他名字。大部分都是史塔克失蹤很久以前的人名，不過所有人埃里克森都認識。

他搖著頭，打開下一個資料夾。「合錄」的內容看似更加複雜。

埃里克森皺緊眉頭。妻子在樓上翻箱倒櫃，看來今天又找不到喜歡或是適合的衣服穿了。

資料夾裡有許多不該從外交部帶回家的機密資料。他打開第一個資料夾，想確認內容是否爲合約全文，出乎意料發現只是附錄。爲什麼這份合約會有附錄？著實不尋常，他心想，接著點開第二個檔案。一樣也不是眞正的合約，又是一份相關附錄。他一一點開所有檔案，發現史塔克至少完成了二十五份外交部合約附錄，每一份都附帶說明了一筆特殊匯款，而且額度控制得相當漂亮，全都是史塔克負責監督的預算。

埃里克森將所有金額相加，得出兩百多萬克朗的結果，這才明白自己並非是外交部裡唯一的小偷。

實在難以置信。威廉·史塔克，他最值得信賴、最誠實正派的同事，竟然有系統地挪用援助發展計畫的部分款項，詐欺了國家兩百多萬克朗。

埃里克森露出笑容。他的妻子出現在門口，像往常一樣叨叨絮絮，但他全當成了耳邊風。如今事情才終於拼湊成形了。

過去二十四小時裡，他確實達成了幾件事：向警察暗示史塔克有戀童癖，針對庫拉索證券一事向施納普施壓，而最關鍵、最重要的當屬眼前的發現。他原本打算若有必要，要將一切過錯嫁禍給史塔克，沒料到他卻早已非清白之身。換句話說，埃里克森先前精心挑選的代罪羔羊，現在直接做爲巴卡計畫幕後貪污的黑手也不會啓人疑竇了。道德敗壞，侵占外交部可觀的金額，這個理由足以讓史塔克在地表上消失。

幸運永遠眷顧著自己。

第二十一章

「我們沒有帶蘿思一起去瑪蓮娜·克里斯多佛森那兒，她有沒有說什麼？」阿薩德問道。

車子駛過西監獄時，卡爾看了一眼其莊嚴的入口。他幫多少個混球進入這道醜陋圍牆後面的場所？數量還眞不少。他們再度出獄後會做些什麼？

「蘿思？她正在外交部忙別的事，不會有問題的。」經過高登這個插曲後，他對蘿思的獨斷獨行眞的沒有興趣了。管她說什麼，他媽的他可是一點也不在乎。他的心思目前全在別的地方。

昨天拜訪援助計畫評鑑辦公室後，他始終擺脫不了他們的行動或許過於草率的感覺，應該等到了解本案更多面向後，再去拜訪埃里克森處長會比較恰當。

「阿薩德，再向我解釋一遍爲什麼你認爲我們昨天的到訪反而鼓勵了埃里克森？我發覺你提出史塔克的性行爲問題後，他變得有點不同。但是，鼓勵？不，我倒不認爲如此。」

「你知道從後面打駱駝屁股之後會發生什麼事嗎？牠們會拔腿狂奔，把脖子伸向牠自以爲是目標的方向，彷彿用力伸長脖子就能夠更快抵達終點。」

「好，我幾乎可以想見那個畫面了。但是，你想說什麼？」

「我提到性問題時，埃里克森的反應簡直和駱駝一模一樣。他眼前似乎浮現了目的地，然後逕自把脖子伸得老長，迫不及待往前衝。」

「你的意思是他保留了其實很想脫口而出的祕密？」

「不是，你沒弄懂。他故意讓人以爲他眼前忽然浮現先前並不存在的目標。」

「什麼樣的目標？」

「卡爾，這正是我不清楚的地方。」

「你的意思是他說謊嗎？」

「我不知道。不過，他忽然端出可能早就準備好的故事，小男孩和猥褻的眼神之類的事情。」阿薩德笑著注視他。「我發現埃里克森突然變成想說個好故事的人。」

「所以？」

「哎，若是懷疑自己的同事是戀童癖，也不會是什麼好故事吧？」

卡爾彎進薛呂爾大道，他們就快到了。「我也有同感。根本看不出來這種事讓他感到難堪。」

就此區建立的時間而言，史特林貝街上這棟房子相當獨特。典型的煉磚建築，斜頂閣樓經過改建，間或加以紅磚裝飾，看起來比實際市值還要昂貴。這一區通常要兩個家庭分住一棟房子，才有辦法以多份不同的薪水收入分擔哥本哈根貴得離譜的地價稅。這是法爾比郊區一處小綠洲，優點是距離市中心不遠，同時又能幻想自己置身鄉村景致。

瑪蓮納·克里斯多佛森參加前往土耳其的旅行團回來之後，似乎還沒有恢復一般生活作息，行李仍舊放在玄關未打開。曬黑霜加上不斷在沙灘上做日光浴，使得她的肌膚班痕點點，不過在辦公室裡一定招來羨慕的眼光。雖然本地溫度明顯較低，她還是穿了一件度假時買回來的五彩小洋裝。人長得很漂亮。

「是的，今天我們待在家裡休息。蒂爾達白天在醫院做完檢查後，有時候會很虛弱。」她解釋，「還請兩位將就一下。」

阿薩德殷勤地點著頭。「若有需要，我們很樂意改天再來。」他傻笑說。

整個人看起來也是傻裡傻氣的。

「非常感謝你們所做的事。」

卡爾的職場生涯中並非每天都聽得到這種話。

他面露微笑。「家人生死未卜，實在令人難受。可惜經過這麼多年要想破案，往往只是徒勞無功。」

「我明白。即使如此，我仍舊希望能夠破案。威廉是個很好的人。」

阿薩德和卡爾迅速對望了一眼。要破案並不容易。

「我們去過他的辦公室，向他的主管與幾位同事詢問相關事宜。」卡爾說：「我們最主要是想釐清他前往喀麥隆的理由。他出差前是否和您談過這趟旅程呢？」

「有的。要出遠門，他覺得很過意不去。蒂爾達那時正在住院，狀況不太好，威廉寧願待在家裡照顧我們、支持我們。這就是他。」她臉上雖然掛著笑容，卻是神色悲悽。

「也就是說，他不是自願出差的？」

「不是，而且出差時間非常短，我記得兩天就回來。」

「出差的目的是？」

「當地一位同仁疑似捲走部分援助金後不見人影。」

「當地一位同仁？」

「是的，一個叫做馮路易的人。威廉見過他很多次，他說那男人給人感覺正派又誠實。我想他不太相信馮路易會捲款潛逃。還有，馮路易傳了一通神祕難解的簡訊給他，他嘗試想解開意義。總之，出發前一晚，他在蒂爾達的房間待到深夜，試圖解出簡訊內容，最後發現只是無意義的廢話。」

「他給您看過簡訊嗎？」

「是的。蒂爾達非常擅長解謎，但是連她也不了解意思。」

「威廉抵達雅溫德後，和您通過電話嗎？」

「沒有。不過他降落在杜阿拉後，打了通電話給我。這是他的習慣。他抱怨天氣炎熱，後悔沒有留在家裡。」

「完全沒有提到他隔天就會回國？」

「沒有。」

卡爾聽見阿薩德搔著鬍子，那表示他腦子裡正在醞釀某事。

「我很抱歉必須直接這樣詢問您，不過，對於他可能結束自己生命的嫌疑，您有什麼看法？」

她笑靨如花。「不，我認爲絕對不可能。威廉熱愛生命和工作。光是擔心蒂爾達的病情已讓他滿臉愁容，憂慮攻心。他不可能陷別人於此種情境，更何況是我們。」

「你們兩位感情好嗎？」

她一開始點頭點得猛烈，而後逐漸放慢速度，彷彿這個問題暢通了她淤塞已久的能量。表面上她波瀾未興，其實隨著時間流逝，只是不願再讓自己陷入悲傷的情緒中。

「我們是心靈伴侶，如果你們覺得這點重要的話。」她直接面對卡爾說。卡爾感到特別不自在，彷彿現在談的是他的愛情。

阿薩德在椅子上往前一滑。這不是個好兆頭，待會可能有人需要休克治療。「在他的工作場所，有人暗示我們，威廉可能擁有您或許不清楚的興趣。您有沒有概念會是什麼？」

她搖搖頭。「沒有。威廉所有事情都坦承相告。對他而言，最重要的事情只有三件：第一是蒂爾達，第二是我，第三是工作。」她微笑道：「您覺得是什麼呢？」

「您說他對所有事情都坦承以告？」

卡爾認識的人當中，沒人能像阿薩德這般把句子說得像塗上螢光漆似的，即使談話結束已久，仍舊熒熒發亮。

「即使最私密的事情也一樣？例如性幻想之類的？」阿薩德追問不放。

她原欲一笑置之，或許史塔克的性渴望在她的世界裡是可預見的，卻見她又臉色一正。「您所謂的幻想是什麼意思？您想表達什麼？難道您不會性幻想嗎？」

阿薩德笑了笑，笑容裡似乎透露出體諒。他斟酌著答案後說：「當然會，但是對象不是小男生和小女孩。」

她全身一震，驚訝得緊咬下唇，臉色一陣青一陣白。卡爾從沒見過變化如此快的臉龐。她的手同時抓住洋裝摺邊，用力撫平摺痕，力量竟大得扯斷了縫線。她啞口無言，但是頭點得像個節拍器，好似隨時有話會脫口而出。

終於，話語緩緩流洩，宛如被鞭打出來的。「你想影射威廉涉嫌戀童嗎？你這個混帳，竟敢如此宣稱？你是嗎？說啊，回答我，我要聽你骯髒的嘴親自說出口！」

阿薩德將臉轉向一旁，露出另一邊臉頰，簡直就像聖經描述的一樣。

「我來說。」卡爾插話，「您曾經懷疑過威廉有戀童的傾向嗎？例如以異樣的眼神盯著孩子，或者夜晚在電腦前面待很久？」

她熱淚盈眶，照理應該是氣得飆淚，但是肢體語言卻完全是另一回事。瑪蓮娜緩緩搖著頭。「威廉非常正常。」她嚥下好幾口唾沫，抑制住淚水。「是的，他晚上待在電腦前的時間很長，不過他是在工作。你以爲若有這種駭人聽聞的事情，我會毫不察覺嗎？我隨時都可以進入他的電腦呀。」

「外接硬碟呢？現在隨身碟都不大，很容易藏在口袋裡。他有這種東西嗎？」

她又搖了搖頭。「你們來此的目的究竟是什麼？多年來我不得不生活在未知當中，難道還不夠嗎……？」她還想說話，卻只是把臉別過去。即使吞了好幾口唾沫，也無法止住眼淚。她大大深呼吸後，終於稍微冷靜下來，於是又說：「不，他沒有這類外接硬碟。只要涉及科技與電子產品，他完全外行。他這個人幾乎可說是表裡如一，直接、坦率，爲人實際。」

卡爾向阿薩德點了個頭，阿薩德立刻拿出口袋裡擷取自監視錄影帶的馬可照片。

「您認識這個少年嗎？我知道照片上的臉不是很清楚，不過您或許可從他的衣著或者其他地方認出來？」

她雙眉緊蹙，不發一語。阿薩德趁機仔細描述少年的樣貌，說明他們在史塔克房子外面的人行道上看見了他。「這樣年紀的少年對史塔克有濃厚的興趣，您不覺得奇怪嗎？尤其時間已經過了這麼久？」

「是的，當然很不尋常。或許完全是另一回事……」

但是阿薩德緊咬不放。「史塔克失蹤時，這男孩年紀應該不大。」

她聽懂了暗示。爪子已經張開，因此卡爾在接口說話前，小心翼翼用手肘撞了一下阿薩德。

「問題在於，當年才十二、十三歲的男孩和史塔克可能會有何關係。您的看法如何？」

「我的看法是請你收回你們噁心的影射。威廉不是戀童癖，他……」

她驀地住嘴，像被人拔掉了插頭。走廊傳來腳步聲。

三個人不約而同看向客廳門口，一張睡眼惺忪的臉出現在門邊。卡爾臉上立刻堆起笑容，瑪蓮娜慈愛地伸出雙手，暗自希望女兒沒有聽見他們剛才說的話。但是蒂爾達毫無疑問一字一句全聽到了。

「寶貝，還好嗎？」瑪蓮娜問道。

「你們是誰？」蒂爾達以問題取代了回答。

阿薩德首先站起來。「我們是警察，蒂爾達。我叫做……」

「你們找到威廉了嗎？」

全部的人都搖了頭。

「我覺得你們最好離開。」

她的母親迫切想要解釋，但是蒂爾達已經表達了自己的看法。

「你們什麼都不懂，威廉才不是這種人！你們認識他嗎？」

無人回答。該對一個將自己的擔憂貼在城裡各處廣告柱上的孩子說些什麼呢？

女孩雙手顫抖捂著肚子。瑪蓮娜想要起身，但是蒂爾達的目光堅毅，在場的人一清二楚站在他們面前的是個什麼樣的人。眼前這位女孩受過各種苦楚，是帶著刀刺般的痛苦長大，精神與心靈備受折磨，而且明白未來情況也不會改變。但是，她沒有跑出房間，沒有逃離眼前的狀況，仍舊直挺挺站著，堅定地直視每個人的眼睛。

「威廉是我的父親，我愛他，他永遠在我身邊，即使我病情惡化，也沒有棄我而去。你們可以去問我認識的人，他們會證實他從未傷害過我或是我的朋友。」她眼睛移向地板。「我好想念他。你們現在儘管說出來此的原因，我可以承受的。你們找到他了嗎？」

「沒有，蒂爾達。但是我們認爲或許有人知道他發生了什麼事。」卡爾把馬可的照片遞給她。「這個少年昨天出現在貝拉霍伊派出所，他拿著妳的尋人啓事，還有這個。」

他向阿薩德比了個手勢，阿薩德立刻從袋子裡拿出非洲項鍊，謹慎地放在女孩面前的桌上。

蒂爾達不斷眨著眼，彷彿眼睛的開與闔能夠與世界保持距離，同時顯現出新的道路。她久久站著不動，眼睛眨巴眨巴，全身宛如痲痺般無法動彈。瑪蓮娜終於起身走過去抱住她。但是女孩完全察覺不到周遭的動靜，只是直直瞪著有木製小面具墜飾的項鍊。

卡爾看了阿薩德一眼，阿薩德卻迴避了他的視線。他們全都明瞭這一刻蒂爾達內心發生的變化。在場四個人，對於失去、對於空虛和悲傷，有各自的感受，而此時腦海中掠過最多畫面的人想必是阿薩德。

「你們知道他在哪裡拿到的項鍊嗎？」女孩最後蚊聲問道。

「我們不清楚，蒂爾達，也不知道少年的身分以及他住在哪裡。我們希望妳或許知道。」

她往前靠，觀察著照片，然後搖了搖頭。

「你們認爲威廉對他做了什麼事嗎？」

「我們不隨便下定論，蒂爾達，我們是警察。簡單地說，我們的工作是解謎，而目前我們正在調查威廉失蹤之謎，啓動一切運轉的正是這個。」

卡爾在她面前攤開尋人啓事。蒂爾達雙唇不住顫抖，眼睛來回在尋人啓事上的項鍊和眼前的實物之間移動，目光晶亮閃爍。

「很遺憾，蒂爾達，我們不得不把東西拿走。鑑識人員必須分析這項證物，或許上頭有跡象可以告訴我們這條項鍊兩年半來都放在哪裡。」

她一隻手摀著嘴，眼淚再也止不住，撲簌簌地滑落臉龐。「我蹺課去貼啓事，最後自己一張也沒有留。」她垂下頭。她維繫在尋人啓事上的希望如今有回收——結果卻是毫無所獲。她忽然掙脫母親的懷抱，跑出房間，跑上樓梯的腳步聲輕得幾乎不易察覺。

「他們兩人是如此……威廉進入她的生命時，她還沒上學。以前的她是個孤單的孩子，沒人能理解她爲什麼會時常感到疼痛，也沒人和她一起玩耍。但是自從威廉和我們在一起後，情況就不同了，也有人陪她玩。」她嘆了口氣。「我們會住在一起，都是蒂爾達促成的，就在威廉失蹤前幾年，因爲她眞的很愛他。她對自己的父親一無所知，卻像愛父親一樣深愛威廉。她病情惡化時，威廉永遠陪伴在她身邊。後來也是蒂爾達堅持要搬離威廉的房子，因爲她無法忍受那個家裡沒有他。」

「把衣服和其他東西留在那裡，也是蒂爾達的想法嗎？」

瑪蓮娜點頭。「是的，是她的建議。她說等威廉回來時，應該讓他一眼就明白我們無時無刻都在等他。」

「等威廉回來時？」

淚水在她眼眶裡打轉。「是的，她是這麼說的。她絕不使用『如果』這個說詞。史塔克尚未正式宣布死亡，房子也原封不動，而且無需花費我們一分一毫，這要歸功於他的財產所衍生的利息支付了一切費用。因此，蒂爾達毫無困難自然會有『等他回來時』這種想法。」

卡爾沒有心情再問下去，但是阿薩德還沒打算結束。「威廉會賭博嗎？」

瑪蓮娜聞言皺起眉頭。「你是什麼意思？」

「他爲蒂爾達支付的醫療費用遠超過他所能支配的金額，這點大家都知道。您可以解釋一下嗎？」

「一定是預支了遺產或者諸如此類的吧。」

阿薩德黝黑的眉毛皺成一團，看得出來他又要緊咬著事情不放了。「不，我們有證據證明並非如此——他母親死後才把遺產留給他。」

「我不懂。」她困惑地搖著頭。

「事實上涉及兩百萬克朗的金額，因此我們才會請教他是否會賭博？」

她再度搖了搖頭。「蒂爾達曾經送給威廉刮刮樂彩券做爲生日禮物，他完全不知道那是什麼。他對這類事情完全愚鈍無感，我也無法想像他會涉入其他形式的賭博。威廉這個人太小心翼翼，不會冒這種風險。」

「兩百萬怎麼說？」

她哀切地注視著阿薩德。

卡爾深吸一口氣。「能排除他捲入其他形式的犯罪行爲嗎？或者您認爲他的才智與能力也不足以勝任？」

瑪蓮娜沉默不語，顯然內心大受震撼。

回程路上，這一區的景致宛如畫質不清的畫面從他們身旁流逝。卡爾飛快看了阿薩德一眼，他也一樣陷入了沉思。外頭有個少年四處忙活著，爲謎團增添更多迷霧。而埃里克森像隻駱駝將脖子伸向某個或許不眞實的故事，製造出混沌未明的猜疑。

「阿薩德，我們必須再去找埃里克森談一談。」卡爾忽然開口說道，但是阿薩德毫無反應，仍舊默不作聲坐著。

這個老好人最近養成的習慣眞是有點惱人。

第二十二章

馬可前一晚攀爬過工地圍欄，闖入圍著鷹架的建築物。他第一件事情就是考慮逃生路線，清空障礙，保全人員若是出現，即可迅速逃出戶外而不被人看見。

接著，他先記住哪一區放置了特別多的工具和建築材料，因爲輪到下一班時，工人會出現在那裡。

他在四樓找到一個能夠遮風避雨的角落，拿了紙箱的紙片給自己搭了床鋪，從這裡透過水泥牆上尚未安裝窗戶的窗洞望出去，外面的動靜全逃不過他雙眼。躺在這個幾個月後會有電梯上上下下的角落，在早班的人上工前，不必擔心會被人發現。等到休息時間工人走進工寮後，就可以趕緊溜之大吉。

除了正常的工作時間外，似乎沒人會停留在工地，因此馬可晚上多少能在樓層間自由走動。他只需注意從名稱怪異的「希福牛排館」擠進工作圍欄後面，就著鷹架向上爬時，不要被人察覺就好。夜班保全人員和守衛犬不會上來他安身的地方。

巨大建築物的外牆已經被移走，內部被拆光，隔牆也全部拆掉，只剩下樓梯和柱子。總體而言，這裡是一片灰色水泥的冰冷風景，隨意停放的工程車和碎石箱摻雜其中，就像是彩色的樂高積木。

從這裡，他不僅可以觀察蒂沃利樂園緩緩迎接新的旺季，也能望見市府廣場、安徒生大道和部分徒步區；另一邊，可見維斯特布洛街的街口。氣溫若是稍微和暖，這裡就是完美的落腳處，可以追蹤家族成員在城裡的活動。

星期二貨車一如往常準時在早上九點將人放下，這次有米莉安、羅密歐、塞穆爾和其他六個人。他們商量了一陣之後，便分散到斯楚格街、維斯特街、拉文德街和法瓦街旁的巷子裡，然後再進入徒步區不同的區段。

從高處觀察，馬可覺得他以前的「同事」就像是細菌般闖入城市生活，想到自己曾經也是其中一員，不由得心生羞愧。

他思索著該如何採取行動，想得頭都快破了。應該拉攏幾個成員過來嗎？到時候他告發左拉和他爸爸時，才不會將所有人拖下水？他們或許也可以透露左拉派了誰來找他，搜尋行動何時停止等等。或者，他該冒險拿出放在凱和艾維屋子裡的錢，然後離開哥本哈根？他聽過兩座位於于特蘭的城市——奧胡斯和奧爾堡，距離夠遠，而且規模也夠大，或許可以在那裡展開新生活。

但是新生活仍舊遙遠。如今警察看見了他，加上他還把尋人啓事和項鍊留在派出所，警方很可能出動找他。若是被發現怎麼辦？他提不出任何身分文件，最後會被送進難民營嗎？

他思考得越久，心裡越清楚自己沒辦法向警方提供任何東西，因爲史塔克的屍體十之八九很可能已不在原處。

肚子餓得咕嚕咕嚕叫，他在水泥荒野中左右張望。驀然間，一股驚天的孤獨浪潮幾乎將他淹沒。

米莉安擺出典型的姿勢坐在聖神教堂的鍛鐵欄杆前面，怯生生伸出的手和赤裸變形的腳並不會讓人感覺噁心或煩躁。米莉安有種特殊的天賦，她的微笑總能散發出溫暖、信任的氣息；目光反應出沉靜的悲痛，卻也有鋼鐵般的意志力。她渾身就是有種不可思議的氣場，甚至連警察也由著她去，不會加以攔阻。米莉安若是有機會學通一門職業，一定會成爲了不起的人物。

但是，一看見馬可出現眼前開心地打招呼，她溫暖的目光和唇邊的笑容倏地消失。

「滾開，馬可。」她壓低聲音說：「所有人都在找你，如果被他們發現，只有老天能幫你了。你根本不該來和我聊天。小心離開，別再出現在這裡。」

馬可垂下手臂。「米莉安，我需要妳的幫忙。他們若是停止找我，請給我個信號。拜託妳！」

「噢，天啊，你到底是笨到什麼程度？你眞的以爲他們會停止找你嗎？他們找到你之後才會停手啊，馬可。你如果再出現在這裡，我會叫其他人來。雖然如此，誰知道呢，也許到時候我一定會這麼做。」

她站起來，費勁地伸直受傷的腿，準備繼續往前走。這時，她拿了一手的銅板給他。但是馬可豎直兩手掌，拒絕她的好意。那金錢就像猶大出賣耶穌的代價。他預料到會面對冷淡和拒絕，卻沒有想到她可能出賣他，偏偏是她。

他杵了一會兒，努力回想媽媽拋棄他時，米莉安有多麼愛護他。然後他轉身就走，沒有招呼一聲。

走了五條街後，他撐在一條排水管上，再也止不住潰堤的淚水。上次掉淚是左拉第一次打他的時候。他涕淚縱橫，手腳顫抖個不停，胃痙攣抽搐，感覺快要吐了。

有個路人停下來，手扶住他的肩膀，傾身望著他的眼睛問道：「需要幫忙嗎？」但是他沒有因爲她的同情感到高興，反而全身一縮，擦掉眼淚，淡淡說了一句：「我沒事。」

他事後很後悔自己的舉動，至少應該說聲謝謝才對。但是在那種時刻，他滿腦子只有：從現在開始，對於左拉家族的任何成員，他都無需再留情面了。他心裡有數，當時最親密的人如今也公開對抗他，那麼他也將不留餘地利用他們的敵意。雖然他發誓不可以再偷竊，但是對於那些以行竊維生的人，只有以其人之道還治其人之身。他要洗劫左拉的人，充實自己的荷包，好好祭祭五臟廟。首要之務是確保自己生存無虞，接下來才有餘力思考如何走下去。

他在新港發現了羅密歐和塞穆爾，他們混在一群瑞典旅客當中忙著偷東西。塞穆爾沒有動手行竊，顯然被提拔了上來。

馬可躲在後頭，觀察他們兩個的工作模式。他們先是假裝不小心撞到旅客，迅雷不及掩耳之間，已得手對方口袋裡的物品，一眨眼戰利品又轉到下一個人手裡。事情發生得快速又自然，別人根本沒有察覺，他們甚至也無須因爲自己的笨拙而道歉。

馬可對所有流程早已滾瓜爛熟：先是四面八方再三確認，接著突如其來變換方向。塞穆爾在後頭遛達著，伺機接下戰利品。羅密歐只要一得手，塞穆爾便迅速往前一步，將插在口袋裡的手向前一伸收下贓物。整個過程流暢無阻。

他外套最大的內袋已經凸出來了，看來他們今天收穫豐碩。再過不久，塞穆爾就會向羅密歐打個手勢，要他休息一下，把贓物裝到別的袋子裡。這一刻，就是馬可等待的機會。

哥本哈根除了中央火車站之外，只有少數幾個地方可以隨便丟掉袋子而不會被當成恐怖份子。皇家圖書館的擴建部分就是其中之一，由於其方形建築和光澤閃耀的深色牆面，它又被稱爲「黑鑽石」。塞穆爾正走向這個建築走去，馬可尾隨其後跟上。

寄物櫃設置在一樓，離其中一個出口很近，而且廁所就在旁邊。在廁所裡將扒來的皮夾裡的東西改裝到其他塑膠袋裡，無需擔心會受到干擾。

一樓也設置了書店，馬可躲在這裡偷偷盯著塞穆爾拿著飽滿的塑膠袋離開廁所。

過了一會兒，塞穆爾好不容易才找到外套口袋裡的寄物櫃鑰匙。他大概一直留著鑰匙，確定自己永遠有個櫃子可以使用。然後他走向通往外面街道的寄物櫃區，站在右邊牆壁前，就在中間位置，然後蹲了下來，打開最底層一個櫃子。

馬可仔細觀察著一切過程，記下櫃子位置後，退到書架後面。

幾分鐘後，塞穆爾又離開去幹活了。

新港那裡還等著羅密歐，以及新的受害者。

圖書館咖啡廳擠滿使用筆電的學生，其他人則站在玻璃牆另一邊，被陽光刺得猛眨眼，一邊享受著溫暖，沒人注意一個十五歲的少年。

馬可瞪著那面寄物櫃好一會兒。塞穆爾應該是使用一六三號寄物櫃。寄物櫃的鎖不難打開，但他從經驗得知，若是拿不對的鑰匙想開櫃子，鑰匙可能會斷掉。他手邊沒有工具，無法撬開櫃子，也不想使用弄丟鑰匙的藉口去找工作人員。

他拿指骨敲了敲鎖，不是很牢固，如果用腳踹，又會發出很大的聲響，而且鎖只會向內彎，不會跳開來。

馬可嘆了口氣。除了想辦法弄來鑰匙，別無選擇。

他在國王新廣場趕上塞穆爾。若想要不知不覺偷走鑰匙，必須製造出混亂的場面才行。他選定目標，找上一個全身刺青的大塊頭，他和塞穆爾一樣都有明確的目標，只見他腳步堅定陷入旅客圈套，走向新港便宜的酒館。若沒有把牛仔褲後面鼓脹皮夾裡的錢花光，這個人保證不會回家。當然，前提是他事先沒被羅密歐給撞到。

馬可悄無聲息溜到大塊頭後面，手指快速動了幾下，做好下手的準備。他百分之百信任自己的手指。接著，他從受害者旁邊拐了一下，動作如貓般靈活，瞬間就從口袋扒出皮夾。他接著站住不動，等到那個人走了幾步遠之後，蹲下來假裝從地上撿起皮夾，再起身追上大塊頭，扯扯他的衣袖。

「這個。」他把皮夾遞給他，「是前面那個人偷的，我看見他正要把皮夾交給同伙，但是我的動作更快。」

大塊頭眉頭皺緊，望著馬可指的方向，然後一個箭步就抓住塞穆爾，把他壓到地上。

馬可沒聽見他以前的同伴大喊些什麼，不過即使大聲呼叫，顯然也幫不上忙。大塊頭舉拳就揍，攻勢凌厲，塞穆爾不得不拿雙手護住臉。

馬可多次練習過從背後行搶扒竊，對象大部分是酒醉夜歸的人，因此使來一點也不困難。不過現在他必須先耐著性子等待，等到瞬間聚攏的圍觀者從塞穆爾身上拉開勃然大怒的大塊頭，空出幾秒的時間讓塞穆爾得以站起身，退到一旁。

誤以爲被偷了皮夾的大塊頭嚷嚷著要報警，不過周遭的人勸他寬宏大量，放過塞穆爾一馬。塞穆爾終於鬆了口氣從人群中擠出來，想要快速離開。就在此時，馬可一隻手伸進了他的外套口袋。沒想到塞穆爾竟然絲毫沒有察覺到這輕微的碰觸，讓馬可吃了一驚。

大塊頭仍舊怒火中燒叫囂著，因此馬可沒等他一聲道謝或者賞金就離開。反正寄物櫃裡的報酬已經夠了。

他在藏身處將塑膠袋裡的所有東西都倒在光禿禿的地上，詫異地呆視眼前令人眼花撩亂的東西，爲死氣沉沉的水泥景致難得增添了一絲生氣。接著，他拿出各個皮皮夾裡的現金，沒有多看信用卡和證件一眼。他手中一共有五種不同的貨幣，總金額超過九千克朗。

原本緊繃的情緒忽然放鬆，他不由得放聲大笑，聲音迴盪在未經粉刷過的牆面，顯得低沉沙啞。但是，目光一落到成堆的皮夾、時髦的手機和手錶上，笑聲卻乍然止息。四面八方陰暗的水泥牆面威嚇地包圍著他，皇宮旅館燈火通明，窗戶透出來的光線和《政治家報》報社大樓即時新聞的走馬燈，宛如探照燈般刺眼。他面前躺著許多陌生人的財產，雖然不是自己下手偷的，卻無法心安理得據爲己有而不覺得是共犯。

這種感覺黏膩惱人，噁心反感，就像黏在鞋底的狗屎一樣討厭。馬可忽然間又覺得自己像殘渣敗類，不比其他人高尚。九千克朗是筆不小的數目，可以維持很長一段時間，但是總會有用完的一天。到時候該怎麼辦？必須再度……

這時，他才清楚自己陷入了一個沒有未來的絕望困境。

他心中燃起熊熊的仇恨，無可抑止的原始仇恨，從左拉第一次強迫他到街上偷竊開始，便淤滯在他心中。

只要左拉家族存在著一天，他就永遠是個賊。不管他人在哪裡，左拉的觸手始終如影隨形，無法擺脫。

他握緊拳頭，凝視著水泥天花板，眼前浮現眼眶空洞的史塔克，聽見蒂爾達輕柔的聲音，以及那個千方百計想要和他取得聯繫，叫做卡爾的警察。所有的鬼魂陰影全聚攏在他身上。但是，只要他採取正確行動，陰魂不散的鬼魂終將消失……

毫無疑問，一定要除掉左拉和他的黨羽。

第二十三章

「你們大概以爲會受到敲鑼打鼓的接待吧。」蘿思一邊說，一邊拿一張折起來的紙張戳他。「卡爾會有這種行爲全在預料之中，但是阿薩德你，我還眞是沒料到。你根本就知道瑪蓮娜歸我，卻趁著我在外交部時打電話告訴我你們要過去問她口供。這是什麼意思？」

「不是這樣的啦，蘿思。」阿薩德辯白說，一副迫不及待想在蘿思大聲訓斥他之前，趕緊拿走捲起來的跪毯和其他東西溜之大吉。

卡爾勉強擠出淡淡的笑容，卻來得很不恰當。「罵我就好了。」他說：「阿薩德特別提醒我妳也應該在場，但是當下就是沒辦法。」

蘿思哼了一聲。「罵你有什麼用？你的盔甲厚得沒有東西能刺得進去。」她說完，抓起卡爾的手，把那張紙塞進他的手指之間。「既然沒有我，你們都能應付瑪蓮娜了，想必這個你也能做得很好。我要走了。你可以稍微咀嚼一下我這段時間的發現。」

「哈哈，小蘿思，給他們好看！」地下室走廊另一端傳來說話聲。高登忽然現身，蘿思立即把手放了下來，看得出來對於他的支援她不太買帳，但是他仍繼續加油添醋說：「我覺得上司阻止妳審問自己聯絡上的人，就是種霸凌。」

蘿思臉皺了起來。那表情絕不含糊曖昧，反而清楚地反映出她有一條不允許任何人跨越的界線。

「夠了，高登。」她的語氣堅定果斷，瘦長得像義大利麵條的高登卻沒聽懂。

「哎，」他沒有眼力繼續說：「這一代的刑警就是這德性，骨子裡都是沙文主義者。」

「啊，你們腦袋全都有問題！」她大喊一聲，不等其他人反駁，隨即離開，用力摔上自己辦公室的門。她總是在那個小房間裡恢復情緒，他們不得不由她去。

卡爾打量高登，眼神像看一塊腐爛的肉。「你認爲那樣的說話方式恰當嗎？」

高登面無表情看著他。這傢伙腦袋塗了漿糊還是啥？

「高登，我想這種時候你至少應該搖個頭。」阿薩德不帶感情評論說。

高登的表情就像隻裸鼴鼠般呆滯。

「我想請問你昨天是否沒聽懂：第一、你在別人的地盤上顯得囂張跋扈；第二、我們這裡寧願要一群野狼，也不要你？」卡爾問。

高登沒有回答，彷彿沒聽進那番話。

「沒聽懂？那麼在我和阿薩德狠狠揍你一頓後，建議你立刻飛奔上樓，向羅森告狀，告訴他我們地下室這裡有多殘忍。」

卡爾拿起菸點燃。看見笨拙的瘦高個兒猛然往後退，臉孔消失在濃密的煙霧後面，眞是暢快。高登本還想抗議，但眼角瞥見阿薩德正捲起袖子，顯然聽懂這個暗示，頓時像隻被痛打的狗迅速退到走廊上，臨走前還不忘從安全距離之外罵罵咧咧。

卡爾攤開蘿思塞給他的紙張。她在頂端打上「巴卡計畫」，Times New Roman字體，字級三十，還特別加粗。如此處理，要看錯也不容易了。

「阿薩德，坐下，你聽她寫了什麼。別垂頭喪氣的，蘿思很快就會平靜下來。她很清楚我們不是每次實地調查時都能出動大批人力向前挺進。」

「向前挺進？那是什麼意思，卡爾？」

卡爾指著紙張內文說：「算了。這裡寫道，有人建議蘿思打電話給雅溫德一位官員。你若是想不起來，我告訴你，雅溫德是喀麥隆的首都。」卡爾打死也不會承認自己也不過兩分鐘前才知道。

「我們的合作夥伴告訴蘿思『辛波墨』這個名字，他是丹麥資助的巴卡計畫的中間協調人員。但是這個辛波墨目前不在，所以蘿思最後是和一個叫做法布里斯．鮑卡的人談話。鮑卡告訴蘿思，巴卡計畫雖然仍舊存在，但是年底就會中止。一切都按照計畫進行，除了某個叫做馮路易的人曾經破壞過計畫。蘿思寫道，計畫的目的是要資助德賈雨林區的矮黑人設立香蕉和新種農作物的栽種區。由於矮黑人的生計因爲偷獵問題而逐年受到破壞，因此有必要幫助他們。」

卡爾將紙張放在面前桌上。

「就這樣？」阿薩德一臉驚訝，而卡爾完全能理解他的訝異。在相對不短的時間裡，蘿思找到的訊息還眞的不多。

「不，等等，背面還有她手寫的字。Lfon9876，這是什麼東西？」

「看起來像是Skype帳號。」

「過去問問她。」

「眞的要去喔？」

卡爾沒有回答，那就是回答了。

五分鐘後，阿薩德又站在他面前，滿身大汗。

「噗，卡爾，她眞是好好把我刮了一頓。這樣說沒錯嗎？她說那當然是Skype帳號，她花了很多時間才找出來的。細節我就不說了。總之，她說馮路易在喀麥隆北方的家裡，會有人回應這個帳號。她之前試過了，不過沒有人接聽。」
「欸，這個帳號可能沒人用了吧。」
「這眞不是你的強項啊，卡爾。Skype帳號要能使用，前提是對方必須開著電腦才行。」
「是啊、是啊，我知道。我只是認爲……」
阿薩德臉龐發亮。「哈哈，卡爾，你別騙我了。但是隨便啦，我操作給你看就是了。跟我來，一起到我辦公室去用。」
阿薩德窄小得像櫃子的辦公室裡有煮茶器、綠色的搪瓷線香座、一疊檔案夾和一大堆廢物，在這堆東西當中，總局裡最大的螢幕拔桌而立，螢幕上有棟灰褐色黏土屋，是中東幾百萬棟常見建築之一。這絕不是卡爾退休後會想要居住的房子，沒有色彩、沒有植物、沒有可以把腳擱在欄杆上的陽台。除了窗戶和門，什麼都沒有，而且一切只是灰撲撲的褐色。
卡爾指著螢幕問道：「你知道這棟房子？」
阿薩德笑了一笑，搖搖頭，按下一個鍵，畫面隨即轉換。「我們先打開音響，卡爾，你在螢幕前坐下，然後開啓Skype，我會告訴你怎麼做。如果另一端的人電腦上也有攝影機，就像我一樣，你們甚至還能看見對方。」
不到半分鐘，就清楚傳來讓人抓狂的尖銳鈴聲。
「給他們點時間。」阿薩德才說完，就聽到一連串模糊的聲響，另一端有了動靜。
卡爾戴上耳機，阿薩德比手畫腳提醒他做好準備。
忽然間，一位年輕的黑人女子出現在螢幕上，臉幾乎快貼在攝影機上。她連珠炮似地快速說著話，但是卡爾一個字也聽不懂，因此他只說了：「您好。」
「泥好。」女子回答說。他們終於搭上線了。

「喀麥隆的人講法語嗎？」他問阿薩德，只見阿薩德點了點頭。

「你會……？」

一看見阿薩德搖頭，卡爾馬上中斷連線。

他們足足花了半個小時，才把蘿思哄出來，因爲她能講得一口流利的法語。除此之外，她還要求一些定義不清的回報後，才接受了他們的道歉。

阿薩德重新連線Skype之後，不到二十秒蘿思就做完自我介紹，對方也稍微退離攝影機，一個從四面八方照進陽光的空間，頓時出現在眾人眼前。

「我負責翻譯。」蘿思對女子和自己身後兩位男士說。

馮路易的妻子顯然正在服喪。她用五次以上的不同說法，解釋自從丈夫不見後，她的處境有多艱難，終日以淚洗面。

「我們是那麼幸福。他奉獻自己，讓我們衣食無缺。路易熱愛工作。除了孩子和我，最重要的事情就是這項計畫，他時時刻刻無不把巴卡人的福祉放在心上。」

「您認爲可能發生了什麼事情呢？」蘿思問。

「我不知道。」她聳起雙肩。後面的門口有兩隻毛掉光的狗兒。「一開始我以爲他被野生動物咬死了，現在我覺得或許是其他人幹的。」

「爲什麼您會認爲他被謀殺了？您懷疑是哪些人幹的呢？」

「我不是『認爲』，而是『知道』。我們的『恩崗嘎』告訴我的，鳥兒的爪子也透露出訊息，路易已經不再與我們同在了。」

「我覺得很遺憾。『恩崗嘎』是誰？巫師嗎？」

「他是我們的靈魂和身體的守護者。」
卡爾和阿薩德面面相覷。這種職業在法庭上是不被承認的。
「後來路易的父母給了我一些錢，我才能去德賈和索莫羅莫找找他還留下什麼。這件事讓恩崗嘎非常生氣。」
「所以您並未查出他發生了什麼事情？」
女子搖了搖頭，情緒激動不安，即使如此，她仍有餘力大踹一隻走向她的狗兒。
「在那兒發生了許多特別的事情，很多是我從來沒經歷過的。計畫停滯，矮黑人很不高興。先是有人承諾他們將會收穫豐饒的農作物，擁有新的農場，接著他們拿到了所謂的等候金，到最後卻什麼也沒有。他們把所有的事情都告訴我。他們很氣路易和丹麥人，我也一樣。但是過了一陣子後，我從丹麥拿到了一些錢，總算稍微有點幫助。」
她靠在身後的桌子，一臉沉思。
「問她在想什麼，蘿思。」阿薩德請求說。
「您忽然陷入了沉思，是否想到了什麼我們應該知道的事情？」
「我不知道。或許沒什麼，有點奇怪就是。」她沉默了一會兒。
世界小得讓卡爾覺得神奇又迷人。女子一旁的爐子上有個鍋子正在煮東西，他感覺自己似乎能聞到氣味，或者觸摸到她的頭髮。阿薩德的辦公室彷彿瀰漫著那邊草蓆上的霉味。
「我剛才想到的是，因爲路易去世而簽名付賠償費給我的那個人，在路易失蹤那天也正好在索莫羅莫，這件事想來非常奇怪。索莫羅莫有幾個人都告訴我這件事。」
「同一天？是丹麥人嗎？」
「是、是。一定是個丹麥人。」

「您還記得那個人的名字嗎？」阿薩德要蘿思轉問。

又是一陣停頓，這位非洲人的靈魂正在助跑，要闖入阿薩德的中東洞穴裡；又是一陣停頓，女子陷入沉思，好像忘了正在談話。

「威廉．史塔克？」卡爾從後面發出聲音說。

女子抬起眼睛，搖了搖頭。

「不對，他不是叫這個名字。我想不起來他叫做什麼，只知道有很多『e』。」

卡爾迎視阿薩德的目光，但這時口袋裡的手機響了起來。他媽的眞會挑時機。

「喂！」他一接起手機，看也沒看手機螢幕一眼便口氣不悅說：「現在時機不對，請您半個小時後再打來。」

「喂，卡爾，請見諒，我是莉絲貝，我們在布朗斯霍伊圖書館談過話。」

「噯。」他下意識呻吟了一聲，感覺像被女子的聲音深深震撼。

「我不知道您是否有興趣知道。不過，那個少年現在又來到達格．哈馬舍爾德大道上的圖書館了。」

第二十四章

馬可看了一眼電腦螢幕上的時間，下午六點十分，離圖書館關門還有段時間。但是，爲什麼借閱處那幾個人不斷往他這裡看，還時時看著自己的手錶，彷彿他只剩下五分鐘的時間呢？

難道他受到了監視？

他調整了一下螢幕，以便反射出圖書館人員的身影。是他弄錯了嗎？還是他們眞的交頭接耳，竊竊私語呢？

他尤其注意他們叫她爲「莉絲貝」的棕色短髮女士，她似乎同時出現在各個地方。一開始他每天都在這個分館看見她，接著她忽然出現在布朗斯霍伊，如今又現身此處。而且他明確感受到她的目光無時無刻不盯在自己身上。他不喜歡被人如此注意，或許不該再來這裡了。

他又將螢幕轉了回去，繼續查資料，卻搜尋到無邊無際的結果：哥本哈根有太多警察的名字可以寫成「卡」或「喀」了。何況他不知道那個警察的姓氏和位階，所以他只能將「卡爾」或是「喀爾」搭配「警察」一起搜尋。結果跳出來一大堆瑞典國王的照片，還有一個叫做卡爾·阿吉的警察，但是和他看見的警察一點也不像。其他的只剩下幾千個不相干的搜尋結果。即使再加上「刑事」搭配「哥本哈根」，也一樣毫無所獲。

馬可進入《號外報》的網頁，瀏覽一則新近破案的大規模非法墮胎案。他將網頁往下拉，忽然在一則陳述罪責重大的婦產科醫生的說明旁邊，看到了要找的警察。

看到照片，他整個人安心了一點。那個警察外套鈕釦都扣歪了，快快不樂瞪著攝影師，他旁邊站著一個黑髮龐克女和有點矮小、皮膚黝黑的男人。馬可感覺自己和那位矮個子有某種不尋常連結，也許來自於那雙眼睛，或是冷靜泰然的目光、黑色卷髮和皮膚顏色。

他們三個人分別叫做卡爾·莫爾克、蘿思·克努森、哈菲茲·阿薩德。他終於知道那個警察的全名了。文章中寫到，他不僅是個成功的犯罪調查人員，還是偵辦令人矚目的陳年懸案的專家。

馬可陷入沉思。他不正是自己需要的人嗎？

他再度鍵入「卡爾·莫爾克」，一一閱讀搜尋結果。然而，與這位警探有關的訊息卻非全能振奮人心，讓人對他建立信任感。他讀到卡爾·莫爾克涉入亞瑪格島一樁槍擊案，在可疑的情況下遭人射擊，之後休息了很長一段時間。而他粗魯無禮的脾氣在警察圈裡也是人盡皆知。

唉，對於這類脾氣暴躁粗魯的人，馬可比誰都熟悉。

他稍微推了一下螢幕，再次藉由鏡像反射觀察那位女圖書館員的動靜。他看見她又和其他同事咬耳朵，而且望著他這邊。馬可心中警鈴大作，發出刺耳的警告聲。他的目光悄悄掠過玻璃大門，那裡也站了一位工作人員，對方顯然也盯著他看。

馬可努力不動聲色，起身走到隔壁桌的電腦旁坐下。既然無法從大門離開，就必須利用圖書館位於一樓的優勢，想辦法從窗戶跳出去。這點他輕而易舉就能辦到。圖書館正後方就是停車場。

他隨便取下一本書，又在電腦前坐下，假裝檢查網路上讀到的內容。

會不會只是他自己的想像？落在身上的目光不過是偶然？他們爲什麼會對他感興趣？他在圖書館裡一直行爲良好、遵守秩序啊。

但是，如果他弄錯了怎麼辦？還是電錶上小櫃子裡還有東西沒拿走，被他們找到了？不可能，他非常確定東西都清空了。

他望向窗外的停車場和後方的矮樹叢，一片寧願祥和。偶爾有輛車駛進斜畫的停車格，下車的人大部分一派悠閒，沉浸在溫和的五月傍晚和明亮清澈的陽光。馬可能體會他們愉悅的心情。哥本哈根的陽光也讓他覺得心情舒暢。

他又轉向螢幕，簡單扼要記住那個警察的資料。思索得越久，越確定最好放棄卡爾．莫爾克這條路。但話說回來，沒有親自接觸過這個人，怎麼把自己手邊的訊息塞給他？因爲他不能冒這個險，畢竟他沒有身分，又未成年，還有紀錄輝煌的犯行。

馬可再次輸入名字，又查詢了幾分鐘。這個卡爾．莫爾克顯然是記者喜歡的有趣對象，因爲新聞詳細報導了他多起案件：失蹤的政客、縱火案、連續綁架案、進行非法墮胎的神祕兄弟會，以及許多其他案子。他的部門叫做「特殊懸案組」。

馬可戴上耳機，點閱幾則與卡爾．莫爾克、黑皮膚助手和怪異女同事有關的短片。

卡爾．莫爾克這個人的形象三兩下就清楚浮現，但是他的助手阿薩德卻不容易看透。看了影片後，馬可改變了對這個助手的看法。一開始馬可感覺他親切又熱誠，但是他的表情和眼神卻難以歸類，令人不安，帶點黑暗和伺機而動的感覺。

這個男人絕對藏有不向外人透漏的祕密，馬可心想。在他的笑容底下，隱藏著銳利的刀。而且警覺性高得異常，扒手絕對無法近身。

不，事實顯而易見，他必須避開這個人。

又查了幾分鐘，確定網路上沒有資料，也找不到卡爾．莫爾克的私人訊息之後，他開啓Google地圖，尋找那天逃離家族時藏身的小樹林。他將地圖列印下來，標示出他認爲屍體可能埋葬的地點。

那個棕色短髮的圖書館員又看著錶，接著望向他這邊。雖然沒有直接看他，但也相當明顯了。

爲什麼她老是在看時間？她同事爲什麼要站在大門旁？就馬可所見，他站在那裡根本就沒事做。

接著，一輛車子從街上轉進停車場，隨即緊急煞車。圖書館員的表情這時變了，但是沒仔細看，並不容易察覺。難道她鬆了口氣？

馬可面前有扇窗，他本能把手伸向窗鎖。

就在此時，借閱處傳來一陣怪異的蠢動，那個莉絲貝似乎向玻璃門旁的同事打了個暗號，對方立刻朝馬可所在的位置移動，但是特意裝成漫不經心走來。

停車場傳來車門被大力甩上的聲音，力量之大，窗戶玻璃都跟著震動。馬可眼角瞥見兩個人朝著圖書館門口飛奔，一個人的夾克隨風翻飛，另一個感覺有點不良於行。

正是卡爾．莫爾克和他的助手。

馬可緊張地觀察著眼前的情勢，一邊盡可能悄悄拉開窗鎖。剛才站在門口的那個傢伙距離他只剩幾步了，馬可仍舊坐在椅子上不動。他想等那兩個警察轉進拐角後再跳出去——就是此時。

他深吸口氣，哀傷地看了圖書館員一眼後，猛力推開窗戶，一個箭步跳了出去。

「不可能吧。他從窗戶跳出去？就在剛才？爲什麼沒有攔住他？」卡爾往窗外一探，只有停著的車輛。

莉絲貝指著一個哀聲呻吟、坐在椅子上的年輕人。「班德想要追出去，但是跳上窗台時卻扭到腳了。」

卡爾悶悶不樂看了那傢伙一眼。現在的年輕人體能眞是糟糕。

「少年做了什麼事？」阿薩德問道。

「坐在那兒的電腦前上網。他列印了一張東西，也許還在。」

卡爾走向桌子，桌上什麼也沒有，地板上也一樣。

「阿薩德，察看一下那邊的字紙簍。」說完，逕自在電腦前坐下。他生命中有多少寶貴的時間浪費在該死的Google上，夢想網路能成爲腦袋糊塗者的電子脈衝？

「或許他還來不及刪掉瀏覽記錄。我查查看。」莉絲貝傾身向前，胸部輕觸到卡爾的肩膀，下一秒，她塗了指甲油的手放到鍵盤上。

卡爾大氣不敢喘一下，無聲呼吸著，深深吸入她的香水味。味道不像夢娜那麼濃烈，不過也差不多了。

「你一定知道只要點擊這個小三角形就可以了。」她一邊解釋，一邊又把身子彎得更低。這一刻，什麼警察工作都被卡爾拋到腦後了。她是故意的嗎？他心想，全身所有的感覺都集中在肩膀部位。

「有了！」她叫道。同一時刻，卡爾感受的美妙輕壓隨之消失，她的上半身往後退去。

「我們終於知道他對什麼感興趣了。卡爾．莫爾克副警官，或許你能解釋一下原因？」

卡爾原本如夢似幻盯著電腦螢幕，下一秒瞬間清醒。

「奇怪的少年。」阿薩德在後面說。

卡爾看著輸入的關鍵字，瀏覽先前出現過的搜尋結果，越看越覺得少年的調查工作進行得有條有理，而林林總總的資料全集中在自己身上。

「現在他知道你了，卡爾。」

「是的，同樣的，你也一樣。」

「卡爾，我想你最近要保持警覺，注意周遭環境。」

「你該不會以爲我會怕一個少年吧？」

「他不只是個少年啊，卡爾，你也看到了。他想要了解你的事。或許他已經知道太多了。」

「你想說什麼？」

「我只是想說，趕駱駝人有時候也會被駱駝趕。」

卡爾點點頭。眞該死，少年打算拿這些資料做什麼？

「看，最後一項搜尋。」莉絲貝說：「他上了Google地圖。很可能是他剛才列印的內容。」

「我可以看一下他找的是哪個區域嗎？」莉絲貝說完又往前靠。「你只需要重複同樣的動作，卡爾。按下右上方的三角形。」

吶，她不需要彎身，口頭告訴他就可以了呀。不過，很合他的心意。他毫不反對肩頭上那股美妙的柔軟觸感。她想告訴他幾百次螢幕上的小三角形都沒問題。

他望著少年鍵入的字。

克雷姆。

「奇怪的地名，像是奶油蛋糕。」阿薩德評論道。

莉絲貝爆笑出聲，卡爾覺得她的笑聲像輕柔的觸摸。他凝望著她的嘴唇。他媽的，究竟發生什麼事了？

「你住在克雷姆嗎，卡爾？那很遠耶。」

「不是的，是在阿勒勒。我沒概念他爲什麼要找這個地方。也許他自己住那兒，或許他正往那兒去？」

「你住在阿勒勒？好巧啊！」

「怎麼說？妳也是嗎？」他心頭湧起一股怪異的激動不安，等下他們很有可能一道回家。

她眉開眼笑說：「不是，是韋勒瑟，在阿勒勒邊上。」

「妳什麼時候下班？」他忽然脫口而出，說完恨不得咬掉自己的舌頭。見鬼了，他在幹嘛呀？這是什麼白癡問題？接下來就差沒問她要怎麼回家了……

「妳怎麼回家？」他聽見自己的聲音問道。

「吶，例如你可以送我回去？」她又放聲笑道。大概是在開玩笑吧。

卡爾深呼吸。除了浩瀚無垠的宇宙之外，大概就屬女人的幽默感最難以理解了。

卡爾看向阿薩德，只見他露出神祕難測的笑容。他在想什麼？

「我們也許先一起用個餐，你覺得怎麼樣？」她繼續說：「我肚子餓了。藉這個機會，你剛好可以告訴我有關少年的事情。人總擺脫不了好奇心，你說是吧？」

馬可在街道另一邊等待他們，藏身在綠色的電話分線箱和停放在紅十字會建築物前面的幾輛車之間。

在這裡，可以看見停車場上那輛警務車。他們等下應該就會出來，開車離開。他只是想要知道他們接下來打算採取什麼行動。

沒想到兩個警察竟和圖書館員一起走出大門。卡爾．莫爾克和他的同事分開，陪著圖書館員朝小三角的方向走。

他們走到達格咖啡廳，馬可曾在這裡整理桌面，賺取幾克朗。他們坐進一個從外面沒辦法看清楚的角落。

他考慮是否該立即採取下一步行動。餐廳不管是門庭若市或者門可羅雀，被人發現的危險都很高，不過目前這個時刻卻很恰當。

他等了幾分鐘，然後經過吧台，親切地向服務生點頭打招呼。幸好現場沒有他熟識的臉孔。警察和圖書館員坐在後面左邊一個小平台前，平台上有兩張單人沙發。他們兩人手肘撐在桌上，頭湊在一起，給人感覺似乎認識了一輩子似的。

卡爾．莫爾克和馬可前兩次見到的人不一樣，快快不樂的表情煙消雲散，看起來和許多調情時候的丹麥男人一個模樣，幾乎都有點蠢。怪的是，女人都吃這套，眼前這位也一樣。不過無所謂，對馬可來說，沒有比現在更恰當的狀況了。

他的目光在咖啡廳裡梭巡。這裡氣氛輕鬆，談話熱絡，朋友彼此笑鬧，情侶十指交纏，袋子有的放在腳邊地上，大衣和外套掛在椅背，手機則放在桌緣，是小偷下手的最佳場所。

馬可起身，像道影子溜進吧台和糕點櫃之間的通道。若是能順利坐到卡爾．莫爾克後面平台上的單人沙發而不被圖書館員發現，就能扒走他掛在椅背上的外套口袋裡的皮夾。

他緩緩移動，花了點時間才走到能夠擋住自己不被其他客人看見的柱子後頭。

他終於來到卡爾．莫爾克後面坐下，距離近到能夠感受到他和圖書館員之間的親密氣氛。她說著話，而他全心全意傾耳聆聽。

沒多久，只見她的手不經意地放在卡爾．莫爾克手旁邊的桌上。他的手緩緩移到她的手上時，馬可心中吹奏起響亮的號角聲，手趁勢伸入莫爾克的外套口袋，完全沒有驚動到兩人。

兩分鐘後，他手裡拿著皮夾，人躲到地下室一間廁所裡。他原先打算一辦完事情，立刻把皮夾放回去，卻有個服務生走到他桌邊問要不要點些什麼。他不敢坐那麼久，畢竟卡爾．莫爾克和圖書館員已經點好甜點了。

他審視著皮夾，一個毫無品味可言的乏味東西，隨著時間流逝，已經被身體曲線給壓凹了，有一、兩處縫線也裂開。破舊磨損，而且完全不符合當前的付款習慣。他上次看見皮夾裡沒有放信用卡的夾縫，基本上只有一層拉鍊袋，這用多久了？馬可得多次把他的紙條折起來，才能塞進舊收據和別人給的名片裡。卡爾．莫爾克似乎沒有自己的名片。

有一會兒時間，馬可猶豫不定地站在樓梯前，忽然有人拍了拍他的肩膀。他緩緩抬起頭，迎面看見前雇主蒙特的臉，他的辦公室就在地下室。

「你到這裡來幹什麼，馬可？我們不是說好你永遠不要再出現嗎？你引來了一些我不樂意在此見到的人。」

蒙特這個人沒有問題，不過他有自己的原則，執行起來絕不心軟。

「我只是想上個廁所，我以爲沒問題。」馬可表情無辜地說，然後趕快走到廁所。他發現蒙特已經穿好了外套。

果然沒錯，不到十分鐘，他已一如往常在下班後到隔壁商店接老婆。馬可立刻走上樓，躲在一根柱子後面。

從柱子後面可全覽莫爾克那桌的狀況。他宛如觀賞默片一樣看著服務生把帳單拿給莫爾克，只見莫爾克急忙在各個口袋裡找著皮夾。他比手畫腳，先是激動，最後是羞愧。這不是馬可的本意，若是沒有遇見蒙特，他早把皮夾放回去了。一會兒後，圖書館員把手放在莫爾克的手臂上，安撫著他，然後拿出自己的皮夾，付了帳單。

兩個人激烈討論著，同時走過馬可旁邊，彼此距離非常近。馬可的手伸了出去，動作之快，無人能比。

第二十五章

十二點整，埃里克森的祕書站在他面前，交給他一份收據掃描列印搞。UPS已經寄出了。埃里克森聚精會神閱讀收據內容：氣泡墊包裝袋，三二〇乘以四五五公釐，六百公克。應該差不多是這個容量。

他往後靠著。眼前浮現秤起來只有六百公克，但是價值不菲的財富。未來前途一片燦爛：奢華的生活，漂亮的女人，悠閒慵懶，永恆的夏日。現在他只需想辦法將包裹裡的證券連同卡勒拜克銀行證券一起賣掉就行了。再見了，早已放棄他的妻子和孩子；再見了，破舊的汽車、寒磣的房子；再見了，骯髒的冬天和無趣的同事；再見了，耐特和亞迪廉價超市；再見了，大排長龍的人潮。通往未來的大門現在只等著被推開。

他的目光游移到架上紙堆側面，游移到長達幾公尺的不重要檔案夾。他再也抑制不住，仰頭狂笑，聲響震天。不久就可以把這堆無用的廢物他媽的全給丟了。

每次他發出這種笑聲，妻子總不由得起雞皮疙瘩。乖乖，他多期待摸著她的頭放聲大笑，向她道聲再見啊。

他沉醉自己的想像裡，忽然間，祕書又出現在眼前，打擾了他的美夢。祕書遞給他一份檔案夾說：「您把錯誤的文件放在我桌上了。雖然檔案夾封面上註明是布吉納法索計畫的預算資料，裡頭的文件卻不是今年的。可以請您給我正確的嗎？」

埃里克森惱怒地搖了搖。他很少做錯事情。

「下次我會檢查清楚一點。」他承諾說。

就在此時，埃里克森忽地靈光一現，驀然瞪著UPS收據。「雖然檔案夾封面上註明是……」這句話不斷在他耳邊隆隆作響。

該死，誰能保證包裹裡正是他期待的東西？

電話另一端的施納普口氣聽起來不是十分開心。他於當地時間六點就起床，時差讓他很不好受。

「你已經如願收到收據了。」他說：「我能做的就這麼多。等你收到包裹，自己親眼看看裡頭的東西。」

「如果不是我要的有價證券，怎麼辦？」

「埃里克森，是你的有價證券沒錯。現在行行好，可以讓我享受短短幾天的假期嗎？」

埃里克森眼前明顯浮現這個體重過胖的迂腐之人，只愛享樂的大師。施納普那種人認爲自己天生擁有特權，在分配利益和物品時總是要爭取優先權。

哼，但是他若要埃里克森爲此付出代價的話，可就大錯特錯了。

「施納普，你就打個電話給布萊格—史密特，告訴他，我要是發現你們誆騙我，會立刻檢舉你們。你們要明白一件事，我絕對能全身而退，後路我早就留好了。」

「算了吧，埃里克森，我們三個可是全都深陷在這件事裡。無數的細節都一一指向你，你怎麼可能開脫得了？我們彼此的牽連多年來可是益發緊密。」

埃里克森簡直想發笑，但是壓抑多時的怒火阻止了他。「好，隨便你。不過，你知道嗎，施納普？這次你可是錯得離譜了。從官方角度來看，你確實曾經給過我幾次投資建議，我有鑑於此才會購買卡勒拜克的證券，資助銀行。由於你在學生時期還欠我一個人情，所以行情恰當時便會通知我，這點很容易查證，不過無所謂，因爲一切都合乎法律。至於庫拉索的證券，那些全部不記名，因此你無法拿來威脅我。那麼還剩下什麼呢？銀行匯款紀錄？書信往來？不，答錯了。查詢通聯紀錄以及電話內容？當然可以。但我可以說自己是看在多年老友的交情上，試圖勸你別涉入這種事。因爲我早就懷疑你和威廉・史塔克，不過直到如今我才握有明確的證據。現在我才找到史塔克欺騙多年的證據。沒錯，白紙黑字的證明。時機一到，我會毫不猶豫會將這些使人入罪的資料交給警方。」

「你別說大話，埃里克森，對你沒有好處。放輕鬆，別搞他媽的鳥事。我們同在一條船上，風暴幾天就會過去了。」

是啊，前提是你們殺了那個少年，埃里克森心想。「施納普，我只問你一次。」他說：「我什麼時候說過大話了？吹牛這種事從來不都是你的強項嗎？」

「夠了，住嘴！」這不是施納普第一次對他咆哮，不過上次距今已經相當遙遠。即使如此，埃里克森仍舊清楚記得施納普氣得漲紅的臉。

「我警告你，埃里克森。如果你眞敢威脅我們，不管你逃到哪裡，從此別想有好日子過。」語畢，施納普掛斷了電話。

施納普手裡緊握著闔上的手機，看著妻子整理行李後離開房間。現在要打的這通電話，談話內容不適合傳入她柔弱的耳朵裡。

「什麼事？」電話另一端的聲音說。

「包裹已經寄出了。不過兩分鐘前我和埃里克森通過電話，他恐怕嗅到了危機。」

「啊哈，那又如何？我們只要點燃危險的引線，立刻就能炸飛他。完事，結束。」

「這正是我打電話的原因。我們無法等到除掉少年後才來收拾埃里克森，必須先剷除他。」

「理由是？」

「因爲他已經做好預防措施。就我對他的了解，絕對不是騙人的，他根本不會說謊。無趣乏味，是最拙劣的演員。因此我認爲他並非無端吹噓。」

「你說的預防措施是什麼？」

「他收集了資料，能將一切罪責推給威廉．史塔克和我們。說眞的，在埃里克森想到先出手拿那些東西對付我們之前，必須盡快除掉他。最遲要在他看見包裹內容之前動手。他絕對不認爲報紙文章是他期待看見的恰當物品，即使文章內容是以帕皮阿門托語印製的。」

「你不是以國際快遞寄出包裹吧？」

「當然不是，不過還是很快就會送達。若是你們在那之前沒有解決少年……收拾個少年爲什麼這麼困難？不過也才十五歲，哥本哈根半個地下社會的人都在找他！」

「很快就會解決了。」

但是施納普沒辦法這麼冷靜，他太了解埃里克森了。埃里克森是個汲汲營營者，在大學時用功程度逼近變態，什麼科目都拿最高分，因爲他比常人聰明，而且清楚如何欺瞞教授們。不，施納普絕對不能再等下去。

「少年若是先死的話，整件事確實十分具有說服力，這點你當然有道理。」他承認道：「埃里克森下手殺害他，隨後了結了自己。但是仍舊可以安排另外的作法和說詞：我們先綁架埃里克森，然後等待，直到解決掉少年。我的意思是，既然我們設定埃里克森謀殺了少年，他若是在痛下殺手之前就先消失個幾天，應該也不會有人感到奇怪。而他們各自的死亡時間也不會有所衝突。我們不能指望警方鑑識人員相信荒謬愚蠢的事，不是嗎？」

電話另一端一陣靜默。

「好吧。」電話終於傳來聲音。「那麼我們必須在埃里克森收到包裹之前解決。」

「我的想法是立刻行動。就我對埃里克森的認識，他晚上都會待在家裡。老婆在身邊，他不敢隨便造次。」

電話那頭的笑聲刺耳又不恰當，聽起來卑鄙下流。施納普感覺自己將老同學推給了一個殘暴的劊子手，內心大爲震撼。

「既然埃里克森有老婆，我們也得一起帶走嗎？」

施納普不由自主搖頭。「那個女巫我一點也不在乎，你要送到女巫和魔鬼出沒的布羅肯峰都可以。」

「好，一言爲定。我立刻派出當年收拾史塔克的人手。他們侵入房屋行搶已經不是第一回了。」可鄙的笑聲又響起，接著傳來切斷電話後的訊號音。

施納普闔上了手機，望著臥室的門，耳邊聽見扣住行李鎖的聲音，然後再看向時鐘。時間剛剛好。

埃里克森回到家裡有點晚了，妻子不太樂意讓他親吻，雖然知道他治不好自己的牙周病，還是覺得很噁心。即使她一臉嫌惡，他還是在她臉頰上淺淺一吻，然後去小憩一下。之後，他在茶几用餐。一切作息和平常一樣。他打開電視，轉到TV2看新聞。除了拉斯．馮．提爾(注)的納粹脫軌言論外，一律是同樣播放無趣爛事的無聊新聞。誰有興趣知道伊莉莎白女王訪問愛爾蘭這種事？或許愛爾蘭人有興趣，但是他和妻子肯定沒有。她正在家務間忙活，一定又陷溺在自己問題裡：上次洗滌後就不見的襯衫鈕釦始終找不到；熨燙衣服絕對不容許一絲褶痕；以及女兒和丈夫之間的爭吵等等。

太棒了，這一切終將成爲過去，他心想，心滿意足舒服地深陷在椅墊裡。這時，陽台門忽然爆出巨大的聲響，玻璃碎片飛過房間。埃里克森腎上腺素倏地竄升，整個人跳了起來，裝著食物的盤子掉在地上。好幾個人戴著面罩從破掉的玻璃門闖進來，不聲不響就朝埃里克森頭部打下去，他被打得癱縮在沙發上。他聽見其他人用英語說現在該去找他妻子了。

然而他們並未就此放過他，仍然不斷毆打。埃里克森眼前一黑，卻沒有失去意識。他想要站起來，手臂和腳不聽使喚。即使如此，身邊發生的事情他始終一清二楚。

那些人在屋子裡散開。樓上傳來叫喊聲和家具被撞倒的碰撞聲，以及窗簾和床單被撕裂的聲音，但是他妻子待的家務間卻是一片安靜。

「她在樓下嗎，皮寇？」樓上有人用英語問。

埃里克森感覺自己置身某部血腥的B級片。但是他當然心知肚明眼前這肆無忌憚的強盜案絕不是發生在電影中，而是活脫脫出現在丹麥溫和無害的住宅區。眞實生活中，正派良善的人在自己家裡也會被暴力殺害。現在，赤裸眞切的恐懼將他淹沒。

他們來此想偷什麼？埃里克森心想，我又沒有值錢的東西。電視款式老舊，我妻子的首飾也不值錢，卡勒拜克銀行的證券放在北歐銀行的保險箱裡……

他的思路忽地中斷。

注 拉斯・馮・提爾（Lars von Trier）：丹麥電影導演，曾於坎城影展時說出關於納粹的不當言論。

「如果你眞敢威脅我們，不管你逃到哪裡，從此別想有好日子過。」施納普那時候說。

他背脊一陣發涼。該死，他逐漸明白了。

他費勁地把頭轉向家務間的方向。有個傢伙咆哮大叫跑下去。

「他媽的……」幾秒後，家務間傳來那人的聲音，緊接著是一陣模糊難辨的碰撞聲。

發生什麼事了？埃里克森腦子飛轉著所有可能。聲音忽然全靜了下來，沒多久，又是一陣騷動。就在他想著妻子不該遭受這種命運時，家務間的門忽然大聲關上。

不知道時間過了多久，埃里克森感覺自己腳踩在地上，背後靠著椅墊。他伸長脖子，摸摸頸項檢查一下，指尖有一點血。他在沙發上撐起身子，不由得發出呻吟。四周天旋地轉，但是他必須離開這裡，立刻就走。

他搖搖晃晃踩著玻璃走向陽台門，「你想去哪裡？」妻子的聲音忽地阻止了他的腳步。

他轉過身。她的臉色蒼白，眼睛因爲氣憤而閃亮。

「你爲什麼沒來救我？」她的圍裙上都是血，手上仍然緊抓著她最愛的熨斗，熨斗前端滴著血。「不過別擔心，你這個懦夫。他們不會再來了。」她望著四下一片狼籍。「第一個人注意到我之前，被我拿熨斗攻擊了臉，另一個也不是太好看。在我把他們打得落花流水時，你人在哪裡？」她走向他，宛如一位復仇女神。

埃里克森搖搖頭。

「你什麼也沒做，勒納，什麼都沒有！告訴我，那些人是誰？」她的聲音尖銳如刀。「我知道你一定清楚，因爲他們知道我的名字。」

「相信我，我也一頭霧水，和妳一樣震驚恐慌。一切發生得太快了。」

「你說的話我一個字也不相信。若非第二個人即使臉部面積燙傷了一半卻還是拖著同伙逃走，不容易對付的話，我早就自己出來查怎麼回事了。」

她穿著脫鞋踩在玻璃碎片上，拿起話筒。

「不過，我能描述他們的面貌，因爲我把面罩扯了下來。」她笑道。「醜陋的小吉普賽人，那種該進監牢的人。」

埃里克森忽然回復了精力。他妻子若是心生曖昧不明的懷疑，外加大嘴巴，在他選擇自我逃脫的那天之前引來警察，阻擾了他的計畫，那可就完了。不行，如果要打電話，也是打給修理玻璃的師傅。

他二話不說，拿走妻子手中的話筒，掛上電話，她因此不斷抱怨。等下他會給她點安眠藥。她又罵他懦弱無能，嘲笑他醜陋的假牙和口臭。

他最後終於忍不住，告訴她也該辱罵夠了，便留下她一個人，轉身走上樓。他並非打算睡覺，即使昨天一晚沒睡，他現在還是沒有睡意。他計畫打電話給那個不讓人打擾的施納普，和他對質最新的發展。

他看了一眼時鐘，威廉市目前大概下午三點。所以還有半個小時銀行才關門。

他按下手機按鍵，查找要撥的號碼，很快在已撥電話紀錄中找到了旅館的電話。

「很抱歉，施納普先生和夫人兩個小時前已經退房了。」櫃檯人員告訴他說：「他們趕搭飛到丹麥的飛機。」

「飛機？」

「是的，荷蘭航空，在阿姆斯特丹轉機，三點三十分起飛。」

埃里克森道了謝，親切向對方道別。猶豫了一下後，他致電威廉士的聖羅沙威的銀行分行，詢問他的證券。

「午安，埃里克森先生，是的，一切都進行得很順利。我們一收到您的授權書，立刻將保險箱裡的東西轉交給施納普先生。」銀行經理解釋說，一切都合乎法律規定。

第二十六章

媽咪的手下當年找到男孩時，他已在中空的樹幹至少躲藏了十六個小時。

他們讓他選擇：要不打斷他的手，從頭對腳劈成兩半；要不就跟他們走，成爲其中一員。

他能有什麼選擇？家人腫脹的身體躺在那邊的灌木叢，他熟知與熱愛的一切全被燒毀了。

男孩只花了四個星期，就和其他童兵一樣，變得粗野殘暴，毫無顧忌。他無所畏懼，頂多害怕被自己人從背後捅一刀——被殺害他家人、打爆他狗兒的頭，並剝奪他人性的少年。

胡圖人、圖西人、卡比拉（注1）和蒙博托（注2）等不同國家的人忙著攻訐消滅其他人、擦除國界時，男孩學習抱著卡賓槍入睡，在夢裡看見毫不猶豫被他殺掉的敵人血流成河。

若沒有媽咪和她的個人計畫，總有一天，他保證也會死於刀下。

媽咪選擇孩童十分謹慎仔細，而被選中的孩子總能圍繞在她身邊，保護著她。媽咪除了確保自己的利益，也會讓她的保鏢分享好處，這點沒人做得比她還出色。媽咪就這樣把他們收得服服貼貼，循規蹈矩。

注1 約瑟夫・卡比拉（Josepf Kabila），一九七一年生，剛果共和國現任總統。

注2 蒙博托・塞塞・塞科（Mobutu Sésé Seko），一九六五年至一九九七年，曾任剛果共和國和薩伊共和國總統。

一九九九那年，剛果終於簽署了一份停戰協定，但媽咪身邊已經有三十多個殺手，因此很不歡迎這類和平努力。若不需要殺人，她要這麼多孩子做什麼用？

對某些人而言，和平並不能帶來他們期望的結果，或者會斷了他們可觀的財源，因此這些人經常被非洲的衝突召喚而來，進而確保了媽咪的未來。當然，還有少年們的未來。

於是只要有人想要謀害他人，就會上門求助媽咪。男孩也是循此管道與布萊格—史密特接觸。

沒人告訴過男孩，爲什麼布萊格—史密特要除掉那五個法國商人。不過，男孩一無所知或許比較好。他在納米比亞發現他們的行蹤，趁其熟睡時砍掉下頭時，也沒有提出任何疑問。

布萊格—史密特相當滿意行動結果，媽咪趁機撈了十萬美金。布萊格—史密特問她是否能再付她十萬美金，將男孩轉給他，長期爲他解決問題？媽咪猶豫不決，因爲男孩是她價值最高的手下，也是她溺愛的孩子。不過布萊格—史密特承諾會將男孩視如己出，帶他裝好在戰鬥時打斷的牙齒，讓他接受教育，學習多國語言，她才在另一次交易協商後讓出男孩。

男孩對兩位永遠銘感五內，從此之後，他再也無須血染雙手了。

至少不需親自動手。

闖入埃里克森房子的攻擊行動失敗後，男孩將左拉臭罵了一頓。如今他沉思再三，將整個情況在腦中整理一遍。

媽咪和她兩名最優秀的手上已經上路了，如果班機準時抵達卡斯特魯普機場，他們再過幾分鐘應該就會打電話進來。媽咪是個重承諾的人。

他抬眼看向時鐘，電話正好響起。

「親愛的，告訴我最新狀況。」他聽見她低沉的聲音說。

「你們決定要在哥本哈根待多久？」

「大概五十八個小時，最遲星期六上午就得前往布魯塞爾進行另一項工作。」

「好的，時間夠充足了。我很清楚你們的效率有多高。不過，我必須先提醒你們，這次的對手是個非常聰明的少年，要找到他沒那麼容易。」

「我面前放著他的照片和個人資料。他究竟有什麼特別之處？」

「若是不清楚他的背景，還會以爲他是在叢林長大的。我當年藏在中空的樹幹，不過純粹是直覺反應，面對危難的本能行動。但這個傢伙雖然還是個孩子，卻完全不一樣。他懂得先思考，懂得擬定計畫。否則他家族的人早就逮到他了。媽咪，這孩子就像下水道裡的老鼠，同時卻又是屋頂上的鳥。」

她發出笑聲。「吶，我們當年也找到了你呀。你說，找他的人不只他的家族成員，還有一大幫東歐人？」

「是的。他們看見他好幾次。」

「好。半小時後，我們將抵達廣場旅館，你一個鐘頭後過來，給我看看你掌握了什麼資料。」

旅館房間雖然狹小，但是視野很好。媽咪坐在格紋大沙發上，肚子上又多了好幾磅肉，整個人幾乎塞滿沙發。她總是語帶自豪說，危難時就靠這些肉維繫生命了。

男孩向兩個穿著籃球運動衫、皮膚異常黝黑的人打了招呼，他們背靠著枕頭，躺在床上看NBC新聞。兩人約莫二十五歲左右，臉上卻布滿皺紋，老態龍鍾，雙眼永遠質疑別人所重視的一切。男孩對此十分熟悉。對這兩個人來說，所謂的幸福是能夠稍微熟睡，暢快地打一炮。

「我們大概在街上走了一下。」媽咪說：「你對於丹麥人的描述沒錯。他們沒有看見我們，甚至沒注意到我們。只要我們稍微保持距離，他們根本看都不看一眼。非常好。」

她拍拍他的腿，表示好久不見。

「你的氣色很好，男孩。快要三十歲了，你有多少夥伴能夠活到這把年紀？」她抬起頭，看向床上兩個人。「嘿，你們兩個，看看他。只要你們讓媽咪我開心，也能成爲他這個樣子，懂嗎？」

「好的，媽咪。」兩人不約而同說，然後又默不作聲。

男孩露出微笑，在一張地圖上指出少年被看見的位置、早先可能藏匿的地方，以及未來可能會現身的場所。

媽咪點點頭。她蒼老卻聰慧的雙眼如掃瞄機般將哥本哈根的主要交通幹道、如迷宮般的大街小巷、哥本哈根電車站以及可以藏身的綠地，全部掃描進腦子裡。她掌握陌生地形的速度之快，始終讓人訝異不已。

她看完地圖之後，向男孩保證少年插翅也難逃，早晚死路一條，並表示能爲布萊格—史密特和他工作，始終很有意思。

男孩點點頭。說出感謝之詞不是他的方式。

「抓到少年，所有人都會滿意。」然後男孩轉向床上那兩個人說：「他像蛇一樣滑溜，刺死他。」

兩個年輕男人手肘撐在床上。他們看待這次簡報的態度異常認眞嚴肅，和所有士兵都一樣。這種態度有時候是他們免於陷入致命圈套的唯一保護網。在哥本哈根，這種圈套多半來自警方的逮捕行動和出乎意料的對抗。因此男孩將兩張左拉家族成員的照片丟過去，向他們說明家族成員和東歐人的情況時，兩人全神貫注盯著照片看。

「你們要緊盯著左拉的手下和他們的合作對象，一旦他們逮到少年，隨時準備把他接收過來。別指望他們會通知你們，所以眼睛要放亮一點。」

他們點點頭。

第二十七章

不尋常的陽光熱度喚醒卡爾，一股甜甜的香水味鑽進他的鼻子裡——翻雲覆雨的記憶乍然出現。

他感覺到自己又蠢蠢欲動。天啊，他閉著眼睛想，一隻手在被單底下摸索著依偎在他臀部的女性柔軟肌膚。

他遲疑地張開眼，灰泥天花板映入眼簾，有盞燈的光線穿透絲布微微照耀著。

他不太能理解眼前的狀況……

「卡爾，你醒了。」被單下傳來莉絲貝的低喃聲。

他敢說是嗎？

莉絲貝轉過身，把臉埋在他的腋窩，手指輕輕在他的肚臍四周溫柔游移，一邊玩著胸毛。

「我可以再成為累犯喔，卡爾。」她吃吃地笑，大腿放在他的小腹上。

老天，他心想，壓抑住不發出嘆息聲。

老實說，他現在困惑不已，手足無措。和她做愛的經驗非常美妙——雖然她謙說那是經過練習的。乖乖，她若再多練習幾次，他的腿就軟了。

「昨晚感覺很好，對嗎？」她的鼻子磨蹭著他。是的，感覺非常美好。另外一種不同以往的溫存。

「莉絲貝，妳眞令人難以置信，而且美得不可思議。」他打從心底眞誠地說。

她審視著他，但是他很快就閉上了眼睛。他媽的，他在做什麼啊？他懊惱地想道。

「現在到底幾點了？」他問得好像還想再多睡幾個小時。

「八點了。不過你不需要那麼早進辦公室，對吧？」

她嬌聲笑道，手臂滑到一旁，呼吸變得更深沉了。

「八點？妳剛說八點嗎？」他忽然大叫，從她身邊挪開。「天啊，二十分鐘後總局有個會議，我必須在場。該死，我很抱歉，莉絲貝，我眞的得走了。」

他急忙穿好褲子，套上鞋子，但眼神始終不敢看著她。

「很抱歉，請原諒我。」他飛快吻了她一下就轉身離開，沒給她機會開口提出何時再見的必然問題。

他能怎麼回答呢？

媽的王八蛋，他心裡罵道。他杵在門口，努力思索前一晚把車子停到哪兒去了。記憶所及，他們在一棵盛開的櫻桃樹下等不及開始愛撫彼此。那棵樹應該就在休斯提亞胡森街旁邊。此街位於韋勒瑟區，幾年前他曾經在這兒破解了一樁謀殺案。他們像青少年情侶相擁長吻，渾然忘我，妙不可喻。但是，那棵該死的櫻桃樹究竟在哪裡？

「我們把車停在離我房子幾條街之外。」她昨晚說：「隔壁鄰居和我前夫的關係很好。」

他急得像熱鍋上的螞蟻一樣白癡似的找著車，卻還有餘裕想起夢娜。他爲什麼會對她感到內疚？要他滾蛋的人不是她嗎？那爲什麼他竟感覺如此惡劣？莉絲貝絕不是可以隨便上床的一夜情對象，她爲人親切、腦筋聰慧，而且心腸溫暖。

或者這正是原因？

他漫無目的隨便找著，赫然發現這一區他媽的有數不清的盛開櫻桃樹。夢娜現在若是看見他像個患相思病的慌張少年瘋狂找車，會說些什麼？她若是嗅到他身上的味道，又有什麼感受？如果她做出同樣的行爲，他自己又會有何感覺？一思及此，他痛苦地閉起眼睛。該死，這就是在他心底作怪的關鍵。因爲誰敢斷言她沒有早就這麼做了？

卡爾四下張望，發現自己幾乎又走回原點，至少他認出了那道綠色臥室窗簾。幾個小時之前，在窗簾後頭，他根本他媽的不在乎夢娜對於他以及他和陌生女子上床有什麼想法。

這時，他看見了自己的車子，離莉絲貝的房子不到五十公尺。他們昨天究竟幹了什麼，這麼短的路程竟花了很久時間才走完？

卡爾在外套口袋裡找著鑰匙，忽然摸到不應該出現的東西。

他的皮夾。

他緊緊皺著眉頭努力回想。難道昨天沒有徹底把所有口袋找一遍嗎？不，他肯定全找過了。怎麼回事？事情十分古怪。是莉絲貝設計他嗎？希望他欠她一份人情？難道她以爲很容易就可以把他弄上床嗎？

他搖了搖頭。不，這念頭太荒謬了，她不是這樣的人。

他打開皮夾，預期會看見一張紙條，寫著「寶貝，你下次可以付帳了……」或者「我深深受你吸引，打電話給我」之類的文字。

還眞的被他在舊發票之間找到一張折起來的紙條時，他不禁莞爾一笑。你果然是個優秀的警察，嗅覺非常敏銳，他誇獎著自己。

但是紙條上的內容卻完全出乎意料。

那是克雷姆區的衛星空拍圖列印稿，中央畫了一個叉叉。

「威廉．史塔克的屍體埋在這裡。」旁邊用歪歪斜斜的文字寫著：「左拉謀殺了他。」

底下是一個地址。就在克雷姆。

卡爾接阿薩德上車，兩人開車抵達林地附近，已經是一個小時以後的事了。林地位於湖旁，一邊是省道，另一邊是田野。

「噢。」阿薩德遮住鼻子，一臉痛苦看著田野。田野上肥水車正緩緩駛著，卡爾不介意那股氣味。他出身北方偏僻的鄉村，很清楚刺鼻的糞味同時也是錢味，企圖心旺盛的農夫通常需要一大堆屎糞。

「這裡很空曠。」卡爾的目光望向從圓丘頂往下延伸到一處谷地的省道。

他看了在口袋找到的空拍圖。「你覺得我們還要走多遠？」

阿薩德搔搔腮幫子。「頂多七十五公尺，大概一百公尺。」

媽的，頂多七十五公尺和一百公尺是怎麼湊起來的？

「嗯，大概吧。我想我們必須從那邊樹木之間的凹處開始。」卡爾指著樹叢間一個缺口，然後對照空拍圖上同一個點。「若是要將屍體搬離街道，從那兒進去合情合理，可以把車停在這裡，後車廂對著丘頂方向打開，絕對沒有半個人看得見任何動靜。除非以時速三十公里的速度躡手躡腳爬過山丘。但是相信我，鄉巴佬不會這麼幹。」

「鄉巴佬？那是誰？這地區屬於他的嗎？」

「完全正確。」卡爾嘆口氣搖著頭說。

他們一步步摸索著腳下的樹葉前進，聚精會神注意折斷的樹枝和被踩碎的石頭。沒想到竟還眞不少，看來不久前才有人在樹底下走動。

「感覺像一整個軍隊在此行軍似的。」阿薩德指著一堆被踩扁的落葉說道。

卡爾點點頭，看向天空，烏雲密布，該不會也要下雨了吧？每次他到野外，雨水永遠會來湊一腳。

「我想我們走得還不夠遠，卡爾，透過樹木還看得見往來的車輛。換句話說，路上車子裡的人也看得到。」

卡爾又點了點頭。他們或許應該申請搜索犬？若沒有敏銳的嗅覺，搜尋起來會很辛苦。他暗自咒罵，決定下次一定要穿雨鞋來，管他看起來有多麼可笑。他的鞋子現在看起來彷彿在泥地中走了好幾個小時。

卡爾在樹底下艱難前進，最後走到一個洞前停下。這裡的土壤較鬆軟，也比周遭乾燥，周圍的灌木有好些樹枝都被折斷。阿薩德那雙磨損的鞋子前面有一堆土位於一片腐爛的落葉上，顯然去年秋天之後，有人在這裡挖了土。

卡爾從口袋拿出空拍列印稿，在圖上尋找能夠幫助定位的東西，例如特別高聳的樹，灌木叢某個缺口，什麼都可以。可惜徒勞無功。

「可以確定是這裡嗎？」

阿薩德點頭。「拿這東西來證明就夠了。」

他指向洞穴。沒錯！裡頭有頭髮。紅色的頭髮。

「阿薩德，你安靜待在後面。若忍不住想貢獻一己之力，麻煩先給我個暗號，清楚嗎？」

他們走過前院花園，朝建築物走去。根據紙條上的地址，左拉應該住在此處。

阿薩德點頭同意。「我要提問之前，會先像個小丑一樣手舞足蹈。卡爾，我向你保證，對地發誓。」

「阿薩德，是對天發誓。還有，拜託你千萬別手舞足蹈，安靜待著就行了。」卡爾按下大門電鈴，一邊等待，一邊環顧四周。這裡是西蘭島北方一個尋常小城中再尋常不過的獨棟建築住宅區，居民腳踏實地，車庫裡停放的車輛不會超過兩輛。

說到車子，這棟房子前面停著一輛黃色貨車，車身沒有寫上任何字樣。四下雖然一片死寂，但是屋子裡顯然有人。

「DNA檢驗結果會告訴我們，剛才發現的頭髮是否和從史塔克屋裡拿到的一致。」卡爾拍拍外套口袋低聲說：「這應該是重要的突破。不過，那個知道一切的少年他媽的究竟是誰？」

「無論如何，他一定來過這裡，你不覺得嗎？」阿薩德蹲下，嘗試從門上的信箱縫往內窺視。

「怎麼樣？看見什麼了？」卡爾還來不及說下去，門頓時被打開來。

他們面前站著一個虎背熊腰的壯漢，一臉不信任地斜眼打量著他們，尤其是蹲著的阿薩德。

「什麼事？」冷淡的口吻比較適合跨國大集團的接待人員或者下班兩分鐘前的國稅局員工。

卡爾拿出他的證件。「我們要和左拉談談。」話雖說出口，但卡爾預期會聽到左拉不在家之類的答覆。

「等一下，我去看看。」出乎意料竟是這樣的回答。

兩分鐘後，他們置身在一間室內設計師看了會落淚的客廳。這裡塞滿各式各樣的地毯、牆上與人齊高的肖像照，以及不管看往哪一邊，都會映入眼簾的雜物和巫毒用具。牆面選擇使用陰森可怕的怪異顏色，感覺牆壁隨時會坍垮，壓在人身上。他們剛才在走廊看見擺放著上下床鋪的簡樸臥室，與這個既浮誇又神祕的客廳相比之下，簡直天差地別。

沒等多久，左拉也步入客廳，後面跟著一條健壯精實的獵犬。和牆上多張照片不同的是，左拉此時臉上堆著親切有禮的笑容。

「我有榮幸能幫兩位什麼忙嗎？」他用英文問道，同時請他們坐下。

卡爾一邊簡短解釋來龍去脈，一邊深入打量坐在面前的男子。他有一頭長髮，而且保養得宜，眼神迷人，襯衫如嬉皮服裝般五顏六色，褲子被穿得有點寬鬆，儼如一位來自過往時代的大師典範。

卡爾說明這附近可能曾經埋了一具屍體，有人建議警方來詢問他。左拉聽了完全不動聲色，沒有任何反應。但是卡爾一提到有個少年曾經非常接近他，左拉立刻皺著眉頭往前傾身。

「這是否說明少年正被警方監禁呢？」他說。

「不是。請問您的意思是？」

「您爲什麼會拿這個問題來找我？馬可根本是個危險的神經病，沒人希望和他扯上關係。」

「所以他叫做馬可囉？」

左拉對著身邊的傢伙頭一動，對方隨即彎下腰。左拉在他耳邊交代幾句話後，壯漢立刻離開客廳。

「是的，馬可這輩子都和我們住在一起，但是大概半年前忽然跑掉了。他不是個好東西。」

「他的全名是？年紀呢？可以詳細告訴我們完整訊息嗎？如身分證號碼之類的資料。」阿薩德就事論事問道。

卡爾瞥了助手一眼，他已經打開了筆記本。從他下顎肌肉抽動的樣子看來，明顯受不了左拉這個人。他究竟注意到了什麼卡爾沒發現的事？

左拉笑道：「我們不是丹麥公民，所以沒人有身分證。我們只是偶爾過來住，這些房子是我們家族的。」

「這些房子？」卡爾問。

「是的，這一棟和隔壁那棟。馬可姓耶墨森，十五歲，是個怪異的孩子，個性叛逆，不守規矩。我們已經盡力了。」

「您來丹麥做什麼？」阿薩德追問道。

「噢，我們從事貿易，買賣任何可能的貨品。購買丹麥的設計品，轉賣到其他國家，或者進口非洲和亞洲的地毯與雕像。我們家族從商已久，大家族中的每一個人都貢獻一己之力。」

「大家族的意思是？」阿薩德語氣明顯挑釁，只差沒朝左拉咬下去。

「有幾個人源自同一家族，隨著時間過去，又慢慢加入了沒有血緣關係的人。」

「您出身哪裡？」卡爾問。

左拉故作沉著轉向卡爾。有一會兒時間，他似乎不太確定自己應該留心眼前哪一個人。

「我們來五湖四海。」他說：「我自己出身美國小岩城，其他人來自中西部，也有一些義大利人和法國人。什麼人都有。」

「而您是他們的神。」阿薩德意味深長地朝牆上海報般大的肖像照點點頭。

左拉嘴角一揚。「並非如此，我只是家族的領導人罷了。」

這時壯漢帶著一個人走進房間。來者的五官和左拉一樣，也有拉丁人氣息，膚色也同樣深。頭髮烏黑，顴骨高聳，棕色眼珠，長得一表人才。

「這是我的兄長。」左拉介紹說：「我們等下有公事要討論。」

卡爾向他點頭招呼。這個人微微傾身，看起來親切和善，但是很害羞。

「即使如此，您說並非所有人全是同一家庭的人，那是什麼意思？大家族是某種公社嗎？還是兄弟會之類的組織？」阿薩德毫不放鬆。他正在筆記本上寫著東西，但看在卡爾眼裡，只不過是種障眼法。

「是的，我的朋友，大概是這類形式，什麼都有一點。」

卡爾接著問道：「家族中誰和這個馬可有親戚關係？我們可以和他的親戚談一談嗎？」

左拉緩緩搖著頭，看了一眼旁邊的男人。

他擔心已久的事情終於成眞：馬可果眞出賣了他們。

他們一直想要避免的事情始終逃避不了。左拉承擔極大的壓力，但越是如此，越不能讓人察覺他的緊張。

左拉痛恨那個阿拉伯人緊盯著牆上照片、花環，以及銀色雕像和金色燭台等物品的目光。他是個頭腦簡單的煩人蠢蛋，但是除此之外，比起那個丹麥人，他身上有著讓左拉不安的特質。

好，我手中握有什麼機會？左拉自忖著，一邊傾聽丹麥人提出的笨問題。

該讓他們從地表上消失，還是我們溜之大吉？他暗自斟酌再三，這時，丹麥人詢問馬可有沒有親戚，而且想要知道是否可以和他們談一談。

「很抱歉，」他看著哥哥說：「他母親跟其他男人跑了，父親則已經過世。」

沒錯，大哥，他的目光說道，你早就失去那孩子了，現在總該認清現實了吧。

他又面向丹麥人，心想，你們兩個看過了史塔克的墓穴，你們不是笨蛋，也認爲自己面前很可能正坐著兇手。左拉在腦中兀自點頭，而且也毫不避諱自己的懷疑。王八蛋，如果再提出問題，把我逼到死路，我立刻讓你們從此地消失，等著埋葬你們兩個的地方多得很。

「我們手上有張尋人啓事，我們推測這個人應該就被草草埋在那邊的山丘。」丹麥人把尋人啓事指給他看。「正如您所見，此人有一頭紅髮。而我們剛好在那邊的土裡找到這種顏色的頭髮。您對此有什麼看法？」

「聽起來很駭人。我對此應該有什麼看法？」

「請您看一下照片。有沒有發現眼熟的東西？」

左拉搖頭，同時努力想弄清阿拉伯人的手在桌底下做什麼。

「那麼這個呢？」阿拉伯人把一個塑膠袋丟到他面前。「照片上也看得到，不過直接看見實物，或許比較容易理解。」

左拉呼吸頓時停止。他面前躺著那條罕見的項鍊。赫克特曾信誓旦旦說項鍊掛在馬可脖子上。這兩個人打哪兒弄來項鍊？他們說馬可沒有受到監禁，難道是在糊弄他？還是說，他們想用別的方式套他的話？

左拉往後靠，試圖保持頭腦冷靜。也許這是條脫身之路？是一個將他們身上的嫌疑轉嫁給馬可的好機會？

他換上一副超然明智的表情，手指頭彈了一下。「沒錯，我想起來了。那是馬可一直帶在身上的項鍊。」

阿拉伯人手指在尋人啓事上敲了敲。「吶，您看吧，這正是同一條項鍊。」

左拉點點頭。「我只知道馬可痛恨我們。他認爲我們像一幫被挑選出來的烏合之眾，那實在是蠢話。他不想融入我們，態度粗魯無禮，甚至是殘忍無情。你覺得呢？」他直接注視著他的哥哥。「我的意思是，你應該還記得他經常發狂，拿重物丟我們吧？」他又轉頭看著丹麥警察。「這種事情實在難以啓口，太可怕了。但是，我相信依馬可的脾氣，很有可能下手殺人。嗯，然後企圖將責任全部推到我們身上。」

這時他又看著自己的哥哥說：「你有什麼想法？你覺得有沒有這種可能？」他哥哥雖然回話了，但是左拉覺得太優寡斷。難道已經不能期待他們百分之百忠誠了嗎？

「當然。」他哥哥說：「但是山丘森林那兒有具屍體，可以有很多種解釋。無論如何，如果眞的有屍體埋在那兒，現在卻不見蹤跡的話，實在令人奇怪。」

左拉點著頭，然後又對著丹麥人說：「不必調查把屍體埋在墓穴裡的兇手的行蹤嗎？我能想像馬可又把屍體挖了出來，打算掩飾自己的犯行。」

阿拉伯人忽地又插嘴說：「卡爾．莫爾克副警官看過那個少年。他的個頭不是特別高，我懷疑他是否有能力辦得到。」

「欸，他比外表看起來更強壯。」

左拉目光又落在尋人啓事上，心裡忙著構思說服力十足的策略，以轉移警方的注意力。

「我想到了，」他對哥哥說：「馬可在他的房間裡藏了一堆東西。你可以去拿他放東西的那個紙箱嗎？裡頭或許有什麼東西可以幫助兩位先生。」

他哥哥猶豫不決慢慢踱出房間。

「快點，你這個白癡，去變點東西出來。」左拉望著哥哥離去的目光裡傳遞出這個訊息。不管他哥哥等下回來是拿著許多東西或者一無所獲，這都不重要。首要之務是爭取時間，讓這兩個條子相信他全心全意盡力要幫助他們釐清眞相。

幾分鐘後，他哥哥回到客廳，把一雙襪子丟在桌上。

「這也許有點幫助。我在馬可的櫃子裡找到的。」

左拉贊同地點了點頭，心想幹得好。在最近一次懲罰中，有幾個少年被打得頭破血流。這雙襪子大概是塞穆爾的。他只要被戳幾下，就像隻被刀刺的豬一樣血流不止。但是無所謂，誰有能耐從一雙襪子看得出最後穿它的人是誰呢？

「你的想法如何，阿薩德？我發現你饒有興趣打量著客廳裡那些金色、銀色的破爛廢物。」

「是的，還有樟木桌、波斯地毯、水晶吊燈、日式書桌、勞力士錶，更別提那傢伙脖子上醜得要命的金項鍊。」

「我也注意到了，難以形容的浮誇奢華。阿薩德，別擔心，我們會好好查一下這個人的底細。」

「還有這雙襪子的說法。」阿薩德敲敲放了襪子的袋子。「你相信嗎？你真相信那是殺害史塔克後留下的紀念品？」

卡爾的目光沿著眼前景致望去，樹梢的新綠盡收眼底。現在該拿莉絲貝怎麼辦？乾脆一頭栽進去，重複昨晚的事情，是嗎？現在這當下他或許有此興致，但是十分鐘前他壓根兒沒想起她。從今早離開她家以後一次也沒有。他悶悶不樂眺望天空中不斷飄移的雲層。該死的雨到底何時才要落下？

「你相信嗎？」阿薩德從旁輕觸他說。

「嗯。」他感覺很不舒服，在胃上方縮成一團噁心感。「我不知道。DNA測試會告訴我們結果。當務之急是找到馬可．耶墨森。」

他嚥下好幾口唾沫，微微靠向方向盤，想要消除壓力。但是上腹部的疼痛延伸到了胸骨底下，凝聚成網球似的尺寸直接壓迫著心臟。

究竟怎麼回事？他心想，費勁地瞪視著眼前的街道。

「怎麼了，卡爾？」阿薩德語氣擔憂。「你生病了嗎？」

卡爾搖搖頭，試圖集中心神。難道他媽的恐慌症又要發作了嗎？還是其他更嚴重的病症？他的呼吸越來越沉重，阿薩德提醒換人駕駛的要求越來越急迫，兩旁的田野不斷往後退去。

卡爾終於把車開到一旁，兩腳才伸出車外，糞味隨即迎面撲來。但是卡爾什麼也聞不到，他腦海裡只有一件事。

夢娜。

半個小時後他們就能回到總局。今天是星期三，夢娜固定到特殊禁閉室諮詢的日子。

第二十八章

埃里克森前往卡斯特魯普機場。在這種季節，早上九點半的氣溫低得不可思議。他焦急地在入境處等待施納普和他妻子莉莎出來。

此行的目的是要當面拿到他的庫拉索證券。他有心理準備或許得大聲嚷嚷，讓最不樂意在公共場所出糗的施納普顏面盡失。

剛度完假的人們腳穿著涼鞋，皮膚曬成棕色，一群群經過埃里克森身邊，滿面喜色和接機的親友招呼擁抱。但是施納普他媽的在哪裡？這個白癡沒在阿姆斯特丹轉機嗎？難不成他想來趟運河之旅、狼吞虎嚥荷蘭小鬆餅，而不願意回家處理事務嗎？

還是說，他已經找到買家，賣掉不屬於他的證券了？

事態曖昧未明，搞得他心力交瘁。他一直無法確定UPS寄送是否沒有問題。而現在非但東西尚未送抵，連施納普也不見蹤影，該怎麼辦？他接下來該怎麼執行未來幾天的計畫？

他深吸一口氣，又長長吐出，反覆了幾次，強迫自己別再拉長脖子拚命瞪著出境旅客的臉。他焦躁不安，不斷撥弄著褲子口袋裡的鑰匙。

那個混蛋最後若是沒搭這班飛機回國，站在這裡枯等有什麼意義？

就在他打算離開時，施納普和妻子推著行李箱走了出來。

莉莎先看到了他，開心對他打招呼。施納普的表情整個垮了，看起來一臉蠢樣。

尋人啓事

Marco Effekten

「你在這裡做什麼？」

「噢耶，埃里克森，你在等我們嗎？」莉莎問道：「眞抱歉，讓你等這麼久。剛才施納普的行李不見了，花了點時間尋找。」她輕輕撞了丈夫的腰際，又對埃里克森說：「親愛的，你足足站了半小時，臉色都刷白了！」

走向第二航廈途中，埃里克森立刻切入主題。

「ＵＰＳ包裹裡沒有證券。東西在哪裡？」

施納普神色驚慌。如果他眞的寄出證券，聽到東西不見，理所當然會感到慌張意外。但是，他臉上的驚嚇卻是源自於埃里克森的意外出現……

「等等，我不懂。」施納普拉住老同學的手，將他拖離自己妻子身邊。「你怎麼能確定？你不可能已經收到包裹了。」

埃里克森緊盯施納普，毫不放過他的一舉一動。施納普聲音刻意壓低，啓人疑竇，一手還死抓住公事包。

「你在搞我嗎，施納普？你以爲我不知道昨天攻擊我的人是誰？」埃里克森頭稍微轉向一旁，指著後腦杓上的ＯＫ繃。「現在趕快給我看看你的包裡有什麼。」

施納普搖著頭，手緊張地來回摸著行李箱的把手，急切低聲對妻子說：「來，莉莎，我們走。我不需要受這種氣。」他妻子一臉不解地來回看著兩人。

但是埃里克森抓住他的手臂。「不讓我看公事包裡的東西，你哪兒也別想去！」

「莉莎，妳先搭計程車回家，把行李箱帶走，我要先進城處理事情。我們晚上見。」

埃里克森維持最起碼的禮貌，耐著性子等兩人吻別，對施納普太太飛快露出一笑。不過，一等她拖著兩個新秀麗行李箱，走向計程車招呼站，隨即又準備發作。

但是施納普搶先他一步。「你在耍什麼卑鄙手段？我看透你了，包裹根本還沒送到。你剛才講什麼攻擊？發生什麼事情？」

「施納普，別再扯一堆廢話，快打開公事包！」埃里克斯齜牙咧嘴說，一隻手伸出來要拿走公事包。

但是施納普一把搶了回來。「你瘋了嗎？OK繃底下貼的腦袋是不是受到嚴重損傷啊？回家去找你太太，你顯然迫切需要給自己放一天假。」

「施納普，我警告你，把公事包打開。」

施納普錯愕地搖著頭，把公事包遞給埃里克森。但埃里克森當下立刻明白自己輸了第一回合。他雖然拉開了拉鍊，手伸進去公事包裡，但是只拿出幾本猜字謎書、雜誌和《金融時報》。

接著，他靈光乍現。當然了，證券放在新秀麗行李箱裡。他眞想賞自己一巴掌。

他媽的爲什麼沒反應過來？

「既然如此，那麼有兩種可能：一，你沒說謊，證券確實在寄來的路上。第二，若是你騙我，那麼你老婆剛才應該拉走裝著有趣東西的行李離開了。若是後者，我建議你盡快把證券交給我，否則我會毫不遲疑拿出手中的資料去報警。」

旁人或許看不出來施納普大受震撼，但是沒有逃過埃里克森的眼睛。

他轉身離開，看向大廳時鐘。十點十分。這一天才剛開始。

第二十九章

「卡爾，有沒有好一點？」阿薩德靠在門框上問。

「好多了。」卡爾虛弱地說。

「要不要泡杯茶給你？」

卡爾退縮了一下，若有所思地搖了搖頭。「不用，謝了，現在寧願別冒險。但是蘿思，或許妳需要來杯茶？」

她舉起兩手拒絕，臉上寫著寧願喝下一公升魚肝油也不喝阿薩德的茶。

「聽著。」她雙眉高高聳起，看來他們又要扮演老師和學生的角色了。「我拿到有關快桅集團在加里寧格勒貨櫃的回覆了，就是安威勒明信片上的貨櫃。一切都沒錯。貨櫃剛卸下，堆放碼頭上，時間與明信片上的日期一致。刑事鑑識人員證實照片是眞的，沒有動過手腳。所以就像我一直講的，這個人沒有犯罪。案子結束。」

這時候，阿薩德的表情變了，臉雖然還是歪的，現在卻歪向另一邊。他似乎屏住了呼吸，一邊嘴角往內癟，做出戲謔的有趣表情。現在又在搞什麼了？

「嘿，阿薩德，幹嘛賊頭賊腦地笑？你發現左拉和他同黨的有趣之處了嗎？」

「沒有，卡爾，可惜沒有。目前看來，這傢伙登記在盧森堡的進出口貿易公司完全合法，稅也繳到那裡。就我查到的資料，他二〇一〇年有兩百一十萬克朗的收入要課稅。」

「嗯，薪資支出占其中多少？這樣的收入不算太多，不是嗎？」阿薩德聳了聳肩。「如果你問我，我會認爲他們全都是犯罪分子。我對他們的調查工作尚未結束。」

「那麼剛才有什麼事那麼好笑？」蘿思好奇問道。

「我笑的是別件事——每日一幽默，這樣說對嗎？蘿思，妳一定會喜歡的。我聽說安威勒在德國與丹麥邊界的弗倫斯堡被攔下來。巡迴車裡藏了五十公斤的大麻。所以他又被關起來了。五十公斤大麻耶，眞是難以想像。至少要坐十年牢吧。如果你們問我，我想這傢伙應該寧願待在加里寧格勒。」

卡爾皺著眉望向蘿思，案件最後的結果應該是她始料未及的。

「哎，算了，我最好還是閉嘴。」她嘆了口氣。「隨便他了。我發布了馬可．耶墨森的尋人啓事。」她冷靜地說下去：「卡爾，除了你從克雷姆帶回來的那張照片之外，若能有其他拍攝時間較近的照片，應該會有幫助。那張照片上的馬可才七歲。不過，根據他成長的背景來看，也不難想像他們沒人有興趣拍張新照片。」

她把尋人啓事丟到卡爾面前。的確，看來幫助不大。

「好吧，蘿思，妳說得沒錯。因此，妳應該實際運用新學會的地毯式搜尋技巧，到馬可被看見的地點轉一轉。我建議從達格．哈馬舍爾德大道上的圖書館附近開始。或許再加入購物商圈，也就是克雷森街、北弗哈芬街、特立昂林等地。詢問店員是否看過少年。我們至少有了人名和照片，即使照片不太理想。徹底踏遍每一處地方，這類行動往往會帶來意想不到的結果。」

蘿思看起來似乎想要強烈抗議，但過了一會兒後，她臉上的五官忽然放鬆下來。

「好，卡爾，算你運氣好，我喜歡雨天。另外，我還有事情要告訴你。」她繼續說：「你們在外面查案時，捎來了一個小小的好消息。有人請我轉達，請你上樓去找羅森。高登打了你的小報告。」

他看見索倫森走向羅森辦公室門口時，腦子忽然冒出奇怪的念頭：一石二鳥，而且還是兩隻醜陋的鳥。木乃伊搖搖晃晃走出墓室，恐怖片開演了。雖然如此，他還是向索倫森送上甜膩的笑容。但應該會熱臉貼上冷屁股，他心想，她的箭袋裡反正只有毒箭。她曾經特別參加了可疑的神經語言學課程，教人重編程式，把腦子裡的負號變成加號，之前她又臭又長解釋了一堆。但是效果早已煙消雲散。

「裡面的聲音不會太吵嗎？」他指羅森的門問，並未眞期待會聽到答案。

她挑高一邊眉毛，另一邊則往下移。眞是了不起。

「是的，這種改變至少不會削減期待提早退休的喜悅。」她回答道。

什麼？這說法令人錯愕驚訝。

他們兩人難道培養出默契了嗎？

「如果那小子至少繫上學生領帶，或許還可以說他衣著得體。但是不是，完全不是。」

小子？她說的是羅森．柏恩？

他若是沒解讀錯誤她瞥向羅森辦公室門口的傲慢翻白眼動作，那麼顯然沒錯。

「你知道馬庫斯的事情嗎？」

他的頭點得有點猶豫。「嗯，知道，我和阿薩德前天在王國醫院看見他。他是不是生病了？妳知道嗎？」

「謝天謝地，不是。」她陡然陷入沉默，或許被自己爆發的感性給嚇到了。「不是，生病的不是他，是他老婆瑪塔。」她語氣節制地說：「她去做化療，所以他一定會在場陪她，給予支持。」

馬庫斯的妻子眞的叫做瑪塔？眞罕見。馬與瑪，感覺像馬戲團裡兩個走鋼索的人，或者默片裡面的丑角雙人組。

「眞令人遺憾。嚴不嚴重？」

她點頭。

卡爾眼前浮現馬庫斯的妻子，嬌小、迷人，精力充沛，感覺沒有什麼事物能夠傷害她。

「妳認識她嗎？」

「不認識，但是我認識馬庫斯。媽的，我眞想念他。」說完她就離開了，扁平的胸前緊緊抱著檔案。

卡爾下巴簡直要掉到喉結上了。索倫森罵髒話？除了貓之外，她竟對其他活生生的生物有感情？這簡直是媲美聖經規模的表白！

就在此時，羅森辦公室的門開了，瘦竹竿高登走了出來。

「你這個馬屁精，他媽的到底跟他說了什麼？」

被責罵的高登只是露出笑容，那顯然是他隨時能夠召喚出的本能反應模式。

卡爾擠過他身邊，直接在羅森對面坐下。

「好。」卡爾先發制人，取得話權。「我承認自己向那個白癡怒聲大吼，因爲他和蘿思毫不浪費時間迅速進入到某種程度的交往，若用英文字母來說明的話是三個字，其中一個還是很少使用的子音，而且就在我的地盤上。我毫不諱言自己痛恨這個自以爲是的人，不希望他到我那邊與人嬉笑怒罵。」

卡爾的長篇大論顯然絲毫未撼動到新上任的凶殺組組長，因此他得以有機會接著滔滔不絕講完後面的話。基本上，羅森正等著他接下來的侮辱。

「除此之外，我不希望你插手攪和我的特殊懸案組。我們運作良好，配合無間。即使是你靈光一現成立了懸案組，也不得不承認後來有更優秀的人接手運作。因此，不了，謝謝，我們組不需要改變。還有，祝你今天愉快。」

他伸直上身靠在扶手上，一隻手指故意畫過羅森的桌面，一塵不染，他讚賞地點了點頭——因爲灰塵永遠把他與愉快的馬庫斯時代連結在一起。最後，他邁步走向門口。

他的手才伸向門把，背後就傳來回應，說得鏗鏘有力，毫不含糊，清楚得令人痛苦。

「高登正走向地下室的懸案組。從今天開始，他就是我和你之間的聯絡管道。高登每天會向我報告你做了什麼，在哪一案子上有何進展，此外，還包括你一切支出。最後，我希望你到外交部向埃里克森問話時，他也在場。我表達得夠清楚了嗎？」

此刻，疲倦感又猛然回頭攻擊卡爾。他吸收空間裡所有的負面能量與情緒，堆積在他的雙腿，如鉛一般沉重。他深呼吸，尋找強大有力的反駁話語以及不容拒絕的建議。但是他除了感到空洞和報應之外，腦筋一片空白，於是乾脆閉上嘴。他渾身缺乏回嘴的氣力。

他好想念馬庫斯。

「阿薩德，首先找出左拉和史塔克之間是否有關連。我們知道左拉和史塔克經常出門在外，或許會有交集。史塔克是否曾和左拉交易過？他的屋子裡或許還找得到他們接觸過的證據，例如發票之類的。史塔克以前和克雷姆與馮里斯維的地緣關係如何？哎，你知道必須注意的重點。這段時間，我會找人徹底調查克雷姆林地那個地洞，懂嗎？對了，你反正都要處理了，就再檢視一下那個謀殺指控，你知道的，就是左拉供出的說法。調查馬可上哪所學校，或許他在學校惹過麻煩。還有，他在克雷姆是否曾經涉入某種暴力或犯罪案件。」

「我可以開車去嗎？卡爾？克雷姆挺遠的。」

「開車？阿薩德，我不是要你親自過去。打幾個電話給當地警察局和學校就綽綽有餘了。」

阿薩德點頭。「開玩笑的，卡爾。你就像隻知道自己要和單峰駱駝結婚的雙峰駱駝……」

阿薩德拍腿大笑，無法抑制。

卡爾眞是被打敗了。

他走在螺旋梯上，經過三樓往上走時，完全沉浸在自己的思緒裡。

分析頭髮的DNA，研究地洞土壤，僅止於解釋史塔克是否曾經埋在那裡。本案不像拙劣的偵探小說，有說服力十足的跡象和確鑿的證據可以利用，例如洩漏訊息的便條紙、印有日期的洗衣收據、留下DNA的菸蒂或是鞋印獨特的腳印。即使老天垂憐，在犯罪現場留下這類東西，時間與氣候也會逐漸銷毀跡證。因此，有必要再派鑑識人員勘查現場嗎？他的直覺告訴自己史塔克確實埋在那裡，這點不需要DNA分析來證明。

不過，下一步該怎麼走？當務之急是找到馬可。雖然缺乏詳盡的個人特徵描述，照片也不甚理想，至少還是發布了搜捕行動。街上隨處可見成群結隊的移民小孩，若是單獨一個人閒晃，很容易引人注意。另一方面，卡爾還掌握了幾點：少年逃離了左拉這種人統治的房子，會到圖書館看書，有膽量進派出所爲一個素昧平生的人舉發罪行。他知道這樣的人已學會除了自己，沒有人可以相信。

我要和夢娜討論這個少年的人格側寫，他心想。彷彿隱約聽到三樓傳來她低沉的呼喊聲。

他雙眉緊蹙。忽然間，感覺心臟好像停止跳動。不會痛，但是讓他頭暈目眩，不得不撐在樓梯間的牆壁上。

他媽的，爲什麼偏偏挑在這個只供人往來的樓梯間呢？

他背靠著牆面，身體往下滑，坐到階梯上。

夢娜的身影在他腦中如地獄旋轉木馬般不停地轉動，他試圖保持冷靜，平緩呼吸，卻完全無法控制。

最近這段期間，她究竟怎麼了？忽然加入聯合診療，害他得透過祕書轉達。她那時候正在看診的病人果眞如此重要，連他打電話過去也無法接聽一下電話？還有，祕書表示實際上不能眞的稱呼夢娜的病人爲病人，那又是什麼意思？如果他不是病人，他媽的又是什麼？夢娜在上班時間對他不忠嗎？難道像高登和蘿思一樣在辦公桌上……她會更亢奮嗎，當他……？

卡爾額頭上冒出斗大的汗珠，感覺死亡與崩毀的氣味瀰漫著整個空間。一切的一切全濃縮成影像。哈迪癱瘓躺在家裡，哭泣的哈迪，以及迴盪在亞瑪格島小屋裡的槍聲。

「他媽的該死、該死、該死。」他大罵出聲，想要站起來。

當初要向夢娜求婚之前，他緊張得全身發抖。爲什麼之後完全不抖了？他是哪裡不對勁，還是隱約早有預感？

卡爾的胸口一陣刺痛，他閉上眼睛，想要集中心神。疼痛的是左手上臂嗎？不是，謝天謝地。所以不是血栓。

懦夫，控制自己，撐下去，他警告自己。然而擔憂與恐懼始終未曾稍減。

夢娜是對的嗎？他問自己。我們的關係眞的僅限於床上？哎呀，事實上或許如此，單從次數上來看也有可能，但卻和他的感受不相符。若她感覺如此，爲何突然失去興致，而且認爲他不好？爲什麼她罔顧事實，堅稱他們互不扶持，根本沒有支持對方？她和無國界醫師到非洲數個月，他不是也乖乖等待著她嗎？他媽的爲什麼他不直接拿出口袋裡的戒指呢？

卡爾深呼吸了好幾次，才終於半直起身子。束縛著胸口的盔甲似乎鬆脫了，多少能忍受疼痛，甚至還感到有點舒暢。來點疼痛，反而讓人有活著的感覺。現在要站直應該沒有問題，可以慢慢往上走了。

忽然之間，所有在身邊打轉的念頭全數凍結凝固，卡爾瞬間明白一切彼此交纏牽連。他的感受逗留在體內，而非待在應該存在的腦袋或心裡。他把感受分離出來，放逐到身體，進而顯現成身體的症狀。這正是關鍵所在。

他麻木又冷漠。哈迪每天躺在他的屋子裡戰鬥，超乎常人的努力對他而言卻只是例行事務。馬庫斯猝不及防退休，也沒有引起他過度反應。更甚者，夢娜在短短幾秒內毀掉了一切，摧毀了他想向她求婚，承諾她所有人都渴望的美好時刻時，他竟沒有發狂？當蘿思在辦公室裡亂搞，他爲什麼沒有出手干預？爲什麼他不願意接受審訊？對他而言，一切眞他媽的無所謂，還是另有原因？某些他不知如何採取行動的原因？

如何能毫無疑問清楚自己是誰呢？

自我懷疑——天啊，他有多少次聽見別人說自己是心理醫師的金礦，是辦公室暴君的砲火，是自我體驗課程的支柱。

卡爾弓起身，雙手撐在大腿上，給自己打氣。他終於走到今天似乎沒完沒了的螺旋梯中間時，決定不拿刑事鑑定的問題打擾勞森，讓他繼續好好切他的菜。幹嘛折磨自己非得走到五樓呢？史塔克被埋在那個墓穴已是確鑿無誤，他們只需要把頭髮送交鑑識科，接下來就交由鑑識人員釐清了。這件事後續可由蘿思追蹤。現在他只想回到地下室，砰一聲把腳翹在桌上。一天發作一次恐慌症已經叫人吃不消，發作個兩次，只是讓人哭喊渴望香菸和咖啡的慰藉。

他往下走了幾階，在三樓差點迎面撞上夢娜。

他的下巴喀得往下掉，像個呆頭呆腦的天眞青少年。剛才走上樓梯時，他眞的聽到了她的聲音嗎？那麼夢娜很可能看見他可憐兮兮地靠在樓梯牆壁上的淒慘樣貌。

他媽的狗屎。

「嗨，夢娜。」他盡量雲淡風輕，裝得沒事說：「妳要去監獄了嗎？」

「你好，卡爾。你的臉色很蒼白，沒事吧？」

他點頭。「我只是有點急。妳也知道我們地下室陽光有限，不過我已經買好防曬霜了。」

愚蠢透頂的話。

「我剛從監獄過來。」她回答他的問題：「我必須說服那邊的部門主管，在我和洛迪會面時派人在一旁保護。洛迪是無可救藥的精神病患，不懂分寸。這次不能給他機會像上次一樣對我動手動腳。」

卡爾點點頭。不難想像這傢伙會想再動手動腳，因爲她是如此秀色可餐。

夢娜秀眉微蹙，臉龐上驀地細紋斑斑，他以前竟從來沒察覺到。她把頭轉向亮光處，他才赫然發現她頸項的皮膚鬆弛乾癟，五官瞬間失去了輪廓。她的面貌不老，卻感覺因爲不明原因而逐漸衰竭。

「夢娜，妳還好嗎？」他問得小心翼翼。

她虛弱一笑，但笑容瞬間又消失。她摸了摸他的臉頰，隨後又道歉失態。樓梯間人來攘往，沒多久，她高跟鞋的敲地聲逐漸消失在警察總局這個迷宮裡。

卡爾彷彿生了根似地站在原地，有幾個同事目擊兩人的互動，免不了一陣尖銳的評論，掩飾不住幸災樂禍的心情。

未說出口的問題總是最爲意味深遠，而這類問題現在像毒箭般刺穿他。夢娜顯然不樂意見到他，彷彿他若能保持安全距離，她會更加堅定。原因何在？他在場讓她感覺不自在嗎？還是她本來就不太舒服，不希望看見他後想起了這事？她是否忽然發現自己變老？他對她一開始就沒有吸引力，還是與維嘉離婚後才失去魅力的？他一下子與她太親近了嗎？還是她看出他打算求婚而心生退縮了呢？

卡爾搖了搖頭。想要推敲這一切，實在多餘又無義。

無論如何，他與夢娜的未來無庸置疑是黯淡無光。

這時，他的手機響起。

「你一個半小時後，和埃里克森約在他辦公室會面。」蘿思說。

「啊哈，我想阿薩德現在沒時間過去，而我……」

「不，你弄錯了，是你和高登，你們兩個一起過去。你沒和羅森談過嗎？」

棒極了。這場災難難道沒有結束的一天嗎？

「對了，你前妻要我提醒你，你們約定好你每個星期要去療養院看她母親一次，而你已經耽誤五個星期了。如果你今天下午不馬上過去，就得付她五千克朗，她今晚會親自登門拿錢。她打過電話給她母親，說你已經上路了。所以我想你可以這樣做：現在先盡快衝去巴洛斯威看前丈母娘，一個半小時後，還來得及赴埃里克森的約。你到外交部開戰時，我會要高登過去。」

卡爾連吞了兩次口水。

「卡爾，你站在這裡做什麼？臉色怎麼像個殭屍，蒼白得嚇人啊。」勞森穿著圍裙，手拿廚具，站在上面幾階樓梯。吶，他該怎麼用短短兩、三句話，解釋前丈母娘卡拉·瑪格麗特·阿爾辛正坐在巴克公園的療養院裡倒數計時等著他？

「噢，太好了，您終於來了。」工作人員喊道，帶他穿越癡呆症院區。

「她在以前的房間裡抽菸，引燃羽絨被，把整個房間燒得一片焦黑，最後不得不換房間。您真該看看壁紙，黑得一塌糊塗。」

工作人員飛快打開她之前住的房間。真的，可以使用的東西剩下不多了。

「她還和消防人員調情，害他們差點無法救火。也許我該說清楚一點，她只穿著內褲。」

卡爾嘆了口氣。他有二十五分鐘的時間會面，之後就得離開。時間太多了。

「希望這段時間您讓她稍微多穿點衣服。」他擠出笑容說。

工作人員點點頭，是的，他確實如此。工作人員一臉倦容，而且一把卡爾帶到目的地，迫不及待就想走人，或許原因就在於此。不過離開之前，他仍舊交代著：「卡拉，妳不可以在房間抽菸，否則又會出事。這件事我們講過很多次，妳明明已經知道，要抽菸，只能到外面庭院去。所以請妳行行好，把菸給熄了。否則我們要沒收妳的菸了。」這句話他今天大概講過數十遍。

「哈囉，親愛的。」卡拉漫不經心說，彷彿他才不過離開五分鐘。她穿著曾經價值不菲，如今已逐漸破舊的日式浴衣坐在那兒，宛如哥本哈根夜生活的女王。她將手肘擱在扶手上，手指裝腔作勢夾著菸——年紀較大、自視甚高的婦人一向都擺出這種散漫隨性的姿態。她不是把菸拿到嘴邊，而是整個上半身傾身就菸。長長吸了一口後，才把頭轉向卡爾，周身煙霧繚繞，盡是尼古丁的味道。

「我今天只是暫時過來看一下，卡拉，我等下在城裡還有個約，二十五分鐘後就得離開。不過，妳過得怎麼樣啊？」他預期聽到她抱怨新環境住得不習慣，以前的家具都燒光了之類的話。

說實話，那些家具也不是她的。

「嗯，其實挺好的。」她說：「只是我的陰道有點乾。」

卡爾望向鐘。還有一千四百秒的漫長時間。

第三十章

馬可一整天大部分時間都待在工地的藏身處，頭上戴著偷來的安全帽。他終於把燙手訊息放到了正確的地方。誰知道呢，或許這個卡爾·莫爾克已經發現皮夾裡的紙條，根據標記展開調查了。

建築工地若是沒有那麼多工人來來往往，沒有那麼多人在追捕他，他就能靜靜坐在四樓，享受四周美麗的景致。

他背後的蒂沃利樂園傳來遊客的歡呼和尖叫聲。雖然氣候惡劣，遊客仍舊坐上輻射飛椅，在令人頭暈目眩的高空上輻射旋轉，或者從同樣高度的自由落體往下直墜。許多年紀和他相仿的人透過遊樂器材來測試自己的勇氣和界線，不過馬可不需要這一類的勇氣測試。爲生存而戰，即是一種挑戰了。

在生存之戰中，家族成員或許還不過只是小麻煩罷了，因爲他認識他們，能夠估算他們的行動。但是其他人呢？例如躲在窗簾後面很快就打電話出賣他的那個人是誰？想當然耳，左拉一定花了點錢想要中止他的行動，斬斷他帶來的威脅。如果警察眞的到克雷姆去了，馬可就再也沒有退路能夠回頭請求左拉原諒。一切太遲了，骰子已經擲出，況且還是他先出手的。

馬可聽見從市府廣場延伸過來的工地車道傳來運送水泥和鋼筋的聲音，這應該是今天第二十輛大卡車。主樓兩旁一個朝向安徒生大道，另一個面對蒂沃利樂園的側翼建築也逐漸拔高，第六層樓已裝設好鋼筋。馬可這星期多躲在面朝維斯特布洛街的最外圍角落，這裡相對人跡罕至。

第一批工人回家時，他才像隻獾一樣爬出來，觀察市府廣場的動靜。這裡是眺望左拉手下被接走時的最佳地點。

吊起鋼筋墊的吊車聲音隆隆作響，遮蓋了其他聲音，所以等到穿著螢光背心的工頭快走到身邊時，馬可才發現對方接近。

「嘿，你在那邊做什麼？怎麼爬進來的？」男人的聲音響徹整個樓層。「電梯井旁邊那本書和其他東西是你的嗎？」

馬可搖頭否認。「不是的，我是陪爸爸過來的。對不起，我知道自己不應該上來，也沒有要待很久，只是從這裡望下去很有趣。」

那個人打量著馬可的安全帽，皺起眉頭，最後點了點頭。或許他也無法想像那本書會屬於像他這樣的少年。「告訴你爸爸，帶家人到工地是會被解雇的。懂嗎？」

「是的，我會告訴他。對不起。」馬可趕緊走向樓梯，一路上仍可感覺對方的目光盯在自己身上。不可以再被人看見了，他對自己說。走下樓梯時，還對兩個工人親切地點頭打招呼。

他知道自己不能經過前面工寮，所以他穿越最底層，走到牛排館那個角落，把安全帽放在平常藏放的棧板後面，然後爬過工地圍欄。

天空下著雨，他佇立在街頭。才下午三點。幸好那個人不是兩個小時後才嚇跑他，否則到時候家族成員到此等候貨車時，馬可很可能就會落入他們手中。

馬可仍有點猶豫不決，不知道該往哪裡去。他正要橫越揚貝納街的行人穿越道，忽然聽到一聲憤怒的喊叫。

「兇手！」

馬可立刻認出那個聲音。

他在斑馬線上停下腳步，找尋米莉安的正確位置，身旁盡是穿著雨衣的自行車騎士和撐著傘的行人。

「我們終於知道爲什麼要找你了。克利斯全都告訴我們了。你這個兇手！」

馬可激動地望一眼熙來攘往的路人。有一半的人睥睨著他，剩下的人把臉轉向達格瑪電影院的方向，那裡有幾十個自行車騎士正在等紅綠燈。

他在電影院的遮雨篷底下一張《永生樹》的海報旁邊看見了她。她的頭髮黏在臉頰上，衣服因爲被雨淋溼而顏色變深，仇恨與失望同時在她眼中閃耀。他看得出她有多疲累，在街上行乞了好幾個小時，她的腳一定痛得無法忍受。

馬可再度左右張望。只有她一個人嗎？

「沒錯，你這個膽小鬼，只有我一個人。但是你等著，其他人會抓住你的。」然後她轉向行色匆匆的路人，誇張地伸出雙手，兩掌合十說：「有沒有人可以抓住那傢伙？他殺了人呀！」儘管她再怎麼大叫，等到路人發現說話的人是誰後，再也沒半個人多看他們一眼。

馬可從震驚中回過神，奔向米莉安，抓住她的肩膀。「不是我幹的，米莉安，妳又不是不知道我。是左拉，左拉才是兇手，妳自己也想得到啊！」

但是米莉安完全沒把話聽進去，感覺她已被徹底洗腦。

「聽我說！」他搖晃著她說：「是我把警察送到你們那兒去的，妳聽懂了沒？是我。」米莉安掙脫他的手。看得出來她終於把話聽進去了。「兇手。」她又說了一遍，但是音量小多了。「警察說你把謀殺責任嫁禍給左拉。你是叛徒，背棄有恩於你的人，還有我們。」

馬可搖頭否認。他氣憤填膺，眼淚就要奪眶而出。她眞的盲目相信左拉灌輸給他們的想法？

「米莉安，妳的腿會變成現在這樣，都是左拉的過錯。當初是他安排了那場意外……」

他還來不及反應，迎面就吃了她一拳，然而他內心的失望比臉上火辣辣的疼痛更加強烈。他忍住眼淚，想要摸摸她的臉頰後道別離開，卻發現她眼神閃爍，盯著他肩膀後面某個點，於是他立刻住手，本能飛快回頭一看。下巴貼著大繃帶的皮寇，正粗暴地擠過人群而來。

馬可毫不猶豫馬上行動。他一個箭步，衝到一個正把自行車放在車架的女孩身邊，用力把她的車子一推，撞倒了停在旁邊的其他車子。然後奪下她的自行車，她來不及大聲叫嚷，他已經登上坐墊。他穿梭在憤怒的人群中，在街道上蜿蜒前進，皮寇在後頭也擠開人群追來。

馬可聽見他上氣不接下氣喘著，卻沒聽見愛迪達運動鞋的腳步聲。他只知道一件事：皮寇的腿很長。四周的路人紛紛停下來觀看這場追逐，但是沒人打算插手。

馬可將把手一轉，一個用力衝上人行道，朝粉刷得花花綠綠的廣場電影院前的廣場疾行，香腸攤、咖啡座和各種花色的雨傘形成了一道道危險的障礙。

馬可聽見皮寇喊道：「停下來，馬可。我們只是想提供一個交易。」

一個交易，當然囉。這個交易就是把自行車鏈起來，粗魯地連車帶人丟到貨車上。

馬可屁股離開坐墊，直起身全力踩著踏板，皮寇肆無忌憚地將擋他路的人推到一邊。馬可聽見後面一位女士倒地的慘叫聲。

「你瘋了嗎？」有個男人對著馬可大罵，另一個人試圖將雨傘插入他的前輪。

忽然間，羅密歐出現在馬可眼前，臉頰上印著紅通通的燒傷傷口。廣場盡頭的羅密歐杵在自行車架之間，雙臂大張，等著撲向車上的馬可。羅密歐身後的大街上交通繁忙，而皮寇又從後逐漸接近，馬可大腦飛快運轉著。該怎麼辦？直接往前撞倒羅密歐嗎？還是衝向自行車架，希望身子能像拋物線似地飛越把手，落在某輛汽車前面？後者這個選擇性顯然永遠存在。他淚流滿面，

尋人啓事

Marco Effekten

神情緊張，全身緊繃過度。接下來幾秒，他感覺就像慢動作畫面。世界萬物交錯滑動。他嘹亮的尖叫聲迴盪在四周房舍的牆壁間，回音重重，路人一臉驚恐看著他。他的腳踝被其他停放的自行車的踏板拐到，刺痛難耐，接著整個人和自行車一起翻筋斗，發出沉悶的落地聲，以及身後傳來的驚叫和前面響起的煞車聲。

馬可最後感覺到的是頭部重重的撞擊，然後就不省人事。

「聽得見我說話嗎？」他上方有個聲音問。馬可小心翼翼點頭，但不敢張開眼睛。直到有人謹慎地摸著他的臉，詢問他的名字時，才願意面對現實。

「我叫做馬可。」他感覺自己的聲音好似來自遙遠的地方。「馬可．耶墨森。」

「你懂丹麥話嗎？」

馬可發現自己點頭時竟露出了笑容。他終於張開眼睛，眼前浮現一張友善但嚴肅的臉。他剛才說了自己的名字嗎？

「馬可，你感覺得到自己的腳嗎？」

他又點點頭，也確實動了動腳。

「哪裡會痛嗎？」

他沒有回答，因爲羅密歐忽然出現在救護車司機身後，越過司機肩膀盯著他看。

「這是我弟弟。」羅密歐說：「我們會照顧他，我爸爸是醫生，他的車馬上就到了。」

馬可迫切看著救他的人，急忙搖頭說：「不是這樣。」

司機點點頭，然後轉向羅密歐說：「謝謝，不過我們必須先徹底幫他做個檢查，拍個X光片不會有什麼損害。」

「絕對不能讓他帶我走。」馬可低聲對救護人員說：「他想要殺了我。」

「欸，應該沒有這麼嚴重，是吧？路人說是意外，你自己沒有注意。」另外一個走進馬可視線範圍內的救護人員說，一旁的路人聽了頻頻點頭附和。「不過別擔心，眞相很快水落石出，警察隨時趕到。」

羅密歐轉眼一溜煙不見人影。

「我想我應該沒有問題了。」馬可想用手肘撐起上半身，看看皮寇是否還躲在人群中。沒有，他顯然也溜了。當然，非法移民最害怕的人莫過於警察了。皮寇現在最不想要的就是被警方逮到，可惜馬可也一樣。

他現在才發現救護人員將擔架放在階梯平台上，就在廣場電影院的大門入口旁邊。

「我被車子撞了嗎？」他問道。

四周的人對他微笑。看來應該不是如此。

「你應該謝謝公車司機，才沒有導致嚴重的後果。幸好他緊急把煞車踩到底。」有個圍觀的人說。

馬可點點頭。「我沒事了。如果可以，我想要坐起來。」

救護人員一開始有點猶豫，隨後伸出一隻手扶他起身。周圍傳來鼓掌聲。

「我想上個廁所，可以嗎？我知道廁所就在裡面不遠。」

救護人員猶豫了起來，但是馬可笑得燦爛，他們也檢查過他的瞳孔沒有放大，於是點頭同意。

「我陪你去。」司機說：「你很可能有腦震盪。」

馬可使勁露出能令人安心的笑容。

「不用了，我眞的沒事，也不過幾公尺而已。」

「好吧，但是要慢慢走。」第二位救護人員一臉嚴肅看著他說：「我們在外面等你，上完廁所趕快出來，好嗎？」

馬可點頭，然後小心翼翼站起來。肩膀、右膝和小腿痛得要命，不過除此之外，一切安好。

「只要兩分鐘。」走在電影院的樓梯往上時，他感覺到背後眾人的目光全落在自己身上。

一進入大廳，他的目光飛快梭巡：左邊有一間咖啡廳和通往各電影廳的入口，再後面是販賣部和廁所，中間是售票口，右邊入口有好幾根大柱子。問題在於，他該從後面哪裡離開這棟建築物呢？若想抵達各廳的逃生口，他得先想辦法騙過剪票員。但是他又不太確定能否眞從後面出去，而不是又回到前面。

該死，他要怎麼樣才能找到出路？時間一分一秒流逝。突然，他看見一絲微弱的光線照進來，照射過廁所旁邊。他一跛一跛前行，在一處玻璃門前停下。一定是防火門，他心想，所以才會鎖上。發生緊急事件時，這種門會自動開啓。

無論如何，總之値得一試。他按下門把，同時用力推。下一秒，他就站在建築物後面，人到了室外，而且面前就是維斯特波電車站。眞是狗屎運啊！

他毫不猶豫，一跛一瘸穿越街道，走下電車月台。不用一分鐘，電車就來了，他一直搭到火車站，從堤根斯街那個出口離開。他走向警察總局的方向時，剛才一個小時發生的事情又一一掠過腦海。

他現在知道警察去過克雷姆了，但是事情發展明顯不對勁：左拉顯然否認所有的指責，並嫁禍給他，因此他目前應該因爲謀殺嫌疑而被通緝。

一想到此，他難受得想吐，感覺撞傷的肩膀和膝蓋不住跳動。有一會兒時間，他躑躅不前，內心被想拿刀刺死左拉的衝動和對警察的恐懼撕裂。忽地，他邁開步伐往前走。

他走到警察總局面前，一看見如碉堡般的半圓拱型乖張建築，勇氣頓失。不，他絕不要走進這棟建築物，寧可在外頭等待，直到看似值得信賴的人出現。

他等了一個鐘頭，不見半個友善親切的警察，反而出現身穿淺藍色制服的荷槍警員，宛如民兵一樣，於是他決定放棄。

正要離開停車場時，有個女子從中間拱門走出來，旁邊陪著一位又瘦又高的年輕男子，他脖子上翻飛的灰色圍巾，在在洩漏出威脅性。

「高登，你必須往那邊走。」女子指著另一個方向對男人說：「外交部在亞洲廣場。」

馬可現在認出那個女子了。她正是和卡爾．莫爾克和深膚色的矮個子一起工作的人。馬可趕緊閃進一輛車子後面。

「蘿思，我只是想……」

「我沒有時間，高登。一個小時前，有人在廣場電影院看見那個叫做馬可的少年。他不見之後，警方搜索了整棟建築物。我得趕快過去。而你自己也有個約，忘記了嗎？快點，趕快去！」

馬可大氣不敢喘一下。他們所有人都在找他。

他等到女子走過身邊，趕緊從一個雨刷底下抽出罰單，在邊緣潦草地寫下字，然後從後面追上去，兩人之間差不多剩十公尺時，他就保持這樣的距離。

他在火車站對面，蒂沃利樂園入口附近，嗅到了機會。女子被火車站蜂擁而出的乘客、公車站和售票口排隊等待的人，以及離開遊樂園的摩肩接踵人群，逼得放慢了腳步。她拿下肩膀上的袋子，抱在胸前，就在此時，馬可的手迅速往前一伸，暗中把他的訊息塞了過去，上頭註明了存放贓物的臨時寄物櫃、每天下午五點在安徒生城堡前接扒手和每日戰利品的貨車。如果警察追查他給的線索，很快就能發現哪些人是左拉的手下以及左拉的勾當。但是如果沒有進行調查怎麼辦？若是女子沒有看紙條的內容或者根本不當一回事呢？

這一刻，馬可感覺自己又像個無助的未成年孩子，同時又渴望乾脆自己獨自解決此事算了，擺脫一切，自行報復。但他完全不需要欺騙自己。他眞的很無助，是一場圍捕戰的受害者，而參與追捕的人他大部分都不認識。這世上沒有一個能給他慰藉、讓他依靠的人。

他如果穿越堤根斯街，經過加司維克路，沿著湖邊，離開市中心，大有機會逃脫左拉賞金獵人的追捕。那麼他早晚可以抵達北港，那裡環境他熟如自家後院。若是運氣好，或許還能找到一艘船可以爬進去躲起來，直到他想好下一步該怎麼走。

他沿著聖喬治湖走，濛濛細雨令人感覺溫和清新。路上僅見一位遛著臘腸狗的婦女和一對情侶在這種天氣到戶外遛達。

馬可察覺到蘆葦叢輕輕晃動，停下了腳步。一群小天鵝跟著母鵝滑進湖裡。他數了數，有七隻。毛茸茸的小鵝撲撲撲地拍著水，看得馬可感動不已。忽然間，臘腸狗在女主人腳邊躁動不安，緊接著倏地衝進水裡，攻擊小天鵝。馬可和女主人同時失聲尖叫，母天鵝轉了個彎，卻沒有發覺迫在眉睫的威脅。馬可縱身一跳。

湖水很冷，不過水面只到膝蓋左右。馬可手掌往水面一拍，母鵝張開雙翅，伸直了身子。馬可下一掌打在正要飛撲的臘腸狗屁股上。小天鵝在驚慌中迅速游開了。

雖然狗主人罵罵咧咧，但是馬可很滿意自己的行動。但高興還太早，下一秒他就發現了兩個從天文館跑過來的警察。他們顯然旁觀整件事情的經過，並且認出了馬可。

馬可毫不遲疑，將狗主人往旁邊一推，拔腿就跑。

菲特烈斯堡這一區比他熟悉的奧司特布洛更加複雜冷漠。幾乎所有房子都有對講機，沒有半間商店。他應該躲到哪裡去？時間不多，第一批巡邏車應該已經出動找他，大街上或許已經布下臨檢警力。他沒有其他選擇，只能跑進小巷子裡，彎彎繞繞，一條奔過一條，確定應該甩掉了兩個警察後，才停下來，躲在大樹後面喘著氣。

史丁特魯普大道，路牌上寫著。他認出不遠處的丹麥廣播公司昔日的建築，建築物前方右邊應該是舉辦大型活動的大會堂，再後面就是大會堂地下鐵的入口了。如果他能在不被看見的情況下走到地下鐵，就能脫身。只是，接著要往哪裡去呢？

他唯一想起的人是蒂爾達。她應該會相信他，了解他的處境，代替他和警方接觸。

大會堂後面的羅森納大道上交通繁忙，街道兩邊的公車站擠著一大堆下班的通勤者。

馬可窺視著給地下鐵採光用的小型金字塔天窗，又望向地鐵入口。沒有看見熟識的面孔，或者不熟識卻引人不安的臉龐。於是他走出藏身處，衝過敞開的電梯，直奔手扶梯。

馬可差點沒看到從時刻表燈柱後面走出來的人影。

他立刻啟動緊急逃難程序：顧不及先大吸口氣，便全速狂奔，不假思索衝向月台，擠過夾層上的混亂人潮、大排長龍的手扶梯，跑過售票機和透明電梯。或許他可以使出欺敵之計，先跑到售票機那層樓，故意讓對方看見，再悄悄從另外一座樓梯上樓，全速奔逃？

但是那個人沒有上當。他站在第一個樓梯平台，拿出手機，同時試圖弄清馬可的下一步。

他在叫幫手，馬可心想，看來目前只剩往下走這條路了。可惜通道上的乘客偏偏現在少得可憐。灰色拱型水泥通道單調乏味，底端銜接通往軌道的自動玻璃門，月台上幾乎不見人影。

「站住！」那人的吆喝聲迴盪在拱型水泥通道中，但是馬可早已衝向兩座平行手扶梯的右邊那座，手扶梯似乎長得沒有盡頭。馬可心想，等對方反應過來，我大概已經跑到月台，從另外一邊再上樓了。但是這個計畫也立刻被那傢伙給破壞。只見他緊跟著馬可，踏上了左邊的手扶梯。現在兩人幾乎平行往下跑，同時一躍，跳到了手扶梯底部，再同時轉了一百八十度後，又各自搭上另一座往下的手扶梯。兩個人一起朝下奔跑，這次的距離更近，基本上中間只隔著低矮的玻璃板。馬可聽見沉重的腳步聲距離自己不再只是兩、三公尺，而是近在身旁。那個人伸長身體，越過分隔玻璃，距離近到馬可都能聞到他嚴重的口臭。馬可拳頭一揮，想要推開對方，但是脖子已經被緊緊抓住。

馬可明白就算底下月台上的人知道發生了什麼事情，也不會插手干涉。他們只會專心等待安全玻璃牆後面的列車進站，幾秒後，玻璃門和車門會自動同步開啓，隨後又關上，列車和乘客就此離開。因此追他的人躍過了分隔玻璃，跳過來這邊的手扶梯時，馬可並未大喊求救，只是不停猛力踹他。踩踏中，腳踢上了扶手，雖然不不過一、兩秒，卻足以讓馬可使出僅存的力量用力一蹬，兩個人翻過扶手，飛了出去。

兩人往下跌，馬可的喊叫迴盪在水泥通道中。約莫落下三公尺後，兩人砰一聲撞到水泥地面，這時只聽得喀嚓一聲，那人呻吟不已，大口喘著氣。馬可登時一躍而起，及時趕上即將關閉的車門。列車啓動中，他看見對方吃力地撐起身子，表情痛苦，將手機拿到耳邊。

其他乘客沒人感興趣多看馬可一眼，對剛才的事故也未評頭論足。即使馬可滿臉眼淚，同樣無人安慰他。不過，至少也沒人提出愚蠢的問題。

他扳下椅子，面朝列車行進方向坐著，屆時進站可透過列車前方的觀景窗提早檢查月台狀況。他不清楚列車開往哪個方向。不過他在車內坐得越久，追捕他的人就有更多的時間找來幫手。馬可摸不透他們如何組織圍獵行動。那個人究竟打哪兒冒出來的？他在時刻表燈柱後面埋伏很久了嗎？他現在又打電話給誰？

馬可揉著雙手，周遭的聲響變得模糊不清，菲特烈斯堡車站的日光燈已映入眼簾，他必須盡快決定下一步怎麼走。下車或繼續搭到蒂爾達住的凡洛塞那一站？他有機會搭著地鐵抵達那裡嗎？

列車滑進車站，他觀察著月台上的動靜。氣氛平靜祥和。月台上注視著即將開啓的玻璃門的眼睛沉穩從容，有幾個學生正要回家，其他的就是販售眼鏡的廣告看板、布告欄、自動售票機，就只有這樣。

馬可站在敞開的門邊，四下打量。依然沒事，於是下了車。他本能的想回到建築工地，不想再待在戶外。最後一批工人應該整理好工具了，巨大的建築物沒多久就會浸淫在安靜之中。他將從福爾克納大道和菲特烈斯堡大道走到市中心。

他本能的從側門出口離開，因爲他推測追捕的人通常會埋伏在大門出口。眼看再爬完一道樓梯就可以走到大街上，沒料到才走到三分之一，樓梯頂端忽地出現兩個表情警覺的人。馬可早已有如驚弓之鳥，沒再浪費時間多看一眼，立刻轉身狂奔。

月台上正好一輛列車進站，可惜開往馬可剛來的方向，回到大會堂站。但是他有其他選擇嗎？最後一位乘客已經上車，馬可背後傳來咚咚咚的腳步聲，他趕緊三步併兩步，一口氣躍下五個台階，跳進車廂。玻璃門發出嘶嘶聲關上，但列車無聲停住不動，車外兩個人猛烈拍打著玻璃。

列車終於緩緩開動，馬可扳下兩張被雨衣和雨傘弄得溼答答的摺疊椅，平躺在上面。車抵大會堂站後，他微微抬起頭，察看剛才那個人是否還在。對方果然沒有離開。他表情痛苦靠在招牌上，但目光仍舊警覺有神，一隻手拿著電話，另一隻手壓著胸口。

馬可在內爾波站下車，搭月台最底端的手扶梯往上。他緊緊跟著一位婦人，距離近到對方惶惶不安。婦人感到不安或許有其道理，因爲若是又出現剛才的狀況，馬可情急之下不排除把她推到追捕者面前。

大街上沒有引起他注意的可疑之處。雨停了，雲層之間甚至還短暫落下陽光。四面八方湧出剛下班的人。

馬可在人群的掩護下，從菲特烈斯博街走到北法利瑪街。他打算走到那裡之後，再搭公車。對於自己要對抗多少人，他心裡比較有底了。

第三十一章

公車駛過馬可之前差點喪命的廣場電影院。他透過車窗，看到車外黑壓壓一堆人動也不動站在紅綠燈前，或者擠在熙熙攘攘的下班群眾中。

車子行駛到火車站和蒂沃利樂園入口間的路段時，必須放慢速度。公車站牌有幾個男人正在激烈爭吵，引起了馬可的注意。雖然裡頭沒有面熟的臉孔，但他心中仍舊警鈴大作。夠了，別神經兮兮！他警告自己。不過公車駛進停靠區時，他仍舊壓低身子，觀察那群人。除了兩個黑人，其他都是東歐人，骨瘦如柴，好似生活困苦，營養不良。

馬可目光迅速轉到前方司機處，觀察上車的乘客。都是些看來無害的人。他鬆了口氣，這時才清清楚楚感覺到壓在身上的沉重壓力，身體每一吋都痛了起來。

馬可忽然感覺到人行道上有道影子倏乎掠近，還來不及看清楚，公車已經駛離。來得太慢，公車都開走了，馬可心想。然後回頭一看，穿著綠色籃球運動服的黑人被公車拋在後面。黑人一路追著公車，眼睛自始至終都盯著馬可不放。眞像隻狺狺咆哮的狗，馬可暗忖著。身手敏捷，靈活有彈性……還有，速度非常快。太快了。

他猛然彈起，走到下車門。公車一轉進提根斯街，幸好綠燈正好亮起，拉開了與後頭全力奔跑者之間的距離。

馬可在雕塑館下車，直接從公車後面穿越街道，完全不顧後頭汽車狂按喇叭。黑人已彎進街角，逕自朝他奔來。馬可邊跑邊掏出口袋裡的零錢，直衝蒂沃利樂園側門。

眞該死，門竟然關了！

愕然震驚中，他發現那人逐漸縮短兩人間的距離，同時聽見安徒生大道轉角那兒響起了警車笛聲。警車原本停在大中國酒店前面，現在回頭駛過擁擠的車陣，往他的方向開來。

馬可完全陷入天羅地網中。不管是逃向市府廣場還是往另一個方向跑到橋邊，黑人都會很快追上他。如果他橫越安徒生大道，又會栽進警察手裡。現在只有一條路能通向他的建築工地，那就是爬過圍欄，穿越蒂沃利樂園。

右手邊是遊樂園早已關閉的側門，有根柱子隔開拱型的圍欄，馬可趕緊往上爬。他眼角瞥見警車停在自行車道，追他的黑人一看見警車閃動的藍光，立刻站住不動。警察在場總算有點好處了。

馬可在遊樂園裡花了點時間確認方向，才終於跑上動物造型的旋轉木馬旁邊的階梯。

現在四面八方可見閃動的警車藍光，但是他們不可能抓得到他，因爲他閉著眼睛也能沿著默劇院後面的路走到工地。而從牛排館後面的鷹架往上爬，不過是雕蟲小技。

工地一片荒涼寂寥，僅剩貨櫃辦公室裡幾位員工還在忙碌。他待的上面這裡只有微風和眺望城市的寬闊視野。

只不過，經歷了夢魘，而且最近幾個小時始終處在緊急狀態，馬可已不容易放鬆下來。緊繃的情緒就是不肯散去，警覺性一樣不願鬆懈，一秒也放不下。他感覺自己像盤旋在田野上空無人注意的蒼鷹，地面上最細微的動靜全都無法逃過他眼底。

至少他現在清楚追捕他的人幾乎已逼近眼前了。他們急切地在底下城市尋找他的行蹤。警車已經撤掉，不過反正警察也不是最麻煩的威脅。

不，最讓他恐懼的是黑人。但他害怕的不是對方詭異的尖銳目光、結實的身體和快速準確的動作，而是究竟是誰派出了這樣的人物？

他還清楚記得先前在火車站前的公車站牌旁站了兩個年輕黑人。閉上眼睛，聚精會神回想後，他們背後依稀還有個肥胖的黑女人，警覺地觀察周遭事物。她似乎發號施令，指揮一切，也包括那兩個和她相較之下顯得涉世未深的年輕黑人。

但是，他們爲什麼出現在哥本哈根？他媽的是誰派兩個黑人來找他？一定不是左拉，完全不用考慮這一點。當年左拉在義大利把兩個想要加入家族的美國黑人罵得狗血淋頭、極盡羞辱的場景還歷歷在目。不可能，黑皮膚的人不會是左拉派來的。

那麼到底是誰找來的呢？

底下忽地隱約傳來模糊的聲響，把馬可的思緒拉回現實。聲音細得難以察覺，但是他的腎上腺素陡然飆升。他瞇著眼，凝神側耳傾聽。白天的工地嘈雜忙碌，噪音震天，但是下班後，幾乎寂靜一片。

然而，確定有動靜。

馬可踮著腳尖躡手躡腳走回電梯井，文風不動站著，再次專注聆聽。聲音仍在，甚至更清晰了，但是聽起來不像腳步聲，而是類似保鮮膜之類的沙沙聲。

他們找上門了，是那兩個黑人！他頓時豁然開朗。東歐人他還瞭若指掌，但對非洲人就完全一無所知。

沙沙聲從兩個方向清楚傳來，一個就在電梯井下方，另一個是樓梯那兒，兩個逃生口全給堵住了。他聽見對方低聲交談。他們講的是法語嗎？馬可梭巡著偌大的空間，幾乎沒有可供藏身的角落。就算有，他們也會一一檢查。

好吧，馬可想著，既然我逃不掉，無法躲起來，也沒有辦法跳下去，就只剩自我防衛一途了。他迅速撿起地上的鋼筋，兩手緊握，像個拿著光劍的絕地武士站在樓梯頂端。可惜他沒感覺自己擁有超人的力量，反而無助壓抑住奪眶而出的淚水，盡力控制顫抖不停的雙手。

第一個人從樓梯上來了。果然是個黑人，但不是先前追公車的那個。他背對西下夕陽的微弱光線，看不清楚他的臉。身上穿的黃色運動衫反而因此更加顯眼，衣服上印著「湖人隊24號」的字樣。

「哈囉，孩子。」他用英文說道，聲音低沉。「過來我這裡。」

他站在一段距離外，招著手要馬可過去。馬可往維斯特布洛街的方向後退，一步步靠近洞口大開的深淵。他看見那人後面緩緩轉動的蒂沃利摩天輪，耳邊傳來遊客興奮的尖叫聲。他們坐在摩天輪座艙裡沉浸在自己的小宇宙中，其他事物彷彿不存在。座艙停下後，馬可大概已經歸天了，世界上不會有人知道他曾經是誰，未來又會成爲什麼樣的人物。

他豁然間明白自己的命運，不由得悲從中來，淚流滿面。

「可憐的孩子。」他聽見黑人說。馬可知道自己還來不及揮動武器，應該就會一命歸西。

馬可若是敢全力衝刺跑到電梯井往下一跳，運氣好或許有機會贏對手。雖然他的同謀一定等在樓下那層，但是馬可如果從他眼前落下，成功卡在平鋪在底下某樓層開口上的金屬棒，可能有機會安全逃脫。一個微小的機會。

他往旁邊跨了一步，然而對方似乎能讀出他的心思，截斷了他的退路。馬可除了靜心等待，別無他法。兩人最後幾乎面對面站著，馬可終於看清對方的臉。

他的年紀比馬可大一點，雖然臉孔布滿皺紋，但應該不會超過二十五、六歲。一長條白色疤痕橫切過鼻子，左眼只能半睜開。他有戰士的特質，卻未憤怒跳腳，也不見攻擊性，比較像要趕在下班前敲進最後一根釘子的木匠。冷靜，目標明確，而且冷血無情。

接著，他拔出刀子，動作迅如閃電，一氣呵成。

馬可手中的鋼筋雖然揮了一、兩下，卻只是無助的揮動。他知道對方隨時會發動攻擊，使勁全力將刀刃刺進他的胸口。那把刀正是爲此目的而設計：刀身短，刀柄順手，雙面刀刃。如果鋼筋沒那麼重，或是馬可力量大一點，就能如球棒一揮，擋掉刀子。但是事與願違，因此他緊靠在水泥地的外緣，等待機會。

他站著不動，彷彿過了一世紀那麼久，半年來每一時、每一刻，如快轉般掠過腦海，清楚明確，宛如歷歷在目。死神已經臨近他眼前。

這時，一陣響亮的喇叭聲將他從恍惚中驚醒。喇叭聲清清楚楚來自底下街道一輛汽車，但是聽在耳裡，卻像就在身旁吹奏的隆隆走樣銅號聲。馬可困惑地轉向聲音來源，登時發現由許多塑膠短管拼組成的廢料滑槽的開口。他咬緊牙關，縱身躍向一側，同時將鋼筋擲向對手腳邊。鋼筋一落地，即刻彈起，打到對方小腿。馬可趁機抓住滑槽邊緣，兩腳一蹬，跳了進去。

那傢伙的咒罵聲迴盪在馬可耳邊，接著馬可兩手一放。

幸好個別塑膠管的邊緣稍微止住了下滑的速度。他的頭上方咕咚作響。該死，那人該不會追來了吧？馬可心想。對方的體積應該很難穿過滑槽。

轉眼間，他已經看到滑槽的出口，下一秒即掉進碎石箱，落在一堆塑膠包裝和石棉上。

他迅速滾到一旁，拿起一塊釘著尖尖釘子的護板，打算追捕者一下來，立刻擊上去。

但是對方沒有出現，顯然明白自己的身體很難鑽過塑膠管。他的咒罵像走音的管樂器聲傳到底下來。

樓梯響起了他同夥的腳步聲，顯然換人上場了，馬可勉強從石棉堆爬起，跳出碎石箱。

馬可雙腿顫抖，兩手交替抓著圍欄爬出去，跑過市府廣場。跑到行人徒步區後，才敢回頭察看後面的動靜。大型釀酒廠前站著一個婦女，壯碩如門，漆黑如夜，目光直盯著他看。

馬可像被毒蜘蛛刺到似的，不管雙腳的疼痛和石棉絮刺激皮膚、睫毛和喉嚨造成的刺癢，繼續拔腿狂奔。絕緣材料石棉像毛皮一樣覆滿全身，越抓越糟糕。他在菲特烈霍姆斯運河上的馬墨橋停住腳步，察看著暮色下黝黑的河水。要不要沖掉身上的石棉？他當機立斷跑下碼頭的階梯，碼頭旁停靠著好幾艘小艇，接著縱身一跳。

河水雖然冰冷，但是總算減緩搔癢。他游了幾下，抹掉襯衫和褲子上的石棉。有個女子站在橋上問他是否一切無恙。他點點頭，又沉下水去。他再次浮出水面後，有兩個打扮入時的年輕人靠在車旁大笑，對著他拿手指敲自己的額頭。

就在此時，馬可看見穿綠色籃球運動衫的黑人從市府街跑過來。

碼頭上那兩個年輕人對著馬可指指點點。快滾，你們兩個白癡，馬可心裡咒罵著。但是已經太遲了。黑人發現了他，於是在史東橋上停住，顯然正在思索最佳解決方方案。

那兩個幸災樂禍的人上了車，揚長而去，完全不知道自己幹了什麼事。

馬可又陷入困境了。不管他游向哪個方向，籃球運動衫那傢伙總會在運河旁跟著走，所以無論他從哪個地方上岸，一定會撞進那人懷裡。情急之下，馬可認爲唯一的機會是躲在停泊的船隻之間，等待夜色趕快降臨。

於是他又潛進水裡，憋了好幾口氣，潛泳在搖晃於水面上的船底。等到他認爲應該差不多之後，才露出水面。黑人很有可能和馬可之前一樣，跑下停靠碼頭。如此一來，馬可就能和他拉開距離。

如果那個人跳進水里，馬可就必須潛到史東橋，從那裡悄悄不被看見地從水中上岸，然後逃到某個熱鬧的地方。

但是非洲人沒有跳進水裡。雖然他如馬可預料走下樓梯到碼頭，然後緩慢沿著繫緊船艇的柱子一步步巡察。

黑人不趕時間，每經過一艘船，就停下來察看，確保馬可沒有爬進船艙，趴在甲板上，還確保他沒有掛在船外側，或者水中升起可洩漏馬可行蹤的氣泡。

影子長長映在船上和水面，不過馬可懷疑黑暗是否能提供他足夠的保護。

黑人距離馬可的藏身處只剩下一艘船，馬可潛入水底時聽見背後傳來劈啪響。他急忙游了幾下，回到水面，直接與幾乎融成黑暗的黑人面孔對視。馬可嚇得趕緊回頭，拿出吃奶力氣使勁游向馬墨橋。

轉眼間，他拉大了與黑人之間的距離。但是馬可的手臂已經開始顫抖，對方又不斷划著自由式前進。

兩人同時聽見了運河遊輪的聲響從外海逐漸接近，不約而同停下動作，評估眼前的情勢。遊輪有尖型船首，朝著他們駛進，預計會通過三個橋拱的中間那個。事態嚴重，現在該怎麼辦？馬可氣力用盡，衣服沉重如鉛。他最後奮力一游，游向右邊的橋拱，心裡迫切期望能夠及時游到橋邊，從那兒向船上的遊客呼救。

然而馬可很快明白和自己划動踢水不同的是，後面追他的人更加有力。幾秒後，黑人追上了馬可，抓住他的手臂，在他還來不及吸氣之前，就把他壓進水底。轉眼間，馬可頭朝下、腳朝上，在流動搖晃的運河水中只看見施暴者的眼白。那抹白似乎圍著他閃動，就在他揮手蹬腳，瘋狂掙扎著要回到水面上時，遊輪螺旋槳隆隆接近，似乎要轉碎一切。

說時遲、那時快，馬可掙脫開一隻手，盡可能轉過身，伸直手指直接往閃動的白色擊去。正中目標。

他的對手嘴巴大張，一陣氣泡咕嚕嚕直往上冒，兩個人像爆開的酒瓶軟木塞般衝向水面。黑人一時間短暫失去視力看不見，馬可在絕望中奮力游向中間的橋拱。

遊輪相當接近，可清楚聽見甲板上人們開心唱歌，興奮地高聲尖叫。但是馬可聽得最清楚的還是背後那個人憤怒的咆哮，他又繼續追了上來。馬可使出僅存的力量，大力吸飽一口氣，重新又潛進水裡，潛了又潛、潛了又潛，最後他噗哧噗哧吐著水，上氣不接下氣游到龐然大遊輪的另一邊，摸到了某種在水面上沿著船身延伸而去的把手。

馬可被船拖著走時，手臂被船的力量可怕一拉，他不由自主痛得大叫失聲。但是上頭的乘客完全沒人注意到。

或許這樣比較好。讓另一邊的對手以爲他被捲入螺旋了比較好。

他確信自己可以安全逃脫後，全身筋疲力盡，被遊輪拉著滑過水面。他獲得了短暫微弱的勝利，看見後面有顆頭在浪間載浮載沉逐漸變小時，臉上甚至還現出了難得的微笑。

只不過，對方是否也看見了他？

第三十二章

卡爾在埃里克森的接待室遇見高登。他腳穿繫鞋帶的麂皮皮鞋，灰色圍巾和絲絨褲。這人不會眞以爲有誰會認眞看待他這身打扮吧？

「嗯，你還是趕到了。」他向卡爾招呼說。

眞像討厭的瘟疫。這種傲慢得給一巴掌才能治好。今天的問訊可有趣了。

埃里克森一臉倦容，不像是上了一整天班造成的疲累，比較像額外多上了夜班，外加發生一場意外事故。

「發生什麼事了？」卡爾頭朝埃里克森的後頭一點。

「啊。」埃里克森摸摸自己的後腦杓。「沒什麼。只是運氣不好，在家走樓梯太快，一不留心跌倒。」

高登點點頭。「我懂。腳踝一拐，人就倒在地上了。」

「沒錯。」外交部處長對馬屁精面露微笑，卡爾覺得那笑容太親密了。卡爾暗自發誓，等下審問時，瘦竹竿若老是附和埃里克森的話，那麼他得到的將不只是一個巴掌。

「我們和威廉·史塔克的女友瑪蓮娜·克里斯多佛森與她女兒談過。她們極力反駁您之前提出有關戀童癖的懷疑。我自然也清楚，最親近的人會有如此反應不足爲奇。不過，我們也無法爲您所提出的假設找到一絲端倪。您這邊是否還能補充可證實這個假設的論點呢？」

「嗯，我不知道。」埃里克森若有所思噘起嘴。「每個人都只看到自己看到的東西，有時候人會習於過度詮釋。開啓這個話題的不是我，而是您，我自然而然容易有所聯想。」他搖搖頭。「不，我無法補充更具體的內容。當然，若是引導您錯誤的方向，我感到十分遺憾。」

卡爾暗自嘴角吸入空氣。他今天的呼吸很不順暢，感覺很累。埃里克森忽然改變說法，讓他一頭霧水。上次見面以來，這人似乎發生了一些事。駱駝的脖子伸向了新的目的地，新的綠洲或者其他隨便的目標。

「很有意思的辦公室。」高登左顧右盼，忽如其來說：「我以爲外交部的辦公室設在古老的建築裡。」

噢，天啊，這個奶油小子究竟以爲他們來這兒幹嘛？爲《漂亮家居》撰文進行調查訪問嗎？

卡爾擠出抱歉的笑容。「是的。」他對埃里克森說：「高登念法律，學業差不多結束了。他覺得能到部會工作或許很有意義，所以想考察一下環境。」

高登那個長豇豆愣然看著他。「不，我不是這個意思，我……」

卡爾的目光足以嚇退一隻公牛，瘦竹竿果然不再作聲。雖然他的自視甚高眾所周知，不過他暫時也明白這裡誰才握有指揮棒。老天，也該是時候了。

「我們希望多了解讓史塔克前往喀麥隆的那個計畫。」卡爾說：「詳細內容究竟爲何？我們雖已經得知一些內容，但希望能聽聽您的說法。」

埃里克森皺起眉頭。是問題讓他感到不舒服？或者他純粹在思考？

「成立計畫的背景很簡單：文明入侵原始民族自古以來居住的區域，導致世界上大部分原始民族的生活苦不堪言。這個特殊計畫的目的是幫助名叫巴卡人的矮黑人族。巴卡人居住在部分雨林地區，地理名稱叫做德賈，位於喀麥隆南方，介於薩納加河沿岸樹林和剛果盆地之間。他們的生存空間因爲盜木砍伐和盜獵問題而受到剝削。我們計畫的目的在於彌補這類侵略所造成的結果。這個原始民族至今還住在茅草蓋的小屋，生活條件簡陋原始，根本無法自給自足。除非努力開墾土地，收穫農作物。因此，這個計畫之前涉及的事物非常簡單，也非常基本。」

「您提到『之前』，難道說計畫已經終止了嗎？」

「沒有，仍舊運作中。」

「嗯。這些矮黑人如何得到幫助？具體的內容是？」

「首先，在他們村莊周圍設立香蕉園與種植農地。」

卡爾提出下一個問題之前，好一段時間只是默不作聲打量埃里克森。他注意到身旁的高登有點不耐煩、蠢蠢不安，所以在桌底下掐了高登的大腿。幸好這個呆子只是短促驚呼一聲，沒有引起埃里克森的注意，因爲對方正全神貫注研究卡爾審視著自己的目光。

「就我們所知，計畫早就失敗了。我們已經確認在德賈並沒有值得一提的香蕉園，也沒有農地。您可以解釋一下嗎？」

埃里克森手摸向後腦，又伸進衣領抓了抓。動作看似偶然，實際上處處顯示這人已六神無主。卡爾把一切全看在眼裡。

「我眞是一頭霧水。」埃里克森終於開口：「我十分震驚。我們每個月定時匯款，計畫也會運行到年底。」

卡爾腦中掠過五個跡象，可以指出此次問訊是否有人中說謊：埃里克森雙手平放在桌面，彷彿不敢移動似的；眼睛直盯著卡爾，眨也不眨；還經常吞口水，說明嘴巴很乾。現在只缺痲痺和憤怒，就萬事齊備了。但是卡爾不想逼到那個地步，否則埃里克森很可能因此住嘴不談。

「請見諒，竟讓您透過如此方式得知此事。」卡爾說：「不過，我們只是希望能夠理解由您的部門負責的計畫爲何會如此荒腔走板？」

埃里克森終於抗議了，並非勃然大怒，只是憤憤不平。另一個跡象。「我也無須向您隱瞞，巴卡計畫由史塔克主持，他表現優異，擅長將工作委派給接受援助的國家，這也正是持續發展的意義。這是個簡單的計畫，在完善的前置作業下，應該能夠自行運作良好。」

「啊哈，您想表達他在計畫期間並未持續控管流程嗎？」

「當然有，只不過是轉由當地人員負責。誠如剛才所言，這不是項特別的龐大計畫。」

卡爾瞥了高登一眼。不管羅森在這個竹竿笨蛋身上看見什麼優點，他竟完全他媽的閉著嘴，一副受辱的模樣。天啊，眞是個敏感的傢伙。不過他的聲帶顯然是透過「掐」來控制，因此卡爾非常樂意再度扮演老虎鉗的角色。

他轉回他的受訊者，對方正以舌潤唇，明顯正準備要自我辯護。

「這項計畫的規模究竟多大？援助的金額約莫多少？」

埃里克森蹙著眉搖頭說：「我手邊沒有資料可查，不過一年絕對不超過五千萬克朗。」

卡爾頭一仰。一年五千萬！有了這筆錢，他都能從這裡一路種香蕉種到新西伯利亞了。這筆錢能解決多少警方工作啊，能付給超時工作的巡邏警員多少加班費，而不是只靠補休就打發了。

「不過，過完這個週末，我可以給您準確的數字。」埃里克森又說：「我們接手這項計畫的同事目前正在休假。」

卡爾點頭說：「謝謝，我們會再過來一趟。此外，我們接獲消息說，當地的協調人員，某個名叫馮路易的人，在史塔克失蹤前幾天也不見人影。那是否意味著什麼呢？」

這問題應該不複雜，卡爾想，否則絕對事有蹊蹺。

「是的。」埃里克森點頭。「這件事很不尋常，我們眞的找不到解釋。可惜，非洲有部分就是這樣：先是下落不明，之後又會再度出現。那兒誘拐事件頻傳，危險和意外深深影響事態發展，有時候完全無法解釋。有句話說得貼切：第二大的大陸在各方面都隱含著最大的混亂。」

不太對勁。不管埃里克森是詳細說明這件事，試圖加深他們的印象，或者直接否認聽過這個名字，都在卡爾可以接受的範圍。但是，他最後竟丟出這句普世的陳腔爛調。根據卡爾的經驗，這種行徑有兩種可能：遮掩事實，或者完全不知情。卡爾打死也不相信會是後者。

「嗯，這事很不尋常。」卡爾說：「我很清楚那兒會出現各式各樣的可能，不過在我們這件案子上另外還有古怪之處：馮路易消失那天，您正巧也在河對岸的索莫羅莫。可以請您解釋原因嗎？」

這次埃里克森控制住了自己。就算他受到驚嚇，表面上也不露聲色。

「當然，沒錯。當然有理由。我到那裡去勘查土地開墾的進展。我本來就預計到喀麥隆南部商討其他幾項計畫的可行性，飲用水淨化、控制林木砍伐等等。可惜計畫最後沒有成立，因為轉給了歐盟負責。」

「您發現德賈保護區裡的進展和您預想的都一樣嗎？」卡爾緊追不捨。

埃里克森搖了搖頭。「並非如此。我發現計畫推行得相當緩慢，甚至還為了一份報告要找馮路易。」

這時高登再也按捺不住了。「史塔克或許是因此才飛到那裡嗎？」

卡爾真想當場掐死這人，但他只不過又用力捏了高登大腿一下。他媽的這傢伙在幹嘛呀？高登給了埃里克森下台階，埃里克森抓到機會當然拚命點頭。「是的，沒錯，史塔克兩天後就飛過去徹底了解狀況，可惜我沒時間過去。」

卡爾思索著。埃里克森是那種什麼也不做，只會爭功諉過，把一切都推給下屬的官員嗎？若是如此，事態的發展就合情合理了，而史塔克也可能利用這種情勢。因爲案情最近的關鍵轉折在於，史塔克最後一次查訪回國後即消失不見，而且顯然把援助發展資金挪用他途。某些跡象指出，部分的錢進了他自己的口袋。但是，估計還有其他人分贓的部分，也不排除有人想要併吞總額。

卡爾抿著嘴。必須亂槍打鳥試試看才行。「我認爲史塔克的手腳不乾淨，將部分的計畫資金轉進自己的帳戶裡。」

埃里克森似乎並不驚訝，而是一臉嚴肅，若有所思。「我們有審計處，我不相信能逃得過他們的注意。」

「檢核人員飛到非洲後，會去計算香蕉園裡的樹木數量嗎？」

「不，當然不會。這種情況非常罕見。」他擠出笑容，但是卡爾看不出有什麼好笑的。

一年五千萬，他媽的。

「換句話說，如果那邊發生違法事件，最後也只有您和史塔克可能知情了。您不覺得自己握有太大的權力嗎？」

埃里克森久久不發一語，兀自出神，臉上沒有什麼表情，卻非空洞無物。這種神態經常出現在想要掩藏自己軟弱無能的人身上。

「若那符合您心裡所想，實在太可怕了。」他終於回答：「全都是我的責任。」

「因此，我們想請您無論如何朝這個方向追問下去。」

他若有所思點著頭。「好的、好的，當然沒有問題。負責的同事目前雖然正在度假，但是我會和他徹底將所有細節檢核一遍。兩位離開後，我立刻打電話給他。星期一上午向您報告。」

他們兩人一離開，埃里克森幾乎癱軟在椅子上。卡爾非常滿意整個問話的過程。

要想偵破一個下落不明的人最保險的方式，就是找出隱藏其後的動機。卡爾感覺他們就要找到這個動機了。

高登開口說話時，卡爾正陷在自己的思緒裡。

「說實話，我覺得自己年紀大到不需要被人掐大腿了。」他噘著嘴憤慨地說：「如果我們下次還要一起出門，我認爲應該表現得像個成人。我相信你的想法和我一樣。」他伸出手，「一言爲定？」

他們正走向樓梯。普遍來說，樓梯是容易跌倒的地方。這個選項正大施魅力，誘惑著卡爾。他盯著伸過來的手，停下腳步。「高登，聽我個勸。等你哪天長大成熟，完成學業了，最好到偏僻的鄉鎮給自己撈個涼爽的小官做，就可以好好探討建築界對於地下室維修問題的爭論。到時候你一定心懷感激，愉快回想起卡爾．莫爾克帶你一起來問話，阻止了你他媽的鑄下大錯。」

高登放下手說：「你眞幼稚。別人對你的說法果然沒錯。」

卡爾目前還能克制衝動，但高登若再未經思考多說一個字，絕對吃不完兜著走。

「我的圍巾忘在他的辦公室。」高登又說：「你先走吧，我隨後過去。」

說完，他隨即轉身離開。從這點來看，卡爾相當喜歡他。

埃里克森感覺像被絞肉機絞過似的。剛才對方的問題簡直正中紅心。他們怎麼知道一切的？馮路易的失蹤、從未設立的香蕉園等等。這些都查出來了，想必他們手中一定握有更多的資料。

若非阿拉伯人沒來，換了個呆瓜，莫爾克應該還會拿更多問題轟他，讓他亂了分寸。

還是說，是他自己洩漏的？他不知道。雖然已費力控制自己的表情，但是莫爾克始終審視著他的臉，彷彿將他看透。莫爾克彷彿對整件事早已了然於心，只等待正確時機，給他致命一擊。

眞是倒楣的一天！還好，這天快要結束了，再處理幾件事就可以下班。購買卡勒拜克銀行證券的金額已經匯來，現在只需弄份新的身分文件。施納普曾誇耀說維斯特布洛有僞造證件的高手。埃里克森預計找一天過去，之後再去找施納普，向他索取庫拉索證券的合法股份。

埃里克森將眼鏡推到頭頂，揉揉眼睛。一找過施納普之後，他就要遠走高飛，阿姆斯特丹也好，柏林也罷，全都無所謂。重點在於他要有時間改變自己的容貌。只要他們一、兩天不來煩他，這事就能辦成了。不需要太多時間。

門上忽然響起敲門聲，門把同時已被按下。

埃里克森屏住呼吸。同事絕不可能就這樣貿然進來。難道調查人員又來了嗎？

探頭進來的是那個又瘦又高的蠢蛋。莫爾克想必也在附近。難不成他們又查出什麼了嗎？他們在接待室和各個同事談過話了？胡說八道，他變得神經兮兮了。同事們根本不可能洩漏任何口風，因爲他們什麼也不知道。

「請原諒。不過，我們還有幾個問題。」笨拙的竹竿說：「可以耽誤您兩分鐘嗎？」

埃里克森把眼鏡推回鼻子上。這傢伙爲什麼單獨過來？在玩什麼把戲嗎？

「您剛才所說的話，有幾點引起我的注意。我父親也是位高級官員。有句話他經常掛在嘴邊：『審核出差費用最嚴謹的地方莫過於國家機關了』。我很清楚外交人員比其他部會官員更常出差，不過即使如此，我仍舊非常驚訝您和史塔克竟在短短幾天內遠行到非洲同一個地區。出差費用一定昂貴得驚人。我知道矮黑人屬於史塔克的計畫，而您到那兒處理別的事務。不過，爲什麼您不乾脆也親自前往調查，非要派史塔克過去呢？這是一件事。接著是：請問是何種重要的計畫，非要您本人出馬，而不是讓史塔克處理，畢竟他已經要飛往喀麥隆了不是嗎？請您別誤解我的意思，但是這幾趟出差的時間會不會距離太近了？換句話說，你們的業務內容難道如此南轅北輸嗎？從這個脈絡又衍生出另外一個問題：您能否提供個別的出差明細，讓我們翻閱一下？希望星期一能和其他資料一起送來。」

高登長篇大論期間，埃里克森始終默不作聲，凝神傾聽。這傢伙無庸置疑是個蠢蛋，提出的問題卻相當合理。當初爲了這兩趟出差的必要性，他向審計處詳細說明了很久，甚至還因此受到警告，不過已經是很久以前的事了——而他認爲沒有什麼好深入挖掘的。

因此他忽略眼前這傢伙沾沾自喜的虛榮，冷靜回以微笑說：「部裡當然嚴格規定必須符合哪些條件才可以出差，自然也針對整趟旅程列出了明細，並附上鉅細靡遺的目的，說明與井然有序的項目分類。總而言之，您星期一當然可以看到相關資料。」

埃里克森很滿意自己的表現，好似突然出擊後大獲全勝。事實上確實如此，因爲清單和明細永遠不會拿出來呈給別人看。星期一前，鳥兒早已展翅高飛了。

年輕小伙子和他握手道別，差不多要走出辦公室門時，又轉了回來，舉起手指說：「啊，這次可不能再忘了。」只見他彎腰從地上撿起一條灰色圍巾後，離開了辦公室。

埃里克森盯著門良久，確定不可能再出現其他驚喜後，才把目光移開。現在他不再心存一絲懷疑了。今天絕對是他最後一天上班。

一看見那竹竿在走廊上興沖沖趕來時的表情，卡爾心中立刻警鈴大作。感覺要出事了。

「卡爾，我拿到了。」他一臉賊笑高舉著圍巾。「你知道這是個詭計嗎？」他懶洋洋在卡爾對面的椅子上坐下。「你不讓我說話，因此我得給自己找一個回去的藉口。」

「你說什麼？」卡爾注意到他的鼻翼翕張。「你該不會趁我不在場，向埃里克森提出什麼問題了吧？」

「沒錯。你若不贊成這樣做，我很抱歉。但是，我讓他動搖了！我告訴他，同一個部門的員工差不多時間前往非洲同一個區域實在引人疑猜。他雖然面露微笑，但是我相信他絕對直冒冷汗。是的，我認爲我抓到了關鍵。」

卡爾聞言簡直要暈過去。不只是這個蠢蛋和其瘋狂行徑導致他暈眩，還有眞正絕望在作祟，不管絕望來自何方，都深深切入了他的靈魂。他嘴巴大張，心臟停頓了一下，一股莫名熱氣在體內沸騰。

「你這個混帳王八蛋，立刻給我滾出去！」他大聲咆哮，雙手抓住桌緣，一把掀了起來，所有的東西全翻倒在地。

高登猛然後退，撞到牆壁，馬上又掙扎著站穩。他愕然瞪著卡爾，彷彿他瘋了似的，然後離開了辦公室。

「這次你最好給我閉嘴，他媽的混蛋！」卡爾朝著他身後吼叫，然後看看腳邊的一團混亂，桌子翻倒在地，文件和資料散落四處。

這時，他感覺心臟部位一股強烈的刺痛，痛得他大口吸氣。但是沒有用，窒息感依然存在。他的手指痙攣，兩手緊壓著胃部，雙腳不住顫抖，好似遭受刺骨嚴寒。他兩腿再也撐不住身體的重量，整個人滑到地上。

「怎麼回事？」他聽見蘿思的聲音。

他感覺到她衝進辦公室問他是不是哪裡痛，接著就不清楚自己怎麼被她扶到牆邊靠著。她輕撫他的肩膀。忽然間，卡爾聽見自己的啜泣聲，感覺胃裡一陣翻攪。

「卡爾，怎麼了？」她輕聲問道，將他的頭靠在自己身上。

他沒有馬上回答，只是感受著她的肌膚，她的香味和氣息，然後屏住了呼吸。親密、恐懼和無法解釋的感覺塡滿了一切。

「要我叫人來幫忙嗎，卡爾？」

他搖了搖頭，眼淚漸漸無聲落下，一發不可收拾。

「你以前會這樣嗎？」

他想要再搖頭，但是沒有成功。

「或許有類似的吧。」他結結巴巴費力地說，不知道是否把話說對。

她提醒他將注意力放在呼吸上，閉上眼睛。「此刻，你不需要這個世界，卡爾。」她沉穩地說，把他抱得更緊。

「我們就待在這裡，卡爾，等你好一點再說。我哪兒也不去，可以嗎？不管喜不喜歡，我們現在是彼此的家人。」

他點點頭，然後閉上眼睛。

在這一刻，他很清楚是一位女子與他分享平靜，不僅只是蘿思這個人。他終於能夠專注在自己的呼吸上，並將世界隔絕在外。

第三十三章

對男孩而言，離開的時候到了。他的腦中掠過各式各樣的念頭，思緒匯流有如湍湍洪水。在布萊格—史密特手下做事這幾年過得很好，他沒有什麼好抱怨，只不過時機變了。

因此他打包好行李，放在布萊格—史密特別墅裡他的房間的床上。他從更衣室挑了幾件西裝，首飾和手錶則放在旁邊一個鋼盒裡。明天晚上啓程的機票已經訂好了。

這幾年的生活豐富精采。不過，最美的時候不正是畫下句點的時機嗎？布萊格—史密特經常向他人介紹他是祕書和個人助理，但私底下經常放手讓他自由解決問題和突發的任務。男孩壓榨合夥人，散播有關競爭對手的不實指控，或者和飛機救生衣供應商談定走私寶石的協議，抑或是五年前他和媽咪爲了掩飾卡勒拜克銀行致命的資金虧空，而策畫了一場搶銀行的戲碼，更別提威脅十幾個國家的官員和保險公司職員。是的，和布萊格—史密特在一起，他收穫豐碩。近來謀殺和綁架則是交由在地和其他國家的人處理。

但現在不管是爲了業務還是自己，都輪到他親自出馬解決這類任務的時候了。他只動手這一次，結束後立即遠走高飛。

他一整天都密切追蹤媽咪所使出的高招。她在哥本哈根幾個地方安排坐在輪椅上的假殘障人士充當密探和哨兵，馬可若是出現在附近，這些人也能立即採取攻擊行動。她的人在奧司特布洛揍了幾個烏克蘭人，因爲對方拒絕執行她的命令。她在所有電車站和人來人往的公車站也安插了眼線，只要捉住馬可，一萬歐元即可落入口袋。

他們有兩次幾乎抓到他。但是結果呢？其中一個童兵遭遇那個少年後，被卡在廢料滑槽，他們把他弄出來時，臀部上多了一道二十公分的割傷。另外一個眼睛烏青，出門得戴上太陽眼鏡，以免引人注意。他們幾乎逮到他，這點相當重要，卻也僅止於此。

這個少年就像眾所周知的蝴蝶效應，蝴蝶在南美洲搧動翅膀，卻可能在日本引發一場風暴。少年翻倒了一張骨牌，一連串骨牌連續應聲倒地。男孩沒有興趣再袖手旁觀，他有自己的原則。

如果他們捉到少年，那麼萬事大吉。若是沒有，或者少年順利聯繫上警方，那麼誰也無法預測結果如何。左拉雖然向他保證這個馬可沒有機會得知關鍵性內容，但是今天警方爲什麼到外交部處長埃里克森的辦公室？不行，他們逼得太近了。男孩決定採取行動。

布萊格—史密特當然不是障礙，但反抗的埃里克森卻是，而唯一直接與他接觸的施納普尤其危險。

冷靜觀之，謀殺埃里克森的行動完全失敗。意外發生後，保證他隨時會像隻獵犬般嚴密保護著自己的丹麥證券。男孩之前打過電話到他家，佯裝是他的同事，他妻子說埃里克森還沒回到家，不清楚他人在哪裡。

因此男孩推測埃里克森應該已經溜之大吉。這樣也好。

左拉不是眞正的麻煩，他不知道男孩的手機號碼。每次通話後，男孩即換掉號碼。此外，主動打電話的人是他，左拉從未打來過。他們也沒見過面。左拉是個傲慢自大的自私鬼，像隻埋頭往懸崖前進的旅鼠。至於何時掉落，又如何掉下去，目前仍不得而知。

但是施納普又是另一回事，隨時會崩潰的軟弱傢伙。若是如此，後果不堪設想，因爲他知道太多內情，熟悉網絡的每一條線，一旦出了差錯，可能供出每一層面的消息。遑論施納普早已出過紕漏：賭博、挪用自己銀行的資金，而且對於在外交部的同夥估算錯誤，受到埃里克森的威脅。除此之外，他目前擁有男孩想要的金山，亦即不記名的證券，隨便哪個白癡也能拿此換得數千萬，而且幣値還是歐元。

男孩發誓若不拿到證券，絕不搭機離開。

施納普的住宅位於卡勒拜克明德的鄉間，屋前的長碎石路和林蔭大道維護有方。喜歡擁有寬闊視野，傾聽馬兒嘶鳴的人，通常會安家在此。更別忘了負擔得起的地價。施納普的放肆表現在房舍形式與符合身分的車子。

男孩從未來過此地，卻注意到若不想被人發現走在通往屋子的路上，就必須將車子停在側翼建築的後面。

他下車，側耳傾聽。如果附近有狗，他會優先解決掉。鄉間狗兒的行爲難以預測，而男孩痛恨此點。基本上，除了自己以前養的那隻狗以外，他痛恨所有的狗。

施納普的住宅一共有四棟房舍，風雅精巧的白色多用途建築和一棟主屋，遠遠觀之，一眼就能明白丈夫完全拱手讓妻子主導房屋設計。他本以爲施納普的住家風格應是奢華乏味，卻發現有許多細節，諸如山牆上放著黑色車輪，架設了許多樹籬，綻放粉紅花朵的鐵線蓮攀緣其上。

男孩掃描了屋前空地，除了一輛黑色越野車外，免不了也有輛Cooper敞篷車，此外沒有引人注意之處。這樣就夠了。

他的手放在黃銅門鈴上，但是又思索著如果屋內有客人該怎麼處理。接著，他按下了電鈴，然後等待。

施納普的妻子名叫莉莎，而且是施納普第一任老婆。布萊格—史密特認爲關鍵在於年齡差距。但是從照片上判斷，外貌也不無關係。

男孩聽見了她的動靜，但是門沒有打開。她很可能正看著監視器上的螢幕，畢竟監視錄影器正對著他。

「我是布萊格─史密特的私人祕書。」他注視著鏡頭說。

如果她聽見自己的話了，很可能會出現好幾種情況，最有可能的是她仍舊不開門。若真如此，他會繞房子一圈，打破玻璃進去。他無論如何一定得進去。

「啊哈，我丈夫在等你嗎？」她的聲音從某個擴音器傳出來，但男孩找不到擴音器的位置。

「是的，他還沒到家嗎？」他自己也馬上察覺到施納普不在。「我可以晚點再過來。我們約好我在這個時間過來，其實十分鐘前我就該到了。他應該隨時會到家。不過我可以在外面等，天氣很溫和，何況周遭還有那麼多爭奇鬥艷的美麗花朵。」

他靜靜站了好一會兒，戴著手套的雙手交疊在西裝上衣最底下的鈕釦前──這是殯葬業人員的姿勢，謙卑恭順，永遠站在向死者致上最後告別的人群後面。若是跟對了好師父，就會明白這些事情。

大概過了二十秒，門終於打開。她才開口自我介紹，就一把被男孩抓住，脖子硬生生被扭斷。整個過程悄無聲息，迅速流暢，保證她根本來不及意識發生了什麼事。他照例將屍體搬到樓上臥室，放在床上，直起她的上半身，在後面塞了幾個枕頭，最後打開電視。

男孩緩緩在屋內巡視。他很清楚如何挖掘他人藏匿東西之處，而不會留下紊亂。鎖住的東西有許多方式可開啓，通常只要有敏銳的感覺就夠了。他花了半個小時察看屋內，但沒發現要找的東西。事情雖然變得棘手，也並非出乎意料。

他刪除大門監視錄影器的畫面，打開女主人的筆記型電腦。電腦還開著，擺放在巨大空間裡的黑色拋光桌面上，這個空間占據了半個樓層面積。她顯然不只喜歡庭園中花團錦簇，從螢幕上的拍賣網頁和牆面無數的花朵靜物畫推論，她應該也愛把花框在相框裡。

他只花了五分鐘，就擬好施納普的殺妻理由以及自我了結生命的動機。非常簡單：他的違法行爲已超過自己能夠遮掩的規模。接下來，詐欺、謀殺史塔克的等一切責任，將單獨由外交部處長埃里克森一人扛下。

男孩將遺書列印出來，思索著是否該自己簽上名字，最後決定先等待，然後把紙張對折。他走進臥室，將窗戶大大敞開，然後在擺滿瓶瓶罐罐和香水信紙的梳妝台前方的一張印花單人沙發坐下，眺望被雨淋溼的田野等待著。

施納普賓士轎車開進家園的一分鐘前，刺亮的鹵素大燈便先宣布他即將抵達。男孩聽見他在樓下將公事包丟在地上，脫掉鞋子踢向一旁後走進廚房的聲音。過了一會兒，施納普便走上樓。

他一手端著盤子，另一手拿杯子，走進臥室，膝蓋一頂，將門關上。

「寶貝，今天過得怎麼樣？」他將杯盤放在床頭桌上問道，然後轉向床旁的椅子，開始脫衣。「我過得沒什麼特別的。打了個電話給布萊格—史密特，告訴他今天上午埃里克森出現在機場的瘋狂行徑。埃里克森必須多點耐心，就這麼簡單。」他笑道。他穿著內褲，正想套上睡衣時轉頭說：「妳在看什麼呢？看得這麼入迷！」

他看向妻子，消遣她說似乎對他回到家不感興趣。

「妳是不是生我的氣？我說過會晚點回家啊。再說，妳幹嘛把窗戶開這麼大，屋裡冷死了。」他繞過床腳，一邊正要扣好上衣最上面的鈕釦時，一眼望見了男孩。

他嚇得踉蹌退後。男孩還沒見過驚駭至此的人。

「小心別摔跤了。」男孩說。

施納普在床腳坐下，呼吸緩慢且沉重。

「你、你是……誰？」他結結巴巴問道，一邊看向妻子。

這時，他再度震驚萬分，整個人僵住了好幾秒，然後全身微微哆嗦，接著不住顫動。一聲嘶啞的慘叫逸出他喉嚨，他飛奔到妻子屍體旁，一把抱住。

幾分鐘後，他直視著男孩的眼睛，一邊控制情緒。

「你……是布萊格—史密特僱用的童兵嗎？爲什麼……你會說丹麥話嗎？」施納普見男孩沒有回答，又開始顫抖。「誰派你來的？一定不是布萊格—史密特，他不可能這麼做，沒有理由呀。他應該十分清楚我的嘴巴很牢。」

男孩揚起嘴角，看在施納普眼裡十足挑釁。

「他媽的，有什麼好笑的？爲什麼不直說你要什麼？要一百萬？一千萬？沒有問題。」

男孩搖頭。「只要拿到你的簽名，我就會離開。」

施納普聽得一頭霧水，全身每一分每一寸全奮力抗拒著這句話。簽名？他的臉上充滿問號。這個人殺死了他老婆，只爲了要一個簽名？

男孩抽出仍舊折著的紙張，放在施納普面前的梳妝台上。

「你只需在此簽名。」他指著空白的下半部。

「上面寫些什麼？沒看見之前，我不會簽名。」

男孩靜靜起身，整整自己的西裝。「你要是不在此簽名，下場就和你妻子一樣。我數到十，一、二、三、四……」他從西裝內袋拿出原子筆，遞給施納普。「五、六、七……」

施納普握住了筆。

「你對她做了什麼？」他問道，又放聲啜泣。

男孩指著空白處說：「寫吧。」施納普照話簽下名字，寫得歪歪斜斜，凌亂不整，就像簽下遺書的人特有的筆跡。

「謝謝。現在請給我庫拉索證券，我馬上走人。」

「你已經有……」

「證券。我知道證券放在莉莎拿回來的行李箱裡，現在行李箱空了……」

「你打哪兒知道這件事？布萊格—史密特透露的？我只告訴過他。這一切都是他一手策畫的嗎？」

「把證券給我，你就可以繼續活命。你的妻子折斷了脖子，可以告訴警方是場意外，因爲她不小心跌下了樓梯。他們會相信你的。」

施納普忍不住嚎啕大哭，完全出乎男孩的意料。人在這種情況下崩潰，無法預料他們是否會忽然轉眼之間有能力採取理智的行動。就眼前的局勢而言，所謂理智的行動指的是爲了存活而戰鬥。

「請給我證券。放在哪裡？我在屋子裡到處找過了。你有祕密保險箱嗎？」

施納普搖了搖頭。「我怎麼知道莉莎收到哪裡去了？爲什麼你認爲我會告訴你？」

「你若是不立刻告訴我，我保證讓你痛不欲生。別懷疑，我可是嫻熟好幾種方式。」

施納普倒抽一口氣。

「我有什麼保證，如果……我怎麼知道你不會……？」他又開始啜泣。

「因爲你比大多數人還清楚金錢的意義。這就是原因。」

施納普抬起頭，拿手背抹了抹臉，眼淚和鼻涕全塗在一起。他當然徹底了解金錢的力量。而現在，他正面對一場談判。

「我要和布萊格—史密特談談。」

男孩拿出口袋裡的手機，鍵入號碼。「只要你告訴我證券的位置，我立刻打電話給他。一件一件來。反正他在等我的電話。」

施納普臉色頓時刷白。他握緊拳頭，用力到指節全泛白。他的夥伴對他竟然如此陰狠殘忍。有那麼一會兒的時間，施納普目眥盡裂，彷彿要衝過來毆打男孩。

「證券在哪裡？」男孩又問。

施納普指著梳妝台。「你一直坐在證券前面，你這隻豬！」

男孩將大印花窗簾掀到一旁，打開隱藏在後面的抽屜。證券整整齊齊用帶子綁著。

說時遲、那時快，施納普驀地從背後發動攻擊，發狂似地猛打男孩。

但這是他生前最後的行動了。

男孩把車停在專用車位後，仍在車裡坐了一會兒，享受雨水打在擋風玻璃上的銀亮景致。等他定居在魯文佐里山脈旁，山頂上烏雲聚積，雨劈哩啪啦直落下時，或許會哀傷地想起這場溫柔得古怪的丹麥春雨。

距離飛機起飛只剩幾個鐘頭。是的，他非常滿意事情的進展，完成了前往卡勒拜克明德的目的，拿到他要的東西。那裡的屋子裡，施納普的遺書擺在床頭桌上，而在車裡男孩旁邊的副駕駛座上，躺著裝著證券的公事包。完美的分配。

他面帶笑容拿起公事包，下了車，將車門摔上，走在布萊格—史密特別墅一條小路，一如往常警戒四方，以免被人發現。

第三十四章

蘿思接近中午才進總局，第一件事就是將一張違規停車的罰單，丟在卡爾面前的辦公桌上。

「嘖嘖嘖，蘿思，沒有車竟也能拿到罰單，眞令人刮目相看。」阿薩德大笑說。

她聳了聳肩。「這張紙放在我的口袋裡，我在找車票時發現的，不知道什麼時候跑進去的。」

卡爾沒有立即回應。他昨天崩潰之後，兩人之間出現了某種很私密的連結，沒辦法這麼簡單就視而不見。

「呃，蘿思，昨天，妳知道的……我想要謝謝妳。」

蘿思的沉默籠罩了整個空間。不是因爲她深受感動，反而像不苟同在工作場所講這種感言。

「沒事。」她終於開口，手指爬了爬幾下原本就凌亂的頭髮。「你現在好點了嗎？」

「是的，謝謝，好多了。」

就是這樣。蘿思不是那種多愁善感的人，若說有什麼情感能讓她感動涕零，肯定也不是來自其他人類。

卡爾點點頭。好的，親密表現到此結束，可以再回到工作上來了。

「兩件事，」她說：「第一，我踏遍特立昂林廣場附近的商店，把馬可的照片拿給老闆們看。回應是零。好吧，或許一看見照片，有一、兩個人出現細微的反應，例如臉部抽動了一下之類的，但是沒人提供任何訊息給我。就這樣，我沒有其他可說的了。我在外奔波，腳痛得要死，眞是非常感謝。」

「那張罰單怎麼回事？和什麼有關？」卡爾問。

「沒有。這就是第二件事。你們自己仔細看，」她指著罰單說：「看上面的大寫字。」

卡爾和阿薩德的頭湊在一起。的確，罰單邊緣有些手寫字。

「不會吧！」卡爾大喊。

左拉是罪犯。

他的手下不斷把偷來的東西放在黑鑽石的寄物櫃中。

會在下午四點左右清空。

五點時，有輛貨車會在安徒生城堡接走左拉的人。

馬可

阿薩德的眼睛瞪得跟盤子一樣大。「不可思議，這孩子的手眞巧啊。背後若是發癢，眞想擁有這樣的手指，這樣任何地方都搔得到了。他的行動宛如影子中的影子。」

「嗯，你們有什麼看法？」卡爾說：「我們要買左拉故事的帳，仍舊認爲是少年殺害了史塔克嗎？」

阿薩德垂下頭，從濃密黝黑的眉毛底下盯著卡爾看。答案已經呼之欲出。

「我根本不相信。」蘿思的聲音響起。「雖然如此，還是無法否認幾年前，也就是他青春期之前，正好是特別引起戀童癖者興趣的年紀。或許左拉強迫他與史塔克發生關係？」

「蘿思，我再重複一次我的問題。妳認爲這個想盡各種方法嘗試和我們接觸的少年，會殺死成人，將之掩埋，然後再挖出來，就爲了嫁禍給他的大家族嗎？」

蘿思搖了搖頭。「不，肯定不是。但我們不是必須考慮各種可能性嗎？」

「他爲什麼不在我們面前露臉？我想起來了，阿薩德，你提出過一個不無可能的說法。你說他沒有居留許可，因此無法證明自己的身分。」

阿薩德垂下目光，深棕色的眼珠好幾次迅速飄向左邊。卡爾有如霧裡看花。不是我啦，是蘿思。阿薩德的表情在整體臉部肌肉的幫助下，精準表達出這個意思。

「啊，當然。」卡爾看著蘿思，「我的提詞人暗示那是妳說的。」

「卡爾，」阿薩德喚道：「你看一下筆跡，像是十五歲的人寫的嗎？」

「不像。」蘿思回答：「那筆跡和你的一樣幼稚，阿薩德。」

「我就說嘛，和我的字一樣，就像小孩子寫的。」

老天啊，一個堂堂正正的大男人竟開心得不知所以。

「吶，那麼我們大部分都知道了。」阿薩德結論說。

卡爾鼻子皺成一團。「大部分什麼？」

「可以推測這個少年沒有身分證件，所以他顯然不是丹麥人，外表看起來也不像。和我完全相反。」阿薩德說完，自己捧腹大笑，笑聲震天價響。「吶，不開玩笑了。所以他的字跡才會那麼孩子氣。不過他的丹麥文寫得相當正確。他怎麼學會的？我認爲因爲他在丹麥待很久了，或許一直住在這裡。非法移民。應該和左拉手下大部分的人一樣。我認爲這是少年爲什麼不想和我們談話的原因。」

蘿思點頭認同。「卡爾，這孩子怕我們。我們還派出了所有警察搜捕他。」

他們在「黑鑽石」咖啡廳沒有等很久，阿薩德不無遺憾放下手中只咬了一口的三明治。

那傢伙拿著塑膠袋走來，對於這地方的文學珍寶絲毫沒有興趣。他目標明確地走到廁所旁寄物櫃最底下一排，將東西放進去。病懨懨的面容和馬可截然不同。這人年紀較大，臉色蒼白，白襯衫搭配黑西裝，打扮時髦，實在罕見，不符合大眾對一般街頭混混的想像。

「可以看一下您袋子裡的東西嗎？」卡爾出示警徽問道。

那傢伙剎那間看清情勢，轉身拔腿就全力往大門衝刺。不過阿薩德早已高舉雙手，擋住了他的逃生之路。小伙子的胸膛猛然撞向阿薩德，力道之強，讓自己往後一彈，屁股著地。

幾分鐘後，他們坐進車子裡，竊賊和阿薩德坐在後座，卡爾將塑膠袋裡的東西全倒在竊賊的大腿上。「這些東西哪兒來的？」他指著手機、手錶和一堆皮夾問道。

「聽不懂。」被逮捕的人聳了聳肩，用英語說道。

「卡爾，這人不會講丹麥話，事情會變得很複雜。」阿薩德若無其事冷靜地說：「我們乾脆把他帶到亞瑪格島，就像昨天那兩個傢伙一樣，在草原上幹掉他。」

卡爾的眼睛睜得不比後座的傢伙小。

「哎呀，你知道的啊。」阿薩德不爲所動繼續說：「我認爲這些白癡值個兩千已經不錯了，目前解剖機構很缺屍體。」

「我要和律師談。」年輕人用坑坑巴巴的丹麥話尖聲說。

阿薩德微微一笑。「看吧，行得通。我們會注意別把你送到關了很多光頭黨的監獄。」

年輕人掩藏不住絕望恐懼。半個小時後，戒備嚴密的小巴士把他接走時，臉上的表情仍未有一絲改變。

又等了一個鐘頭，他們抓到了第二個。

那是個英挺俊俏、異國風情濃厚的男孩。他從雙扉門走進來，也是一身黑西裝。窺探、戒備的眼神，一下子就吸引卡爾和阿薩德的注意。

「等他沿著桌子區後面走向寄物櫃時，」卡爾低聲說：「一人從一邊一把抓住他。」

年輕人拒絕說話，若非他袋子裡有幾支女用手錶，可能就得放他走了。

他們在三樓的審訊室相對而坐，年輕人也斜著眼瞧著他們。

「我們等一下就把你的同夥塞穆爾帶到隔壁。」卡爾說：「寄物櫃那裡已經派駐了好幾位員警，一個一個把你們抓起來。剩下的人最遲今天下午等貨車開至市府廣場接人時，再一網打盡。」

那傢伙在椅子上動來動去。毫不人性化的環境、在場的警官或者手銬，皆未對他造成影響。他差不多正處於要脫離小弟時期，晉升到眞正罪犯生涯的時刻。監獄裡到處是這種人，但是大部分人仍逍遙法外。

卡爾把阿薩德拉到一旁。「沒有用，我們必須等到他們明天第一場聽證會願意開口講話，或許今天還會逮到其他願意開口的人。」

「我再待一下，想辦法破除他的心防。」

卡爾覷起眼，他毫不懷疑阿薩德這方面的能力。

「聽著，你該知道狡兔難防，你必須察言觀色。小心點，好嗎？」

「沒問題，卡爾。不過你說什麼兔子啊？」

「沒事，阿薩德，只不過是句慣用語罷了。」

這時，響起了敲門聲。卡爾打開了門。

「你們快結束了嗎？」又是那個高登。「我們還有個人得去談。」

他剛才說了「我們」嗎？

卡爾目前已了解別想在羅森的辦公室中期待出現任何一種妥協。

「在史塔克失蹤案中，即使你將馬可視爲主要證人，」他破口大罵，「也不能派出大部分的偵查人員，卡爾。我要扣掉你預算中三十萬克朗的人事費用，或許你能學會未來要取得上級的同意後再行動。此外，搜尋那個少年的行動就此中止。」

卡爾咬著上唇。「隨便你。不過，我認爲這個決定草率愚蠢，尤其破案已近在眉睫。你何不直接拿高登開刀，最近他也屬於我的預算範圍，不是嗎？若是還不符合你的三十萬預算，還可以從咖啡罐裡拿走餘額。」

但是羅森對他的話置若罔聞，甚至還露出了笑容。

「不，卡爾，即使高登在詢問外交部處長一事上捅了點漏子，我也絕對不會讓你擺脫掉他。他的行爲是可以原諒的。」

「可以原諒？」

「是的，他說你之前根本不給他開口的機會。」

「他媽的混帳王八蛋，還有嗎？」卡爾面紅耳赤的氣憤嚷嚷。「你竟然對一位副警官，告訴他應該讓高登這樣一個信口雌黃的臭小子在與他完全無關的事情上有機會開口？你究竟有沒有搞清楚，在史塔克失蹤案上，我們即將有重要的突破？更甚者，還與謀殺有關？而這個大竹竿背地裡擅自胡來，向主要嫌疑犯提出的問題足以讓對方明白我們差不多要找出他的犯罪動機，將之結束了？」

「你確實也會結束了。」

「什麼？」

「如果你沒有辦法帶領一個培訓人員，證明你也沒有辦法勝任這個工作。」

卡爾站起身。過去的日子裡，這個辦公室是個灌注新能量、讓人得以繼續前進的地方。而今，這地方給人的唯一樂趣是測試新上任的凶殺組組長從三樓窗戶飛行到地面人行道上的時間。眞是他媽的混帳！

他氣憤地大力摔上羅森辦公室的門，怒氣沖沖咒罵著經過了索倫森怯生生的掌聲，門後仍可聽見吼著他媽的要他站住的聲音。害他忘了要和麗絲調情一番。

正如預期，高登在蘿思門前諂媚討好著她。

「馬上給我過來！」卡爾對他大喊，轉動著手指指著自己的辦公室。

大嘴巴準備好要回答卡爾想知道的問題，卡爾卻故意讓他空等冒冷汗。先是整理桌上所有文件檔案，推到角落，再啪一聲把腳跨在桌上，點燃一根菸，深吸一口，呑雲吐霧。

「現在開始，你有兩個機會，」他終於開口：「要嘛捲起你的鋪蓋滾蛋，要嘛開始讓自己當個有用的人。你決定選哪一個？」

「我堅決認爲……」

卡爾一拳敲在桌上。「你決定哪個？」

「第二個吧，我想。」

「你想？」

「我會做到的。」

卡爾腦海裡出現墨索里尼（注）增強自我氣勢的姿勢：下巴高抬，胸膛和下唇突出，一拳抵在腰側。「你得道歉！」

高登明顯丈二金剛摸不著頭緒發生了什麼事情，不過還是依照命令道了歉。

「好，你現在是懸案組的試用人員了。首先是入門測試，你若沒有認眞回答，立刻給我滾出去。我想知道你和羅森是什麼關係。」

高登聳聳肩搖了搖頭。「一點關係也沒有，他只是我父親的摯友。」

「原來如此。我想應該是寄宿學校認識的朋友。你也上同一所學校嗎？」

高登點頭。

「羅森想要幫你父親的忙，所以把你送來我這兒當密探，而他自己也可以撈到點好處。我眞應該早點想到的。懦夫一個。」

「你根本沒有概念自己在講什麼，羅森比這裡每一個人都要堅韌。」

看看，這傢伙忽然說了什麼話呀？卡爾注視著他，好奇的成分大於驚訝。

「我們說的是同一個人嗎？那個襯衫燙得直挺挺的模範生？你倒是給我好好解釋一下那個人爲什麼堅韌？」

「你找個機會讓他捲起衣袖看看，你這輩子絕對沒見過那麼多的疤痕。你以爲自己能忍受一個月的折磨虐待嗎？但是羅森撐過來了，而且不僅於止。」

注 墨索里尼（Mussolini）：是一位義大利政治家、記者、思想家，曾擔任過義大利王國第四〇任總理的職務，同時也是法西斯主義的創始人。

「有話快說。」

高登猶豫不定，但是像他這種年輕又傲慢的人，根本抵擋不住誘惑。

「我想你應該聽過BCCF吧？」

「沒。」卡爾豎直了手掌。「嗯，應該就是羅森機伶的變色龍嘴臉……」

「老天吶。」高登打斷他的話：「是『巴格達中央監獄』，海珊給他的阿布格萊布監獄所取的名稱。」

「好。所以你接著要告訴我羅森曾經在那裡工作。」

「不，不是工作。」

卡爾的口氣變得尖銳。他們可不是在玩問答遊戲。「有屁快放。羅森和阿布格萊布監獄有什麼關係？」

「你覺得呢？爲什麼我剛才會提到衣袖？」

卡爾看向地板，手指敲著桌面。他不喜歡聽到的訊息。「還有呢，高登？」

一片靜默。卡爾抬起頭，眼前的長竹竿竟出乎意料滿臉通紅。

「羅森不會喜歡你向我透露這麼多，是吧？」

高登狼狽地點點頭。

「你甚至根本不應該知道這些事情，對吧？你在家裡偶然聽見的，我說對了嗎？」

他又點點頭。

「很好，高登，現在我手中握有能立刻將你踢出總局的把柄了，所以我們言歸正傳。到目前爲止，羅森一直保護著你，不過我要是聽從你的建議，上樓要他捲起袖子來瞧瞧，這種情況就會結束。我沒說錯吧？」

「是的。」他聲細如蚊。

「好的。從現在開始，你只能告訴羅森我要你說的話，懂嗎？」

「懂。」

「一言爲定。」

卡爾起身，向他伸出手，用力一握，爲這次協定蓋章封印，力道之強，痛得年輕的高登睫毛宛如大河之舞貶巴貶巴狂跳。

「現在你可以去找羅森，告訴他，我們即將偵破一件重大刑案，而這個卡爾·莫爾克是你見過腦袋最靈光的人之一。」

高登嘴巴一撇。「你是認眞的嗎？」

「是的，千萬別忘了『是你見過腦袋最靈光的人之一』這句話，請一字不漏轉達。然後打電話給埃里克森處長，請他在辦公室等一下，我們會馬上過去和他再談一談。」

「爲什麼？星期一就會見他了，不是嗎？」

「因爲我清楚感覺到這個人知道的比透露的還多，而且他大概早就準備好爲何兩次出差旅程無法合併爲一的說詞了。」

「你知道鑑識人員在克雷姆那個墓穴發現了什麼嗎？」卡爾問勞森說。

勞森先在圍裙上把兩手擦乾淨。這個國家最優秀的前鑑識人員，圍裙上沾滿油污和蛋黃醬，看了令人辛酸。

「收穫不少，有頭髮、皮膚、纖維和指甲。」

「所以有大量的DNA？」

勞森點頭。「過幾天你就可以收到結果，看DNA是否和他們在史塔克屋裡找到的相符。」

「一定相符。我不需要等待結果出爐，光是知道那個墓穴曾經埋過屍體就夠了。我非常確定那具屍體就是我們要找的人。」

「嗯，只可惜現在屍體不見蹤影。」勞森同意他的論點。「你知道可能藏在哪裡嗎？」

「我的直覺告訴我應該找不到那具屍體了。不會有人埋了屍體，事後爲了再埋到其他地方而又把他挖出來。你問我的話，我認爲這次屍體已經被徹底清除，可能沉到某個深海、焚毀，或者被鹽酸溶解，諸如此類。」

「你說得沒錯，這也不是第一次了。」

勞森又擦了擦手，開始揉捏桌上的麵團。他最新的偉大成就是每天早上烤出香味四溢的麵包。勞森確實爲警察總局餐廳的存活盡了心力。

「勞森，還有一件事。我知道羅森過去在伊拉克的一些經歷，我感覺你還可以補充一點，沒錯吧？」

勞森停下手邊的工作。「我認爲你應該自己去問他，卡爾，我沒資格說三道四。」

「所以你的確知道一些事囉？」

「隨便你怎麼想。」

「你知道他是什麼時候被拘禁的嗎？原因是什麼？」

「卡爾，我不是你應該詢問的對象。」

「你就不能至少透露是什麼時間嗎？在海珊垮台之前？」

他若有所思搖晃著頭。

「所以是前不久。」

沒有回答。

「一年嗎？」

勞森將麵團丟在桌上。「夠了，卡爾。我們不是好朋友嗎？」

卡爾點頭，不再吵他，讓他安靜。但是勞森的眼神卻一點也不平靜。

這個時間，阿薩德正在底下審問一個人。

阿薩德，特殊懸案組矮小的奉承者，沒有受過正規訓練的警察，只因羅森好心收留而來到此處——一切跡象在在指出阿薩德受僱於這個被指派來當卡爾上司，而且曾經在海珊統治時期被關在聲名狼藉伊拉克監獄的人。

卡爾在樓梯停下腳步。

他媽的，阿薩德，你究竟是誰？

卡爾在審訊室前發現滿面春風的阿薩德。

「阿薩德，你站在外面幹嘛？」

「我在休息。他們不需要一天到晚看著警察，對吧？寧願花點時間思考一下，思索他們的情況。這樣多少可以讓他們的舌頭鬆一點。」

「是嘴巴鬆一點，阿薩德。誰在裡面？」

「羅密歐。臉上有燙傷，不想講名字的那個。」

「顯然你讓他開口了……」

「是啊，真耗了點精力。」

卡爾側著頭探問道：「怎麼樣，阿薩德？」

「進來，我展現給你看。」

少年坐在椅子上，沒有上手銬，沒有一臉憤怒，也沒有一般憎恨官員和當局者的表情。純粹不過是個穿著西裝的好青年，溫馴聽話。

「羅密歐，和卡爾．莫爾克副警官打聲招呼。」阿薩德指示說。

少年抬起頭說：「您好。」

卡爾點點頭。

「羅密歐，把你先前說過的話再對副警官說一遍。」

「什麼話？」他問。

「有關左拉和馬可的事。」

「我不知道左拉爲什麼要幹掉馬可。我們大家都在找他。不只是我們，還有其他人也來幫忙，愛沙尼亞人、拉脫維亞人、白俄羅斯人和烏克蘭人，非洲人。所有人都在找他。」

「爲什麼你要告訴我這些，羅密歐？」

年輕人注視著阿薩德，疲累不堪。爲什麼阿薩德仍舊輕鬆無事的樣子呢？

「因爲你承諾我以後可以留在丹麥。」

阿薩德看著卡爾，眼睛裡閃耀著一絲勝利的光芒，那眼神彷彿在說：就是這麼簡單。

三分鐘後，他們走到外面，卡爾說：「阿薩德，你不能輕易答應他這種事情。如果他知道的事情眞像剛才吐露的那麼多，明天就會被拘留，甚至可能是隔離監禁。但是，他若是沒被隔離呢？你可以保護他嗎？你要怎麼兌現自己的承諾？」

阿薩德聳聳肩。卡爾從他的反應了解他的意思：那不關他的事。對卡爾來說，這種態度有點太狡猾、太冷漠了。

「我之前問他認不認識威廉・史塔克，他否認了。我又問他，馬可住在左拉那裡時，有沒有被迫發生性關係，他非常激動，大聲抗議。所以看來這種事不可能發生在他們身上。」

卡爾點點頭。非常有用的資訊。

人要推卸自己的責任時，往往都會不擇手段，不是嗎？

第三十五章

馬可從來沒像今晚這麼受凍過。

遊輪停靠小島教堂站和北港站時，他不敢爬上岸，害怕遇見左拉的人。等到他們經過小美人魚雕像，他才從爬出冰冷的水裡。四周漆黑一片。有幾個仍在路上的旅客，用衣服包住全身哆嗦的少年，打電話叫救護車，另外幾個拿出數位相機，想要拍下照片，把他當成從洪流中升起的寓言生物。

但是馬可沒心情奉陪他們這些樂趣，也不想要進醫院，他立刻轉身跑向史威納密勒港，希望在某艘船上找到暫時棲身之所。

隔天上午，他在一艘小遊艇的防水帆布底下醒來，全身仍然溼透。不過，一陣溫煦的海風吹起，晨光明亮，於是他走了出來。

在凱和艾維上班前去找他們，時間還綽綽有餘。

最近幾天發生的事情深深撼動了馬可。兩個非洲人千鈞一髮間差點殺了他，那把銳利的雙刃刀和另一個非洲人泛黃的眼白不斷在他眼前閃現。

不行，他不能再待下來，一天也不行，他必須離開，離開哥本哈根，離開丹麥。他想搭火車到瑞典，在那邊重新開始，在一個人口稀少、土地廣博的農村裡隱姓埋名。此外，他經常聽瑞典旅客交談，瑞典話聽起來和丹麥話很像。他一定很快就能適應。

過去二十四小時裡發生的事情，削弱了馬可對左拉的仇恨，當務之急是要活下去。

他站在凱和艾維家門前，打定主意這次一定要拿走錢，否則絕不離開。他身上的衣服這時也都乾了。

他敲了好幾次門，艾維終於來開門，他的面貌變得完全不一樣了。站在馬可眼前的他滿臉鬍渣未刮，臉色蒼白，雙頰凹陷。但是幸好他的反應不像上次那樣充滿敵意，反而是喜不自勝。

「馬可，噢，天啊，馬可。」他大叫。「孩子，你到哪裡去了？我們擔心死了。看看你，真是慘不忍睹！快進來，換個衣服。進來，來。」

馬可肩膀不自覺放鬆了下來。受到如此熱忱的歡迎，他深受感動，嘴唇不由自主顫抖。回到這裡感覺真好。

「凱，」艾維回頭叫道：「今天真是幸運日，馬可回來了！」

幾秒後，馬可聽見鑰匙插進鎖孔，毫不猶豫把門鎖起來的聲音。

他迅速轉身，艾維手裡拿著鑰匙，一臉威嚇瞪著他，上身微傾，一副隨時要撲過來的模樣。

馬可六神無主轉過來看著凱，後腦杓忽地遭到一擊，整個人縮成一團。

「快，艾維，把他壓在地上。」凱吼道，自己蹲在馬可的頭旁邊，抓住他的手臂，拿某種東西綁住。

馬可想看清眼前的狀況，但是他腦中金星飛舞，形成一道古怪的濾網，讓眼前的一切模糊難辨。

他本能地想抽回手臂，掙扎要轉身，但是他耳邊傳來一陣低語，感覺頭部又被敲了一下。

「噢，你們在幹什麼？我不會對你們怎麼樣啊。我馬上就會離開，我只想……」

又是一擊。艾維的膝蓋同時壓在馬可的肋骨上，使他幾乎無法呼吸。

「是的，我們逮到他了。你們快點過來。」是艾維的聲音，就在他頭上方。

馬可現在能清楚看見兩人的面貌了，艾維半壓在他的肋骨上，手裡拿著電話；凱蹲在他的頭旁邊，抓住他的手臂。凱的狀況很糟，面部浮腫，臉上和脖子上瘀青未退。

馬可靜靜躺著，不再掙扎，注視著曾經爲他付出許多的兩個人。艾維的表情是如此絕望，如此痛苦，馬可不由自主落下眼淚。

或許是淚水動搖了艾維。或許艾維知道這個他們曾經滿懷愛意接納的少年最近又瘦弱又無助。他們教導他玩紙牌，幫助他學習丹麥文，教他要相信自己，確信自己也有個燦爛的未來。這時，艾維皺紋縱橫的臉龐反應出了內心的變化，挫折與眉間紋退去，嘴角緩緩顫動，最後眼淚也滾落臉頰。

「馬可，我不知道你做了什麼。」他努力穩住聲音說：「但是如果你不永遠消失在我們生活中，他們又會攻擊我們。我們無法再經歷一次，所以必須將你交出去。我們沒有別的選擇。上帝保佑，希望他們不會傷害你。」

凱就沒有那麼有同情心了。「我希望他們像毆打我一樣對付你，你聽見了嗎？他們毀了我們的生活，我們甚至不敢去工作。一切都是因爲你！」

馬可震驚得全身虛癱。五分鐘後他們就會出現，畢竟他們就分散在附近，巴爾幹人、非洲人、左拉的人，不管是誰現身，結果都一樣。

馬可盡量不引起注意緩緩把頭轉向牆壁，思考自己的選項。但是選擇不多。在他上方的牆壁釘著一個小架子，放著一雙麂皮手套、一盞桌燈和裝著零錢和地下室鑰匙的橢圓形盤子。這個架子多麼令人熟悉啊。桌燈的電線懸在他的膝蓋高度，底下擺放著馬可曾經穿過的雨鞋和拖鞋。但沒有一件東西能幫助他脫離眼前的情勢。

他察覺到艾維感覺姿勢慢慢變得不舒服，因爲他的膝蓋這時微微往外挪動，想要減輕小腿的負擔。

馬可動也不敢動，預料艾維隨時會換腳的位置。他必須提前準備好，因爲機會不可能再出現第二次。他悄悄繃緊腹部與臀部肌肉，同時把手臂稍微挪近身體。但是凱抓得更緊了，似乎死也不會放手。

艾維的鞋尖碰觸到地面的同時，馬可蓄積巨大的力量，激烈翻騰，同時扯回自己的手。凱和艾維兩人的頭部瞬間撞在一起，艾維倒向一側，跌倒時將架子扯了下來；凱向後翻，腳折了一下。兩個人同時慘叫呻吟，但是馬可並未就此打住，甚至還踹了一下艾維的肩膀，艾維頓時摔滑到壁腳板前。

馬可立刻跳起，凱伸手想抓他的腳，手臂反被馬可踢了一腳，整個人撞到牆面。

街上忽然傳來輪胎嘎吱摩擦地面的煞車聲。車門砰一聲關上時，馬可已經跑到廚房。但是後門也鎖了起來，該死的鑰匙卻沒有插在鎖孔上。馬可的雙手被綁，花了一番氣力才從刀架上抽出一把刀，躍上餐桌，費勁打開窗戶，縱身一跳，摔到側屋的遮雨棚上，然後再跳進庭院。

他還聽得見重重的搥門聲以及艾維和凱掙扎著起身的聲響。

雙手被綁，手中還握著一把刀想要爬上自行車棚，實在是種酷刑。但是等到穿越其他兩戶人家的後院，來到錯綜複雜的巷弄迷宮後，馬可才敢停下來，割斷手上的繩子。

他沿著街道走了二十公尺左右，在街底發現了巴爾幹人的蹤影。說時遲、那時快，他倏地退到最近的地下室入口，背部緊貼在一家按摩院的藍色大門上，腳跟不斷敲著門。

開門、開門、開門，他邊踢邊暗自哀求著。人行道響起腳步聲，街道另外一頭的喊叫聲也越來越近。

門後有動靜。

開門，拜託請開門。

「是誰？」有個口音很重的人問道。

「請幫我，我是個普通少年，現在有人在追我。」他低聲說。

好一陣子什麼聲音也沒有，只聽得街上的腳步聲逐漸接近。接著，背後的門忽地被打開，他整個人往後跌進屋裡。

「快點關上！」他驚慌低吼一聲。他躺在地上，眼前出現一張睡眼惺忪的亞洲女子臉孔。她照他的話做。不到五秒，追他的人就從門前呼嘯跑過。

女子自我介紹叫做瑪琳，但她實際上一定不叫這個名字。她帶他到藍色條紋沙發旁，沙發上方掛著用不同語言寫上的按摩價目表。他在沙發上坐下，眼淚潰堤不止。

沒多久，出現另外兩位同樣睡眼惺忪的女子，臉龐仍未上妝，還沒準備好要面對一天的挑戰。

「你在躲什麼？」最後一位進來的人問。她輕撫著馬可的臉頰，人很溫柔，但是身上香水味道濃烈刺鼻。她臉上有密密麻麻的小痘疤，胸部龐然豐碩，不自然垂著，尺寸就是不對。

馬可擦掉淚水，努力向她們解釋自己的處境。不過她們顯然只聽懂在門外大聲咆哮奔跑的多是東歐人。一聽到這裡，三人變得惶惶不安，避到角落竊竊私語。

最後，剛才安慰馬可的女子說：「你不能留在這裡。兩個小時後，會有個男人來收錢，絕不能讓他發現你，否則我們都會惹上麻煩，你和我們都一樣。」

「你先吃點東西，梳洗一下。」第三個人補充說：「然後你就得走了。可以從後面走，我們會帶你穿越庭院和鄰居房子，走到威廉莫街。之後你就得一個人離開。」

馬可詢問是否可以幫他叫輛計程車，但是她們不願意。皮條客每天都會檢查她們的手機，若是叫了計程車，他會認爲她們在工作以外的時間另接客人。除了客人外，還有誰會叫計程車呢？

馬可不由得心生同情。她們是成年女子，在此顯然沒有家庭，同樣也有折磨她們的人。爲什麼不像他一樣逃走呢？馬可不願再想下去。

女人們遵守承諾，帶著馬可穿越庭院，爬上對面建築物後門的階梯，走到三樓，那裡住著她們一位老主顧，他讓他們穿過自己的屋子，從前面的樓梯離開。

「班尼，下次給你特別的服務喔。」

他似乎很滿意。

馬可很熟悉威廉莫街。他曾經拜訪一家又一家商店想要找工作，但是徒勞無功。那些老闆很可能會認出他。街頭有家超市，總是在招募臨時工，沒人知道臨時工來自哪裡，又是些什麼樣的人，所以馬可過街到另一邊，繼續往奧司特布洛街的方向走。

在這一區行動，對他的追捕者而言有如雕蟲小技，所以他必須保持高度警覺。他最好能招到一輛計程車，直接載他到卡斯特魯普邊境火車站，那兒有許多車班前往瑞典。他摸摸口袋裡從塞穆爾塑膠袋弄來的錢，剩下不到五千克朗，還可以撐一陣子。夏天快到了，天氣即將轉暖，到時候可以露宿星空下。在達拉納和耶姆特蘭也一定能找到廢棄小屋或者無人夏日別墅。他有點懊惱沒拿到藏在艾維和凱家壁腳板後面的錢，現在一切又得從頭開始，誰能保證他還能夠賺那麼多錢？

疾駛而過的計程車全都載滿乘客，馬可決定到黑潭湖或特立昂林廣場的計程車招呼站看看有沒有空車。

但是他沒有機會走到那裡。

他忽然看到一小段距離外，克利斯的貨車就斜停在人行道上。大概是巴爾幹人接到艾維電話後請左拉來支援，支援人力立刻蜂擁而至。現在貨車就等著裝貨，不論死活。

馬可內立刻心涼了半截。他所處的位置相當不利。不可能沿著黑潭朵瑟林街走下去，一旦有人截斷他的路，一邊沒有小巷弄可供脫身，另一邊就是黑潭湖。不行，他要不跑回小三角，要不就是在原地等待一輛空的計程車。

他密切注意著那輛邪惡的象徵。有多少次他蹲在後面車斗，像要被屠宰的牲畜看不見未來？有多少次他躺在上頭，衷心希望路程永遠不要結束。但是，總有結束的時候，每天傍晚一定會回到克雷姆那個監獄，睡覺、吃飯，隔天一切又重新開始。噢，他痛恨死那輛車了。

馬可忽然嚇了一大跳。從車後商店走出來的那個人不正是爸爸嗎？跟在後頭的不就是左拉？他竟然也親自出馬抓他？

馬可閃身躲到樹後，觀察爸爸和左拉走進下一家店。應該禁止左拉和爸爸這種人出現在孩童附近，他憂憤地想著。

從特立昂林廣場騎過來的自行車一下子就引起馬可的注意，因爲自行車和騎車的人實在太不相稱，盲人也看得出來輪胎嶄新的昂貴自行車絕對不屬於那傢伙。騎車的人忽地一個轉彎，將自行車躍上人行道，朝他全速衝刺，完全出乎馬可意料。馬可還走不到兩步，對方已經趕上他。

車道上還有其他自行車大聲威嚇著馬可，但是馬可心裡有數自己該做什麼。他本能地撲向一旁，追他的人因此抓了個空。馬可直覺抽出刀子，刺向對方腳踝。那人痛得慘叫一聲，跌落自行車，馬可趁機拔腿就跑。

「馬可，別跑向那裡！」他聽到對街有人喊道。馬可不知所措停下腳步，這時大概一百五十公尺遠的地方，有個人剛好轉進萊斯街，逕直衝向他。

馬可不安地迅速回頭看一眼，奧司特普車站方向駛來一輛空的計程車，他趕緊橫越馬路去擋車。

「還有一個！」

馬可看見跌倒的自行車騎士又吃力站了起來，同時認出發出喊叫的聲音。下一秒，他看見爸爸雙手在嘴邊圍成麥克風形狀，對著馬可大叫。爸爸正要再說話時，左拉出現在爸爸背後，用力一推，爸爸登時從人行道上失足跌落馬路。

馬可驚慌失措眼睜睜看著一輛公車失速打滑，爸爸轉眼消失在車輪底下，他和一旁的目擊者全都失聲驚叫。但是新的威脅臨在眼前，眼看第三個追捕者從克雷森街逼近。馬可椎心刺痛，爸爸被車子輾過，自己卻因爲被追捕者包圍，只能站在一旁招計程車。

計程車方向盤後面坐著一位年輕移民，沒有自己的車子，所以很開心能夠駕駛別人的車，而且還能不斷加速。

「開車！」馬可喊道：「快點開車！」

兩個追捕者靠近計程車，拳頭大力敲著車身，但是司機向他們比出中指，即踩下油門揚長而去。

車子呼嘯經過發生意外的不幸公車，馬可無能爲力將爸爸拉出車底，只看見滿地鮮血和圍觀群眾驚慌的表情。公車司機癱坐在駕駛座上，雙手掩著臉。霎那間，馬可的視線和左拉對上。左拉全身緊繃，但顯然無動於衷地站在喧鬧的人群中，看來沒人看見意外發生的眞正過程。

左拉的眼神透露：下次就輪到你了。

「可怕的意外。你若問我，我覺得這種事情太常發生了。大家總是亂開車。」司機從後照鏡看著馬可說：「你要去哪裡？」

馬可頭一抬，小心壓抑自己別吐出來。爸爸嘗試警告他，爲了救他才會遭到左拉的毒手。他的爸爸！馬可眼前浮現爸爸棕綠色的溫暖眼睛，他知道那是來自遙遠過往的回憶。但是，爸爸剛才站在他這邊。那是什麼意思？這段期間發生了什麼事？現在爸爸死了，而左拉將無罪逃脫，司機卻問他要去哪裡？

五分鐘前他會說到邊境火車站，昨天他可能會說到蒂爾達位於法爾比的家。現在他什麼也不知道了……

左拉殺人毫不妥協，而且工於心計。馬可親眼看見他冷漠地痛下殺手。他一定也同樣冷血害米莉安變成殘障、謀殺了威廉．史塔克，可能還犯下其他多起案件。他要殺死馬可時眼睛同樣眨也不會眨一下。

「嘿，小子，要去哪裡呀？我要載你去哪裡呢？你有沒有錢啊？」

馬可點點頭，拿給司機兩張百元紙鈔。

「好的，兩百克朗。那要好好想想。」

馬可搖頭，他不需要再思考了。左拉的眼神決定了一切。他要留下來，不擇手段也要讓那個混蛋付出代價。

「那些人顯然還在追你。和毒品有關嗎？我很懂。做個小生意也要被搞得雞飛狗跳，眞是狗屎一堆。好，說吧？你要去哪裡？」

「你知道希福牛排館嗎？蒂沃利樂園旁邊那家？」

「聽著，小子。我可是個計程車司機唷。如果你問到我不知道的地方，就可以把兩百大鈔拿回去啦。」

第三十六章

「卡爾，埃里克森不在辦公室了！」

卡爾看了一眼時鐘。「欸，現在還早啊。他……」他楞了一下，然後抬起頭。看來高登這次是眞的有重要的事情要說了。

「他辭職了，而且立刻生效。我們離開之後，他立刻去找國務祕書請病假，說自己不再去上班。」

卡爾眉頭緊皺。「他媽的該死，高登。我不知道是什麼，但你確實觸動了某些事。」

他叫來蘿思和阿薩德，通知他們最新的發展。

「阿薩德，打電話到埃里克森家裡，看看他還在不在。蘿思，致電外交部，請國務祕書聽電話，我們必須查出剛才發生了什麼事情。然後，請馮里斯維警方密切注意左拉的動靜，別讓他有機會逃走。如果察覺他有逃跑的跡象，立刻攔下來。」

「要用什麼理由？」

「妳一定想得到。」

「我呢？」高登問。

「你去調查埃里克森的背景，找出他名下有沒有夏日別墅可供躲藏。還有，打電話詢問國稅局看看。」

高登一臉失望的表情。是的，年輕人，卡爾在心裡說道，每個人都是從小事開始的。

阿薩德道過謝後，闔上了手機。

「特殊懸案組美麗的蘿思打來的電話。」他宣布說，然後腳一抬，又跨在副駕駛座前的儀表板上。

「好，現在我們談一下。」卡爾換了車道。他媽的，爲什麼這個時間的路上交通讓他想起被插入小棍子的螞蟻堆？「首先，我們一致同意你的審問方式有點過火，對吧，阿薩德？」

「有點過火？什麼意思？不是很有創意嗎？」

卡爾搖了搖頭，胸中一把怒火。很有創意？拜託，他們可不是在什麼手工藝教室啊。

「第二，我得知羅森在海珊執政時曾被關在阿布格萊布的監獄。阿薩德，別說你不知道，我不買帳。你只要告訴我，你們之所以認識和那有沒有關係就好。」

阿薩德抬起頭，若有所思看著眼前的巴勒魯普大道。四周景致毫無特色可言。

然後他轉向卡爾。「是的，有關係。不過別再繼續追問了，可以嗎？」

卡爾看著衛星導航。還有兩條街，他們就到了。

「可以。」他回道。至少前進了一步，問題只在於他何時要邁出下一步。長期來看，阿薩德不可能這麼輕易就能逃掉。

「好，回到正題。蘿思說了什麼？她和國務祕書談過了嗎？」

「是的，事情比高登報告的還要複雜。」阿薩德翻閱自己的筆記。「有了，在這裡。我把事情全寫下來了。」他的手指敲著筆記本。「沒錯，埃里克森的辭職立即生效。和我們談過之後，他得知史塔克侵占了公款。他認爲沒有揭發這件事情，全是自己的責任，心裡懷著這負擔，他沒有辦法長久留在公職。國務祕書說，事實上應該立刻將他停職，但是埃里克森一臉悲慘，糟糕透頂，因此他們達成協議，讓他馬上請病假。不過他躲不掉懲戒訴訟。目前國務祕書能透露的就這麼多。」

「好。」卡爾尋找著門號。還得再往前開一小段。「好，阿薩德，這個故事我們要買帳嗎？你認爲埃里克森眞像他說的那樣，被史塔克的不正當手段震驚得心煩意亂？此外，我們能篤定史塔克眞的犯了違法之事嗎？」

阿薩德心不在焉點頭，精神渙散，實在不尋常。

對於住在羅稜霍特公園的人來說，巴勒魯普這棟房子根本算不上純樸，但是坐落在街尾，卻感覺荒涼黯淡。雖然林木繁茂，也遮掩不了四號環狀線就在附近的事實，不是交通噪音特別大聲，而是氣味。卡爾寧願住在更郊區的連棟透天水泥建築，至少綠意環繞，還能與喜歡的人們往來互動。

埃里克森的妻子幫他們開門。雖然請他們進屋，但是她清楚向兩人表示，她有其他的事情要辦，而不是回答他們的問題。

「眞倒楣。」卡爾指著遮住客廳窗戶的防水塑膠布說。

「我不一定會說那是倒楣。我們前天遭人攻擊。他們敲破玻璃，猛力毆打我們，但是全被我拿熨斗打退了。」

卡爾眉頭緊皺。「哎啊，不過這次入侵事件沒有報案吧？還是我弄錯了？」

「沒有。我想要報警，但是我丈夫反對。」

「嗯，眞古怪。發生了什麼事，有什麼東西被拿走嗎？」

「我剛才說過我拿熨斗打得他們逃之夭夭。」

「所以您無法確定是否是強盜案件了？」阿薩德問道。

「我什麼都不知道，請去問我丈夫。」她忽然莫名其妙縱聲大笑。

「您知道您丈夫目前人在哪裡嗎？」卡爾目光梭巡室內，看看是否有跡象顯示丈夫在家卻不願意現身。

「不清楚。不過從他能如此輕易把工作辭掉看來，我想他應該潛逃了吧。」

阿薩德這時開口問道：「夫人，請您見諒，不過您難道完全不在乎嗎？」

「他是我的丈夫，我孩子的父親，不可能『完全』不在乎。」

「所以您不在乎？」

聽到這個結論，她似乎楞了一下，不過隨後又露出笑容。她年輕時一定也是個美人胚子，只不過歲月染黃了她的牙齒，唇上的細毛越來越濃密。

「您知不知道您丈夫是否染上了麻煩？」卡爾問。

「是的，我想沒錯。否則他最近不會一大清早怒氣沖沖到機場等待泰斯．施納普回國。」

「欸——泰斯．施納普？」

她兩手叉在腰上。「是的，泰斯．施納普。你沒在報紙上讀過他的新聞嗎？」她笑道：「吶，無所謂，你也沒有損失。他是我丈夫求學時候就認識的朋友。說朋友還抬舉他了。總之，他在我丈夫的腦子裡灌輸了荒唐可笑的念頭。」

「什麼樣荒唐可笑的念頭？」

「證券。勒納擁有施納普銀行一堆證券，卡勒拜克銀行。你難道沒有好好調查他的底細嗎？算什麼警察呢？」

卡爾看著阿薩德，但他只是聳了聳肩。

「大概多少金額？」他問。

「沒有概念。勒納總是神祕兮兮不讓人知道。此外，他還是銀行監事。」

「他有沒有可能去朋友，那個……叫做什麼名字……？」阿薩德翻著他的筆記。「那個施納普斯？」

「施納普，泰斯．施納普。我不清楚。不，我想他比較可能躲在某家旅館，瘋三。我也眞心希望他住在旅館就好。」

瘋三？吶，有人對於幸福和艱困日子裡，婚姻與共同生活的神聖狀態還眞是直言不諱啊。

卡爾的褲子口袋裡的手機此時好死不死傳來震動。如果是夢娜，其他人就得等會兒了。但是，螢幕上的號碼他並不熟悉。也許她從診所打來的？

「閣下，你好。」手機那頭的聲音說。

他媽的這個人是誰？

「我是高登．T．泰勒。我仔細調查過勒納．埃里克森的背景，找到他許多學業方面和飛黃騰達職業生涯的資料。不過，我把心力集中於調查他最近賣掉的一千萬卡勒拜克銀行證券，同時他也是銀行監事會的一員。事有蹊蹺，對吧？」

簡直瘋了，一千萬！

「高登，說些我還不知道的事情吧。」卡爾扼要總結，便切斷了連線。希望那個竹竿好好思考一下。

他才剛面對埃里克森的妻子，手機又再度響起。

「他媽的，高登，你不懂我掛斷電話就表示談話結束了嗎？」

「卡爾？」他聽見女子的聲音。「是你嗎？我是莉絲貝。」

卡爾明顯吃了一驚。莉絲貝？他完全把她給忘了。

「莉絲貝，很抱歉，我以為是其他人。我正在問訊，可以晚點再通電話嗎？」

「當然，不好意思打擾了。」她的語氣透露著失望。或許她有理由失望。

他道別時再三保證只要一有時間，一定回電。他一方面真心這麼想，另一方面又不想打。真奇特的感覺。

「請見諒，家家有本難念的經。」他向埃里克森的妻子說：「我剛才想告訴您，您的丈夫最近出售了他擔任監事的銀行證券，價值一千萬。您知道這件事嗎？」

埃里克森的妻子請他再把金額說一遍。

她震驚得啞口無言。也許她腦子裡正在回顧至今的生活吧。

「卡勒拜克銀行您好，我是碧特．蒙司德，很高興為您服務。」

卡爾向耳朵湊過來的阿薩德點點頭。安裝在警務車裡的導航系統什麼科技功能都有，包括電話，讓人感覺宛如百萬富翁。

「我想與您的主管施納普總裁談話。可以幫我轉接嗎？」

「請問您是哪位？」

「哥本哈根警察總局特殊懸案組卡爾．莫爾克副警官。」

「啊，好，謝謝您。」她停頓了一下。「很遺憾告訴您，施納普先生今天沒有進來。」

「他生病了嗎？」

「呃，我不清楚。他剛從加勒比海旅行回來，我還沒看見他進辦公室。」

「嗯，了解。方便給我他的私人電話號碼嗎？」

「沒辦法，很抱歉，我不能在電話中透露他的私人號碼。」

「沒問題，那麼我打電話給奈斯維德市警方，請同事五分鐘後過去。有一堆身穿制服的警方湧進銀行總裁的祕書室，應該會引起很大的注意，您說是嗎？然後同事馬上會把號碼轉給我，對吧？非常謝謝您的幫忙。」

「呃，若眞是緊急狀況，聽起來也確實如此，或許能稍微開例。」

阿薩德豎起大拇指。這一招始終有用。

二十秒後，阿薩德輸入號碼，但是這次卡爾的魔法失效，因爲沒人接聽電話。

「阿薩德，查一下地址，我們直接過去。我覺得這裡面有可疑的臭味。」

「臭味？」

「是的，事情不對勁。我們總結一下：埃里克森逃走了。他和施納普都是銀行董事會或監事會的成員。埃里克森出售了大量的銀行證券，而施納普據說可能生病在家。一切全湊在一起，實在不尋常。他們若是約今天見面也不足爲奇。」

「卡勒拜克明德在奈斯維德最南方，卡爾。」

「他媽的，今天時間怎麼還那麼早。」

「哇，這裡簡直是酋長的半個領地了。」阿薩德讚嘆道，目光掃視過田野風光，欣賞碎石路最後一段的林蔭大道兩旁的景致，林蔭大道蜿蜒到施納普的鄉村別墅。

「得當銀行總裁才住得起這種地方。」一分鐘後，阿薩德按下厚重大門的電鈴說。

他們等了一、兩分鐘，阿薩德直接按下門把，但大門深鎖。

「阿薩德，你察看一下兩旁的建築物和那邊的車庫，我繞著屋子轉轉。」卡爾記下庭院幾輛車的牌照號碼，走回警務車，透過中央系統調閱車主資料。三輛車全登記在卡勒拜克銀行名下，收取賄賂的事實明擺在眼前。

屋旁的蘋果樹花朵盛開，屋後有一道精緻的階梯露台。二樓的窗戶大大敞開著。

卡爾打量著精心維護的花園，心裡直納悶地上怎麼散落這麼多紙張。紙張原來很可能是放在二樓窗台上，而今散落一地，花壇、果樹上，即使西北邊的白楊樹籬那兒也有。

他拾起一張躺在露台上的紙。紙張顏色有點泛黃，可能是手工製作的。他嗅了嗅，灑上了香水，一定是女主人的專用信紙。現在她得買新的了。

「有人在嗎？」他喊道，期待至少會有個女傭探出頭來，但是絲毫沒有動靜。

阿薩德來到他身邊。卡爾說：「那扇窗戶開成這樣實在有點詭異。你的攀爬技術如何？」

沙漠之子拉拉他的褲腰，笑道：「我和猿猴唯一的不同之處只在於香蕉。」

卡爾不確定自己是否聽懂了他的話。

但是阿薩德爬上棚架時，事情似乎沒有想像中那麼容易。「我不相信這能撐得住我！」他爬到一半時大聲號叫，緊緊攀著野生葡萄藤架的模樣，宛如懼高症發作。

「快到了，阿薩德，只剩一公尺。你總不希望我爬上去吧？」

將上頭傳來的咕噥聲詮釋成「我非常樂意」也不為過。阿薩德忽然間臉色一正。

「幸好我們先在網路上搜索了施納普，知道他的長相。」他攀在窗框上時叫道。

「爲什麼？」

「因爲我非常篤定躺在這兒的人就是他，僵死了。旁邊床上那位女士想必是他太太。」

第三十七章

埃里克森躲在白楊樹籬底下，施納普的鄉村別墅和方圓地產盡收眼底，躲在此處無需擔心被人發現，但眼前的景象嚇得他震驚萬分。

他為了庫拉索證券和施納普起了爭執，慎重考慮後，他隨身帶了一把鐵鎚，現在正深深放在他大衣口袋裡。

爭執若是一發不可收拾，惹火了我，就給他當頭一棒。幾分鐘前，埃里克森還這麼想。但一看到反射在白色石灰牆面的藍色警示燈，一切都脫序了。

庭院裡人來人往，騷動不安。他估算大概停了十輛車，其中兩輛是救護車，他尤其注意那兩輛車。救護人員進出房屋兩次，各抬出一個蓋著布的擔架。他不敢想像布底下蓋的是誰。但若非施納普和莉莎，又會有誰呢？除了他們，沒人住在這裡。

一大堆人員在建築物之間來來去去，大部分應該是當地警方。穿白色衣服的約莫是犯罪鑑識人員，不過其中還混雜著幾個便衣刑警，他推測應該是位階較高的警官。

最糟的莫過於發現了卡爾．莫爾克和他的深色皮膚助手的身影。他們竟然已經逼得這麼近了。上次和莫爾克一起上門的那個笨蛋不在現場，多虧那人又回頭找他詢問幾個問題，無意間警告了他，否則他無法即時逃脫。

埃里克森目光掃過草坪，包括灌木叢和樹木在內的一切全覆滿了白色信紙。令人絕望的景象。他頭上幾公尺高的白楊樹頂甚至有張寫過的紙，是利用電腦打完字後才列印加上簽名。事情發生時，莉莎很可能才寫完沒多久。一思及此，他就不寒而慄。

但是，究竟怎麼回事？這裡發生的事情和他與妻子遭到的攻擊一樣嗎？

他原本以爲是施納普一手策畫了攻擊他的行動，但是現在不確定了。

不過，幕後黑手究竟是誰？

他從未見過布萊格—史密特，據聞這個人的資產並非一夕之間從天而降。他效率奇高，精力充沛。是的，效率奇高，精力充沛。這兩個詞可以有各式各樣的詮釋。

埃里克森閉上眼睛，再三思索目前的情勢。布萊格—史密特年事已高，體力衰退，如果他眞是幕後指使者，那麼一定是他派人幹的。可是，動機呢？和他自己上門的原因一樣嗎？

他注視著大量警力和鑑識人員以及兩輛無聲無息剛開走的救護車。兩分鐘前，他還打算等到警力全部撤退。不過，他逐漸明白沒有理由再等下去。

一切全繞著錢打算。這裡發生的事情絕對亦無例外。警力在此區全面散開，兩個警察緩緩往他的方向前進，眼睛盯著草地，應該是在找腳印。他四下察看，自己的腳印在潮溼的土地上清晰可見。

幸好我不是在他們來此前出現，埃里克森心想，否則也會在房子四周留下足跡。他沿著樹籬小心翼翼移動回大街，他的車子放在一個偏遠的停車場。

坐進車裡後，他終於確信擔架上被布蓋住的人是施納普和莉莎。這麼多年來，布萊格—史密特在他們共同的交易當中，始終扮演重要角色，爲什麼如今一切要改變？不過，貪婪金錢是沒有邊界的，埃里克森想，看看自己就知道了。如果布萊格—史密特謀害了他們兩人，打算奪占庫拉索證券，那麼想必他已達到目的。

尋人啓事

Marco Effekten

爲了確認這一點，埃里克森打算橫越百里，開車朝北方而去。

鍛鐵門燈，沒有水的噴泉，窗戶前安裝了許多鐵窗，這棟前領事的別墅看起來像中非國家的建築，奢華炫富，低俗醜陋。

埃里克森鎖好車門，扣好鈕釦。現在該換他展現「奇高效率和充沛精力」的時候了。對付布萊格—史密特這樣一個老傢伙，應該不費吹灰之力就能結束，否則他還有一把鐵鎚。

門環不容易敲動，想必這兒並非每日門庭若市，埃里克森心想，動手又敲了一次，這次更加用力。屋內燈火通明，應該有人在家。

他望向竹籬小門，雲杉木的竹籬圍繞著花園而建。也許他可以從花園進入屋內，那樣也能一眼看清楚布萊格—史密特是否單獨一人。

少年時，他曾經在三王節（注）的傍晚跑到隔壁，拿烏黑的軟木塞塗黑鄰居窗戶。不過那已是多年前的事情了。像現在這樣的窺探行動，不屬於事業成功的司法官所需具備的核心能力。他也不喜歡窗戶透出明亮的燈光，而自己笨拙地從一棵處躲到另一棵樹下找掩護。

這兒應該是客廳，埃里克森想，踮起腳尖往內窺視。

這房間讓人想起海明威的故事情節，或出現在拙劣電影中的場景。埃里克森這輩子還沒在一個地方看過這麼多野生動物的戰利品。水牛、羚羊標本，大小不同的各種猛獸，以及只在照片上看過的生物，井然有序地擺放在獵殺牠們的武器旁邊。乖乖老天，噁心至極的動物展覽，各種動物瞪著玻璃眼珠眺望屋內。

這時，他聽見屋內有人說話。一定是布萊格—史密特，他認得那壓抑的粗嘎聲音，語透不耐且冷酷無情。

「既然你今晚在奧司特布洛看見他搭上計程車離開城內，」埃里克森聽見他說：「那就好好想想他現在可能在哪裡。一旦發現他的行蹤，立刻向我報告。若是沒聯絡上我，就留話給非洲人。」

談話停頓了一會兒，埃里克森向聲音傳來的方向溜近了幾步，或許可以看到那個老人。如果他的身體仍舊符合獵殺大量動物的沙文主義者形象，埃里克森最好要調整一下自己的策略。

「我不知道你的人混到哪兒去了，自己的人你得自己看著。」那個聲音又說：「就是這樣，左拉。好好完成你的工作，否則下地獄去吧！」

他偷聽的內容毫無疑問是通電話談話。埃里克森還發現聲音從一道距離他只有幾公尺的半掩露台門傳出來。他鬆了一口氣，知道該怎麼進屋了。

再兩步，就可以輕而易舉奇襲布萊格—史密特了。多年之後，他們終於可以面對面，好好算一算總帳。

他果斷地握緊鐵鎚的握把，走向露台門。忽然間，他一時措手不及，正好和一個相當年輕的黑人打上照面。對方把手機拿在耳邊，講話的聲音卻百分之百是布萊格—史密特。

說時遲、那時快，年輕人倏地掛斷手機，收到口袋裡。與驚慌失措的埃里克森截然不同的是，他顯得相當冷靜。

「請您進來。」他的聲音與剛才完全不一樣。「您一定是勒納・埃里克森，歡迎。」埃里克森猶豫地遵從他的邀請進屋，放在大衣口袋裡的手仍舊緊緊抓著鐵鎚握把。

「是的。而您呢，您是哪位？爲什麼您要模仿布萊格—史密特說話？」

注 三王節：爲每年的一月六日，傳說是「東方三王」向聖嬰耶穌獻禮的日子，是西班牙的一個傳統節日，這天父母要贈送未成年子女禮物。

對方微微一笑，自顧自地坐下。或許他想要營造信賴感，但感覺就像老闆請員工喝咖啡後隨即要將他炒魷魚。不，埃里克森特別提高警覺，謹慎小心。

「說來話長，您不坐下嗎？」

「謝謝，我寧願站著。布萊格—史密特在哪裡？」

「隔壁客廳，正在打盹兒。我收到嚴格指示，不可以打擾他。」

「這種時候就由您負責業務？」

他抬起手，比了一個曖昧的手勢。

「所以我們最近幾年在電話中，都是和您交談？」

又是那個手勢，白色手掌包裹在黑色皮膚中。

「每次嗎？」

「有可能。布萊格—史密特先生最近這陣子有點分身乏術。」

埃里克森環顧房間。非洲人後面牆上掛著封鉛的雙管獵槍與來福槍，再上面是弓和箭筒與箭。旁邊兩支垂直掛著的矛，寬扁的雙刃矛頭尖銳如椎。一張小桌上放著挖空的犀牛腳，當成某種罐子使用，收集了不同形狀的狼牙棒。另一端的玻璃櫃裡展示了各式種類與功能的刀子。不，這裡不會是埃里克森想和人進行打鬥的地方。在這個競技場中，拿著可笑鐵鎚的他毫無勝算。

「所以我現在沒辦法和布萊格—史密特說上話嗎？」他問道。

非洲人搖了搖頭。「我們必須約明天。您覺得十點怎麼樣？那時他應該準備好了。」

埃里克森點頭。明天十點他早就遠走高飛了，到時他會拿著賣掉銀行證券的錢逃走。

「沒問題。好，謝謝您。請轉告布萊格—史密特，我很期待明天和他見面。」

非洲人站起來。「有什麼我能先轉達的嗎？大概想談哪一方面的事？」

「我們明天再談。沒什麼特別的。」

非洲人向他伸出手，但是埃里克森感覺很不舒服，故意視而不見，逕自走向露台門，再次道謝後，約好明天十點過來。

他的手還沒握上門把，非洲人已瞬間來到他身後，朝他的脖子砍下一記手刀。

埃里克森哀鳴一聲，立刻癱倒在地。

「你哪兒也不能去，因爲我不相信你。」黑人從牙縫迸出這句話：「說吧，你來此究竟有何目的？」

埃里克森想要說話，但是發不出聲音，脖子肌肉麻痺不堪，右臂也一樣。

非洲人正欲再給他一擊，卻見埃里克森左手輕輕揮了揮，表示要對方等一下。

埃里克森一感覺右臂灼熱，血液開始流動，便立刻拿出鐵鎚，猛擊非洲人的膝蓋。恐慌在他因久坐辦公室而軟弱無力、不再年輕的身體中引發出乎意料的力量。

埃里克森預料對手會痛得大叫，但是非洲人的腿雖然被打得轉向一旁，眼中反映出刺骨的疼痛，卻仍舊一聲不發。

非洲人依然默不作聲，抓住了埃里克森的脖子。埃里克森再度舉起鐵鎚，猛力朝勒住他的手敲下去，才得以脫身。非洲人倏乎彈開，手上鮮血直流，卻仍然咬緊牙關一聲不吭。

兩人的目光同時落在牆上長矛上。埃里克森好不容易才撐著身子吃力站起來，非洲人早已起身一跛一跛走向武器競技場。

非洲人雖然受傷，依然靈活得驚人，渾身散發超自然的能力以及空前未有的冷酷無情。埃里克森豁然茅塞頓開，明白了對手的身分。他是施納普口中所說的童兵。

他贏不了這場戰鬥。這一刻，他清清楚楚意識到自己體內發生了變化，一切全都崩落了。於是他停止掙扎求生，客觀、冷靜旁觀著對手從牆壁抓下一柄長矛。

「你從哪個地方過來的？你想要什麼？」非洲人把矛尖對準兩公尺外的埃里克森問道。

「我在卡勒拜克明德目擊了你對施納普和莉莎幹的事。把警察找來的人是我，還建議他們過來這裡察看。當然我無法篤定自己一定正確，所以搶先警方一步，過來警告布萊格—史密特，以免最後證實是我搞錯了。」

他的對手笑得很不自然。「你在講什麼鬼話啊？」

埃里克森搖頭又說：「你說得對。我來此是準備殺掉他的。你就是施納普告訴過我的童兵嗎？」

「不是，我是男孩。」

「那麼，再會了，男孩。」埃里克森忽然高舉鐵鎚擊下，同時往旁邊一退。

但是長矛仍然命中了他，刺穿左手手掌，穿出手背。

怪異的是，埃里克森一點也感覺不到痛楚。他抓住柄一把抽出來後，才感到傷口疼痛要命。雖然他的手爆出陣陣疼痛，依然立刻退到展示刀具的玻璃櫃，同時不放過非洲人的一舉一動。只見對方蹲下身撿起鐵鎚，一跛一瘸慢慢走來。埃里克森緊盯著他的咽喉。

非洲人其實應該毫不猶豫將鐵鎚猛力拋來，但他顯然無此打算，而是希望近身殺死被害者。

埃里克森用手肘撞破玻璃櫃，抽出一把長度和重量與鐵鎚差不多的刀。

但是他最後反而退向牆邊，因爲刀子拿在手裡和實際拿來殺人完全是兩回事。

就在此時，埃里克森的背部抵到了門把，非洲人也正好邁大步揮動手臂，直接攻擊他的喉嚨。

埃里克森這時恍了神，身體與精神宛如切割開來，身體和四肢，流血的手和手臂，全都沒有連結在一起。然而拿刀的手卻彷彿有自己的意志，保護著他的生命——他非但擋掉了直攻喉嚨的鐵鎚，還深深劃了非洲人拿鐵鎚的手一刀，割破手腕動脈，血液瞬間噴射而出。

非洲人大吃一驚，想要退後，但被血噴滿全身的埃里克森緊抓住他不放。鐵鎚哐噹一聲掉到地上。

埃里克森這時才看見對方眼中的瘋狂怒火。非洲人想用頭搥擊埃里克森的頭，但他往後仰得太猛，大力撞上了背後的門把，門忽地彈開，兩個人同時摔到隔壁房間地上。

年輕人躺在埃里克森身上久久不動。然後，他又掙扎著想咬埃里克森的脖子，卻見他動作逐漸緩慢，越發衰弱，最後終於動也不動。

埃里克森掙扎著大口喘氣。有好幾分鐘，他非常害怕恐懼和腎上腺素會導致心臟停止跳動，但是做了個深呼吸後，又恢復了反應能力，還有嘔心欲吐的感覺。他匆忙推開身上的死人，在地板上又躺了一陣子，眼睛直瞪著天花板看。

過了很長一段時間，他才翻身察看身邊的環境。

忽然間，一雙綁著鞋帶的登山靴映入眼簾，他的目光緩緩往上滑移。其實他早就清楚眼前的人只有可能是布萊格—史密特。所以現在換布萊格—史密特上場了？剛才的打鬥簡直是白費力氣。

埃里克森和幾分鐘前一樣，聽天由命，冷靜地旁觀一切，目光繼續在他的劊子手身上遊走。出乎意料的是，布萊格—史密特竟坐在輪椅上，而且眼神空洞。埃里克森大吃一驚。

他忽地站起身，差點在滿地鮮血中滑倒。

眼前這個人已經完全癱瘓，四周到處是藥瓶，窗台上甚至還有一包未開啓的尿布，桌子上滿是藥用酒精、棉布和醫院常用的拋棄式浴巾。

埃里克森彎身直視對方的臉。毫無反應。

然後他踩過非洲人的屍體，拿一塊棉布包紮自己的手，有兩根手指已經折彎，神經應該斷了。等他離開這裡，一定要找個醫生治療。

他的目光落在一份綠色檔案夾，上面寫著布萊格—史密特的全名和身分證號碼。埃里克森打開檔案夾，才看了第一頁，眼睛倏地訝異大睜。病歷表上實實在在記錄了腦溢血發生時的狀況，也標註著日期和確切時間：二〇〇六年七月四日。早在他們犯下詐欺之前，布萊格—史密特就已經發病了，這也是他從未親自參加過監事會議的原因。這些年他們全都是和男孩接頭。

埃里克森搖了搖頭。「若是你沒有陷入這種境況，又會發生什麼事？」他撫摸老人的臉說。多麼沒有尊嚴的可憐人生啊，悲慘又淒涼，死了或許還好一點。

埃里克森看了老人最後一眼後，開始一一察看屋內，最後找到了男孩的房間。房間裡不僅有打包好的行李，果然也有他要找的證券，整整齊齊地綁成一綑。

他拿起證券短暫翻閱了一下。要離開房間時，這才發現自己把地上踩得都是血腳印。回到布萊格—史密特房間後，在燭台旁發現一盒火柴。他若有所思拿起火柴盒，同樣也若有所思地站在輪椅上的癱瘓老人面前。他久久頓住不動，最後捂住老人的鼻子和嘴巴。整個過程毫不戲劇化，相當平和。

天啊，你這個可憐人，他心想。但是你不該再受苦，很快就可以解脫了。

最後他拿起藥用酒精，澆在兩具屍體身上。

他退後一步，打算丟出手中的火柴時，忽然發現了某樣東西。非洲人大大仰著頭，嘴巴大張，上顎黏著一副假牙。埃里克森花了好一點時間觀察死者，不得不驚訝這件事有多麼不可思議。接著，他當機立斷，從男孩嘴裡扯出假牙，放進自己口袋，然後拿出自己口中的假牙，裝進屍體的嘴裡。

他又拿另一瓶酒精澆注在非洲人身上，再往後退了幾步，將燃燒的火柴丟過去。一聲悶響後，立刻煙霧瀰漫，一道淡藍色的亮光吞沒了這個陳腐的房間，明亮如白晝。

第三十八章

左拉闔上手機，往後靠著椅背。

他剛才從接頭的人那裡聽到已成定局的話：「好好完成你的工作，否則下地獄去吧！」

這段話揮之不去，於是他縝密思索著幾個可能的腳本。

無論如何，他必須盡快採取行動，馬可帶來的威脅越來越嚴重。這孩子即使人在遠方，依然十分危險，尤其是親眼目睹自己將馬可爸爸推到公車前面之後。但是他有別的選擇嗎？一旦對方無法百分之百忠誠，他就必須畫下休止符——到最後當然也代表去除了惱人的累贅。

接頭的人說他必須做好自己的工作。眞是可笑，彷彿他們至今始終袖手旁觀似的。他們省吃儉用，也派出了全部人手，爲的就是要找到馬可。現在，他們很可能要重頭開始了……

沒錯，馬可搭上計程車往北駛去，但是誰知道之後會開向哪裡呢？兩分鐘後他可以請司機往東、往西、往南或者隨便在哪個路口轉彎，畢竟街道網絡無垠蔓延。但即使如此，最近才插手這件事的該死非洲人卻要求拿到線索。

他向坐在旁邊的克利斯點點頭。「打電話給皮寇。」

克利斯撥打號碼，二十秒後把手機遞給左拉。

「要皮寇聽電話。」他只說了這句。

等了一會兒，才傳來一口破英文。

「我不知道，在哪裡。之前在街角，現在不見了。和你的人談過，就在我旁邊，他是赫克特。就這樣。」

東歐人就是說不出一口漂亮的英語。左拉每次都被氣得半死。他闔上手機，拿給克利斯，眼神空洞愣視著布雷德街。

在黑社會打轉這麼多年，他學會了一個至高無上的原則：相關當局絕對不可以因爲他底下人的違法情事，追蹤到他頭上來。因此他才導入了這個電話聯絡系統；也因此，他才能保持清白之身，沒有案底，並同時賺取大筆財富。

電話聯絡系統運作非常簡單：除了他和克利斯，家族裡沒人有手機。他隨時可以聯絡上自己人，但是一旦有人被逮，沒有明確的證據可以追蹤，沒有會暴露醜聞的短訊，沒有郵件訊息，也不會發生手機被扣留，裡頭還有郵件訊息的危險。

此外，最近幾年他還建立了龐大的網絡，此次參與追捕馬可行動的東歐人，可以在任何地方將消息轉給他的家族成員。這套網絡在日常生活中運作相當良好，只是花了很多時間才將之融入日常。

如今這套電話聯絡系統反而麻煩又累贅。

「我們再等等，他一定會打電話來的。」克利斯說。

但是左拉沒有心情再枯等下去，馬可隨時會出手。警察找上了克雷姆，一切可都要歸功於馬可。只要這孩子仍舊逍遙在外，他們就沒有安定的一天。他怎麼還等得下去！

克利斯舉起手，不過左拉也聽見了來電鈴聲，手指一彈，要克利斯立刻把手機給他。

「我是皮寇，赫克特在我旁邊。」

「你們在哪裡？爲什麼我找不到你們？你從哪裡打的電話？」

「我在拉斯萊路。赫克特剛過來告訴我，羅密歐和塞穆爾沒有消息了。在北港也好一陣子沒看見他們，先是塞穆爾沒有回來，然後是羅密歐。左拉，情勢不妙。」

「什麼意思？快說！」

「條子去『黑鑽石』了。他們在寄物櫃前面抓走了他們兩人。」

左拉瞪著天花板。幹！局勢竟如此惡劣。

「怎麼發生的？」

「條子就忽然出現，然後把他們給逮走。」

左拉點點頭，半邊臉忽地變得冰冷。

「好，離港口遠一點。還有皮寇，車子去接人之前，你們先碰面，讓我們知道大家的位置以及發生了什麼事。如果有人看見非洲人，轉告他們，馬可搭車往北走了。把史塔克家的地址給他們。」

「為什麼？他可能出現在任何地方啊？」

「照做就是了。我們難道還有更好的選擇嗎？」

左拉掛斷電話，深呼吸了好幾次，然後按下克雷姆的號碼。每個星期四，蕾拉都會接待他。整棟房子瀰漫著誘人的蜂蜜味道，剛出爐的新鮮甜麵包香氣和美好的胴體。不過他現在有其他的任務要交代她，要她把值錢的貴金屬以及寶石打包。一切為了安全起見。

「我正想打電話給你，左拉。」她反而搶先說：「街尾那裡停了一輛車，而且停了很久，所以我帶著狗，假裝散步經過車旁。我想看看車裡是誰，是不是還有其他車輛莫名其妙出現在這裡。我走到省道，看見山丘頂上有好幾輛車子，還有一大堆穿著白袍的人，看起來很像是警方人馬。」

「哪個山丘？」

「欸，你知道的，就是馬可跑掉的那個山丘。你覺得他們在那邊找什麼呀？」

「不清楚。街尾那輛車呢？」

「還在，車裡的人只是坐著。」

左拉身子沉重地撐在扶手上。警方拘留了他手下兩個人，監視他的房子，在他們埋葬屍體的樹林那兒挖掘翻找。他媽的眞幹！

「別擔心，蕾拉，那和我們沒有關係。不過，妳還是收拾一下值錢的東西，好好打包收起來，以防有人過來搜查房子。」

她雖然遲疑不決，某種程度仍舊冷靜沉著。但是，一旦她知道家族面臨潰散崩解，左拉還殺了她的情人，情況將會改觀了。

他把手機還給克利斯，拉下車窗，希望車外溫暖的空氣能夠驅走他體內陡然降臨的寒冷。

二十多年來，他和這些稱之爲家族成員的人生活在一起，他們對他卑躬屈膝，爲他帶來出乎意料的成功，並創造巨大的財富。就算如此，現在的問題在於是否該解散掉他們了。

他看著自己的左右手克利斯，不論發生何事，克利斯總是無條件支持他。到時候，克利斯會是他最想念的人。

「給我雪茄。」克利斯照著做，同時也把打火機遞上前去。

左拉呑雲吐霧，享受熱帶原野的氣味，然後決定該動身了。南美洲。塞穆爾那個懦夫，不能信任他會閉上嘴巴。況且蕾拉若是發現他犧牲了她的最愛，難保自己不會在睡夢中被她刺死。

冷靜下來思考眼前的局勢後，事情其實不難辦：雖然必須放棄克雷姆的房產，但至少可以纏住條子，讓他們忙個一陣子估算房產價值。或許也不是壞事。

其他的財產全在蘇黎士等著他。多年來，他的收益全存入了一個戶頭，資產豐厚。一旦解掉帳戶，有兩種方法可以運用資金，不過他尚未決定哪一種：一是領走錢，遠走高飛到委內瑞拉或是巴拉圭享受生活，身邊美女圍繞；或者另外成立一個新的家族。但有一點他十分篤定，絕對不會考慮在丹麥這類冬季嚴寒陰暗的國家另起爐灶。他現在還有時間可以慢慢想，何況世界如此寬廣。

這樣一來，眼前的惡劣狀況對他來說也是好事。當務之急是要馬可付出代價。

左拉看著手錶。

再過半個小時，車子就要到市府廣場收取一天的進帳。逃亡需要現金，若使用信用卡，會和手機一樣留下討厭的蹤跡。

左拉趁著克利斯望向窗外時，打開置物箱，抽出始終放在裡頭以防萬一的僞造護照和三千克朗，放進自己的口袋。沒有理由驚動克利斯，引起他的不安。左拉最忠誠的助手若是察覺剛才的舉動，誰知道會有何反應？

「克利斯，我想自己開車。」他說完，準備下車與克利斯交換位置。

他的奴才雖然驚愕，但也早已學會別去質疑主子的指令。

左拉友愛地敲了敲克利斯的背部。

「聽著，克利斯，計畫有變。」

他要克利斯等下告訴在廣場等待的人今天搭電車回家，因爲他們要去保出羅密歐和塞穆爾。

左拉認識丹麥王國裡最優秀的律師，會僱用他來處理。沒有什麼事不在左拉掌握之中，就連碰到眼前這種棘手狀況也一樣做好了準備。此外，出於安全的理由，以及警方曾經上門到家裡，所以請他們當場先交出今日所得，放進克利斯的黑色袋子裡。

聽見左拉的說明，克利斯顯然深深感動於左拉的體貼與用心。兩人之間若不是卡著黑色袋子，他很可能會握住左拉的手親吻。

四點五十八分，他們抵達安徒生城堡前平日碰面的地點。後來事情的發展卻完全出乎左拉意料。

克利斯正一邊收下進帳，一邊解釋今天發生的事情，周遭忽然響起嘹亮的叫喊聲。整群人迅雷不及掩耳一哄而散，只剩下米莉安和另外一個女孩嚇得無法動彈，看著從四周冒出的一堆警察衝向自己。

左拉本能踩下油門，車輪失去控制，摩擦地面所發出尖銳聲響迴盪在廣場上。他腦子裡忽地閃過可以拿置物箱的現金買機票，一邊訝異警察竟然沒開著警車追上來。

他啞然大笑，命運竟如此眷顧著他，總是讓他逢凶化吉。這時，擋風玻璃驀地爆裂，一個沉重的東西猛力打到他的膝蓋。

一輛載滿鋼筋墊的拖板車從對向車道迎面開來。接著，他什麼也看不見了。

給計程車司機兩百克朗實在物超所值，他風馳電掣開上自行車道，直接讓他在希福牛排館門口下車。所以不到幾秒，馬可就攀過工地圍籬，進入建築群後面而沒被人發現，工人正陸續從前面入口下班離開。

馬可很清楚現在必須更加提高警覺，況且身上沒拿武器，絕對不要到處亂走。

他在二樓找到一柄木工鎚，鎚頭一面又沉又平，用來拔釘子的那一面則尖銳如矛，是個非常順手的武器。

馬可不再害怕。人之所以害怕和恐懼，是因爲想要活下去，相信自己擁有未來，而且身邊有重要的人。不過，憎恨會驅趕愛，同樣也會排擠恐懼。

這一刻，馬可全身燃燒著熊熊的仇恨。

左拉在他眼前謀殺了他爸爸。馬可知道自己若是不出現，不會發生這種事情，所以他間接也有責任。馬可的絕望無助以及出現在現場，促使他爸爸走出左拉的陰影，站在兒子這一邊。

馬可眺望天空。他的爸爸！如果他多麼渴望能夠親手觸摸爸爸，這股深切的渴望不住在心中洶湧翻騰。

然而，他最後撇開了這個念頭，仔細檢查前一天幫他逃脫的廢料滑槽。

滑槽當然是空的，非洲人應該是脫身了。雖然他心頭沉重，但是一想到那個場景，也不由得哼笑一聲。

走到四樓後，他才稍微感到安心。周遭安靜平和。大部分的人都下班了，只剩幾個工人在底下貨櫃裡忙碌著。

他如果在夜幕降臨前保持安靜，就可以在毛胚建築中再過一夜。追捕他的人當然也可能想到他或許會失去理智又跑回工地，但是他已做好再次面對敵人的心理準備。今晚若能安然度過，明天他就要到克雷姆找左拉算帳。然而，人算不如天算。

他拉過一塊水泥磚，緊靠著低矮的外牆，當做椅子，手腕靠在水泥牆上，感覺自己宛如一位國王，眺望著幅員廣袤的帝國，將長橋延伸到湖邊的美麗建築風光盡收眼底。

一轉眼就要五點了，克利斯將開著黃色貨車來接人。

還不見有人姍姍而來，反而是好幾個男人引起了他的注意。他們幾乎文風不動站在維斯特街的轉角和維斯特布洛街的另一邊，似乎全觀察著工地這邊。他們是來監視他的嗎？便衣刑警？但他沒看見他們之間熱絡交換著眼神，也不見他們的步伐控制得宜、夾克背後或者外套前面有凸起，或兩隻手插在外套口袋裡。不過，也可能是因爲從他這個距離看不清楚的關係。

這時，他看見了米莉安。她一跛一瘸地從法瓦街走近，另外還有兩個家族成員從徒步區過來。他們穿越廣場時，埋伏在轉角的人上半身不動聲色輕輕轉向他們。馬可現在十分篤定他們確實是警察。

現在輪到家族成員了，而始作俑者是他，因爲他把訊息全寫在罰單上。但是這不是他的意圖，事情完全走樣。這樣一來，被抓的不過是小嘍囉，根本逮不到左拉！

他眞想對米莉安和其他人大叫，要他們快逃。就在此時，黃色貨車從維斯特布洛彎進來，直直駛向那群人。

馬可希望他們一如往常打開車門，全部上車。卻見克利斯反常地從副駕駛座下車，和家族成員說話，似乎在解釋什麼。他手裡拿著一個黑色袋子，從上方這個距離望去，不見他臉上出現害怕慌張的神色。他爲什麼要站在那裡？爲什麼不趕快把車開走？坐在駕駛座上的又是誰？

這時，馬可看見以前的戰友將東西丟進黑色袋子。但刹那間，所有人忽地一哄而散，各自跑向四面八方。便衣刑警採取行動了。

克利斯轉向沒關上車門的副駕駛座，馬可頓時明白除了左拉，不可能有其他人會坐在駕駛座上。

馬可本能拿起坐在屁股底下的水泥磚，一等貨車輪胎嘎吱擦過地面亂駛時，使出全身的憎恨力量，用力將水泥磚丟過牆緣。他沒有辦法顧及是否會傷害到其他無辜的人。水泥磚丟出去的那一刻，馬可屏住了呼吸。

水泥磚似乎花了一個世紀才往下掉，最後砸碎了擋風玻璃，消失在馬可的視線之外。全世界似乎靜止了。只有車子繼續前進，往市政府的方向打滑，迎面撞上一輛正要開向工地的拖板車。

尋人啓事
Marco Effekten

貨車翻倒在一側，有一半消失在拖板車底下。

馬可往後退，跑到牆邊十公尺外另一個地方，躲在那裡觀察後續發展不必擔心被人發現。

底下圍觀的人錯愕地瞪著車禍現場。

有幾個人抬頭往上看。

馬可知道自己的逃亡生涯尚未結束。

第三十九章

「這件案子眞棘手。」阿薩德咕噥著。「我現在沒那麼不願意和南西蘭島和羅蘭—法爾斯特島的同事交換處境。」

「沒錯，這件案子越來越殘暴醜陋。」卡爾說：「施納普妻子的脖子被扭斷，他自己的咽喉被劃了一刀。究竟上哪裡找到有能力幹下這種暴行的人？我們知不知道埃里克森以前是否待過獵兵軍團或者這一類的部隊？」卡爾超過前面一輛頂多以四十公里時速緩慢爬行的車子。

阿薩德搖了搖頭。「他不是。在體能檢查就被剔除了，背部似乎有問題。」

「嗯，總之已經發布他的緝捕令了，我們再看看吧。」

這時衛星導航發出訊息，距離左拉手下聚集的市府廣場只剩下二十分鐘車程。應該勉強可以趕上。

「是蘿思出動偵緝隊的嗎？」

阿薩德豎起大拇指。當然是她。

卡爾開啓警笛和警燈，催動油門。

他在蒂沃利大門全力踩下煞車，然後車子半邊開上人行道，以免被市府廣場上的人看見。他們沿著牆邊跑向廣場，轉進街角時正好看見一輛貨車衝過馬路，迎面撞上對向車道一輛載滿鋼筋墊、正要駛往工業局大型工地的拖板車。

尋人啓事

Marco Effekten

隨之而來的場面混亂失控。他們這邊的街旁有兩個便衣，追逐著好幾個穿黑色西裝的傢伙，其他人則包圍兩、三個沒有試圖逃跑的女性。有兩輛車來不及煞車，直接撞上失事的車子。人們瘋狂尖叫，還有人咒罵警察。

不，這次的行動眞的無法讓羅森對他們讚譽有加。

「姓名？」

「米莉安．德拉波特。」

「職業？」

「我沒有工作，我在街上行乞。」

卡爾點點頭，他還沒見過有人能如此直言不諱說出這種事，令人欽佩。

「米莉安，妳從哪裡來的？」蘿思問道。

「北西蘭島的克雷姆。」

「啊哈，妳在那兒出生嗎？」

她聳了聳肩。「我沒看過自己的出生證明。」

好，這點說明了一切。

「妳的父母對此有什麼看法？」

「我不知道自己的父母是誰。我們很多人的遭遇都一樣。我們是個大家庭。」

蘿思和卡爾面面相覷。這位年輕女子意外鎮定，令人驚訝。

「我不會再說什麼了。」她又補充了一句。

卡爾把椅子拉近到她旁邊。她的眼睛很迷人，靈秀晶亮，特別清澈。她馬上就察覺到阿薩德坐在身後的桌旁，也明顯看出蘿思裝出來的親切和善意底下隱藏著鋼鐵般的固執。米莉安看出若有必要，蘿思會一直待著。總而言之，她很清楚自己沒有機會離開這個房間，重獲自由。

「我可以向妳保證左拉死在拖板車的車輪底下，妳也親眼看見那場事故有多嚴重了。這點能幫助妳鬆口嗎？」

米莉安把頭轉向一旁，臉上看不出任何反應。

「今天有個男人慘死在奧司特布洛，同樣死於重型車輛底下。他不知道從哪裡冒出來，摔在一輛公車前面。我們知道他也是你們的家族成員，幾天前我們到克雷姆找左拉談話時看過他。可以給妳看一下死者的照片嗎？」

她沒有回答，於是蘿思把照片推過去。

約莫過了半分鐘，她才升起好奇心，抬眼看著照片。

她的反應不太顯露在臉部表情上，而是更深沉，來自內在深處。她不由自主收小腹，微微傾身，挪動腳的姿勢。

「他是誰？」卡爾問：「某個妳喜歡的人。」

一樣沒有回答。

「我們會查出來的。警察總局裡還有你們家族其他人，我們可以問他們。」蘿思說：「不過大部分開口說話的人明顯是男性。爲什麼會這樣，米莉安？妳們女人害怕被打嗎？妳的腳傷是怎麼造成的？」

她始終不回答。

這時換阿薩德出面，他把椅子拉過來，挨著米莉安坐下，彷彿是樂於助人的律師，準備代替她回答問題似的。

「既然她不說話，你們何不乾脆問我呢？」他望向蘿思沉著地說。

蘿思秀眉緊蹙，不過卡爾點了點頭。試試又何妨？

「她不說話的原因是害怕被打嗎，阿薩德？」

「不是的。她害怕沒有歸屬，這就是原因。」

女孩轉過頭來，從一旁看著他。看不出來她是驚訝，抑或只是不太懂他的意思。

「除此之外，她還恐懼自己。」阿薩德接著說：「恐懼自己一直會是這樣子。而且除了他們所謂的家人之外，沒人希望和乞丐與小偷扯上關係。她害怕他們認爲她洩漏內情，但實際上她沒有。最後，她還害怕我隨時會打得她屁滾尿流。」

卡爾正想喝斥，隨即又察覺到米莉安的表情變了，眼神高度警覺。

「聽著……」蘿思也要開口反駁，但是卡爾把一隻手放在她肩膀上。

「阿薩德說得對，她的確恐懼著那些事，也害怕我們把她送到桑德霍姆外國人收容所，和那些知道她供出一切的人在一起。阿薩德，我現在比較了解她了。」

他轉向女孩。她握緊拳頭，大拇指塞在掌心裡。

「妳知道馬可是誰，對吧？」

「我說過我不會再多說什麼。」她的聲音很低，差點聽不清楚。

很好，她終於有點退讓了。

「蘿思，妳可以告訴我，我們能爲米莉安做些什麼嗎？也就是說，如果她幫助我們查出馬可發生什麼事情的話。」

蘿思瞇起雙眼。「米莉安若是不開口，我什麼也不會透露的。不過我想對阿薩德說，如果這女孩不幫助我們，馬可會被追殺至死。」

「妳的意思是？」

「我認爲米莉安十之八九知道馬可是誰，而且感覺和他很親近。這點我能理解，因爲馬可是個好孩子。」

卡爾飛快斟酌著眼前的情況。審訊這種藝術只有少數人有辦法掌握，他們顯然遇到了困難。即使他看不透阿薩德的意圖，不過他和蘿思一唱一和的表演很有意思。米莉安也逐漸明白，就算默不作聲，可能也無法倖免於外。

「我們早已得知妳和馬可住在一起。」蘿思繼續說下去：「左拉告訴我們，馬可是在你們那邊長大的。爲什麼妳就是不說？難道妳恨他嗎？」

「她並不恨他。」阿薩德回答

「那她爲什麼不肯回答？」蘿思問。

「因爲她……」阿薩德冷不防移動椅子，和米莉安面對面而坐，兩隻手捧著她的臉。「因爲她覺得很羞愧，這就是原因。」

差不多該出手了，否則很容易擦槍走火，卡爾心想。

但是阿薩德又一次大出他的意外。「米莉安，妳不需要覺得羞愧，別人才應該覺得慚愧。」在她掙脫之前，阿薩德緊緊抱住了她。「噓、噓。」他安撫她，一隻手愛憐地輕撫她的後腦。「妳現在自由了，不再需要向誰解釋，完全自由，米莉安。無需再行乞，無需再偷竊。如果妳能協助我們，一切都會好轉的，妳懂嗎？」

米莉安的雙肩漸漸下垂，努力克制著不讓眼淚掉下來。這個反應萬萬沒在卡爾的預料之內。然後她掙脫阿薩德，直視著他的雙眼。

「我最近在電影院前面遇到馬可，我打了他，正中他的臉。」她哽咽了幾聲，「我不想相信他，我不想。但我從他的眼睛看得出來他有多絕望。」

「相信什麼，米莉安？」蘿思握住她的手。「妳不想相信他什麼？」

「我不想相信會害我失去家園的一切事情。他剛才都說了。」她的頭朝阿薩德的方向一點。

「妳必須解釋一下。」

她抬起頭說：「剛才你們把馬可爸爸的照片給我看時，我瞬間明白一切都毀了，都失去了。」她指著警方翻拍的死者臉部照片。「噢，天啊，我現在都懂了。」

「這是馬可的父親？」

她點點頭。「在徒步區時，有個家人對我說左拉把某人推到街上去了。但是我不知道是誰，我以爲是馬可，他活該。」

「這種事沒人活該的。」

她又點點頭，垂下了目光。「我知道。」

卡爾向蘿思打了個暗號，要她放開米莉安的手，然後他把椅子直接拉到年輕女孩身旁。

「米莉安，妳可以告訴我們，妳現在知道『什麼』了嗎？」

「我現在知道馬可說的一切都是眞的。當初把我推到街上、害我被車輾過，最後變成殘廢行乞的人其實就是左拉。他還殺了自己的哥哥。馬可說左拉可能也殺了其他人，我知道他說的都對。現在我都知道了。以前我只是沒搞懂。」

卡爾手放到她肩頭上鼓勵著她。「請繼續，米莉安。把一切都告訴我們。」

她點了點頭。「有兩個男生，皮寇和羅密歐，有一天拿著一張照片回來。那是他們從某個房子拿來的。他們討論照片上的男人、他脖子上戴的非洲項鍊。那天稍晚，我看見照片，認出了項鍊。」

「妳認出了項鍊？」

「是的，我覺得那條項鍊很漂亮。之前我在他們拖回來的一個男人身上見過。那個人沒有意識，我以爲他大概是喝醉了之類的。但是我只看見項鍊，其他就認不出來了，因爲他們立刻把我趕到別的屋子去。我以爲他也有可能在省道上受了傷，然後他們想要幫助他。」

「那個人發生什麼事了？」

「我不知道。但是我想應該不會是什麼好事。」

「爲什麼妳覺得沒有好事？」

「因爲那天晚上我聽見左拉的車子開出去的聲音。左拉其實不喜歡這麼晚還出門，他寧願和他的女人之一上床。」

「那能證明什麼嗎？」

「不行，不過隔天垃圾桶旁有柄沾滿泥的鏟子，泥巴已經乾了，克利斯和左拉哥哥的靴子也都是爛泥。」

「所以妳認爲他們殺了那個人？」

「這個我不知道。但是我不相信他那麼簡單就死了。」她若有所思發起呆。「馬可一定發現了更多內情。」

「米莉安，妳推測的依據是什麼？」

「我想應該是那柄髒污的鏟子。」

「他們過了多久才回家？」

「他們很快就回來了，大概半個小時左右。」

「如果他們把屍體埋了，可能埋在山丘上的樹林裡嗎？」

她點點頭。

「嗯，我們可以證明，米莉安。那個人叫做威廉．史塔克，不過他現在已經不埋在那裡了。妳會不會知道他們可能把他移到哪裡？」

她用手背擦了擦鼻水。「附近有個礫石場，他們有時候會在那邊練習打靶，他們或許會到那裡……」

卡爾點點頭。「沒事了，米莉安，謝謝。我們從死者家裡拿了幾件東西，還有嗅覺敏銳的優秀警犬，一定可以找到他。」

「那我現在會怎樣？」她問道。

阿薩德起身，迅速離開房間，但是蘿思依然坐著沒動。

解答畢竟是她的強項。

「動機，阿薩德，動機是什麼？你看出其中的關聯性了嗎？大聲說出來吧。」卡爾請求說：「我們掌握了幾項線索，還有米莉安、羅密歐和馬可——雖然是間接得知——的說法。我們有兩個失蹤人口，威廉．史塔克和勒納．埃里克森，也知道死去的施納普和埃里克森彼此錯綜複雜的關係。在非洲還有另一個失蹤人口，以及偏僻地方的援助發展計畫，計畫並未出現具體成果。不管是人或事，埃里克森全都牽涉其中。」

阿薩德搔搔又長出鬍渣的下巴。「問題在於，網絡中的單一環節是如何銜接在一起的，對吧？先出現在沙漠中的是誰，雙峰駱駝還是單峰駱駝？你懂嗎，卡爾？」

「我們這兒的說法是先有雞還是先有蛋。不過，隨便啦。我們不假設整件事是從外交部開始的嗎？因爲這個埃里克森就像是項鍊墜飾，一切鍊環全都以其爲中心圍繞排列？我知道這個比喻有點蠢。總而言之，我們最大的任務是抓到這個埃里克森。」

「還有馬可？」

卡爾點頭。沒錯。馬可會躲在哪裡？

走廊上響起腳步聲，明顯是高登那雙大腳製造出來的噪音。

「蘿思不在辦公室。」卡爾看也沒看一眼就先強調。

「欸，這樣啊。不過我也有些事情想告訴你，卡爾。」

現在又怎麼了？這個竹竿還想再次炫耀自己又一次失敗的奇襲嗎？還是打算先爲自己沒有做好卡爾交辦的事情找藉口？

「我按照你交代的，又再次審核埃里克森的財務狀況，查出他最近賣掉了卡勒拜克銀行的證券，獲利一千萬。」

「你幾個小時前就報告過了。」

「是的，但是那時我們還沒講完，我還有其他事情要找你商量。總之我又繼續追查下去了。」

「啊哈，查了什麼？」

「我進一步研究卡勒拜克銀行的結構，發現監事會主席叫做顏斯·布萊格—史密特。」

「哎呀，監事會主席不外乎都是這類名字，總愛在名字中加個小小的橫槓，讓姓氏顯出氣勢，不是嗎？你究竟想說什麼，高登？」

「神祕難解之處來了。」

「天啊，在我們化成灰之前，有話快說可以嗎？」

「布萊格—史密特以前擔任過領事，曾經出任多個中非國家。」

「不會也包括喀麥隆吧？」

高登猛點頭，眼睛上方的瀏海像被強風吹拂的簾子。

「不可能吧！出任至喀麥隆的前領事、失蹤的埃里克森與死去的施納普，竟然都是銀行高層人員？」

「沒錯。」

「他家財萬貫嗎？」

「是的，卡勒拜克銀行的大股東。」

「你和他談過了嗎？」

「沒有，未經過你的許可，我當然不會這樣做。」

卡爾嘴角一揚。聽話的孩子，他還有得學，不過懂得尊敬是好事。

「阿薩德，馬上查一下布萊格—史密特是否在家。」

兩、三分鐘後，卷髮阿薩德回到辦公室。「有個叫莉絲貝的女子在我的電話答錄機上留言。她問：『卡爾，是你的手機壞了，還是沒興趣和我交談？』。」

眞狗屎，莉絲貝！

他從褲子口袋掏出手機，螢幕全黑，沒電了。很好的藉口。

「布萊格—史密特呢？怎麼樣了？」

「他住在倫斯登，我想我們得過去一趟了，卡爾。」

「爲什麼要過去一趟？」

「因爲他的房子燒了。」

他們遠遠就看見濃密的黑煙，宛如一條蛇蜿蜒在松德海峽上空。車子轉進一條平常應該很安靜的街道，映入眼簾的壯觀景象令人印象深刻：焦黑的水漫流在車道上，反照出十輛消防車的閃爍警燈。火災現場忙碌一片。

火球巨大噬人，曾經雄偉堂皇的建築，如今只剩下地基和回憶。灼熱的高溫融化了對面幾輛高級車的烤漆，樹上的葉子也全部燒焦。

卡爾手捂住臉，保護自己，然後敲敲現場負責人的背部。

「有人死亡嗎？」

「有，我們挖出了兩具屍體。」

「可以指認嗎？」

唯有經驗豐富的消防人員聽到這個問題，臉上會露出燦爛的笑容。「你得自己去察看那兩團硬邦邦的屍體，記得帶上幾個人和精良的顯微鏡。」

卡爾望向負責人所指的兩團東西，一團旁邊還有兩個輪子和一具變形的金屬架。

「其中一個坐輪椅嗎？」

「是的，應該就是屋主。有個鄰居說已經很久沒看見他了，他大概不良於行。」

「布萊格—史密特嗎？」

負責人看了看手中的報告。「是的，這裡寫著顏斯．布萊格—史密特總領事。」

卡爾看著消防人員熟練地滅火，煙霧飄湧，火海翻騰。他媽的，怎麼會突然發生火災？

「對於起火原因有任何想法了嗎？」

「現在還太早，不過現場有可燃液體，這點毫無疑問。鄰居說打電話叫消防車前，似乎聞到酒精的味道。」

「第二個死者是？」

「沒有概念，這個地址只登記了布萊格—史密特一個人。」

卡爾走向兩個站在自家花園鐵門後面的老人，彷彿站在那裡就可免受波及。

「太可怕了、太可怕了。」老太太不斷重複說：「太可怕了。附近的房子都可能被火燒到，你看看我們的賓士車。」

卡爾搔了搔脖子。布萊格—史密特看來不是他們的好朋友。

「是你們打電話叫消防車的嗎？」

兩個老人激烈搖著頭，彷彿表示「我們不才會幹這種事」。

「好，謝謝兩位。我們衷心希望手榴彈庫房不會朝這個方向爆炸。」說完，手指比了個頂帽致意的動作，然後就離開了。

「過來這裡。」阿薩德喊道。

他的頭朝一對稍微年輕點的夫妻點了點，這兩人也和剛才那對老夫婦一樣是當地的富有居民，光是太太花在臉上妝容的費用，看來便足以支付孟加拉一個中等家庭三個月的伙食費。

太太先開口說：「恩斯特察覺事情不對勁，因此我們決定通知消防隊。」

這句話裡缺了「刻不容緩」，否則句子就完整了，卡爾心想。

「我們已經都告訴警方了。」卡爾拿出警徽時，丈夫說道：「沒什麼好補充的。我們什麼也沒看見，什麼也沒聽見。我們這兒的人不愛探東探西。」

「眞是令人惋惜。你們和布萊格—史密特有接觸嗎？」

「以前偶爾在扶輪社碰到，最近幾乎非常、非常少了。雜貨店每天都會開車送貨來，把貨物放在車庫。不過說眞的，我們從來沒看過他把東西拿進去。他有點古怪。」卡爾點頭向他們道謝，然後拉走阿薩德。

「你和調查人員談過了嗎？」

阿薩德給了個肯定的答案。「因爲火還在燃燒，所以他們的收穫不多。」

「你查過那裡了嗎？」

卡爾指著一條狹隘的小徑，兩旁種著數公尺高的山毛櫸樹籬，將這條路上大部分的地產圍繞起來。

「我怕那邊太熱。爲什麼這麼問？」

「嗯，我們可以找住在後面幾棟房子裡的鄰居問話。」

「你其實只需要問那個人就可以了。」

卡爾的目光落在一個站在人行道旁，抓穩自行車把手的少年身上。他渾身散發出不可思議的魔力，火焰在他眼裡跳動，臉上反映著又紅又黃的色彩。

「阿薩德說你住在另一邊的房子裡。你今天是否注意到不尋常之處？」卡爾走向少年問道。

對方搖了搖頭。

「沒有人碰巧走在小徑上，或者從樹籬的洞鑽過來嗎？」

「樹籬沒有洞，那裡有道門。」

「你的意思是？」

「可以從我們街上那邊過來，穿越門進入別墅的花園。那個黑人都是這樣走的。」

「黑人？」

「是啊，他就住在別墅裡。」

「我們沒聽說除了布萊格－史密特先生之外還有人住在這裡，而你說還有一個人？」

「住很多年了。他都把車停在那邊一條小巷子裡，然後從後面回家。」

怎麼回事？但是，孩童和酒醉的人永遠只說眞話……

卡爾拿拳頭輕輕敲了少年肩膀，感謝他的訊息，好傢伙。

「我們過去看一下燒焦的屍體，我想我現在知道另一個死者大概是誰了。」他拉著阿薩德走向擺在樹籬前的焦黑屍體。

死者的肌肉多多少少被燒傷，其中一個人的指節上還黏著一點皮革，應該是輪椅的扶手。從縮成S形的身軀推測，火災發生時，這個人應該坐在輪椅上。

另外一個人只剩下燒焦的骨頭，固定著燒化的肌腱和焦黑的肌肉組織。眼洞是空的，臉部皮膚全沒了。不可能分辨得出來是黑人還是白人，是男抑或女。

「那是什麼？」阿薩德指著屍體的嘴，然後四下張望。附近沒有鑑識人員或者法醫。

接著，他毫不猶豫把手指伸進曾經是嘴巴的地方，將一團東西一推。

「我看過這副假牙。」阿薩德猛力敲著一個門牙說。卡爾訝異地點點頭。

卡爾不得不承認這具屍體無疑是埃里克森。

阿薩德在褲子上擦了擦手。「卡爾，你有什麼看法？」

「我的看法和你一樣，阿薩德。這兩人殺害了彼此。這件案子快要水落石出了。一旦刑事鑑識人員的報告和DNA分析出爐，勞森會同意我們的觀點的。」

第四十章

馬可感覺到無邊無際的空虛。還不過幾個小時前，一切是如此複雜混亂，同時又簡單無比。不，並不簡單，但是熟悉，極其熟悉。那時他還在逃亡，爸爸和左拉也仍活著，家族成員把哥本哈根的街頭變得危險不安全。現在爸爸和左拉都死了，家族裡有些成員也被逮捕。他離開工地以前，還看得見他們是怎麼被押走的。

他千頭萬緒，腦子裡不停冒出他不知道答案的問題：左拉已經不在人世，追獵他的行動如今會取消嗎？他們還有什麼理由要殺他？警方呢，仍在搜索他嗎？或者他們已經了解他和死去的史塔克一點關係也沒有？即使他的行動自由了，身上沒有錢、沒有目標、沒有希望，又該如何走下去？

悲傷和恐懼不斷侵蝕著心靈，讓人很難冷靜思考，做出清晰恰當的決定。

他應該再等個幾天，或許一切自然而然會有解答，搞不好還能拿到他藏在艾維和凱家壁腳板後面的錢。

他在湖邊會館前攔了一輛計程車，十五分鐘後，人已站在史塔克的平房前。他知道自己可以在這裡睡個覺、弄點吃的、歇個幾天。

計程車開走了，馬可的目光望向房子。屋前停了一輛老舊的馬自達，好幾捆黑色塑膠袋成排擺在一旁。有位婦人正好又拎了兩袋出來，開始把塑膠袋裝進車子裡。是蒂爾達的母親！

馬可倏地藏身一棵樹後。

如果蒂爾達也在這裡的話，就可以把一切都告訴她了。他是不是該直接走向她母親，趁機把握難得的好機會呢？

馬可遲疑地從樹後走出來。距離車子只有短短五十公尺，他的腳卻如鉛般沉重。他該怎麼說？從哪裡開始說起？該死，別人都是怎麼說這種事情的？

「你站在那邊盯著我媽做什麼？」一個少女的聲音在他後面喊道。

馬可嚇了一大跳，立刻轉過身，面前正站著蒂爾達。她的鞋子沾滿了泥巴，褲腳快要捲到膝蓋。

「看來我在湖邊等待是對的。你要做什麼？」

她的襯衫被風吹揚，頭髮沒有綁起來，看起來好似精靈，但是臉部表情嚴厲，拒人於千里之外。馬可沒看過她這副模樣，也沒預料到他們第一次見面竟會是這種場面。

「你是把照片給警察的那個人，對不對？」

他不解地看著她。

「你如果敢對我亂來，我會大喊的，懂嗎？」

他點點頭。「爲什麼我要對妳亂來？我只想和妳們說話，對妳講。」他準確地表達出自己的意思。

「爲什麼？」

馬可嚥了口唾沫，但是依舊感覺如梗在喉。他該怎麼開口？

「警察說你知道一些事情。你在哪裡認識威廉的？」她直接了當問道。

「我不認識他，但是我知道他發生了什麼事。」

蒂爾達努力想保持冷靜，但是體內卻在狂肆吶喊。世界上沒有一件事是她如此迫切想要知道的，也沒有哪件事會讓她如此恐懼難安。內心的激烈交戰反映在她的臉龐，馬可實在不忍心看下去。

她的聲音顫抖。「如果你不認識他，怎麼可能知道是他呢？」

「他的頭髮是紅色的，而且以前脖子上戴了一條很特別的非洲項鍊。我一看見妳尋人啓事上的照片，立刻就認出他了。我就是知道。」

她一隻手捂住嘴，另一隻手彷彿想尋找支柱似地不由自主前後擺動。

「你剛才說『以前』？」

沒有回頭路了。「我很遺憾，蒂爾達，他死了。」

馬可本以爲她會放聲尖叫，或者倒入他懷中，痛苦地猛搥著他。但是情況和他想的完全不一樣。她體內像是有什麼東西忽然熄滅了，彷彿能夠激發樂觀與生命喜樂、點燃希望的火焰熄滅了。內在完全崩解，沒有眼淚，沒有反抗，沒有憤怒，只有聽天由命的順從。

「你確定嗎？」過了一會兒後，她才輕聲問道。

「嗯。」

這時，她靜靜啜泣了起來。

「你可以扶我一下嗎？」她低喃說。

他扶著她的手。蒂爾達一邊聽他講述經過，一邊落淚。他向她坦白自己的爸爸也是謀殺她繼父的共犯時，眼淚同樣再也止不住了。他以爲她聽到這裡會把他推開，但她只是貼得更近，近到能聞到她的呼吸，感覺到她激烈的心跳。

「我……我知道，」她結結巴巴說：「我一直都知道他……已經死了。威廉不會就這樣丟下我們，我就是知道。」

「蒂爾達，我現在要先把第一批東西載過去。」房子那裡忽然傳來她母親的聲音。

蒂爾達掙脫他的懷抱，用袖子擦掉臉上的淚，請馬可先等一下。

「我留在這裡。」她回喊道，朝房子走了幾步。「可以嗎？」

「好。但是進屋等我回來，好嗎？我會帶點食物。妳想吃什麼？」

馬可看見蒂爾達渾身發抖，但仍控制了自己的聲音。

「隨便都可以。」

兩人揮手道別，等車子一開走，蒂爾達又轉回來看著馬可。

「我們要把東西搬走。警察幾天前來找我們，之後我媽就不想再把東西放在這裡了。」

「爲什麼？」

「他們說了和威廉有關的事情，她深深受到傷害。也說了和你有關的事。」

「和我有關？什麼事？」

「無所謂，反正不是這樣子的。他們還說他支出的錢很可能不是他自己的。可是我們就是不相信，他根本不可能隱瞞我們任何祕密。如果你認識他，而且來過家裡的話，馬上就會知道。」

「我進過妳家。」他坦承不諱。

他敘述自己掩不住好奇，從地下室爬了進去，最後還在屋裡過夜，並且發現了保險箱上的密碼。但蒂爾達的臉色越來越陰暗。

「你侵入我們家，我覺得很怪異。這個念頭讓我很困擾。我不知道自己還想不想和你說話，那樣做感覺就是不對。」

馬可點點頭，不再作聲。他能體會她的感受。

「然後呢？你有什麼話要說？」她追問著。

「我只是過來告訴妳眞相。妳可以去報警，最好找一個叫做卡爾．莫爾克的警察。他也來過這裡。」

「我知道他是誰。」她驚訝地說：「就是他告訴我們有關你的事。」

馬可錯愕地看著她，還來不及問她那個莫爾克說了他什麼，她就搶先提出了問題：「保險箱裡有什麼密碼？可以指給我看嗎？」

她躺在地板上，向上看著保險箱。

「A4C4C6F67。」她重複唸了好幾次，直到背熟了密碼，然後坐起身子，若有所思的注視著馬可。

「那是西洋棋的走法啊。」她最後說：「A4走到C4，然後走到C6，最後再到F6和F7。但是，爲什麼？那一點意義也沒有啊。」

她搖著頭。「我和威廉常常下棋，這種走法絕對沒有意義，你可以相信我。」

「我沒玩過西洋棋。那些表示什麼意思？例如C6？」

「是棋盤格。你想像有個棋盤，上面有六十四格。八行橫向，八列縱向。每個棋格有自己的名字，棋局從左下角那一個格展開。橫向棋格從左到右以A、B、C等字母命名，以此類推；縱向由下往上，是1、2、3、4到8等數字。」

馬可動著腦筋。「所以C6是左邊第三行，從下面數上來第六個了。」

「沒錯。但是就像剛才說的，如果密碼是棋子走法，就棋局來看是沒有意義的。」

「會不會和西洋棋的走法無關？數字和字母或許指的是其他東西？」

「你是說其他和西洋棋盤很像的東西嗎？有正方形和六十四格的東西嗎？」

他們面面相覷。兩個人不約而同想到了同一件事。

「露台上有多少石板？」馬可問。

蒂爾達拉著他的手穿越露台門。雖然夜色逐漸加深，但仍有微光照耀。即使如此，他們在數石板時，蒂爾達仍全身直打哆嗦。

「妳說得沒錯，這個也是八乘以八。」蒂爾達檢查露台旁的苗圃時，馬可說道。

「我們應該會需要這個。」她給他看一個剛才找到的白色石頭，可以充當粉筆使用。

然後她的手指數著石板，數到密碼中出現的數字與字母時，就在石板註明，Ａ４、Ｃ４、Ｃ６、Ｆ６、Ｆ７，一共五塊石板。

「現在該你了。」她指著Ａ４說。

馬可四下張望。

「那邊。」她指向一柄靠在自行車庫旁的鐵撬。

馬可拿鐵撬插入石板四周的縫隙，鬆動了Ａ４的石板。底下除了昆蟲和土壤之外，看不見什麼東西。

「再挖深一點。」

他才把鐵撬插進土裡，就感覺遭到了阻力。

「小心！」她激動大叫：「用手！」

馬可雙膝跪地，從石板底下拿出了一個平時用來保存沒吃完食物的塑膠盒。現在連馬可的脈搏也加快了。他打開盒子，裡頭有兩個金戒指，一條珊瑚項鍊和同款手鍊與耳環，以及兩個不同大小的法國菊胸針和一張磁碟片，上面以大寫英文字母寫著：「退休基金之國際展望：退休收入保障與資本市場」。

馬可一頭霧水。首飾不值幾個錢，磁碟片上的字也看得他如墜五里霧中。

蒂爾達過了一陣子後才有辦法開口說話：「媽媽說他應該和一切都切割掉了。但是有一次我病得很嚴重，覺得自己要死了，那時威廉告訴我，等我以後結婚，要戴上他母親婚禮時配戴過的首飾。而這個……」她把磁碟片緊緊貼在胸口。「我知道他爲什麼沒有寫完博士論文，都是因爲我生病的關係，他沒有時間寫。你看，他……」

她再也控制不住眼淚簌簌落下。馬可不知道該怎麼做才好，最後把手放在她的肩頭上，讓她盡情哭泣。

蒂爾達稍微鎮靜後，凝望著馬可的雙眼。「我可以想像他也許日後還想再努力一次，所以將論文和要送給我的首飾一起藏了起來。」只見她又搖了搖頭，擦掉眼淚，直起上身說：「來吧，傷心也沒有用。我們把其他的石板也挖開來吧。」

十分鐘後，他們打開了其他的塑膠盒。C4石板底下是本筆記，C6下面是一堆帳戶明細表，F6是上頭寫著「遺囑」的信封，F7則是個檔案夾，用粗黑字體載明「巴卡計畫」，裡頭有許多紙張上方都印著外交部的稱謂。

蒂爾達翻開筆記，立刻認出威廉的筆跡。她瀏覽著第一頁，手指一邊按摩額頭。

馬可看見她的眼裡又蓄滿了淚水。

但她始終只讀著第一頁，每看一次，臉色越發蒼白。

「妳不看看其他頁寫什麼嗎？」

她搖頭。

「怎麼了。妳不舒服嗎？」

她點了點頭，不發一語。

他們於是在露台上靜靜坐了一會兒，然後她把筆記又放回塑膠盒子裡。

「警察說得沒錯，威廉侵占了許多錢，全都記載在裡面。」她咬了咬嘴唇。「我知道他都是爲了我。但現在再也無法和他討論這件事情了，我覺得好遺憾。」

馬可能體會她的感受，這種心情他再熟悉不過。

「其他東西呢？」

蒂爾達拿起原本放在C6底下的帳戶明細表翻閱，接著嘆口氣，又放了回去。「一樣的。是匯款單，這事的的確確是眞的了。」

「貪污的匯款單嗎？」

「是的。我想他拿了錢之後轉到自己帳戶，支付我的住院醫療費用。我還清楚記得那些醫院，有些甚至連日期也沒忘記。」

「他眞的很愛妳。」

「是的。」

馬可眼睛望向其他地方。她是否知道自己有多幸福？

「馬可，你可以打開那個嗎？我沒有勇氣。」她指著「遺囑」信封說。

馬可拿出信封中的文件，寫在公證人的信紙上，最上方載明著「遺囑」兩字，並蓋上了紅色印章。

「他在遺囑中將一切都留給了妳和妳母親。」

蒂爾達閉上雙眼。

馬可尷尬無措，於是拿起放在F7石板下面的檔案夾，一直等到她用手背擦掉眼淚。

「妳知道這是什麼嗎？」

「從他辦公室拿回來的文件。我想巴卡計畫是他最後負責的工作。」

「爲什麼要放在這裡？這應該不像其他東西那麼重要吧？」

她聳聳肩。「我也沒有頭緒，或許我們最好把文件交回外交部。」

這時屋前傳來車子停下的聲音。

「應該是我媽。可是，她爲什麼沒有直接開進車道？」

「妳要把東西給她看嗎？」馬可問道，不過蒂爾達卻急著把東西都放回盒子裡。

「不要。」她搖頭說：「你可以把盒子放回去，將石板恢復原位嗎？我先去告訴她說你人在這裡，然後再叫你來，到時候你把告訴過我的事情再一字不漏對她說。」

馬可惶惶不安點了頭。他很害怕她母親的反應。

蒂爾達一離開，他趕緊動手放入東西，重新擺好石板，然後將鐵撬放回車庫旁，努力讓現場看起來和先前沒有兩樣。最後他轉身面對露台，滿意地點了點頭。他甚至用鞋尖擦掉蒂爾達寫下的粉筆字，不過沒辦法完全清除乾淨。即使如此，應該沒人會注意到。

街道那邊傳來好幾聲喇叭。是蒂爾達要我過去的意思嗎？馬可拍拍手，小心翼翼繞過房子走到前面車道入口。他只看見車子後部，不確定是不是瑪蓮娜的車。

樹籬那兒驀地傳來蒂爾達的喊叫，馬可還來不及反應，一個年輕黑人忽然猛力衝向他，衝撞的力道太大，使得兩個人一起向後翻倒，頭部砰一聲雙雙撞在自行車庫的木板上，隨後同時跌倒在地。馬可眼前亮光一閃，攻擊者把手往後大幅一揮，他這才看見一把刀往他手臂砍來。

「救命！」馬可尖叫，膝蓋一把撞向攻擊者股間，然後立刻滾到一旁，吃力地站起來。「救命啊！」

但是對方也立刻站起身。兩人氣喘吁吁彼此對峙，四下聽不見一丁點聲音，沒有任何鄰居有反應。馬可現在認出對方了：狂野的眼睛、白色疤痕，還有那把刀，正是和他在工地以同樣姿勢對峙的黑人，也是滑下廢料滑槽的那個。

馬可又大聲呼救。隨後往車庫方向縱身一跳，對手這時又揮刀攻擊，卻砍到苗圃邊緣，腳底踉蹌一絆。馬可利用這個一閃而過的短暫機會抓起鐵撬，大手一揮，使勁打向對方的左肩。黑人慘叫一聲，刀子掉在地上，手捂著鮮血直流的傷口。他痛得僵住無法動彈，憤怒自己無力攻擊，瞪了馬可幾秒後，逃回等待著他的車子上。

馬可追上去，發現蒂爾達在後座上，被一個胖得驚人的眼熟女人緊緊抓住。他正要拔腿追過去，忽然響起一聲槍響，子彈射入他身後的牆面，陡然阻止了他的腳步。

馬可上氣不接下氣，立刻躲到屋角找掩護。現在他害蒂爾達也陷入險境了，情勢令人絕望。如果他暴露自己，他們一定毫不猶豫殺了他。但是他還有其他選擇嗎？

於是他深吸一口氣，用英文大喊道：「放她走，我會過去！」

他小心翼翼從屋角探出頭看。肩膀受傷的傢伙在車子裡比手畫腳，也許正在說服其他人趕快帶他去治療傷口。剛才開槍射他的人顯然是司機。接著，後座那個胖女人冷不防用力揍了司機後腦杓一拳，不過他只花了幾秒便很快回神，油門一踩，揚長而去。

馬可從後面追上去，想要記下車牌，但是車牌被刻意弄髒，模糊難辨。車子忽然在一百公尺外停住，有個東西拋了出來，掉到街道中央。隨後車子加速離去，沒多久就不見蹤影。

馬可整個人僵住。蒂爾達和她母親因爲自己的關係而變得更加不幸了嗎？他和爸爸以及左拉難道是她們的詛咒嗎？

他的腦筋一片空白，腳步躊躇，緩緩地走向地上那個小物品。這是從蒂爾達身上切下來的東西嗎？

鈴聲驟響，是手機。

「喂？」他猶豫說道。

「如果你不交出自己，我們會殺了她。」女人說著英文。

馬可背脊一陣發冷。「左拉已經死了，你們現在還想要我做什麼？」

「他還沒有付我們費用。」

馬可雙肩頹喪垂下。「我剛才是想要交出自己的，你們爲什麼沒接受？」

「我們現在有其他顧慮，始作俑者是你。」

「我要和蒂爾達講話。」

「進行人質交換時，你會看見她的。我會再打電話告訴你地點。如果你報警，她就會沒命。到時我們若是察覺事情不對，她就別想活著了。」

「好，可是我……」

「我會再打電話。」說完就掛斷了。

馬可對著手機大喊，但是已經沒有回應。

當世界崩裂成數百萬的小碎片，人才會看清災難的個別本質，但災難的規模這時已經嚴重到無法測量。九一一發生時，雙子星大廈裡的人和事件目擊者應該也是類似的心情。在這一刻，馬可無能爲力地站在街道中央，理解到最近發生的事件不過只是不幸事件長鏈的另一個環節，而最後一個環節很快就會被嵌上。

馬可心裡明白一定要犧牲自己，他別無選擇了。他不可能弄得到一把槍。要上哪兒去找槍？又有誰會賣給他？更何況他一旦反抗，蒂爾達就會有生命危險。

有輛車從路口轉進來，直接朝他駛來。他不情願地退到路旁。

「你瘋了嗎！」駕駛把車開到他旁邊，降下車窗說。是蒂爾達的母親。是他現在最不想見到卻又是最重要的人。

「他們綁走蒂爾達了。」這是他開口的第一句話。

瑪蓮娜．克里斯多佛森臉上血色盡失，有一陣子似乎嚇呆了。「快，上車！」她終於喊道，聲音裡盡是擔憂。「我們去找警察。」

第四十一章

「卡爾，你可以過來審訊室一下嗎？」阿薩德在電話中說道：「我有好玩的事情要讓你知道。」

「好吧，雖然我今天再也沒啥力氣受得了什麼好玩的事……」卡爾哀嘆一聲，把蘿思整理給他的布萊格─史密特眾多銀行交易列印單推到一旁。

「我兩分鐘後過去。」他掛斷電話，再一次叫了蘿思。

他媽的這女人上哪兒去了？

即使她沒有找出他請她查詢的所有文件，現有資料也已經清楚顯示最近幾天發生的事件背後隱藏著什麼樣的陰謀，那就是金額龐大的詐欺事件。事涉丹麥對外援助發展計畫的預算被轉到最近往生的幾個人戶頭裡。簡而言之，這件案子實際上應該由經濟犯罪小組負責調查。相關資料豐富繁多，值得繼續追查。

卡勒拜克明德的施納普夫婦謀殺案和發生在倫斯登的火災，都不屬於懸案組的偵辦業務。然而，他們或多或少都涉嫌威廉．史塔克當年所遭遇的事故。

卡爾研判史塔克若非知道太多內情，就是深陷黑市貿易而無法自拔。總之，他們現在十分篤定史塔克已經死了。不管他當時幹了什麼壞事，如今都已是其次。

對卡爾而言，史塔克案已經結束。早晚會簽發史塔克的死亡證明，也許未來某個好日子裡會有隻狗或某個童子軍發現他的殘骸，讓瑪蓮娜．克里斯多佛森能夠按照規定將之埋在土裡，甚至還能立個墓碑。從此以後，她或許就能好好繼續生活下去。

只有他還停滯在原地。他不知所措瞪著兩張寫著電話號碼的便條紙。一張是夢娜辦公室，另一張是莉絲貝。依他目前的狀態，實在沒有辦法做出決定。

「你看見現在多晚了嗎，卡爾？」

他先看了站在門外走廊上的蘿思一眼，然後再看看時鐘。快要七點了。

「商店關門之前，我必須趕快離開。你還需要什麼嗎？」

「不用了，謝謝。我剛要上樓找阿薩德，他正在審訊左拉一位年輕的成員，說有好玩的事情要告訴我們。然後我就要下班回家。」

「吶，祝你玩得開心。不過你回家之前，必須再下來一趟，我也有東西要給你。」

卡爾嘆了口氣。蘿思的腳步聲迴盪在走廊上。他必須在半個小時內處理好所有事情，眼前兩張紙條不容許他有任何拖延。

他目光猶豫不決地在兩個電話號碼之間來回，兩者無疑都有令他難以割捨的地方。

「卡爾，這位是赫克特。赫克特，說聲：『你好，卡爾』。」

卡爾點頭打招呼。沒有必要一身敵意。這傢伙看起來反正也比較軟弱。

赫克特向他伸出手，故作姿態。

「現在怎麼樣？」卡爾在桌旁椅子坐下。「沒有上手銬？我們可以信任你嗎，赫克特？」

對方點頭。

「赫克特是家族年輕成員中年紀最大的。」阿薩德說明，敲了敲那傢伙的肩膀。「大家都視他爲左拉未來的接班人。但他人現在坐在這兒告訴我，他這輩子都夢想要離開左拉。」

卡爾注視著阿薩德，勉強擠出一個難以察覺的微笑。「因此，如果赫克特眞的離開左拉的話，你承諾他可以拿到永久居留權，對嗎，阿薩德？」

他的同事賊笑地豎起大拇指。「你很懂。」

這個不知長進的傢伙！

「赫克特，把你之前告訴我的事情說給卡爾聽。」阿薩德又看著卡爾。「聽好了喔。」

年輕小伙子一身西裝，英挺優雅。如果阿薩德的承諾能夠兌現，赫克特至少不會因爲外表的關係而無法融入丹麥社會。北國人民若有十分之一人口——不包括卡爾自己在內——能夠像這小子一樣衣裝筆挺高雅，丹麥王國將可超越時髦的義大利人和法國人榮登時尚前茅。

「我剛才說今天發生了兩件可怕的事情。」赫克特說得一口流利的英文。「左拉在奧司特布洛親手殺了自己的哥哥，這是其一。當下我立刻明白，他對親人都能下此毒手，可見家族中沒有人可以安全無虞。以前我眞的相信在他的保護下，至少自己很安全。第二件事和非洲人有關。我親眼看見那些黑人將兩個傢伙揍得昏迷不醒。我想被打的應該是愛沙尼亞人，他們其實已經相當強悍了。黑人眞的嚇得我心生恐懼，因爲他們非常年輕，眼睛冷透如冰。而現在他們在全城裡尋找馬可的下落。」

卡爾皺著眉頭聆聽。他只要再進一步釐清兩件訊息，這個案子就可以永遠結案了，結束，終了。下班。

「他們爲什麼要找馬可？左拉已經死了，不是嗎？」

「他們是職業殺手。要維護名聲，就得完成受委託的任務。」

職業殺手？在哥本哈根？

「你知道馬可會藏在哪裡嗎？」

赫克特聳了聳肩。「馬可非常擅長捉迷藏遊戲。」

「卡爾，你聽見了那兩個傢伙從哪裡來的吧？」阿薩德插嘴說。

「當然。」進一步釐清這詭異的情況對他而言是第二件事。

「那些人從不談論自己。」赫克特喝了一口阿薩德遞給他的水後又說。這是乏味單調小房間裡的唯一享受。「因此我們沒人知道誰委託了他們。無論如何絕對不可能是左拉，他根本不喜歡和黑人扯上關係。」

卡爾向阿薩德打了個暗號要他一起走出審訊室。「你有什麼看法？」

「我有什麼看法？派駐中非國家的前領事同時也是銀行監事會主席，而銀行董事長是死去的泰斯．施納普。有個人從非洲回國後便消失了。在非洲也有人下落不明。一個神祕的非洲鬼魅住在領事的房子裡。非洲援助發展計畫的經費被侵占貪污。外交部一個高級官員和前領事死在一起，那個人還負責授權經費，檢核資助計畫的推動。在哥本哈根還有幾個非洲人橫行，以及像赫克特這樣被嚇壞的人。」

卡爾點頭。「我的看法和你相同。這件案子裡有太多非洲元素了。不過能回答我們一切疑問的那個人，很遺憾已經躺在法醫的小屍袋裡。但我們還有一個問題，對嗎？」

「可以這麼說。」

「聽著，阿薩德，你今天已經幹了第二次了。你不能隨便憑空承諾接受審訊的人。」

卡爾搖著頭在辦公桌後坐下，打開電視ＴＶ２頻道，新聞或許會報導今天的逮捕行動。

「爲什麼不行，卡爾？我覺得比嚴刑逼供好多了。給人甜頭這個選擇總好過拿鞭子打。」

「你的意思是如果沒機會給出承諾誘使他們上鉤的話，你可能會拷問他們嗎？」

「卡爾，拷問又是什麼意思？那難道不是包含多種可能嗎？」

好一會兒時間，兩人只是彼此對視，誰也不打算深入這個話題。

「我已經知會樓上暴力犯罪小組了。」卡爾說：「最近幾天，伊斯德街除了毒販之間的一般爭吵之外，沒有線索指出非洲人曾經參與暴力犯罪。我們接下來要怎麼辦？總不能上樓向羅森報告含糊不清的內容吧。說有兩個身分不明的非洲人要傷害一個我們找不到的少年？你能想像嗎？我們這個專門調查令人矚目陳年案件的特殊懸案組，竟然無法解決、無法偵破、無法結束這件案子？我們的相關人員全都死了，左拉、埃里克森、布萊格—史密特、施納普，當然還有史塔克。」

「哎呀，卡爾，你知道嗎？沙若是躺在沙丘上，你就找不到駱駝的……欸，那句話怎麼說？」阿薩德一臉困惑。這絕對是他的駱駝故事第一次被卡住。

卡爾從菸盒拿出一根菸，眼前還是那兩張電話號碼，不需要再等多久，他的人就會開著車行駛在省道上了。他媽的，他該怎麼選擇？

「嗯，如果沙躺在大……」

冷靜觀之，夢娜應該不會有太大興趣，若是他決定打給莉絲貝，是否表示夢娜從此永遠退出他的生命？他真的希望如此嗎？

「好，我知道了。如果沙子堆積在沙丘上，你會找不到駱駝，不過一旦刮起了風，就能看見駝峰了。怎麼樣，不錯吧？」

卡爾滿臉倦態看著他說：「然後呢？」

「哎呀，如果不稍微刮點風，怎麼看得清楚整體真相呢？我想要說的是，如果我們不製造一點風，怎能確定案子偵破了？」

「對，但是現在風並未刮起，一丁點都沒有，況且我們需要的可能是場暴風。而要暴風吹襲，我們卻沒有足夠的人手。你不認爲我們應該讓駱駝稍微在沙丘上等一下嗎？」

「卡爾，我覺得你了解這個寓意唷。沒錯，正是如此。我們必須等待暴風自動刮起，對吧？」

卡爾點點頭。眞是了不起的寓意。不過，至少能讓他把腳擱在桌上，無所事事輕鬆一陣。

「好，現在我想抽根菸，看一下新聞。蘿思如果十分鐘內沒出現，我就要下班了。」

他拿出第一根菸，呑雲吐霧，感覺到尼古丁振奮精神的作用。棒極了！香菸整天躺在桌上等待著他，而現在……

「立刻把菸給熄了！」

蘿思帶著他從未在她臉上看過的最溫暖笑容現身門口，將手中的白色紙袋晃了晃。原來她去了一趟麵包店。

「孩子們，我帶了點東西給你們。置身一團混亂情況中，想必你們一定忘記明天放假啦，所以我帶了甜麵包來。」

她打開紙袋，辦公室裡立刻香味四溢。

「好吃。」口水直流的卡爾不得不承認。

電話鈴聲忽地響起。

「警衛室這邊有兩個人要找卡爾．莫爾克。要送他們下去嗎？」

馬可心裡惶惶不安，甚至比待在外面街道上還要害怕。在外頭他還有機會自由行動，在這裡卻哪兒也不能去。警察總局誇張的牆壁夾得他喘不過氣，內部比外部看起來更像一座碉堡。更糟的是，他們被帶往地下室，要離開的話顯然只能循原路回去。他感覺自己像被逼到牆角的老鼠，四周都是拿著短棍要毆打他的人。

蒂爾達的母親停好車後，就沒有放開過他，他自己的恐懼也未曾因此稍減。反而相反。開車到總局的途中，她一會兒哭泣，一會兒哽咽、發抖，一會兒又高聲罵他。她的情緒波濤洶湧，竟還能集中注意力開車，實在是奇蹟。

馬可能夠體會她的心情，畢竟他在路上把一切都告訴她了，發生在蒂爾達身上的事情、黑人和他們的威脅，以及史塔克的遭遇。那是如此痛苦、如此令人恐懼。

但是等他們走向最近幾天與他有關的三位警察的辦公空間，瑪蓮娜忽然癱軟無力。

馬可知道自己身為自由人的時間不多了。即使他僥倖逃過與黑人的交易，活了下來，有關當局顯然也會將他驅逐出境。而他能到哪裡去呢？

一想到這裡，他的心情便陰鬱沮喪。這時，他和蒂爾達的母親走到了卡爾．莫爾克的辦公室，看見了完全出人意料的景象：牆上的平面電視播放著新聞，莫爾克和他兩個助手圍坐在一張亂七八糟的辦公桌旁，大口吃著東西。整間辦公室瀰漫著甜味，氣氛愜意舒適。轉過來看著他們的三張臉雖然露出訝然之色，卻不無親切和善。

等他們三人明白來者何人後，陡然彈了起來，彷彿經歷了一場驚奇。

「你就是馬可，對吧？」卡爾．莫爾克趕緊奔過來。他人高馬大，突出於馬可之上，滿面笑容向馬可伸出長長的手臂。

馬可的心臟噗通噗通跳著。這位就是他想要逃開的那個人了。莫爾克臉上的笑容倏忽消失，目光變得嚴肅。那人忽然抓住馬可，彷彿要把他的骨頭捏碎了似的，一把抱高他。

「謝天謝地。」他終於又說，然後緊擁了馬可一下。「幸好你毫髮無傷。」

他把馬可放回地上，傾身對他說：「我們有很多事情想問你。你願意告訴我們嗎？」

馬可點頭，但始終大氣不敢喘一下。這個人抱著他，顯得如此真心，而且打從心底高興看見他。他完全沒想到事情竟會如此發展。如果他不好好克制一下，眼淚就要奪眶而出了。

「好孩子。」叫做阿薩德的深膚色男人邊說邊摸摸他的頭，甚至那個濃妝艷抹的女子也慈愛地對他微笑。

「謝謝妳帶他過來。」莫爾克說。

瑪蓮娜先點了個頭，隨即忽然脫口而出：「發生可怕的事情了……」

「怎麼回事？」莫爾克立刻提高警覺。

這是個簡單的問題，不過瑪蓮娜卻渾身不住發抖。她淚流滿面，努力敘述事發經過，講得斷斷續續，馬可看得出來三個警察聽得很辛苦。等她講到有兩個非洲人跟蹤馬可，最後綁架了蒂爾達時，三人全都僵住了。

叫做蘿思的女人請瑪蓮娜坐下。莫爾克一隻手放在馬可肩上，愛憐地輕撫著，就像馬可爸爸以前偶有的動作。莫爾克副警官接著全神貫注在蒂爾達的母親身上。

馬可不住打哆嗦，腦裡千頭萬緒，心中感慨萬千。這些人怎麼忽然對他這麼好？

阿薩德提議泡茶喝，但是莫爾克拒絕。他在蒂爾達的母親對面坐下，握住她的手。她終於稍微冷靜下來，說話也比較有條理了。蘿思和阿薩德站在一旁交頭接耳。

莫爾克背後的電視上，有個主播正在評論今日市府廣場前的警方逮捕行動，畫面底下有一行跑馬燈，註明警方破獲了北西蘭島一個多年來在哥本哈根橫行搶竊的竊盜集團，此次行動逮捕了許多犯人。

然後畫面一換，出現了逮捕行動。有許多警察正在制服一位強烈反抗的年輕人，那是皮寇。
莫爾克一臉凝重看著馬可。「我可以看一下他們丟給你的那支手機嗎，馬可？」
那是支簡單諾基亞手機，曾經是五、六年前最流行的機型。馬可扒竊過上百支同款手機。
他把手機拿給莫爾克，對方徹底將手機檢查一遍。手機背面有人拿簽字筆在上面寫了一個號碼。大概是某個人破解了手機密碼，然後賣到黑市後寫上的。沒人比馬可更清楚這款手機在哥本哈根有多普遍。
「蘿思，撥一下這個號碼。」莫爾克指著手機背面說：「也許是這支手機的號碼，也可能是其他的，幸運的話，或許是我們要找的人。」
蘿思撥打了號碼，下一秒卡爾手中的手機隨即響起。
「好，那就清楚了。不過，查一下綁架者撥過來的號碼，看起來像是非洲國家的國碼。」
蘿思看了一眼手機螢幕，然後離開了辦公室。
他們又安撫蒂爾達的母親，讓她冷靜下來，但是她的雙手仍不由自主顫抖著。
「馬可，你還好嗎？」莫爾克問。
「嗯。」他點頭。
「我們一定會救出蒂爾達的。」莫爾克強調說。
蘿思又回到辦公室，開口說：「那是象牙海岸的國碼。不過我們沒辦法繼續追蹤下去了，號碼登記的名字是假的。」
「噢，天啊。」蒂爾達母親低呼一聲。
就在此時，蘿思手中的手機短促響了一聲。
「是簡訊。」蘿思看著螢幕說。

「寫了什麼？」莫爾克問道。

「克里斯欽自由城，大麻街，晚上八點。上面寫說要馬可一個人前去，否則……」

她注視著蒂爾達的母親，頓住不再說下去，然後把手機拿給馬可。

他們還剩下二十五分鐘。

第四十二章

對卡爾來說，克里斯欽自由城是個熟悉的老地方。那裡沒有一條小巷窄弄是他以前沒有踏過的，龍蛇雜處的無政府綠洲中沒有一棟屋子——當時好天眞——沒涉足過。那時他還是一個剛從于特蘭鄉下上任的菜鳥巡警。

和平方舟、跳蚤、歌劇院、尼莫蘭、大麻街、灰色大廳、綠燈區、陽光麵包店，他和每一個名字之間都牽連了一件特定事件。因此卡爾這一刻心裡有數，他們的任務有多艱難。

站在自由城對面，他心中百感交集。從一個警官的角度看來，這裡是各色流氓無賴的避難所；另一方面，在這裡能呼吸自由的空氣，回到哥本哈根仍然隨處可見嬉皮、主流意識尙未到處充斥的時代。他始終認爲克里斯欽是連結首都古老風情的臍帶，連結了像飛鳥一般自由的想法。克里斯欽的居民成功地將醜陋的老舊軍營改變成據說是丹麥最受歡迎的觀光景點，但在他眼裡，這不過是騎自行車代步、有環保意識的次文化發電廠。

克里斯欽也是爭論無休的難解例子：是否應該管制自由，或者讓公權力恰當地介入？幾年前，克里斯欽的居民擁有自治權，這座自由城如何運轉全由居民自己決定。想當然爾，如此一來，自然出現了愜意的結果，不過也有一些不太美好的後果。當年在大麻街穿著健康拖鞋巡邏的時代早已過去，只有特別另類或者固執的同事會在這條街上露臉，因爲在此地活動的人大老遠就可以聞到警察的味道，若有必要，也會毫不猶豫像猛獸般撲向人民保母，不斷找碴挑剔，直到警察沒興趣再出現在此。

大麻街正是其中最危險的地段，非洲人顯然熟知這一點。在丹麥王國中，沒有一處比克里斯欽的大麻街更適合利用當地居民對警方根深蒂固的不滿，來進行人質交換了。

卡爾閉上眼睛，在這處充斥塗鴉的地區回憶其中的道路。在大麻街和公主街的十字路口，顯而易見有人占駐此處，檢查外來者。街道另一端，在鮮豔漂亮蔬果店附近的咖啡館裡或是外面的遮陽棚底下，同樣也有人保持警覺。從側街小巷當然也可以進入大麻街，但是公然在街上交易毒品的人當中，也不乏眼觀四方的人。要將整條街的活動盡收眼底幾乎是不可能的任務，但在這次案子中，卻又有必要縱觀全局。

沒人說得準非洲人會如何進行人質交換。他們一定計算好若是以暴力攻擊馬可，他一定會大聲叫嚷。因此，可以推測他們應該會迅速將他拉離人來人往的大街，轉瞬間讓他喪失行爲能力。即使在鬥毆事件司空見慣的大麻街上，對青少年施加暴力也不是鬧著玩的事情。非洲人絕對不希望在當地引發眾怒，所以一定會悄無聲息盡快解決，例如在馬可的脖子上一擊，或者注射藥物，然後一切就結束了……

卡爾拿著本區地圖，向蘿思和阿薩德說明各種可能性。街道本身不長，卻混雜著不同的區域，有軍營建築群、著名的犯罪中心，以及小公園和鄉村田野景致。卡爾偏好從船工街進入大麻街，經過和平方舟街和雜物街，這條路他會留給沒有什麼街頭巡邏經驗的阿薩德。

蘿思則是保持恰當距離，跟著馬可從小巷走進公主街，經過同志之家，從另外一端進入大麻街。卡爾自己想從充滿敵意與危險的大門入口挺進自由城。根據他的評估，非洲人最有可能埋伏在這條路上等待馬可。

瑪蓮娜想要一起來的請求被嚴厲拒絕，她必須在總局裡由高登陪著等待。高登不滿地抗議著，因爲雙親等他回家共進晚餐的期待就這麼泡湯了。

謝天謝地，我擁有能夠融入這個環境的同事，卡爾從克里斯欽自由城著名的入口進去時心想。蘿思一副就是長年居住在此的模樣，阿薩德一頭卷髮，深色皮膚和特別的穿著，完全不會啓人疑竇，懷疑他眞正的身分。

卡爾則對於自己一手由蘿思包辦的裝扮不太滿意。她噴了他一頭定型噴霧，頭髮朝天豎起，眼睛也被塗黑了一圈。在上個世紀八〇年代，他大概會被認爲是個不得志的詩人。但是千禧年過後十多年，對他這種裝扮的看法只可能有兩種：若不是腦筋有問題，就是一個他媽的喬裝非常拙劣的條子。

卡爾心裡有底，第一個可能性才是他的機會。於是他對著入口賣烤杏仁的移民愉快地說：「喂，你好啊。」然後始終把嘴巴張得開開的。

這天晚上，大麻街有幾件零星衝突。雖然不久前在一次警方行動中逮捕了好幾個人，不過眾所周知，剛刈過草之處，也是雜草最容易生長的地方。卡爾一眼就看出街上仍舊有許多販賣大麻的小攤子。他是覺得無所謂啦，若是他們在此販賣那玩意兒，至少城裡頭會乾淨一點。

蘿思和阿薩德顯然尚未走到大麻街上，看來一切仍按照計畫進行。卡爾站在旁邊小巷一棟前身爲機電室的房子附近，假裝自己才剛從大麻的暈眩中清醒。不過他雙肩頹垂，無精打采，看起來也確實像剛爽過的樣子。一位年輕婦女騎著送貨自行車，前面貨箱裡坐著兩個小孩。除了她之外，沒有其他人注意到他。

卡爾發現路上有好多個黑人，情緒十分煩躁。兩個穿著連帽夾克瘦高黑人大概是索馬利亞人，以及幾個他在伊斯德街就看過的甘比亞人，另外還有許多營養特別好的深膚色遊輪旅客，摻雜在幾個白人當中，跟著導遊一起移動。自由城裡不准照相，因此他們的相機已事先收起來了。

他看見蘿思從街道另一端過來，阿薩德也從旁邊小巷現身，朝著相反方向往大麻街走。蘿思距離馬可幾公尺遠，左顧右盼，就是沒看向馬可。

阿薩德轉進一個街角，站在卡爾附近一個大麻攤，動手拿起大麻嗅聞。卡爾察覺到他的動作相當熟稔。

他們必須耐心等待。已經八點十五分了。即使隔著一段距離，也能看出馬可不僅煩躁不耐，臉色看起來也不太好。又過了五分鐘，馬可忽然拉開與蘿思的距離，沒按照說好的計畫行動，反而沿著街道繼續走，雖然腳步緩慢，卻也迫使蘿思和卡爾不得不保持安全距離跟著他。

誰都看得出來馬可屏氣凝神，小心翼翼。光是步伐，就顯示他十分熟悉犯罪猖獗區域裡的各種陷阱。

孩子，別走太快，否則會讓人明顯看出我們正跟著你。卡爾心裡才這麼想，就見旁邊小巷倏乎衝出一個黑人，抓住了馬可的手。

就在同一時刻，一個穿金戴銀、體積龐大的遊輪女旅客往旁邊一挪，霎時擋住了視線，看不見那個黑人對馬可做了什麼。卡爾、蘿思和阿薩德立刻拔腿衝過去。阿薩德跑到那婦人身邊，將她一推，撞上送貨自行車闔上的貨箱蓋，婦人頓時用英文喊道：「嘿，別激動。」

阿薩德停下腳步，四處張望，然後指著銀河街的方向，隨即又全速奔了過去。沒想到他那雙短腿加上最近幾個月神經還受過損傷，竟能跑得如此迅速，實在不可思議。

卡爾在體積龐大的黑女人面前站定，蘿思追著阿薩德和黑人後面而去。

「有什麼問題嗎？」她鼻翼大張吼叫著。

這個愚蠢的母牛爲什麼偏偏要杵在這裡？卡爾檢查四周。那傢伙拖著馬可，應該是逃不掉阿薩德的追逐。難道說，馬可已經不在他手中了？也許就像馬可說的，還有第二個黑人，由他接手後，把馬可帶往另外一個方向？若是如此，阿薩德和蘿思就追錯人了。

卡爾在尼莫蘭前的廣場和雜物街之間跑來跑去，但是那傢伙彷彿從地表消失了似的。

「你有沒有看見一個黑人拉著少年溜走？」他問了一個站在麵包店前面，看似還有點意識的毒蟲。

但是對方只是聳了聳肩，扯著自己糾結成團的鬍子。

「若真有這樣一個人跑過，撒旦一定撲上去咬他屁股。」他指著一隻龐然野狗說，相比之下，福爾摩斯故事中的巴斯克維爾獵犬不過是隻幼犬。「牠有六十七公斤重唷。」他又驕傲地補了一句。

卡爾點了個頭。該死的狗，該死的情況，一切都讓人作嘔欲吐。真希望他們有更多的時間準備人質交換事宜，真希望他們有空中支援，就不會演變成目前這般情勢。

他拿出手機輸入號碼，安排搜捕行動。忽然間，有個女孩神情恍惚，不由自主逕直朝他的方向走來，彷如一個傀儡娃娃，被人一推，只往著一個方向前進。

「蒂爾達！」卡爾跑上前去，但是她對他的呼叫沒有反應。老天啊，他們對她做了什麼？現在會不會也以同樣的手法對付馬可？

他怎能容許這種事情發生？

「亨利克，我是卡爾．莫爾克。」一接通之後，他劈頭就說：「我們現在需要警車過來巡邏克里斯欽這一區。」然後他盡可能詳細描述馬可和黑人的外表特徵。目前他只能做到這樣了。

蒂爾達距離他只剩幾公尺。

他趕忙迎上前。「蒂爾達，妳現在安全了。妳還記得我嗎？我是卡爾．莫爾克副警官。」

她似乎逐漸恢復神智，輕聲問道：「馬可在哪裡？」神情恐慌，左右張望。這幾個小時一定夠她受了。

「蒂爾達，妳記得他們對妳做了什麼嗎？」

她無精打采點頭。「馬可在哪裡？他發生什麼事了？」

卡爾把她拉過來。「我們正在全力找他。」

隔壁街道忽然傳來急促的腳步聲。蘿思從一條巷子奔出，如閃電般衝過軍營。有個黑人從運河邊的街道跑來，阿薩德緊追在他後頭。

「攔住他……擋住路，卡爾！」他氣喘吁吁喊道。

卡爾伸張雙手，對著應該比他輕了三十公斤的黑人跳躍阻擋，但是對方渾身肌肉卻宛如遺傳學的奇蹟產物，迅速左閃右躲，驚人靈巧，速度之快，卡爾只能隨便決定撲向某一邊，結果就像防守十二碼射門卻搞錯了進球方向的守門員。他縱向砰的一摔，兩個人早已跑過他身邊，繼續奔向大麻街。但蘿思已經擋在那兒了。

她沒有和卡爾一樣冒險，而是用全身重量撲向跑者的腳，只見對方像棵被砍倒的樹順勢往前一撲，頭撞在路磚上，忽然安靜不動。

卡爾發現阿薩德正打算從後面褲袋拿出手銬時，趕緊輕吹一聲口哨，頭微微朝路旁的人群一點，動作細微得難以察覺。他要阿薩德注意那些滿臉鬍鬚未刮的深膚色人群，他們看似一臉毫不關心，實際上卻全神貫注觀察著一切動靜。

阿薩德接收到他的暗示，立刻轉身面對人群說：「這混蛋剛才綁架了一個少年，你們誰有繩子嗎？」

不到五秒，有個人解開褲頭上的皮帶。「這個拿去用吧，不過之後要還我喔？」

卡爾站起來，才察覺到自己摔得多重。他媽的，痛死了。

「我們在找一個南歐面孔的少年，黑色卷髮，大概十五歲，有沒有人看見過他？約莫三分鐘前，人還在這裡，之後就消失在那邊。」一聲呻吟從卡爾嘴裡脫口而出。

沒有人回答。他們憑什麼要捲進來呢？又不是還沒受夠！

蘿思發現昏倒在地的那個人呼吸越來越衰弱，肩膀上一道很深的舊傷再度裂開，鮮血不斷地汩汩流出。

「我叫一輛救護車過來。」她的手指在手機上動了起來，但是一旁圍觀者發出抗議，抗議聲越來越大時，她不由得火冒三丈。「你們這些混蛋，」她腳一跺，大聲咆哮：「即使是像這樣一個王八蛋，也有權利接受公平的治療。」然後她瞪著螢幕。「狗屎，我按到重播鍵了。」

湊熱鬧的人群後面響起一陣微弱的手機鈴聲，所有人不約而同全部往後看。

卡爾和蘿思愕然面面相覷，努力辨別聲音的來源。

「我之前打的手機號碼屬於那個被綁架的少年。」她邊說邊打量群眾。

人群自動分開來，一個女人指著鈴聲傳來的方向。那裡停著一輛克利斯欽送貨自行車。坐在車墊上的男人又是搖頭又是聳肩，表明自己毫不知情。但是那傢伙的手套和綁得特別緊的連帽兜，讓卡爾感覺很不對勁。在微熱的春天把自己包成這樣，實在非常怪異。

卡爾打量著送貨自行車的貨車。嗯，空間夠大。

他走向那個男子說：「嘿，我可以看一下你的貨箱裡有什麼……」

那傢伙立刻採下踏板騎走車。

「蘿思，妳照顧一下蒂爾達！」卡爾喊完，隨即追過去。「他媽的，你們可以幫個忙嗎？」

眾人不情不願往後退開。

「攔住他！」他吼道。這時，他的胸膛又忽地收縮，緊得快把內臟給擠出來。阿薩德和那個借出皮帶的人已經超越他，追了上去。

「嘿，賣杏仁的！」他聽見阿薩德喊道，聲音迴盪在跳蚤餐廳和公主街一整排建築的牆面上。

那個推著手推車在大麻街入口烤杏仁的小販轉過身來。

「把你的車往前推，擋住出口！」阿薩德仍舊扯著喉嚨喊道：「你就能拿到一千克朗！」

杏仁小販顯然很有生意頭腦，只見他毫不遲疑便將淺藍色攤子往前一推。一千克朗，那可比買幾片新木板要值錢多了。

逃亡者徒勞地想要繞過障礙物，隨後又決定拐向昔日的機電房。那是座有紅色格子窗的大型木造建築，回收克里斯欽區可再利用的物質，加以分類。他緊急煞車，跳下車墊，想要繞過回收箱。但是通道被一堆拿著酒瓶，享受下班時光和美好天氣的人們給堵住，他們不會那麼簡單就讓路，於是那個人直接逃向回收大廳。

幾秒後，卡爾上氣不接下氣跑過來，阿薩德和皮帶主人已經在大廳裡四下搜索了。

「他媽的那傢伙躲到哪兒去了？」

卡爾雙眼掃描著四周環境。巨大高聳的空間裡五色斑爛，東西林林總總。入口上方的橫樑上掛著一張大型帆布，上頭畫的是在附近評價不高的前國務卿的漫畫。舉目所見全是機器零件，卡爾覺得數量應該有成千上萬。牆壁眾多架子上，甚至地板中央，到處是各式各樣想像得到的雜物。要找出一個特別靈活敏捷的非洲人，這種地方還眞不是理想的場所。

「找找上面。」卡爾指著天花板喊道，一間辦公間上方的橫樑中間放著許多顆假頭。他自己則走到外面的送貨自行車那兒。

他滿懷恐懼，試圖弄開貨箱上的鎖。該死，貨箱裡太安靜了。如果綁架者也給馬可下了和蒂爾達一樣的麻醉藥，而且劑量更高，那麼他們或許已經完成任務了。他想到便全身不由得發抖。

他終於打開貨箱蓋，馬可縮成一團躺在裡面，毫無生氣。卡爾小心把他抬起來，抱到回收大廳裡，放在一張毯子上。天花板那裡傳來阿薩德和幫手嘈雜的搜尋行動。

卡爾急忙拉起馬可的袖子，感受不到他的脈搏。他趕緊跪在動也不動的身體旁邊，開始按摩心臟，進行人工呼吸。他上次做人工呼吸已經是好幾年前的事，當時的受害者是個遭遇意外事故的女孩，最後沒有救回來。當年的畫面如今一一閃現在他的腦海，小女孩柔軟的肌膚，絕望的母親，謹慎帶開卡爾然後接手急救的救護人員等等。他花了很長的時間才走出來。如果馬可死了，他知道自己一輩子再也不可能走得出來。

這時，他的眼角餘光察覺有動靜，目光隨即往上看著畫了漫畫的大帆布，穿堂風吹得帆布微微飄動，感覺前國務卿的嘴巴好像張開來似的。我瘋了，卡爾心想，處於這種情境，竟然還會注意到如此無關緊要的事情。

「醒來，馬可，快醒來。」他低聲叫著。阿薩德翻開所有可能躲人的物品，皮帶主人仍在天花板下那間通風的辦公室找尋著。

「那傢伙不在上面。」他從敞開的窗戶對他們大聲說。

「底下這裡也沒有其他出口，他一定還在這裡某處。」阿薩德從大廳最角落喊道。

卡爾仍舊對馬可心臟按摩、人工呼吸交替努力著。

「阿薩德，打電話叫救護車。我怕我們可能要失去馬可了。我不知道他們給他下了什麼藥，我不知道他是否還活著。」

「唉唷，好痛。」有個聲音低聲講著英文。

卡爾往下看，一張受盡折磨的臉龐和一雙大眼睛躍入眼簾。

「你要把我的肋骨壓斷了啦。」馬可的聲音細微到幾乎聽不見。

這時，帆布上那張驚人大臉上的嘴巴忽然張開來，非洲人從裡頭滑出來，往下躍了三、四公尺。他一開始有點失去方向感，但下一秒馬上又恢復平衡。

「他在這裡，你們動作快！快點！」卡爾喊道，同時彈了起來。「馬可，躺著別亂動。」

他面對非洲人，已做好戰鬥準備。但是對方才一站穩腳步，手中忽然多了一把槍。

就是現在，卡爾心想，體內充盈著一股怪異的鎮定沉穩。他舉起手，看著黑人逐步逼近自己。就在只剩不到幾步的距離時，對方的槍口忽然向下對準馬可。

說時遲、那時快，一聲槍響，卡爾被嚇了一大跳。槍聲一而再、再而三迴盪在高聳的牆壁之間。卻見非洲人手中的槍掉落在地，手指大量湧出鮮血，卡爾連忙抬頭往上看。那個沒有繫皮帶的克里斯欽人站在辦公室窗邊，手中拿著手槍。

卡爾這時才認出對方的身分，他隸屬於市警局緝毒小組。

「我立刻下來。」他一說完，人就不見了。

「小心！」馬可大喊，卡爾聞言猛然轉身。黑人沒有受傷的那隻手拿著一把刀，正準備一躍而起。

一道影子出人意料倏乎從旁側竄向卡爾，是阿薩德。阿薩德猛力一個迴旋踢，腳跟直往黑人的臉飛去。但是對方也不是省油的燈，躍起時同樣回身一踢，兩人的腳在空中劇烈相撞。阿薩德一個踉蹌向後翻倒，反觀黑人卻文風不動，手中的刀子蓄勢待發。

這傢伙眞是個瘋子，純純粹粹的戰鬥機器人，卡爾心裡還這麼想，卻見黑人手中的刀子突然掉下，整個身體完全癱軟無力。他搖搖晃晃走向一側，想要尋找支柱卻撲了個空，最後摔倒在地，徹底被擊倒，再也沒有發出一絲聲響。

該死，怎麼回事？卡爾轉向阿薩德和緝毒小組的成員，只見阿薩德高舉著一個東西。

那不是個常見的螺帽嗎？或許尺寸是稍微大了點……

「他要是再站起來，就得再吃我一記。這東西這裡多的是。」阿薩德在一箱裝滿生鏽銅片、螺絲、螺帽和金屬零件的箱子裡翻來翻去說著。

馬可撐起上身，臉色慘白問道：「蒂爾達呢？」這是他唯一有力氣說出的話。

「她沒事，有蘿思陪著。」

馬可臉上綻放出燦爛的笑容。「我想去找她。」

卡爾張口結舌，似乎沒有事物能阻擋這孩子的堅毅果敢。

他看向門外，一群遊客滿面驚嘆聚集在門口。他們會不會以爲自己正好趕上每日西部秀的表演？至少有幾個人正興奮地鼓掌叫好。只有那個體積龐大的遊輪女乘客顯然沒有樂在其中，憤怒地抓著皮包轉身離去。

等到所有人都安靜下來，緝毒組成員走向他們，朝阿薩德和剛帶著蒂爾達過來的蘿思伸出手。

「米克爾·歐思特。」他自我介紹，看得出來他對此次事件的發展不是百分之百滿意。米克爾既鬆了口氣，卻也感到惱怒，因爲他必須交出武器，等到槍擊經過調查完畢之後，才能再拿回來。在克里斯欽自由城的毒品圈裡埋伏四個月，並不是閒情逸致散個步就能辦到的。眼看好不容易快有成果，僞裝身分卻曝了光，任誰也不會高興。

卡爾向這位同事鄭重地道謝。「也許我們總有一天會再相遇。如果屆時有機會爲你效勞，請務必告訴我。」

接著，米克爾·歐思特和抬著非洲人的救護人員離開了現場。

馬可和蒂爾達緊緊相擁。兩人能共同消化剛才經歷的一切，顯然是最好的方式。

「我們還有一些事情要做。」過了一會兒，女孩說：「卡爾，可以請你打電話通知我母親，讓所有人都到布朗斯霍伊區的史塔克家碰面嗎？我和馬可有東西一定要給你們看。」

半個小時後，蒂爾達和母親在史塔克家的車道上飛奔相擁。

「他們對妳做了什麼，蒂爾達？」瑪蓮娜．克里斯多佛森仍舊激動不已。

「他們給我打了針，然後我就不省人事了，最後有人把我搖醒。我坐在快餐店前的長椅上，大約過了十分鐘，才有力氣走路。那就好像被麻醉一樣，之後還有點噁心想吐，不過現在感覺都好了。」

「你還好嗎？」瑪蓮娜看著馬可說。

馬可點頭說：「沒事了，只是兩腳還有點麻。」

只有兩腳有點問題，卡爾心想，這孩子運氣眞是好得不可思議。卡爾很久沒有如此鬆了口氣的感覺。

「你們想給我們看什麼？」蘿思回到正題說。

蒂爾達深吸了口氣。「過來這裡。」她放開母親，繞過屋子走到露台。

「馬可，可以請你動手嗎？」

「眞的要嗎？」

她點點頭。

馬可隨即一塊接一塊掀開石板，拿出裡頭的證物，他和蒂爾達也同時交替敘述發現藏東西的地點的經過。

五個白色的塑膠盒，死者的遺物。

卡爾不禁搖了搖頭，看著蘿思和阿薩德。案情發展簡直急轉直下。先是由女孩一張尋人啓事揭開序幕，最後由幾個被埋起來的保鮮盒收尾？警察工作有時候簡直就像開樂透一樣。

馬可凝望著蒂爾達，目光彷彿在問：「我們不需要拿出這個。」但是蒂爾達一個接著一個拿出盒子，一一向在場大人說明內容。

瑪蓮娜全身癱軟，不得不扶著牆壁，有人幫她拿來一張椅子坐下。她的大腿上放著首飾和小筆記，努力消化自己的情人是如何有系統地侵占國家財務。蒂爾達爲史塔克辯護時，瑪蓮娜手指痙攣地緊抓著筆記，臉龐上同時交織著羞愧與失望，顯然深深感到被背叛。

「我想應該由你幫忙將這些東西交回原來的地方。」她把大腿上一疊印著外交部信頭的紙張拿給卡爾。

卡爾迅速看了一眼第一頁，然後點頭。案情果然如同他們所推測。即使史塔克毫無爭議欺騙了外交部和丹麥王國，但和他的主管相比之下，仍不過是滄海一粟。眞正的醜聞在於埃里克森蓋下了印章。

卡爾將文件遞給蘿思。「我們晚點再來處理，好嗎？」然後又指著最後一個保鮮盒問道：「裡頭是什麼？」

「我想這已經不是重要的東西了，是史塔克的遺囑。」蒂爾達說。

「他的遺囑？」瑪蓮娜低喃一聲。

蒂爾達點頭。「他希望把所有東西留給我們，媽媽。他的存款、他的房子，所有一切。」

在場所有人誰也沒忽略瑪蓮娜的表情陡然一變。對史塔克的種種愛意最近幾年被她深深埋在心底，而今又全部強烈地浮出表面，迷惘困惑，悲傷和憤怒同時湧現心頭。

「妳說得對，蒂爾達。這份遺囑對我們沒有用了。威廉的財產將會全部充公。」她哽咽說道，然後低頭啜泣。

馬可走向卡爾，在他耳邊低語。

卡爾面前無疑站著一位機伶聰慧的獨特年輕人。最後他點了點頭。

「好的，瑪蓮娜，我現在必須請妳交出筆記和所有文件。麻煩將資料交給阿薩德。」卡爾說。

蒂爾達走向母親，輕輕抱了她一下，然後謹慎地拿走她手中的筆記，收集好帳戶明細表，把所有東西都拿給阿薩德。

卡爾四下張望，最後指向自行車庫底一堆磚塊。

「阿薩德，那個地方不錯。」

阿薩德目瞪口呆地看著卡爾，等他看見卡爾從口袋拿出香菸和打火機，頓時明白了他的用意。

「哇呀，」卡爾點燃了那堆紙和筆記時喊道：「我犯了個小失誤。蘿思，妳那邊有沒有水快來滅火。」

他對著她使眼色，蘿思終於也懂了。

「當然。」她內心交戰一番後說。「我們那邊有座湖呀。不過，我們來得及取水嗎？」

回到總局的路上，馬可始終不發一語。卡爾十分清楚他內心的情緒起伏。這孩子同時經歷了生命中最糟糕也最美好的一天。

「你在想什麼，馬可？」

他只是搖了搖頭。

「阿薩德，馬可為什麼不說話。」卡爾對著後座問。

「有沒有可能他正試圖釐清自己的處境呢？」

「我再問一次，馬可，你在想什麼？」

「沒有一件事是我夢寐以求的結果。我會被送到非法外國人收容所，然後被驅逐出境。」

卡爾雙眉緊蹙，看了一眼後照鏡。蘿思和阿薩德坐得直挺挺的，三個人眼神相會，彷彿馬可低落的情緒也渲染了他們。

「馬可，現在還不能確定。」卡爾想要安慰少年。但他很清楚這不過是廉價的安慰，因為國家確實會如此處理非法移民。

「你夢想要什麼？」

少年嘆了口氣。「我想要的東西和這裡的人一樣。我希望能上學念書，獨立自主養活自己。」要求並不高。但即使如此，仍不容易辦到。

「馬可，你才十五歲，沒有辦法獨立自主養活自己。」

少年轉頭看他，抬得高高的眉毛彷彿在說：我當然辦得到。

「你打算在哪裡過活？」

「只要沒人來煩我，哪裡都可以。」

「你真的覺得可以嗎？不會再重操舊業，再度犯罪？」

「是的，我很清楚不會。」

卡爾盯著眼前畢斯坪布恩路上繁忙壅塞的交通。有數以千計無法勝任社會種種要求的人穿梭在燈海之中。為什麼偏偏是這孩子？

「馬可，你爲什麼得獨立養活自己，許多在你這年紀的人也辦不到啊？」

「我就是想要。」

卡爾又望向後照鏡，訝異後座那兩個人竟然如此被動。眼前的狀況對他而言十分棘手。

他深吸一口氣，眼前浮現他們告別時瑪蓮娜的臉孔，她手中拿著能爲她和女兒開創新生活的史塔克遺囑。歸功於花園裡那一小把火，蒂爾達得以繼續進行必要的治療。

卡爾若有所思地從後照鏡觀察著阿薩德，最後兩人的目光終於相會。

「阿薩德，你現在還和那個擅長僞造完美文件的人保持聯絡嗎？」

是不是有人在他兩邊肩膀輕拍了一下？他又看了一眼後照鏡，證實了自己的疑惑：阿薩德和蘿思露出滿面笑容。看來他們三人的心思都一樣。

卡爾又望著馬可時，發現他全身抖得像片葉子一樣。

「馬可，哪裡不舒服嗎？」

少年縮在椅子裡，不管怎麼努力，都沒有辦法克制手和腳的抖動。

「我不明白，卡爾……」他抬起頭，結結巴巴說：「那表示……」他忽然放聲哭泣。

卡爾輕撫他的背。

「蘿思、阿薩德，告訴他，讓他相信。」

「你將可以擁有機會了，馬可。」阿薩德插嘴說。

「是的。」蘿思跟著補充：「你若是找到合適的落腳處，記得通知我們。但是不准讓我們聽見你隨便窩在某個貨櫃裡頭，明白嗎？」

少年臉上露出笑容，雖然仍不是十分確定，但他顯然開始相信他們的話了。

「但是聽好，這件事不准對任何人說，不可以告訴你的孩子和孫子，聽見了嗎？除此之外，我們希望你全盤說明有關左拉和家族的一切，以及你們在克雷姆的生活與街頭的活動，這些對我們其他的同事將大有幫助。」

少年靜靜點頭。過了一會兒後，他問：「米莉安會怎麼樣？」

「再看看，要幫她應該不難。她的態度良好，坦白不諱，樂於合作。」

「好，那麼我也願意合作。」他們繼續行駛，車裡一片安靜。馬可望著窗外，又問了一次：「是眞的嗎？」

三人再度向他保證。

「我幾乎不敢相信。謝謝，非常、非常感謝！」他頓了一會兒後又說：「我們可以繞到奧司特布洛嗎？我還有一件小事一定要完成。」

他們將車停在拱型大門入口，一對情侶交纏其中，黏膩得誰也無法將兩人分開。馬可請求卡爾、阿薩德與蘿思一起和他上樓。

卡爾按下電鈴，但沒人應門。等了一會兒後，他乾脆大力敲門。

「警察。」聲音嘹亮，不斷迴盪在樓梯間。

有反應了。

屋裡兩個男人看見四個人站在自家門口，一開始先是吃了一驚，等到他們認出馬可後，訝然之情隨即轉成憤怒。

「不可以，這個人不准進來！你們也不行。你們難道不需要出示證件嗎？」

卡爾將警徽遞到他們眼前。兩個男人面面相覷，仍舊不願意讓他們進屋。

這時蘿思往前一站。「兩位先生，請稍微妥協一下。可否請你們安靜站到一邊，以免蓄意阻擾警方人員進行調查工作？若是執拗不聽勸告，造成不快，我們就不得不拿出手銬制裁兩位了，你們明白了嗎？」

卡爾錯愕得下巴都掉了下來。那簡直是他會說的話。

由於眼前這個裝扮得又是黑又是白的女子堅決不退讓，兩個男人雖然不情不願，也只能忿忿退到一旁，讓出門口。

馬可請大家跟著他走進以前住過的房間，大小約莫是阿薩德那間小如儲藏室般的辦公室的三分之一。

馬可拉開一個抽屜，在裡面翻著，最後找到他要的東西。

他高舉一把過時的鋼梳，讓所有人都能看見。他接著在木板床對面的牆壁前蹲下，好幾次將梳子沿著牆腳板和牆壁之間的縫隙插入，然後越插越深，最後讓梳子卡著不動。

只見他用力拉扯壁腳板，在兩位屋主大發雷霆之前，將之拆了下來。他把手指伸進凹槽，拿出一個透明的塑膠袋。每個人都清楚看見他鬆了一口氣。

他拿高袋子說：「這個！裡面有六萬五千克朗，足以開始一個新生活了。蘿思，妳不必擔心我會住到貨櫃裡。」

第四十三章

二〇一一年，夏天

卡爾瞪著桌上的兩張紙條。紙條躺在那兒已經一個半月，每次他整理桌子時，兩張紙似乎總是滿懷期待看著他。

他在椅子上往後一躺，眼前浮現兩個女人的面容。昔日臉孔蒼白褪色的速度快得令人訝異。昔日的臉孔？已經到了這種地步了嗎？沒錯，對於莉絲貝的電話，他被動應對；而雖然與夢娜交往多年，但兩人的關係也已斷裂。不過，難道就能如此將兩人歸類成過去嗎？

卡爾拿起兩張紙，猶豫不決，不確定是否該揉成一團，對準垃圾桶一丟。眞的不是簡單的決定。

「終於來了，卡爾。」蘿思彷彿從虛無中現身他眼前。

「誰來了？」卡爾懶洋洋問。這個星期度日如年，完全沒有一件事算得上已成爲過去。還有什麼要來？想必不是什麼好事。

「威廉．史塔克的死亡證明。雖然尚未找到史塔克的屍體，不過法官認爲證據充足，因此根據DNA分析結果，判定史塔克已經死亡。」

「嗯。」卡爾將兩張紙條塞進上衣口袋。至少是個好消息，相關遺產事宜如今也明朗了。對於瑪蓮娜和蒂爾達不啻是件好事，卡爾心想。蘿思說完就離開他的辦公室。

電視螢幕上，TV2新聞正在報導七月暴風雨和強烈雨勢帶來的災害，疏濬工程愚蠢又惱人，造成各地積水成災，數百個地下室漫淹了屎尿，連總局地下室這裡也無法倖免於難。

不過卡爾反而有點幸災樂禍，欣賞這幾場暴雨所造成的某些後果。大麻街完全被水淹沒，簡直可類比成聖經上的洪水報復。流動攤販全都不見蹤影，連一公克大麻的鬼影也沒有。幾個小時內絕對損失了幾百萬克朗的營業額，讓人心情大好。伊斯德街的水同樣淹得很高，妓女和皮條客的生意也受到影響，因爲馬殺雞沙龍通常多半位於地下室。所多瑪與蛾摩拉（注）受到應得的懲罰了。

「噁，你們這是什麼臭味啊。」勞森走進卡爾辦公室時一臉嫌惡作嘔。「要不要上樓到我那裡去呀，有美味可口的麵包香。樓上還有幾個客人。家裡如果只有一個半的房間大小，到總局來過生日絕對舒適得多。」

他哈哈大笑，把越來越肥的臀部放在卡爾對面的椅子上。「我之前沒有時間告知你最新結果，因爲要忙著準備派對，工作量很大，你知道的。今天收到幾項消息，有關倫斯德火災那具身分不明的屍體。你聽了下巴別掉下來。」

「有屁快放。」

「有人已經確認阿薩德從屍體口中拿出的假牙屬於誰的了。」

「吶，是誰確認的呀？」

「北西蘭島的齒模師耶普．約根森。如同你們推測的，假牙確實屬於外交部處長埃里克森先生。」

「早就知道了。」卡爾嘟囔著。「我們一看見門牙就認出來了，根本可以完全省下這筆鑑識費用。」

「當然。不過還有一件小事。分析那具戴假牙屍體的骨髓ＤＮＡ之後，卻清楚顯示他不是高加索人種，也就是說，他不是個歐洲白人，而是個黑人。」

卡爾眉頭皺了起來。

「阿薩德、蘿思，過來一下。」他喊道。

蘿思現身門口，勞森一看見她的新髮色，差點被口水給嗆到。若要找到比那還要鮮豔的紫色，一定要飛到佛羅里達，踏遍居住著百萬女富豪的養老院才有可能。

「什麼事，勞森？」阿薩德剛在跪毯上做完最後一輪祈禱，褲管還捲高著。

「嘴巴裡有埃里克森假牙的那個人是個黑人。你有什麼看法？」

阿薩德的眉毛簡直翻了一圈筋斗。「什麼？」

「不過假牙確定屬於埃里克森無誤。」卡爾繼續說：「在北西蘭島一個齒模師那邊，找到了他的齒模。」

阿薩德扶著椅子坐下來。

「嗯，也就是說埃里克森從我們手中逃掉了，帶著一切遠走高飛。」

「沒錯。」卡爾也清楚認知到這一點。眞他媽的該死。「所以我們知道是誰殺了布萊格—史密特和身分不明的黑人。」卡爾往後靠著椅背。「如果他對那兩人痛下毒手，施納普和他妻子也很有可能死於他手中，對吧？」

「不無可能。」阿薩德同意卡爾的觀點。「更別提其他人了。」

蘿思撥了撥新髮型，彷彿沒人注意到她的頭髮似的。

注 所多瑪（Sodom）與蛾魔拉（Gomorrha）：是聖經中的兩個城市。因爲城裡的居民不遵守上帝戒律，充斥著罪惡，被上帝毀滅。後來成爲罪惡之城的代名詞。

「別再胡說八道了。事實上，我們一點頭緒也沒有。你們說的都只是推測。我們唯一想的是我們聰明機伶，解決了一小部分的混亂無序。我認爲這些臆測不過是狗屎。」

以後有機會的話，卡爾會拿最後一句話提醒她。

「我還有其他訊息要告訴你們。」勞森露出賊笑。「也許你們已經從信件中得知了。埃里克森的車子被找到了，在巴勒摩一條小巷子裡，蒙上了厚厚的灰塵。」

「巴勒摩？」卡爾簡直不敢相信。「在西西里島。」

勞森點頭。

「沒錯。那傢伙靜靜開著他的老爺車上路，暢行無阻，沒有遭到任何人攔阻，就這樣開車穿越歐洲。」

「讚美申根（注）。」蘿思忽然喊道。

「漫漫長路呀。」卡爾欽佩地吹了聲口哨。「要給自己弄個新身分、改變外貌，巴勒摩顯然是正確的選擇，對嗎？」

「我聽說國際刑警已經展開搜捕行動。」勞森補充說。

「太棒了。」卡爾嘲諷地說：「國際刑警將近有一百九十個成員國。如果他逃到剩下的十到十二個非會員國怎麼辦？」

阿薩德不住搖頭。「誰知道呢，卡爾。」

「我跟你們打賭，經驗告訴我，我們絕對找不到這個人了。尤其他身懷鉅款，希望更加渺茫。我們根本無從得知他現在的名字，也不知道他變成了什麼樣子。」

卡爾開上高速公路，將雨刷速度開到最大，沿路已經看到好幾輛車因爲隨處可見的大積水而噩運連連。這種天氣還要往北方開三十公里，眞是折磨死人。在附近有個小地方可以過夜的人實在幸運。

他想起胸前口袋裡那兩張紙條。往左轉，表示莉絲貝；往右轉到夢娜家。

一想到此，他不由得笑了起來，但是笑容剎那間又消失。他以爲自己是誰啊？憑什麼認爲這兩個女人還會想和他有任何瓜葛？她們一定早已琵琶別抱。

卡爾拿出紙張，揉成一團，降下窗戶，丟了出去。

他一小時十五分鐘後回到羅稜霍特公園，整個地區大水漫漫，彷彿威尼斯的翻版。停車場上的車子明天可能要借助大型吹風機才可能發得動，他自己的車也不例外。

「地下室沒事吧？」他一打開家門，迫不及待大聲問道。

沒人回答。該死，不是個好兆頭。

他看了一眼客廳。黑暗一片。太不尋常了，他們竟讓哈迪一個人躺在黑暗中？不會吧。

「哈迪？」他輕聲叫道，免得嚇到他。就在這一刻，客廳的燈光霎時全部亮起，宛如耀眼的燈海。

「噠噠！」米卡和莫頓喊道，卡爾大吃一驚，險些嚇得腿軟摔倒。

兩人接著退到一旁，哈迪出現在眼前。他坐在一個大型電動輪椅上，頭前有各式各樣先進的導桿。

「時機到了，哈迪。」莫頓喊叫說：「讓卡爾看看你的能耐。」

注 申根公約（Schengener Abkommen）：爲歐洲國家間的協定，持有成員國有效身分證或申根簽證，即可在所有成員國內自由進出。

卡爾沉溺在酣醉的幸福裡。大家看見哈迪臉上掛著世界上最燦爛的笑容啓動輪椅時，全都大聲歡呼，激動擁抱，恭喜聲不絕於耳。

這一天，卡爾家裡開始了新的紀元。

卡爾調整了無數次枕頭。他想要好好睡一覺，卻始終冷靜不下來。每次閉上眼睛，就看見哈迪洋溢幸福的臉和客廳那張空床。他嘆了口氣。眾人同心，齊力斷金。果眞是天下無難事，只怕有心人。

這件事不斷縈繞在腦子裡，過了半個小時，他仍舊無法入睡，於是拿起擱在床邊的超市廣告傳單。根據他以往的經驗，在紙上消費漫步是效果最強的安眠藥，比數羊還有效。

忽然間，在亞迪超市和法客塔廉價商店的傳單之間，出現一張明信片。

到底有誰會寄明信片給他？應該是寄給莫頓或米卡的，可能是某個曾經受邀參加派對的客人想要表達謝意吧。

他檢查收件人。奇怪，確實是他的名字。這時他才注意到除了收件人名字和地址之外，沒看見手寫字，而是貼了一張小碎紙，上面印著：「難得一見的非洲首飾個展。手工製造的戒指、手鍊與項鍊，選擇繁多……」

後面的字被剪掉了。

卡爾莞爾一笑。

要命，他心想，眼前浮現一個深髮少年。

他翻過明信片，凝望上頭的圖片，底下寫著：「阿爾堡眺望塔——眺望景致，眺望未來。」

後記

二〇一二年，秋天

「你該不會想走了吧，李察。」

她赤身裸體，躺在床單上伸展四肢，想要說服他改變心意。安裝在天花板的電風扇吹起一陣陣微風，揚起她的頭髮。

「你難道沒興趣把舌頭放回這裡嗎，嗯？」她挑逗地用手指輕畫著自己的肚臍。

他微微一笑，放了兩張百元美金紙鈔在她身邊的床上。事實上，她技巧高超，令人銷魂，不過一次就夠了。俗語不是說：「水池裡還有更多的魚」嗎？

「噢，李察，兩百元！你眞是個甜心。」她調皮地拿著兩張紙鈔輕拂著乳頭。「要趕快再來唷。」

外頭的熱度迎面襲來，街頭小販拿著油膩膩的布巾擦拭後頸的汗水，空氣乾得不可思議。但是埃里克森對一切無動於衷，氣溫絲毫對他沒有影響。一年半來，他遊歷了南美十個國家，了解大部分的北歐人不懂得如何面對這種氣候。

一切不過是身體意識的問題。人必須學會傾聽自己的身體，補充足夠的水分，到酒吧裡吹點冷氣歇會兒，並且穿著優雅透氣的服裝。別人開車，你就搭直升機；別人走路，你就騎馬。只要財力豐厚，在南美即可自由享受榮華富貴。不管是巴拉圭、玻利維亞或者蓋亞那，沒有一個國家用錢買不到想要的東西。

尋人啓事

Marco Effekten

埃里克森伸伸懶腰，看了太陽一眼，離午休還有段時間，仍來得及去修個指甲。若是路上看到心動的東西，甚至還可以逛個街。

有個女子迎面走來，對他嫵媚一笑，放緩了腳步，想要看看他是否回應她的邀請。但是埃里克森目前已經飽足了。

他當年做了植牙，將蒼白無生氣的金髮染成棕栗色，又去除了眼袋，皮膚如今也曬成了棕色，日子過得心滿意足。此外，他渾身還散發出百萬富翁的氣質。多年與妻子之間無關痛癢的擁抱、敷衍了事的性愛，全都成了久遠的過去。

他在委內瑞拉的馬拉凱安定下來已一段時間，當然還有其他比這兒更美麗的城市。至於說到女人，大部分仍不外乎是爲了他的錢。

埃里克森若有所思點著頭。他逐漸習慣新的身分，必須凝神細思，才能憶起自己曾經是誰。他雖然不認爲他在布萊格—史密特屋裡留下的痕跡理論上可能沒被消滅，但也不排除自己沒遭到追捕。他雖然對此心裡有數，不過也冷靜接受。一旦有可疑的風吹草動，他隨時可動身離開。總之，他不會在一個地方停留太久，接下來他計畫前往烏拉圭，聽說那裡的女人特別漂亮。等他待夠了南美之後，下一站就是亞洲。

埃里克森希望愜意快活地老去。但是到那時之前，還可以再多等段時間。總而言之，他得好好照顧自己。他生活無虞，供得起自己。庫拉索的證券價值超乎他的想像，不論他如何揮霍，錢財始終綽綽有餘，下半輩子享用不盡。

他轉過街角，來到一條大街，空氣中瀰漫著財富的氣味。他在一家有大理石牆面和玻璃帷幕的商店前停下腳步。這家店他經過了好幾次，他現在決定要進去看看。法比安·卡謝設計的大象自動腕錶正是他夢寐以求的東西，簡潔與奢華完美結合，錶帶獨特大膽，還有櫥窗裡牌子上清楚標示全世界限量十一支的內容，在在呼喚他買下來。只要四萬七千三百美元，就可以躋身頂級上流圈。

他同情地微笑注視櫥窗玻璃反射出的街上人影，他們不像他擁有這樣的機會，不得不認命繼續往前走。他轉過身，向對街公車站旁一個等車的男人點點頭。這樣的炎熱溫度，他身上的外套顯得有點太厚。

他曾經也是這種人。

半小時後，他拿著一個束口袋，手上戴著那支錶，踏出了店門口。他將原本那支老舊的豪雅錶收進了盒子裡，感覺自己比以前來得更加高尚完美。他打算明天花兩個小時開車前往喬羅尼海灘，溫柔地向尤熙貝道別時，她那塗滿紅色指甲油的手指一定會讚嘆地撫摸錶帶。尤熙貝這個女人比其他人更加性感萬千，技巧高超。

然後，他將就此告別委內瑞拉。

他沿著精品店信步閒晃，發現那個男人仍然等在公車站牌旁。在南美這已司空見慣。有些日子，一切運行順利無阻，就像非洲野豬經常出沒的小徑，車子一輛接著一輛；有些時候，走路還比較快。

那人顯然決定走路。奇怪了，他怎麼往公車來的方向走？埃里克森心裡納悶著，然後轉進旁邊一條小巷。上次來的時候，這兒瀰漫著木槿、倉蘭和火龍果的誘人香氣。

差不多是午休時間。小巷子裡的百葉窗全拉上了。街上不見半個人影。他們不是正在吃飯，就是小寐一番。

他左顧右盼，這條路上除了他，就是那個穿著春季大衣的男子，而對方正跟著他走來。

別慌，要冷靜，埃里克森心想。他忽然記起前天旅館服務生曾經詢問他的英文是否帶著斯堪地那維亞口音，甚至是丹麥？因爲他曾經有個女朋友就是從那裡來的，她也有同樣的口音。埃里克森有點惱怒地否認了。從此之後，他總感覺到那個服務生時時刻刻注意著自己。

大衣男子只距離他二十或三十公尺，埃里克森加快了腳步。眼前還有三、四條像這樣的巷子，不過卻通往一條比較寬廣的路，所以他必須保持速度繼續走。

突然之間，他想起自己似乎見過這個人。他因爲馬里諾街一件小小的交通意外到派出所作證時，這人不就站在警方櫃檯後面嗎？難不成即使做了這麼多預防措施，他的眞實身分還是被發現了？一想到此，他全身起了一陣冷顫。

埃里克森跑了起來。他每天在海灘邊晨跑，進行個人體能訓練，因爲年紀大且長年沒有運動所導致的低劣體能，因而鍛鍊出了驚人的狀態。他不一會兒便成功擺脫了那個人，走到另外一條巷子。爲了安全起見，他在一堆紙箱後面躲了一會兒，同時決定跳過到喬羅尼海灘找尤熙貝，直接搭當晚的飛機往南去。

他確定大衣男子在錯綜複雜的巷子裡找不到他後，便從箱子後走了出來，卻發現那個人杵在窄巷底，正拿著手槍瞄準他。

埃里克森急切地思索脫身之道。情勢其實顯而易見：警察的工資微薄得可憐，而埃里克森有的是錢，可以彌補缺憾。因此他走近男子，企圖和他進行對雙方都有利的交易。

但是他根本沒有機會開口說明建議，對方就粗暴地要他交出手錶。

埃里克森楞住了。難道這樣就能避掉一個無知的賊？只要錶就行了？他難掩惡劣情緒，解開了手腕上的錶。這個豬玀應該不知道自己奪走的東西世界上只有十一支，埃里克森心想。詛咒他下地獄去吧。

「還有那個袋子。」對方拿槍指著珠寶店精美的袋子說，袋子裡裝著埃里克森的舊豪雅錶。

他也把袋子遞過去。

「還有你的皮夾。」

該死，埃里克森暗自咒罵道，現在事情變得棘手了。如果他得花時間辦理鎖卡，報失卡片，等待發放新卡，勢必得多花不必要的時間停留在此地。

「快點。」那傢伙眼睛仔細盯著埃里克森把手伸進內袋，拿出鱷魚皮皮夾。

那人打開皮夾，發現除了信用卡，還有一大疊玻利瓦爾幣和美鈔後，非常滿意。

王八蛋。要是沒有那把手槍，埃里克森早就扳倒他了，就像對付布萊格－史密特的那個黑人奴隸一樣。

「你的手機。」

不，他媽的，該拿夠了吧。

「很抱歉，我沒有手機。」

那傢伙懷疑地瞪著他。

「快點，拿過來。」

「我再說一次：沒有手機。我已經拿出所有東西，如果還有手機，一定也會給你。我又不是笨蛋。」

那人徹底拍打埃里克森全身，拍著他的外套口袋和褲子口袋，卻略過了褲子後面放著手機的地方。

「好，你沒有手機。」他往後退一步，站了好一會兒，彷彿想要射殺他。不過他只是露出沒有牙齒的笑容。「你非常合作，因此我決定放你一條生路。不是所有人都這麼好運的。」

他說完話就離開，走到巷底，把手槍插入口袋，轉個彎就不見人影。

這時，埃里克森的手機響了起來。

埃里克森迅速摸著口袋，無聲接起電話，然後將手機貼在耳朵，轉身走開。

「喂，李察，我是尤熙貝。海水好清澈喲，我的肌膚全溼了耶。你什麼時候要過來？」他正想回答還要一段時間，卻沒有機會把話說出口。

「很好，你說你沒有手機！」巷底忽然傳來大叫聲，剛才那人快步向他跑來。

埃里克森回頭一看，對方在幾公尺外的地方停下了腳步。他轉過身，和他的敵人雙目對視，心臟劇烈地跳動著。對方的眼神從容不迫，甚至是沉穩，那隻拿槍對準埃里克森的手也是一樣。

「你知道嗎，我最痛恨你這種人。你欺騙了我。」那人搖著頭，彷彿正在訓斥頑劣孩子的父親。「你必須爲此付出代價。」他扣下了扳機。

埃里克森倒地時，非常清楚聽見尤熙貝的罵聲。他感覺到的最後一件事是身旁傳來沉重的腳步聲，以及握在手中的手機被人奪走。

謝辭

誠摯感謝我妻子漢內・阿德勒・歐爾森在我長期寫作過程中，無時無刻的鼓勵、腦力激盪與聰明睿智的意見。

我還要感謝我們了不起的助理伊莉莎白・阿勒菲特—勞維，她詳盡的調查研究與全心全意的投入。謝謝基德・史基亞貝的交通接送與諸多協助，還有艾迪・基蘭、漢內・彼德森、米卡・許馬勒斯提和卡羅・安德森等人詳細又珍貴的評論，以及眼神銳利、簡直有三頭六臂的安・C・安德森。

感謝卡斯滕・杜維德局長與專案主持人安娜・耶森，讓我有機會參觀工業局的早期建築。以及吉特和彼得・Q・萊內斯和丹麥作家與翻譯人員中心的熱情款待。

我也要感謝巴塞隆納瑪耶法出版社的朋友各方面的協助，瑪蒂達・瑟梅瑞格幫我買了一張書桌，借我一張辦公椅，艾芭找回我裝著大綱與眾多研究資料的行李。

謝謝彼得・佳德，讓我們使用他克里特島上的美麗房舍，高登・阿辛借我們使用位於利瑟萊厄的夏日別墅，以及萊夫・克里斯滕森警官大方分享搜查經驗，且不吝賜教警務相關常識。

還有拉斯—克利斯提昂・柏格警官暨媒體聯絡人、心理學家梅特・安德森以及國家圖書館的雷昂・蒲森。

我要特別感謝海寧・克爾傑出的編輯工作，在戲劇張力與情節刪減上給予我諸多靈感與清晰的視角。

感謝迪克・海寧在雅溫德的熱情接待。還有讓我在書中使用姓名的導遊馮路易，我的朋友兼旅伴賈斯柏・賀爾柏，以及喀麥隆德賈野生保護區中幽默風趣的矮黑人偵查員、班圖刑警隊員與班圖廚師在我們旅程中的鼎力相助。

「Adlerolsen.dep」援助「巴卡日升協會」的巴卡矮黑人孩童，能有機會接受教育。

名詞對照表

A

A Hereford Beefstouw 希福牛排館
Aalborg 奧爾堡
Aalborgturm 阿爾堡眺望塔
Aarhus 奧胡斯
Åboulevard 波大道
Abraham 亞伯拉罕
Abu Ghraib 阿布格萊布
Agatha Christie 阿嘉莎・克莉絲蒂
Ålborggade 艾爾博格街
Aldi 亞迪超市
Allerød 阿勒勒
Amager 亞瑪格島
Anatoli Karpow 阿納托里・卡爾波夫
Anker Heinningsen 安克爾・海寧森
Archangelsk 阿爾漢格爾斯克
Århus 奧胡斯
Asger Holms Vej 亞斯格・赫姆斯路
Asiatisk Plads 亞洲廣場
Aurelia Palace 奧雷利亞宮

B

Bådmandsstræde 船工街
Biørns clevere Chamäle on fresse 巴格達中央監獄
Bagsværd 巴格斯威
Baikalsee 貝加爾湖
Baka-Pygmäe 巴卡矮黑人
Bakkegården 巴克公園
Ballerup 巴勒魯普
Bangladesch 孟加拉
Bantus 班圖
Baslerville 巴斯克維爾
Bastrup 巴斯托普
Beirut 貝魯特
Bella Kino 貝拉電影院
Bellahøj 貝拉霍伊區
Bent 班德
Bent Larsen 班特・拉爾森
Bente Hansen 碧特・韓森
Bente Mønsted 碧特・蒙司德
Beringstraße 白令海峽

Ekstra Bladet　《號外報》
Elfenbeinküste　象牙海岸
Eliza　伊萊莎
Emanuel Lasker
　伊曼紐・拉斯克
Ernest Hemningway　海明威
Ernst　恩斯特
Esten　愛沙尼亞人

F

Fabien Cacheux　法比安・卡謝
Fabrice Pouka
　法布里斯・鮑卡
Fælledpark　菲勒公園
Fakta　法客塔
Falck　法爾克
Falkoner Allé　福爾克納大道
Farvergade　法瓦街
Finaccial Times　《金融時報》
Fiskedamsgade　菲司克丹街
Flensburg　弗倫斯堡
Florida　佛羅里達
Flower Children　花的孩子
Flower-Power　花的力量運動
Forum　大會堂
Fredens Ark　和平方舟
Frederiksberg　菲特烈斯堡
Frederiksborggade
　菲特烈斯博街
Frederiksholms Kanal　菲特烈霍姆斯運河
Frederiksværk　馮里斯維
Freistadt Christiania
　克里斯欽自由城

G

Gambier　甘比亞人
Garnisonsfriedhof　駐軍公墓
Gasværksvej　加司維克路
Ghana　迦納
Glyptothek　雕塑館
Gomorrha　蛾摩拉
Gordon　高登
Great China　大中國酒店
Green Light Distrikt　綠燈區
Gunnar Nu Hansen
　古納・努・韓森
Gurkamal Singh Pannu
　古咖瑪・辛・帕努
Guyana　蓋亞那

H

Hafez el Assad
　哈菲茲・阿薩德

Hambrosgade 漢布絡街
Hansen 韓森
Hardy Henningsen
哈迪．海寧森
Haus der Industrie 工業局
Hector 赫克特
Heiligen Gral 聖杯
Hellerup 赫勒魯普
Henrik 亨利克
Hiob 約伯
Høje Gladsaxe 高格拉薩克斯
Holmens Kirke 小島教堂
Hørsholm 霍斯霍姆市
Hotel Palace 皇宮飯店
Hotel Square 廣場旅館
Hotel Zleep 茲利普旅館
Hulgårdsvej 胡果街
Husum Torv 胡蘇托夫街
Hutu 胡圖人

I

Irkutsk 伊爾庫次克
Istedgade 伊斯德街

J

Jacksonville 傑克森威爾
Jägerkorps 獵兵軍團
Jagtvej 耶格路
Jämtland 耶姆特蘭
Jaunde 雅溫德
Jedi 絕地武士
Jens Brage-Schmidt
顏斯．布萊格—史密特
Jeppe Jørgensen 耶普．約根森
Jernbanegade 揚貝納街
Jesper 賈斯柏
Jütland 于特蘭
Josepf kabila kabange
約瑟夫．卡比拉

K

Kabul 喀布爾
Kaliningrad 加里寧格勒
Kältebombe 冷彈
Kalle
卡勒（賈斯柏對卡爾的稱呼）
Kamerun 喀麥隆
Kampala 坎帕拉
Karatschi 喀拉蚩
Karla Margarethe Alsing
卡拉．瑪格麗特．阿爾辛
Karlshamn 卡爾斯港
Karrebæk 卡勒拜克銀行

Karrebæksminde
卡勒拜克明德
Kawasaki　川崎
Kasim　卡辛
Kastelsvej　卡斯特路
Kastrup　卡斯特魯普
Khat（Catha edulis）
阿拉伯茶（巧茶）
Kay　凱
Kazamada　多重向度樂團
Ken　肯
Kenia　肯亞
Kennedy　甘迺迪
Klaipeda　克萊佩達
Kondengui　康登吉監獄
Kongens Nytorv　國王新廣場
Kongo　剛果
Kongobecken　剛果盆地
Königliche Bibliothek
皇家圖書館
Krausesvej　克勞瑟斯路
Kregme　克雷姆
Kreta　克里特島
Kurta　印度庫塔長衫

L

Lajla　蕾拉
Langebro　長橋
Lars Bjørn　羅森・柏恩
Lars von Trier
拉斯・馮・提爾
Larslejestræde　拉斯萊路
Lavendelstræde　拉文德街
Letten　拉脫維亞人
Liberia　賴比瑞亞
Lille Triangel　小三角
Lily　莉莉
Lipkesgade　立普克街
Lis　麗絲
Lisa　莉莎
Liseleje　利瑟萊厄
Lisbeth　莉絲貝
Lise　莉瑟
Liselotte Brix
黎瑟洛特・布利克絲
Little Rock　小岩城
Lofoten　羅弗敦群島
Lolland-Falster
羅蘭—法爾斯特
Loppen　跳蚤
Louis Fon　馮路易
Louise Kristiansen
露易絲・克麗絲提昂森
Lystrup　利斯托普

M

Mælkevejen　銀河街
Mærsk　快桅集團
Maeva　瑪耶法
Maduro & Curiels
　馬社羅暨庫列爾銀行
Magadan　馬加丹
Magnolievej　木藍街
Mahmoud Radaideh
　馬哈茂德・拉代德
Malene Kristoffersen
　瑪蓮娜・克里斯多佛森
Malmö　馬爾默
Maracay　馬拉凱
Marco Jameson　馬可・耶墨森
Marcus Jacobsen
　馬庫斯・雅各布森
Marianengraben　馬里亞納海溝
Mario　馬力歐
Marleen　瑪琳
Marmorbrücke　馬墨橋
Martha　瑪塔
Masahiro　正廣
Mbomo Ziem　辛波墨
Mekka　麥加
Mika Johansen　米卡・約翰森
Mikkel Øst　米克爾・歐思特
Minna Virklund　米娜・沃克侖
Miryam Delaporte
　米莉安・德安波特
Mobuto （Mobutu Sésé Seko）
蒙博托（蒙博托・塞塞・塞科）
Mogul　蒙兀兒
Mona Ibsen　夢娜・易卜生
MorbusCrohn　克隆氏症
Morten Holland　莫頓・賀藍
Mosambik　莫三比克
Moskau　莫斯科
Mulungo　穆倫苟
Munthe　蒙特
My Fair Lady　《窈窕淑女》

N

Nacktmull　裸鼴鼠
Næstved　奈斯維德市
Namibia　納米比亞
Neapel　那不勒斯
Nemoland　尼莫蘭
Netto　耐特超市
Norbotten
　北博滕省（瑞典北部）
Nordea Bank　北歐銀行
Nordhaven　北港
Nordostgrönland　東北格陵蘭

Nordre Farimagsgade
北法利瑪街
Nordre Frihavnsgade
北弗哈芬街
Nørreport　內爾波
Nowgorod　諾夫哥羅德
Nowosibirsk　新西伯利亞
Nyhavn　新港

O

Operaen　歌劇院
Öresundbrücke　松德海峽大橋
Øre　歐爾
Øster Allé　奧司特大道
Østerbro　奧司特布洛
Østerbrogade　奧司特布洛街
Østerport　奧司特普

P

Palermo　巴勒摩
Papiamentu　帕皮阿門托語
Paraguay　巴拉圭
Perugia　佩魯賈（義大利）
Pico　皮寇
Politiken　政治家報
Poznań　波茲南
Prinsessegade　公主街
Pumpehuset　水泵房音樂酒吧
Pusher Stree　大麻街

R

Raadvad　羅德凡
Rådhusstræde　市府街
Ralf Virklund　雷夫・沃克倫
Rambow　朗博
Randersgade　藍德街
René E. Eriksen
勒納・E・埃里克森
Richard　李察
Rigshospital　王國醫院
Roma　羅姆人
Romeo　羅密歐
Rønneholtpark　羅稜霍特公園
Rose Knudsen　蘿思・克努森
Rosenørns Allé　羅森納大道
Rotterdam　鹿特丹
Rowdy　洛迪
Rungsted　倫斯登
Ruwenzori　魯文佐里山脈
Ruy López　魯伊・洛佩茲
Ryesgade　萊斯街

S

Sade　莎黛

Saddam Hussein 海珊
Samsonite 新秀麗
Samuel 塞穆爾
Sanaga 薩納加河
Sandholm Lager
桑德霍姆外國人收容所
Sankt Petersburg 聖彼得堡
Sankt-Jakobs-Platz
聖雅各廣場
Sankt-Jørgens-See 聖喬治湖
Santa Rosaweg 聖羅沙威
Sarki Mata 沙其馬塔
Sascha 莎夏
Schiedam 斯希丹
Schipol 史基浦機場
Schonen 旬納
Seeland 西蘭島
Silou 西魯
Sinti 辛提人
Sizilien 西西里島
Sjælør Boulevard 薛呂爾大道
Sodom 所多瑪
Solingen 索林根
Somalier 索馬利亞人
Somolomo 索莫羅莫
Søren Smith 索倫・史密斯
Sørensen 索倫森
Sorø 索羅
Sortedam Dossering
黑潭朵瑟林街
Sortedams See 黑潭湖
Spiseloppen 跳蚤餐廳
Steenstrups Allé
史丁特魯普大道
Stormbrücke 史東橋
Strandvej 史坦路
Strand+Hvass
史坦德與魏斯（品牌名）
Strindbergsvej 史特林貝街
Stinkmorchel 白鬼筆
Strø 史托
Strøget 斯楚格街
Südhafen 南港
Südseeland 南西蘭島
Sunshine Bakery 陽光麵包店
Svanemøllehavn
史威納密勒港
Svanemøllen 史威納密勒
Sverre Anweiler
史韋爾・安威勒
Świecko 史耶茲柯
Syvstjernehusene
休斯提亞胡森街

T

Tansania　坦尚尼亞
Teis Snap　泰斯・施納普
Terje Ploug　泰耶・蒲羅
The Tree of Life　《永生樹》
Thomas Laursen
　湯馬斯・勞森
Tietgensgade　堤根斯街
Tilde Kristoffersen
　蒂爾達・克里斯多佛森
Tinghuset　雜物街
Titicacasee　的的喀喀湖
Tivoli　蒂沃利樂園
Trianglen　特立昂林
Tutsi　圖西族
Tycho Brahe　帝谷・布拉赫

U

Uruguay　烏拉圭
Uganda　烏干達
Umbrien　翁布里亞
Utterslev Mose
　烏特斯利沼澤公園

V

Værløse　韋勒瑟
Valby　法爾比
Vanløse　凡洛塞
Venedig　威尼斯
Venezuela　委內瑞拉
Vesterbrogade　維斯特布洛街
Vestergade　維斯特街
Vesterport　維斯特波
Vigga　維嘉（卡爾前妻）

W

Whitney Houston
　惠妮・休斯頓
Willemoesgade　威廉莫街
William Stark　威廉・史塔克
Willemstad　威廉市
Wladiwostok　海參崴
Wolgograd　伏爾加格勒

Y

Yosibell　尤熙貝

Z

Zola　左拉
Zürich　蘇黎士
Zwilling　雙人牌

BEST嚴選 054
懸案密碼5：尋人啓事

原著書名／Marco Effekten
作　　者／猶希・阿德勒・歐爾森（Jussi Adler-Olsen）
譯　　者／管中琪
企劃選書人／王雪莉
責任編輯／王雪莉、陳玟萱

行銷企劃／周丹蘋
業務企劃／虞子嫺
行銷業務經理／李振東
總　編　輯／楊秀眞
發　行　人／何飛鵬
法律顧問／台英國際商務法律事務所　羅明通律師
出版／奇幻基地出版
城邦文化事業股份有限公司
台北市104民生東路二段141號8樓
電話：(02)25007008　傳眞：(02)25027676
網址：www.ffoundation.com.tw
e-mail：ffoundation@cite.com.tw
發行／英屬蓋曼群島商家庭傳媒股份有限公司城邦分公司
台北市104民生東路二段141號11樓
書虫客服服務專線：(02)25007718・(02)25007719
24小時傳眞服務：(02)25170999・(02)25001991
服務時間：週一至週五09:30-12:00・13:30-17:00
郵撥帳號：19863813　戶名：書虫股份有限公司
讀者服務信箱e-mail：service@readingclub.com.tw
歡迎光臨城邦讀書花園　網址：www.cite.com.tw
香港發行所／城邦（香港）出版集團有限公司
香港灣仔駱克道193號東超商業中心1樓
電話／(852) 2508-6231　傳眞／(852) 2578-9337
e-mail：hkcite@biznetvigator.com
馬新發行所／城邦（馬新）出版集團　Cité (M) Sdn Bhd
41, Jalan Radin Anum, Bandar Baru Sri Petaling, Lumpur,
57000 Kuala Lumpur, Malaysia.
Tel: (603) 90578822　Fax:(603) 90576622
e-mail：cite@cite.com.my

封面設計／莊謹銘
排　　版／浩瀚電腦排版股份有限公司
印　　刷／高典印刷有限公司
■2014年（民103）9月4日初版
■2022年（民111）2月10日初版4.8刷

售價／380元

家圖書館出版品預行編目資料

懸案密碼5：尋人啓事／猶希・阿德勒・歐爾森（Jussi Adler-Olsen）著; 管中琪譯 - 初版 - 臺北
市：奇幻基地：家庭傳媒城邦分公司發行；民
03. 09
面：公分. -（BEST嚴選：054）
譯自：Marco Effekten
ISBN 978-986-5880-79-8
881.557　　103016360

BN　978-986-5880-79-8

inted in Taiwan.

廣　告　回　函
北區郵政管理登記證
台北廣字第000791號
郵資已付，免貼郵票

104台北市民生東路二段141號11樓

英屬蓋曼群島商家庭傳媒股份有限公司城邦分公司 收

請沿虛線對摺，謝謝

奇幻基地

每個人都有一本奇幻文學的啟蒙書

奇幻基地官網：http://www.ffoundation.com.tw
奇幻基地粉絲團：http://www.facebook.com/ffoundation

書號：1HB054　　　書名：懸案密碼5：尋人啓事

奇幻戰隊好讀有禮集點贈獎活動

活動期間，購買奇幻基地作品，剪下封底折口的點數券，集到一定數量，寄回本公司，即可依點數多寡兌換獎品。

點數兌換獎品說明：

- 5點 奇幻戰隊好書袋一個
- 10點 2012年布蘭登·山德森來台紀念T恤一件
  有S&M兩種尺寸，偏大，由奇幻基地自行判斷出貨
- 15點 【蕭青陽獨家設計】典藏限量精繡帆布書袋
  紅線或銀灰線繡於書袋上，顏色隨機出貨

兌換辦法：

2014年2月～2015年1月奇幻基地出版之作品中，剪下回函卡頁上之點數，集滿規定之點數，貼在右邊集點處，即可寄回兌換贈品。

【活動日期】：即日起至2015年1月31日

【兌換日期】：即日起至2015年3月31日（郵戳為憑）

其他說明：

＊請以正楷寫明收件人真實姓名、地址、電話與email，以便聯繫。若因字跡潦草，導致無法聯繫，視同棄權

＊兌換之贈品數量有限，若贈送完畢，將不另行通知，直接以其他等值商品代之

＊本活動限臺澎金馬地區讀者

【集點處】

1	6	11
2	7	12
3	8	13
4	9	14
5	10	15

（點數與回函卡皆影印無效）

個人資料：

姓名：＿＿＿＿＿＿＿＿＿＿＿＿＿＿ 性別：□男 □女

地址：＿＿＿＿＿＿＿＿＿＿＿＿＿＿＿＿＿＿＿＿＿＿＿＿

電話：＿＿＿＿＿＿＿＿＿＿ email：＿＿＿＿＿＿＿＿＿＿

想對奇幻基地說的話：＿＿＿＿＿＿＿＿＿＿＿＿＿＿＿＿＿

＿＿＿＿＿＿＿＿＿＿＿＿＿＿＿＿＿＿＿＿＿＿＿＿＿＿＿

請剪下右側點數，貼於背面的集點處，集滿5點以上，即可寄回兌換抽獎

1

Denmark Police's Mystery

懸案密碼

Denmark Police's Mystery

懸案密碼